학술적 리터러시와 글쓰기 교육

학술적 리터러시와 글쓰기 교육

민정호 지음

보고사
BOGOSA

머리말

2019년에 필자는 대학교에 입학한 '한국인 신입생'을 대상으로 글쓰기를 가르쳤고, 2020년부터는 대학원에 입학한 '외국인 유학생'을 대상으로 학위논문을 지도하고 있다. 물론 대학원에는 한국인 대학원생도 있지만 가장 시급하며 중요한 업무는 외국인 유학생의 학위논문 지도이다. 최근 2년 간 소속된 기관도, 가르치는 학습자도 달라졌지만, 학습자들은 공통적으로 글쓰기를 어려워했다. '한국인 신입생'과 '외국인 유학생'은 모두 '학술적 담화공동체' 소속이고 '학술적 리터러시'가 높지 않다는 공통점이 있었다. 하지만 시간이 지날수록 한국인 신입생은 빠르게 학술적 리터러시를 확보하는 것과 반대로 외국인 유학생은 그 속도가 매우 느렸다. 필자가 주로 외국인 유학생을 대상으로 '학술적 리터러시'를 확보할 수 있는 교육적 방법에 골몰하게 된 데는 바로 이 '차이점' 때문이었다.

일반적으로 학술적 리터러시는 필자가 최소한의 저자성을 갖고 글쓰기를 해 나가는데, 중요한 역할을 한다. 필자가 자신만의 목소리를 표현하기에 앞서 적절한 '도구 세트(toolkit)'와 담화관습의 범위를 제공해 주기 때문이다. 그래서 글쓰기 교육자가 학습자에게 소속된 담화공동체의 전문적 리터러시를 지식적으로 정확하게 전달하고, 이를 다시 기술적으로 적절하게 표현하도록 가르치는 것은 매우 중요하다. 바로 이 지식과 기술이 다른 유사한 글쓰기 맥락에서 학습자가 적극적인 태도로 글쓰기를 하도록 이끌 것이기 때문이다. 이 책에는 이와 같은 중요성을 전제로 '학술적 리터러시', '저자성', 그리고 '글쓰기 교육' 등을 키워드로 넣을 수 있는 그간의 연구들을 담아 보았다. 학습자는 주로 대학원 유학생이지만, 대학교에 갓 입학한 한국인 신입생이나 대학교에 재학 중인 학부 유학생도 연구대상에 포함된다.

이 책의 내용을 간략하게 설명하자면 1부에서는 '저자성과 글쓰기 교육'을 중심으로 '발견-표상-전략-구현'의 각 국면별 특징과 글쓰기 교육 방법을 다룬다. 이는 이 책보다 앞서 출판된『학술적 글쓰기와 저자성』에서 정리한 '저자성'의 개념을 보다 자세하게 정리하고 국면별로 세부 교육 내용과 방법을 제시한 것이다. 그래서 여기에는 저자성의 개념, 발견 능력 향상을 위한 교육 방안, 과제 표상 교육 방안, 독자를 고려한 글쓰기 전략 방안, 구현에서 나타난 교육적 함의 등을 담고 있다. 그리고 2부에서는 학술적 리터러시를 향상시킬 수 있는 교육 방안을 '교육과정-교수요목-교육 방안'의 하향식으로 개발·제안한다. 특히 여기에는 대학원 유학생을 대상으로 교육과정, 교수요목, 교육 방안 등을 개발한 연구와 한국인 신입생을 대상으로 학술적 리터러시 향상을 위한 논증적 글쓰기 교육 방안을 다룬 연구, 그리고 학부 유학생을 대상으로 비판적 리터러시 향상을 위한 강의구성 방안 등도 포함된다.

몇 해 전에 필자는 '학술적 글쓰기'와 '저자성'을 중심으로 박사 논문을 쓰기 시작하면서 '학술적 글쓰기-학술적 리터러시-학술적 담화공동체'를 연결하고, 이를 다시 '저자성-글쓰기 교육-장르 글쓰기'와 함께 살펴보는 글쓰기 연구를 기획했었다. 그간 분주하게 움직이면서 논문을 완성한 결과, 박사 논문을 중심으로『학술적 글쓰기와 저자성』을 출판하였고, 이어서『학술적 리터러시와 글쓰기 교육』이라는 제목으로 이 책이 나오게 되었다. 현재는 '학술적 담화공동체'의 특징과 '장르 글쓰기' 교육, 그리고 여기서 요구되는 '필자 정체성'의 확보 등과 관련해서 연구를 진행 중이고, 이 연구 성과들은『학술적 담화공동체와 장르 글쓰기』라는 제목으로 추후 출판할 계획이다. 아무쪼록 유학생들이 경험하는 글쓰기와 관련된 문제에 조금이라도 도움을 줄 수 있기를 바랄 뿐이다.

아울러, 지금도 동국대학교에서 열심히 학위논문을 쓰고 있을, 자랑스런 지도 학생들에게 고마운 마음을 전한다. 이들을 만날 때마다 부끄럽지 않고자, 한 번이라도 더 책상 앞에 앉았고, 다시 책을 펼치고 논문을 써 왔음을 고백한다. 앞으로도 텍스트/담화 분석과 쓰기 교육법을 중심으로 연구에 매진할 계획이다.

2021년 2월 민정호 씀.

목차

II. 학술적 리터러시와 글쓰기 교육

I

저자성과 글쓰기 교육

학술적 글쓰기에서 대학원 유학생의 저자성 개념과 교육원리의 방향 탐색

1. 머리말

대학원 유학생을 대상으로 한 글쓰기 연구는 주로 '학위논문'을 중심으로 진행되거나 텍스트의 '장르성'에 중심을 둔 연구가 많다(최주희, 2017; 정다운, 2016; 박은선, 2014). 이는 대학교 유학생을 대상으로 한 글쓰기 연구가 주로 '글쓰기 수업에 대한 분석'이나 '대조 수사학' 차원에서 다뤄지는 것과 본질적으로 차이가 있다. 그것은 대학원 유학생을 학술 담화공동체의 '전문 필자'로 인정하는 것이기 때문이다. 다시 말해서 이 연구들은 대학원 유학생을 일반 목적 한국어와 학문 목적 한국어 교육 과정을 거쳐서 대학원에 입학한 전문 필자로 전제하고, 이들이 생산한 텍스트를 분석하는 것이다. 그렇지만 학술적 텍스트의 개념을 학술 담화공동체에서 전문 필자가 생산하는 '모든 텍스트'라고 전제할 때 대학원 유학생 글쓰기 연구가 지나치게 학위논문 중심임을 발견하게 된다. 학위논문이 대학원 유학생의 글쓰기에서 가장 중요한 글쓰기인 것은 분명하지만 학술적 글쓰기에는 학위논문만 있는 것은 아니다. 이수정(2017:5)은 학술적 글쓰기를 '학술 보고서', '시험 답안', '발표문' 등으로 정리했고 '학술 보고서'를 제일 '빈번하게 노출되는 글쓰기'로 정리했다. 즉 학위논문을 완성하기까지 대학원 유학생들은 많은 학술 보고서와 시험 답안, 그리고 발표문을 완성해야만 한다. 문제는 대학원에 입학하는 유학생 중 한국에서 일반 목적 한국어와 학문 목적 한국어 교육과정을 거치지 않고 입학한 유학생의 수가 생각보다 많다는 것이다.[1] 즉 대학원에 입학하면 다양한 종류의 '학술적 글쓰기'라는 '문제 상황'을 만나는데, 어떤 유형의 대학원 유학생들은 실제 이 상황을 해결할 '전문 필자'로서의 한국어 능력과 학술적 글쓰기 경험이 없다는 것이다.

본 연구는 이와 같은 대학원 유학생의 두 가지 현실을 고려한다. 첫째는 대학원에는 학위논문 이외에 학술적 글쓰기와 같은 다양한 글쓰기 상황이 있다는 것이고, 둘째는 대학원 유학생의 경우 이 상황을 해소할 '전문 필자'로서의 저자성이 형성되어 있지 않다는 것이다. 이와 같은 이유로 본 연구는 대학원 학술 담화공동체에서의 학술적 글쓰기의 특징을 중심으로 '저자성'의 주요 국면을 선별하고, 이 국면을 중심으로 대학원 유학생이 전문 필자로서의 저자성을 확보하기 위한 교육 방향을 탐색해 보려고 한다. 특히 학술적 글쓰기에서 노출빈도가 제일 높은 학술 보고서를 중심으로 논의를 전개한다. 본 연구는 그간 다뤄진 저자성의 개념에 대한 분석과 학술적 글쓰기에 대한 분석을 중심으로 대학원 유학생을 위한 저자성의 개념과 저자성 향상을 위한 '교육원리'를 제안할 것이다.

2. 학술적 글쓰기에서의 저자성 개념

본격적으로 학술적 글쓰기에서의 저자성 개념을 논의하기에 앞서 저자성에 대한 개념을 먼저 정리할 필요가 있다. 이윤빈(2012:188)는 저

---

1) 민정호(2018)은 대학원 유학생의 저자성에 대한 분석을 시도한 연구인데 연구 대상인 대학원 유학생 40명 중에서 국내에서 대학교를 졸업하고 입학한 유학생은 6명에 불과했다. 나머지 34명은 모국의 대학교에서 한국어과를 졸업하고 바로 한국의 대학원에 입학한 경우였다.

자성을 "학술적 글쓰기가 갖추어야 할 핵심적 요소"로 전제하고, 필자에게 '저자성(authorship)'을 "다양한 논의에서 스스로 문제를 발견하며 설정하고 견해를 개진할 수 있는 능력"으로 정의했다. 구자황(2013:85)은 저자성(authorship)을 "의미를 재구성"하여 "실제 쓰기를 추동하는 힘"이라고 지적하는데 학생 필자들은 '필자'라는 인식보다 스스로 '학생'이라고 인식하는 경향이 강하기 때문에 이 저자성이 약화되고 있다고 했다. 그리고 이와 같은 저자성에 대한 개념은 서승희(2017:103)에서 동일하게 발견되는데, 이와 같은 저자성의 개념은 필자로서 갖춰야 할 '태도'를 강조한다. 김성숙(2015:649)는 저자성(authority)을 언급하며 "저자로서의 전문성 정도에 따라 '의식' 내용의 질적 수준이 달라지고, 표현의 능숙한 정도와 '현전'의 정확성 및 속도는 비례한다."라고 지적했다. 이는 특정 장르에서의 '전문 저자성'을 가리키는 것이다.

　'authorship'이 텍스트가 담지하는 담론이 '의사소통 맥락'들 간의 상호소통'을 통해서 형성된다는 것에 주목한다면 'authority'는 '전문 작가의 숙련도나 재능'이 텍스트의 수준과 의미를 결정한다는 자저성의 '전통적인 개념'에 주목한다. 다만 본 연구가 학술 담화 '공동체' 즉 member'ship'을 강조하면서 담론들의 교착점을 의미하는 author'ship'을 저자성이라 하지 않은 것은 대학원 '유학생'이 대상이기 때문이다. 앞서 정리한 이윤빈(2012), 구자황(2013), 서승희(2017) 등은 저자성(authorship)으로, 김성숙(2014; 2015; 2016)은 저자성(authority)으로 표기했다. 그런데 김성숙(2014; 2015; 2016)만이 연구 대상에 외국인 유학생이 포함되어 있다. Barthes(1973; 김희영 옮김, 2002:35)은 전통적인 차원에서의 '저자/저자성'을 언급하면서 '저자의 죽음'에 대해서 말하고 있지만 이 문장을 '텍스트 기저(text base)'에 따라 축어적으로 이해해서 '의미 생성의 주체로서 저자/저자성'이 사라졌다고 판단하면 안 된다. 오히려 Barthes(1973; 김희영 옮김, 2002:34)이 "수많은 문화에서 온 복합적인 글쓰기들로 이루어져 서로 대화하고 풍자하고 반박"이라고 지적한 것처럼 텍스트를 생산하는 '새로운 저자'의 탄생을 기대한다는 의미로 해석하는 것이 타당할 것이다. 본 연구는 이와 같은 의미에서 대학원 '유학생'을 '새로운 저자'로 전제하고, 무엇보다 이들이 텍스트를 종합하는 학술적 글쓰기의 장르성에 '숙련'되고 '전문화'되어야 한다는 차원에서 저자성을 'authority'라 하겠다.

김성숙(2014; 2015; 2016)은 논의의 방향은 세부적으로 다르지만 저자 성을 저자 윤리성, 공간 적응성, 집단지성에 대한 신뢰성으로 정리한다. 그리고 저자 윤리성은 에토스(Ethos), 공간 적응성은 로고스(Logos), 집단 지성에 대한 신뢰성은 파토스(Pathos)로 구획된다. 다만 이 연구가 갖는 특징은 새롭게 재개념화된 신수사학적 저자성 요인들이 FYC(First Year Composition)에 근거한다는 점이다.[2] 즉 이러한 저자성 구인들을 학기 초 대학 글쓰기 수업을 통해서 성취하면 디지털 시대에서 요구하는 다 양한 글쓰기 맥락에서 '학습 전이'가 발생해서 성공적으로 글쓰기를 수 행을 도울 수 있다는 것이다. 문제는 이 '학습 전이(transfer of learning)'가 성공적으로 발생한다는 양적·질적 연구가 없다는 것이다(정희모, 2014:200). 대학원 유학생들은 낮은 한국어 수준, 부족한 학술적 글쓰기 경험 등으로 인해서 학습 전이가 발생할 수 있는 최소한의 경험조차 없 는 경우가 많기 때문이다.

Wardle(2009:768)는 소위 장르적 특징이라고 부르는 것들은 '구체적 이며 복잡한 수사학적 상황(specific and complex rhetorical situations)'들의 '결과(result)'로 생겨난 것이며, 만일 이러한 '수사적 상황들(those rhetorical situations)'의 필요를 충족하지 못하면 장르적 특징은 다른 양상으로 나 타난다고 지적했다. 그러니까 수사적 맥락과 상황에서 벗어날 경우에 는 전혀 다른 장르의 글쓰기로 바뀔 수 있다는 지적이다. 여기서 신수

---

2) 이를 '일반적인 글쓰기 기술 교육(General Writing Skills Instruction: GWSI)'이라고 한다 (정희모, 2014:204).

사학이 왜 장르 중심 글쓰기와 그 맥을 같이 하는지에 대해서 간단하게 살펴볼 필요가 있다. Miller(1984:158)는 장르를 '유사한 수사적 상황에서 반복적으로 발생되는 것'으로 규정했다. 즉 장르란 비슷한 맥락에서 '반복'적으로 발생한 행동이나 방식을 말한다. 최종윤(2017:106)은 "신수사학 기반 작문 교육이 이전의 작문 교육과 다른 점이 담론을 형성하는 의미 '양식' 탐구와 행위 '인식'에 바탕을 둔 '패턴화'를 중점적으로 다루기" 때문이라고 밝혔다. 그러니까 신수사학이란 거시적 차원에서의 수사학이 아닌 개별 장르에서 다양하게 나타나는 미시적 차원의 수사학을 말하는 것으로 결국 사람들이 '특정 수사적 상황'에서 보이는 '패턴화된 행위', 즉 장르 규명을 가리킨다. 본 연구는 대학원 유학생에게 놓인 특정 수사적 상황을 학술 담화공동체에서 요구하는 학술적 과제, 학술적 글쓰기, 학술 담화규칙 등으로 전제하고 이 상황에서 반복적으로 나타나는 '패턴화된 행위'를 중심으로 저자성의 국면을 설정한다. 또한 이를 근거로 저자성 강화를 위한 교육원리의 '방향'을 탐색해 보려고 한다.

Asaoka & Vsui(2003)은 학술적 과제의 특징을 학습자에게 높은 수준의 '인지력'을 요구하는 것과 참고해야 할 텍스트를 찾고 평가해야 하는 것, 그리고 그 자료를 평가한 후에 참고하여 텍스트를 해석하고 재구성해야 하는 것으로 정리했다. 김혜연(2016:31)'은 학술적 과제의 이와 같은 성격을 근거로 '학술적 글쓰기'란 곧 '담화종합'3)이라고 지적한다. 결국 '학술적 과제'란 필자가 과제에 필요한 자료를 찾아서 관련 자료를 분석하고 이를 해석하여 텍스트로 재구성하는 '담화종합'이 요구되는

---

3) Spivey(1997; 신헌재 외 공역, 2002:243)는 '담화종합'을 "필자들이 여러 텍스트를 읽고 그 텍스트와 관련된 자신의 텍스트를 생산하는 과정을 지칭하는 것"으로 정의한다. 민정호(2018:4)은 여러 텍스트를 종합하고 재구성하는 '담화종합'이 학술적 글쓰기의 주요한 특징이라고 설명했다.

과제인 것이다. 그렇다면 학술 담화공동체란 무엇인가에 대한 설명이 필요하다. Hyland(2006:41)은 담화공동체를 작가(writer)와 독자(reader)들이 '여러 맥락'을 공유하면서 텍스트(text)의 '제약'과 '규칙'을 지키고 이를 통해서 '의사소통'을 하는 일련의 '공동체'로 정의한다. 즉 대학원 유학생이 놓인 특정 수사적 상황은 학술 담화공동체가 요구하는 장르를 지키며 학술적 과제가 요구하는 담화종합으로 학술적 글쓰기를 실행하는 것이다. 그렇다면 이 '학술적 과제'를 어떻게 '담화종합'해야 하는 것일까? Hayes(2012:375-376)는 계획하기와 수정하기를 글쓰기의 하위과정(subprocesses)으로 설정하지 않고, '학교 과제(school Essay)'나 '논문 형식의 보고서(articles)'와 같은 '공식적인 글쓰기(formal Writing)'는 '계획하기와 수정하기'가 글쓰기의 하위 과정이 아니라, 계획하기(planning), 수정하기(revision/reviewing)가 '작성하기'와 통합되는 글쓰기라고 설명했다. 신수사학의 관점에서 대학원 유학생의 저자성이란 결국 계획하고 수정하면서 필자가 학술 담화공동체의 장르에 맞게 담화종합을 효과적으로 구현해 내는 것이다. 여기서 문제는 담화종합이다. 담화종합을 학술 담화공동체에서 요구하는 방향으로 하려면 그 '요구'에 부합하도록 여러 읽기 자료들을 먼저 읽고 화제를 '발견'해야 한다. 그리고 '발견'한 화제를 다시 학술 담화공동체에서 요구하는 과제 '표상'으로 계획한 후에 '전략'적으로 텍스트에 '구현'해야 한다. 이와 같은 과정이 학술 담화공동체에서 보이는 패턴화된 행위이고, 여기에서 각 국면들이 저자성을 결정하게 된다.

Flower(1993; 원진숙·황정현 역, 1998:164)은 학술적 과제를 "무엇인가를 정의하고, 비교하며, 맥락과 연관 지어 보는 일"이라고 했다. 이는 필자가 읽기 자료들을 검토·비교해 가면서 보고서의 '화제'를 '발견(Discovery)'하는 것의 중요성을 말한다. Flower et al(1986)은 글쓰기 능력을 텍스트에서 문제점을 찾고 그 문제점을 어떻게 해결하느냐가 결정한다고 했다. 수정하기에서 대학원 유학생 필자가 초고에서의 문제점을 '발견(Diagnosis)'하는 것이 저자성에 포함되어야 하는 이유이다. 표상은 곧 과제 '표상(Representation)'으로써 필자는 '학술적 과제'를 성공적으로 수행하기 위해서 글의 재료, 장르 등에 대한 인식적 '선택'을 요구받게 된다(Flower, 1987). 특히 '표상'에서 '구성 계획'은 학술적 글쓰기에서 매우 중요한 '선택'이 되는데, 이 선택이 학술적 글쓰기의 장르성을 결정지을 수도 있기 때문에 중요하다. '전략(Strategy)'은 어떤 전략을 사용하는지가 곧 '저자성의 수준'을 담지한다. 이는 상위 인지의 발현과 연결시켜 생각해 볼 수 있다. 글쓰기에서 상위인지는 필자가 '정보'나 '전략'을 스스로 '인식'하고 '활용'하는 것을 의미한다(이아라, 2008:418). 마지막으로 구현(Embodiment)은 전문 저자성의 양상이 곧 텍스트의 '질적 수준'과 '표현의 능숙한 정도'를 나타내기 때문이다(김성숙, 2015:649). 그러므로 텍스트를 학술 담화공동체에서 통용되는 방식으로 형식과 문장 등이 통일되고 바르게 적용되었는가는 중요한 저자성 판단의 근거가 된다.

〈그림 1〉은 민정호(2018:49-53)을 기초로 본 연구에서 초점화한 대학원 유학생의 저자성 내용을 구체화한 것이다. 먼저 특정 수사적 맥락은 '학술 담화공동체'에서 출발한다. 학술 담화공동체는 공동체 구성원에게 '학술적 과제', '학술적 글쓰기', '학술 담화규칙' 등을 요구를 하게 된다. 학술적 과제는 곧 필자가 여러 담화들을 읽고 스스로 화제를 발견해서 담화들을 종합하는 것을 말한다. 학술적 글쓰기는 계획하면서 쓰고 수정하면서 쓰는 반복의 과정을 말하고, 학술 담화규칙은 글쓰기 과정에서 지켜야할 형식적, 수사적 규약과 관습을 말한다. 그런데 한국어 '학습자'라는 차원에서 바라보면 대학원 유학생은 한국어 수준이 낮고, 무엇보다 학술적 글쓰기의 규약과 관습을 알지 못한다. 대부분의 유학생은 자신의 고향에서 형성된 '학술적 과제', '학술적 글쓰기', '학술 담

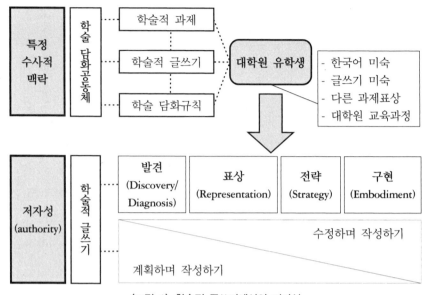

〈그림 1〉 학술적 글쓰기에서의 저자성

화규칙'에 익숙해져있기 때문에 전혀 다른 학술 담화공동체의 요구사항과 충돌을 경험하게 된다. 무엇보다 대학원 유학생들은 새로운 학술 담화공동체에 편입되었지만 대학원 교육과정에서 이와 같은 수사적 맥락에 대한 안내나 자세한 설명을 듣지 못하고, 수사적 맥락 등을 혼자 극복해 가면서 독자적으로 글쓰기를 진행해야만 한다. 이때 학술 담화공동체에서 통용되지 않는 방식으로 글쓰기가 완성될 경우, 낮은 성적, 논문 불합격, 논문 표절 등과 같은 '불이익'을 받게 된다.[4] 이와 같은 대학원 유학생의 필자 특수성을 해결하기 위해서는 대학원 유학생들에게 특정 수사적 맥락을 인식·이해시키고, 학술 담화공동체로 편입될 수 있도록 도와야 한다.

---

4) Tribble(2003:85)은 이 불이익을 '관련성'으로 설명하는데, 읽는 독자나, 텍스트가 공지될 공동체의 구성원들과 충분한 '관련성'을 형성하지 못하면 결국 이는 이득이 되지 못한 글쓰기가 되는 것이다.

본 연구에서는 이 특정 수사적 맥락이 강조되는 주요한 국면들을 '발견-표상-전략-구현'으로 종합했다. 학술적 과제의 특성을 살펴보면 우선 다양한 텍스트에서 필자가 필요로 하는 텍스트들을 '발견'해야 한다. 그리고 이 발견한 텍스트들을 학술적 글쓰기에 대한 바른 '표상'을 기준으로 종합할 수 있어야 한다. 특히 학술적 글쓰기의 계획하며 쓰기와 수정하며 쓰기에서 '표상'을 '구현'할 때 요구되는 것이 '전략'이다. 이 '전략'은 텍스트 내·외적인 것을 모두 아우르는 것으로 특정 독자군을 상정하고 글쓰기를 하는 전략, 혹은 제목을 보다 텍스트의 내용과 학술적 담화공동체에 부합하는 방향으로 설정하는 전략 등이 해당된다. 마지막으로 '구현'을 따로 설정한 이유는 대학원 유학생의 '한국어와 학술적 글쓰기가 미숙'하다는 것에 근거한다. 그러니까 이 구현에서는 내용적으로 '담화종합'을 이끌어낼 때, 학술 담화공동체에서 통용되는 학술 담화규칙을 중심으로 구현해야 한다. 여기에는 서술주체를 감추거나, 일반화하는 것, 혹은 인용을 할 때 내각주와 외각주의 형식과 적용 조건을 정확하게 구현하는 것, 구어체가 아닌 문어체 등으로 구현하는 것 등이 모두 종합적으로 포함된다.

결국, 대학원 유학생이 이와 같은 특정 수사적 맥락에 익숙해지기 위해서는 본 연구에서 설정한 각 국면에서 '선택'의 수준을 질적으로 높여야 한다. 이를 위해서 대학원에서의 학술적 글쓰기 교육은 '대학원 유학생'에게 반드시 필요해 보인다. 현재 학술적 글쓰기를 유학생이 혼자 해결해야 하는 과제로 맡기고, 학술적 글쓰기의 실패 원인을 유학생의 낮은 한국어 수준에서만 찾을 게 아니라, 대학원에서의 글쓰기 교육을 이와 같은 특정 수사적 맥락에서의 저자성이 향상되는 방향으로 구성해주어야 할 것이다.

3. 대학원 유학생의 저자성 향상을 위한 교육원리

교육원리는 교육기관에서 실행하는 세부 교수·학습에 대한 '철학적 준거'가 되기 때문에 중요하다.5) 실제 대학원 유학생들이 대학원에서 받는 글쓰기 교육을 살펴보기 위해서 D대학교 대학원 과정에 개설된 '외국어로서의 한국어교육' 전공의 교육과정을 검토보았다. 그 결과 '한국어쓰기교수법연구', '한국어논문강독', '한국어논문연습' 등을 찾을 수 있었다. 그런데 문제는 '한국어쓰기교수법연구'는 '교수법'이 중심이 되는 교과목이라서 '학술적 글쓰기'는 매우 지엽적으로 다뤄진다는 점이다. 또한 '한국어논문강독'과 '한국어논문연습'은 각각 좋은 한국학이나 교육학 '논문을 읽고' 대학원 유학생 스스로 논문을 써서 자신의 '논문을 발표하고 강평'하는 교과목이라는 점이다. 이 교과목들도 '학술적 글쓰기'에 초점을 두고 진행되는 수업이 아니라 대학원 유학생의 발표에 대한 '피드백을 제공'해 준다는 특징이 있다. 그러므로 학술 담화공동체에서 요구하는 특정 수사적 맥락에 대한 이해 없이 유학생들은 독자적으로 '학술적 글쓰기'를 수행하고 이에 대한 평가만 받게 된다. 이는 본격적으로 대학원 유학생을 대상으로 한 '학술적 글쓰기'를 가르치는 교육이 필요함을 방증한다. 앞서 충분히 언급했지만 대학원 유학생 중에는 한국의 대학교에서 '한국어'와 '학술적 글쓰기'에 대한 학습을 받지 않은 유학생이 상당수이기 때문이다. 또한 대학원에서 마주하게 될 '학술 보고서', '발표문', '학위논문' 등의 장르적 특징을 배우는 것이 대학원 유학생의 학업적응에 유리할 것이기 때문이다.6)

---

5) 본 연구에서 '교육원리'는 세부적 차원이 아니라 세부적 차원의 전제가 되는 '거시적 차원'에서의 방향이나 철학 등을 의미함을 밝힌다.

6) 이에 대해서는 최근 대학원 유학생의 학위논문 작성을 중심으로 '강독과 연습(발표)'에서 벗어나 실제로 학술적 글쓰기를 가르치고 적용하도록 하는 교수요목 개발과 관련된 연구들이 진행되고 있다(홍윤혜·신영지, 2018:115).

본 연구는 '대학원 유학생'의 경우에는 Wardle(2009)를 근거로 보다 학술적 글쓰기의 특정 맥락과 상황을 고려한 저자성의 개념이 요구된다고 밝혔다. 그리고 특정 맥락과 상황을 '학술 담화공동체'가 요구하는 것, 즉 '학술적 과제', '학술적 글쓰기', '학술 담화규칙' 등으로 전제하고 필자가 '발견'하고 '표상'하며 '전략'적으로 '구현'하는 것을 곧 저자성으로 개념화했다. 또한 각 국면(state)에서 필자가 학술 담화공동체의 요구에 부합하는 방향으로 선택(selection)할수록 저자성의 수준이 높아진다고 밝혔다. 여기서는 쓰기 이론을 학습해야 한다고 주장하는 Wardle(2009:784)와 논의의 성격은 다르지만 글쓰기 맥락에 부합하는 직접적인 글쓰기 교육이 필요하다는 점을 전제로 '원리의 학습'과 '반복'을 통해서 학술적 글쓰기에 친연성(affinity)을 확보하는 것을 중심으로 논의를 전개한다.

3.1. 학술적 글쓰기의 각 국면에 대한 명시적 교육

Williams & Colomb(1993:262)은 시카고 대학교의 글쓰기 수업을 통해서 장르에 대한 명시적 교육(explicit teaching)이 학습자의 쓰기 능력 향상과 상관성을 갖는다고 주장했다. 물론 이 연구는 장르 '형식(forms)'에 주안점을 둔 연구이기 때문에 특정 글쓰기 맥락에서의 저자성 향상을 위한 '원리'를 강조하는 본 연구와는 성격이 다르다. 그렇지만 특정 장르에 대한 명시적 교육이 글쓰기 교육에서 효과가 있다는 점에서는 일치한다. 이와 같은 이유로 본 연구는 대학원 유학생들을 위한 별도의 학술적 글쓰기 교육이 대학원에서 다뤄질 필요가 있다고 판단한다. 현재 대학원의 수업은 강독 중심의 수업, 교수자가 아이디어를 제안하고 유학생이 써온 텍스트를 검증하는 차원에서만 운영되는데, 실제 학술적 과제와 학술적 글쓰기만을 다루는 학술적 글쓰기 수업이 요구된다.

정다운(2014:403)는 대학원 유학생을 대상으로 논문과 보고서를 쓸 때 가장 어려운 점을 물었는데, '논리적으로 내 생각을 펼쳐 나가기'(12.3%),

'정확한 표현으로 글쓰기'(10.3%), '선행연구 비판적 고찰하기'(9.7%), '연구의 주제 선정하기'(8.7%), '서론, 본론, 결론에 들어갈 내용 정리하기'(7.2%), '내용을 일관성 있게 구성하기'(7.2%) 순으로 그 결과가 나타났다. 연구대상이 30명이기 때문에 일반화시키기에는 한계가 있지만 상위를 차지한 학술적 글쓰기 어려움의 이유는 본 연구의 저자성과 관련해서 시사점을 준다. 먼저 '연구의 주제 선정하기'와 '선행연구 비판적 고찰하기'는 곧 '발견'의 문제이다. 연구의 주제는 학술적 과제나 연구 자료들을 검토하면서 '발견'하는 것이고 '선행연구'에서의 '의의'와 '문제점'도 결국 '발견'과 '진단'의 문제이기 때문이다. '서론, 본론, 결론에 들어갈 내용 정리하기'와 '내용을 일관성 있게 구성하기'는 구현을 위한 '전략'과 관련이 높다. 찾은 연구자료 중에서 화제와 관련된 텍스트를 선정했을 때 수사적 목적을 고려해서 어떻게 '배치'하는가의 문제는 결국 '전략'과 관련이 된다. 마지막으로 '논리적으로 내 생각을 펼쳐 나가기'와 '정확한 표현으로 글쓰기'는 '표상', 그리고 '구현'의 문제이다. '논리적으로 내 생각을 펼쳐 나가기'는 수사적 목적을 고려한 담화종합과, '정확한 표현으로 글쓰기'는 형식적, 표현적 오류와 관련이 되기 때문이다. 그러니까 '논리적으로 내 생각을 펼쳐 나가기'와 '정확한 표현으로 글쓰기'를 대학원 유학생이 어려워하는 것은 분명한 수사적 목적을 가지고 학술 담론 규칙에 따라서 텍스트를 종합·구성하는 것을 어려워하는 것과 같은 의미이다. 그런데 이것이 표상과 관련이 되는 이유는 학술적 과제에 대한 '과제표상'이 담화종합 양상에 영향을 주기 때문이다. 결론적으로 학술적 글쓰기에서 대학원 유학생들은 '발견-표상-전략-구현' 전반에서 어려움을 호소하고 있다고 결론지을 수 있다. 이는 각 국면별 '명시적 교육'의 필요성에 정당성을 부여한다.

〈표 1〉 대학원 유학생을 위한 저자성의 명시적 교육 내용

국면(State)		저자성의 내용
발견	계획하기	텍스트를 쓰면서 과제의 주요점과 적절한 읽기 자료의 발견
	수정하기	텍스트를 수정하면서 초고에서의 문제점 발견/진단
표상	계획하기	텍스트를 쓰면서 학술적 글쓰기에 맞는 과제표상7)
	수정하기	텍스트를 수정하면서 학술적 글쓰기에 맞는 과제표상
전략	계획하기	텍스트를 쓰면서 발견, 구현하기 위한 효과적인 전략
	수정하기	텍스트를 수정하면서 진단, 해결(구현)을 위한 전략
구현	계획하기	텍스트 내용을 학술 담화공동체 장르로 담화들 종합하여 구현
	수정하기	텍스트 내용을 학술 담화규칙(형식적/수사적)에 부합하게 구현

〈표 1〉은 2장에서 정립한 대학원 유학생을 위한 저자성의 국면별로 계획하기와 수정하기에서 강조되는 내용을 정리한 것이다. 계획하기와 수정하기에서 '발견-표상-전략-구현'은 동일한 '국면'을 차지하지만 세부적으로는 내용적 차이를 갖는다. 이 차이는 처음 쓰는 '초고', 다시 쓰는 '수정고'라는 각 글쓰기의 성격에서 비롯된다. 계획하기에서는 보다 '표현'에 중점을 두는 방향으로 '발견-표상-전략-구현'이 구성되지만 수정하기에서는 보다 '진단'과 '해결'에 중점을 두는 방향으로 세부 내용이 구성된다. 다만 학술 담화공동체를 전제로 학술적 과제, 학술적 글쓰기, 학술 담화규칙 등을 통해서 도출된 저자성의 네 국면이 반드시 유학생의 학술적 글쓰기에서만 적용되는 것인가라는 문제제기가 있을 수 있다. 예를 들어서 최숙기(2007:208-209)은 '자기 표현적 텍스트'의 유형으로 편지, 일기, 개인적 에세이, 자서전 등을 제시하는데, 이와 같은 글을

---

7) 과제표상은 텍스트를 구성할 정보를 어디에서 제공받는가(major source of information), 텍스트의 형식은 무엇이고 특징은 무엇인가(text format and features), 글쓰기의 전반적인 구성 계획은 무엇인가(organizing plan for writing) 등을 의미한다(Flower, 1987). 이는 학술적 담화종합 과제에서 필자가 과제를 해석하고 텍스트의 전반을 계획할 때 필자의 인지상태로 나타나는 표상을 말한다.

쓸 때, 일반적으로 논문이나, 책 등을 찾아 읽고 무엇인가를 발견하려고 하지 않는다. 이와 같은 글쓰기에서는 발견의 영향력은 학술적 글쓰기와 비교했을 때 현저히 줄어들게 된다. 표상 역시 마찬가지다. Flower(1987)은 과제표상의 핵심특질을 5가지로 나누고 그 중 '글쓰기의 구성 계획(Organizing Plan for Writing)'을 핵심 개념으로 설명했다. 그런데 이 '글쓰기의 구성 계획'에는 다시 '읽기자료를 읽고 요약하기(To Summarize the Readings)', '화제에 대해 반응하기(To Respond to The Topic)', '검토하고 논평하기(To Review and Comment)', '통제 개념을 사용하여 종합하기(To Synthesize with a Controlling Concept)', '나 자신의 목적을 위해 해석하기(To Interpret for a Purpose of My Own)' 등으로 나눠진다. 그런데 '읽기자료를 읽고 요약하기', '검토하고 논평하기', '화제에 대해 반응하기' 등은 학술적 글쓰기에서 지양해야 할 과제표상이다. 이는 학술적 글쓰기를 성공적으로 수행하도록 하기 위해서 '표상' 역시 중점적으로 가르쳐야할 근거를 제공한다. '전략'도 마찬가지라서, 학술적 글쓰기를 쓸 때는 일반 독자가 아닌 학술적 담화공동체의 독자를 상정하고 이들과 소통할 수 있는 제목과 텍스트의 구성을 전략적으로 설계해야 한다. '구현' 역시도 자기 표현적 글쓰기를 쓴다면 엄격하게 '인용하기'의 형식과 절차를 따를 필요가 없을 것이다. 그러므로 대학원 유학생에게 학술적 글쓰기에서의 각 국면별 역할에 대한 명시적 교육은 필수적이다.

이와 같은 특정 수사적 맥락에서의 저자성을 가르치는 학술적 글쓰기 교과목은 대학원 과정 1학기에 편성되어야 한다. 그리고 이 수업은 계획하기와 수정하기를 나눠서 명시적으로 가르쳐야 한다. 특히 수정하기에 대한 명확한 역할 정립이 필요해 보이는데, 이는 대학원 유학생들이 수정하기를 단순한 '교정'의 과정으로 인식하기 때문이다. Murray(1985)는 수정의 개념을 단순히 수정(revision)하는 것이 아니라 '수정하며 다시쓰는 것(rewriting)'이라고 지적했다. 이는 '백지의 초안(zero draft)'에서 시작된 초고

가 지속적으로 수정되어 가는 것이 곧 좋은 글쓰기로 가는 과정임을 의미
한다. 이는 수정하기가 단순히 오탈자를 점검하는 글쓰기 하위 단계가
아니라 하나의 새로운 글쓰기임을 나타낸다. 민정호(2018:142)은 유학생들
이 수정하기를 초고의 맞춤법을 점검하는 단순 과정으로 인식하고 실제로
이와 같이 수정하기를 한 대학원 유학생이 상당수였음을 밝혀냈다. 이는
계획하기와 수정하기에서 저자성이 발현되는 국면과 요구되는 전략 등을
명시적으로 가르쳐야 하는 이유가 될 것이다.

3.2. 학술 보고서의 학위논문으로 전이를 위한 반복 교육

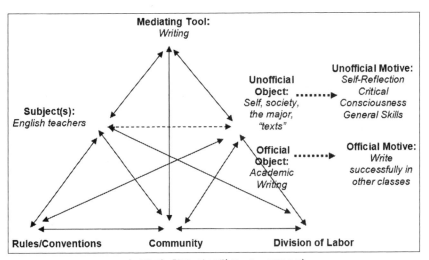

〈그림 2〉 활동 시스템(Wardle, 2004:6)

본 연구에서 '학술 보고서'를 '학위논문'의 경계학습으로 설정하는데,
그 이유는 글쓰기 과정이 유사할 뿐만 아니라 학술 보고서가 대학원 유학
생들에게 노출되는 빈도가 제일 높기 때문이다. 즉 대학원에서의 학술적
글쓰기 교육은 학술 담화공동체라는 범위에서 만날 수 있는 모든 텍스트
를 포함해야 한다. 그렇지만 이 교육은 궁극적으로 '학위논문'을 지향해야

만 한다. Wardle(2009:776)는 Wenger의 이론을 근거로 "경계학습(boundary)"에 대해서 언급한다. Wardle(2009)는 "잡종 장르(Mutt Genres)"처럼 실제적인 글쓰기 맥락과 직접적인 관련이 없는 것을 반복·연습하는 것이 아니라 실제적인 글쓰기 맥락과 "연결점(transfer point)"이 존재하는 장르를 반복 연습할 것을 강조한다. 이와 같은 경계학습의 반복은 학생들에게 궁극적으로 써야 할 글쓰기를 지속적으로 인식하게 하고 무엇보다 반복적으로 글쓰기 훈련을 가능하게 하도록 한다는 점에서 중요하다.

위 그림은 Russell(1997)의 '활동 시스템(activity system)[8]'에 Wardle(2004)가 '목적(object)'과 '동기(motive)'를 세분화하여 추가한 것이다. '매개 도구(Mediating Tool)'는 '글쓰기(Writing)'로 되어 있고, '공식적 목적(official writing)'은 '학술적 글쓰기(academic writing)'로, '공식적 동기(official motive)'는 '다른 수업에서의 성공적인 글쓰기'로 나타난다. 이를 현재 대학원 유학생을 주체(subject)로 바꿔서 모형을 새로 만들면 다음과 같다.

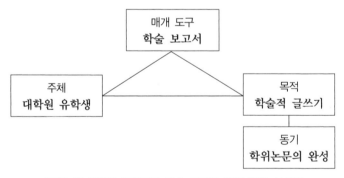

〈그림 3〉 대학원 유학생의 학습 전이를 위한 활동 시스템

---

8) Wardle(2004:3)은 '활동 시스템(activity system)'을 '공동의 목적과 동기(common object and motive)'를 오랜 시간동안 '공유한 사람들의 모임'이라고 정의한다. 즉 이 활동 시스템은 곧 학술 담화공동체라고 봐도 무리가 없을 것이다. 이는 학술 담화공동체에서의 반복되는 학술적 글쓰기의 경험이 곧 하나의 매개학습이 되어 대학원 유학생의 글쓰기 능력을 향상시키고, 성공적인 학위논문 향상으로 연결될 수 있음을 방증한다.

대학원 유학생들이 매 학기 만나야 하는 학술 보고서는 하나의 매개 도구가 되어 학술적 글쓰기를 학습하게 하는 "경계학습(boundary practice)"의 역할을 한다. 그리고 '학위논문의 완성'은 지속적으로 대학원 유학생에게 '동기'를 부여하여 반복적으로 학술 보고서를 쓸 수 있는 동력을 제공한다. 만약 빈번한 학술 보고서 글쓰기가 성공적인 학위논문의 완성으로 연결되지 못한다면 결국 대학원 유학생이 쓴 많은 학술 보고서들은 Wardle(2009)가 지적한 또 하나의 "잡종 장르(Mutt Genres)"에 지나지 않을 것이다. 최주희(2017:34-44)는 연구 문제의 설정에서부터 자료 통합, 전문 독자층과의 협상, 이론적 고찰을 통한 논증, 물러섬과 나아감이 반복되는 역동적 글쓰기로 학위논문 작성의 특징을 정리한다. 연구 문제의 설정은 '발견'과, 자료 통합은 '발견과 구현', 전문 독자층과의 협상은 '전략', 이론적 고찰을 통한 논증은 '발견과 구현', 물러섬과 나아감의 반복이 되는 역동적 성격은 '표상과 구현'의 문제로 정리될 수 있다. 결국 학술 보고서를 쓰면서 저자성의 각 국면에서 학술 담화공동체에서 요구하는 수준의 선택을 할 수 있다면, 결국 이 유학생은 학술적 글쓰기에서 전문 저자성을 갖춘 것이다. 그리고 이 유학생은 '학위논문'에서도 이 저자성을 성공적으로 발현할 수 있게 된다. 특히 글쓰기에서 '반복'이 중요한 이유는 Murray(1985)에서 찾을 수 있다. Murray(1985:9)는 필자가 글쓰기를 진행하면서 얼마나 많이 반복적으로 '수정(rewriting)'을 하느냐가 곧 얼마나 완벽한 글을 완성할 수 있느냐를 결정한다고 했다. 이는 결국 '반복'적 글쓰기 행위가 좋은 글을 만드는 '방법'임을 암시하는 것이다. 또한 반복은 Freedman(1987:101)의 주장처럼 특정 장르에 대한 '직감(felt sense)'의 형성에도 긍정적이다. 사실 직감은 명시적, 암시적 교육을 통해서 필자가 특정 장르를 만났을 때 이에 대해서 능동적으로 반응할 수 있는 정도를 말한다. 대학원 유학생은 다양한 학술 보고서를 학기별로 써 가면서 '주제'와 '화제' 그리고 이에 따른 '논증'과 '설명'의 방식이 다를지라도 '부분적인 차이'를 인식하고 극복하면서 학술적 글쓰기에 대한 직감을 향상시킬 수 있을 것이다.

정희모(2014:215-217)는 활동 시스템을 통한 학습전이를 설명하면서 '수업 과제와 커리큘럼의 연속성'을 강조했다. 매학기 접하는 학술 보고서가 유학생에게 제일 중요한 '학위논문'과 연결성이 부족할 경우 학습전이 가능성이 낮기 때문이다. 과제는 과제로, 그리고 학위논문은 학위논문으로 서로 파편화된 상황에서 학위 논문이란, 결국 대학원 유학생혼자 해결해야 하는 고독한 문제로 남게 된다. 대학원 유학생의 저자성향상을 위한 '방향'을 탐색하는 본 연구의 성격을 고려할 때 학술 보고서와 학위논문의 공통점 등을 대학원 유학생이 인식하게 만드는 것은 '과제의 연속성' 차원에서 중요하다. 그리고 이러한 연속성을 갖추는 차원에서 앞서 언급한 학술적 글쓰기 교과목의 개설은 정당성을 갖는다. 대학원 유학생들은 반복되는 학술 보고서의 성공적 경험을 통해서 글쓰기 배경지식의 내면화가 가능해지고 학위논문에 대한 강한 자신감을 갖게 된다. 그리고 이러한 변화는 대학원 유학생들을 성공적인 학위논문 쓰기로 이끌 것이다.

3.3. 유학생의 스키마를 고려한 수준별 저자성 교육

Freedman(1987:104)은 스키마를 학술 담론에 대한 형식(shape), 구조(structure), 수사적 입장(rhetorical stance), 사고 전략(thinking strategies)으로 규정하면서, "장르 인식력(recognition)"을 이러한 요소들이 새로운 장르와 만나서 '특정 과제와 규칙(particular disciplines or assignments)'에 맞게 수정해야겠다고 인식하는 것으로 정의했다. 문제는 대학원 유학생의 경우 같은 장르라도 '장르 인식력'의 기준이 되는 학술 담론에 대한 '스키마'가 다르다는 점이다. 실제로 민정호(2018:113-119)을 보면 학술적 텍스트를 '묘사하기'나 '서사하기'로 인식하고 있는 대학원 유학생이 있었고, 상당수의 유학생이 한국의 학술적 텍스트와 모국의 학술적 텍스트가 전혀 다른 장르라고 인식하고 있음이 인식 조사를 통해서 드러나기도 했다. 이는 대조수사학의 입장에서 장르 개념의 간섭(Interference)의 결과로도 해석된다. 이처럼 전혀 다른 스키마를 가지고 있는 유학생의 경우에는 갖고 있는 학술적 텍스트에 대한 지식과 요구 받는 학술적 텍스트에 대한 지식 사이의 충돌이 발생하여 장르 인식력에 혼란을 경험하게 된다.

특히 국내 대학에서 글쓰기 교육을 받지 않은 유학생은 이와 같은 혼란에 더 많이 노출된다. 그래서 대학원 유학생이 대학원에 입학해서 최초로 학술적 글쓰기 수업을 들을 때, 간단한 진단평가를 통해 글쓰기에 대한 스키마 정도, 쓰기 경험 정도 등을 파악하고 이를 반영한 교육이 진행되어야 한다. 이는 보다 모국의 학술적 글쓰기와 한국의 학술적 글쓰기의 '차이'를 중심으로 인식 전환에 중점을 두고 수업이 진행되어야 한다. 무엇보다 이와 같은 '차이'를 이미 인식하고 있는 대학원 유학생의 경우에는 실제로 해당 배경지식을 활용해서 글쓰기에 적용할 수 있는 반복적인 연습이 중요할 것이다. 김은정·한래희(2018)은 글쓰기에서 배경지식 활성화의 중요성을 전제로 이를 극대화할 수 있는 수업 모형을 개발했다. 모국에서 형성된 글쓰기 배경지식이 빈번하게 간섭하는 유학생은 배경지식 간의 차이를 인식하고 새로운 글쓰기 배경지식을 수용·창조하는 방향으로 교육이 진행되어야 할 것이다. 여기에서 배경지식은 학술 담론규칙 등과 같은 형식적 지식까지를 모두 아우른다. 반면에 이미 한국의 대학교에서 학술 담론규칙을 학습한 유학생의 경우에는 보다 '내용'에 집중해야 할 것이다. 그래서 학술적 과제에서 화제를 초점화한 후에 해당 화제에 부합하는 배경지식을 활성화하는 연습이나 해당 화제와 관련된 전문지식을 찾아서 배경지식을 확장하는 연습 등을 중심으로 수업이 구성되어야 할 것이다.

다만 이것이 분리 수업을 진행되어야 하는 것을 의미하지는 않는다.

Wardle(2004:101; Anis Bawarshi & Mary Jo Reiff, 2010:119에서 재인용)은 신입생이 동료, 그리고 선생님과 적극적으로 토론과 피드백을 거치면서 새로운 장르 지식을 습득하게 된다고 지적한다. 가령 토론에서 한 모둠의 구성원들이 토론을 하면서 해당 장르에 대한 명시적인 언급을 하지 않을지라도 함께 학술적 텍스트를 읽고, 이야기를 하는 것만으로도 암시적 학습이 가능하다는 지적이다. 그래서 본 연구 역시 진단평가를 근거로 차별화된 수업을 별도로 구성해야 한다는 것이 아니라, 대학원 유학생의 글쓰기 스키마를 파악하고 이를 근거로 교수자가 수업을 설계해야 한다는 것이다. 예를 들면, 장르 인식력에서 혼란을 경험하는 유학생의 경우 같은 언어를 사용하고 높은 장르 인식력을 나타내는 유학생과 함께 학술적 텍스트를 읽고 분석하도록 수업을 설계해야 하는 것이다. 이런 세밀한 수업 설계가 필요한 이유는 필자가 대학원 '유학생'이기 때문이다. 앞서 제시한 대학원 유학생의 특수성, 학술적 글쓰기의 특수한 맥락, 그리고 이 맥락을 고려한 학술적 글쓰기에서의 저자성과 교육원리를 정리하면 다음 그림과 같다.

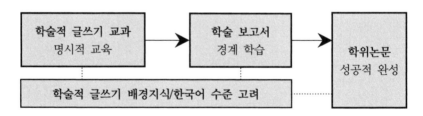

〈그림 4〉 대학원 유학생의 저자성 향상을 위한 교육 방향

대학원 유학생의 저자성 향상을 위해서 본 연구에서 제안한 교육 원리는 근본적으로 대학원 과정의 여러 학술적 글쓰기와 학위논문의 연관성을 높이고, 대학원 유학생의 모국에서의 글쓰기 경험과 글쓰기 수준을 고려한 수준별 교육이 가능하도록 하며, 무엇보다 학술적 글쓰기가 무엇인지에 대한 메타적 글쓰기 수업이 대학원 교육과정 안에서 명시적으로 진행되도록 구성했다는 특징이 있다.

4. 맺음말

교육부 통계자료를 보면 국내 외국인 유학생 중에서 '학위 과정'에 재학 중인 유학생이 2014년 53,636명에서 지속적으로 상승해서 2017년에는 72,032명까지 늘었다. 3년 사이에 대학교에 입학한 유학생의 수가 약 2만 명이 늘어난 것인데, 이 증가는 결국 학술적 글쓰기의 중요도를 더욱 높였다. 유학생이 대학교(원)에 입학을 했다면 결국 '학위논문'의 중요성이 더 높아지기 때문이다. 다만 '학위논문'을 잘 쓰기 위해서는 대학원 과정에서 경험하게 되는 다양한 학술적 글쓰기에 상응하는 전문적 저자성이 확보되어야 한다. 그렇지만 현재 대학원에서 학술적 글쓰기의 교과목은 기초적 개발 단계이고, 대학원 유학생들의 대학원 과정은 학위논문과 유리되어 학위논문은 유학생 혼자 해결하거나 능력있는 한국 동료의 도움없이는 불가능한 가능한 것으로 간주된다.

본 연구는 대학원 유학생에게도 본격적으로 학술적 글쓰기를 다루는 수업이 필요함을 전제한다. 특히 Wardle(2009)를 근거로 보다 특정 수사적 상황을 중심으로 학술적 글쓰기를 개념화하고 이를 근거로 저자성의 개념과 세부내용을 도출했다. 그리고 이 저자성을 대학원에서 가르치기 위해서 학술적 글쓰기와 저자성의 개념과 역할을 명시적으로 가르치고, 학술 보고서 쓰기를 학위논문의 경계학습으로 활용하며, 모국의 학술적 글쓰기 경험과 글쓰기 관련 배경지식, 그리고 한국어 능력 등을 고려한 수준별 수업을 강조했다. 그리고 이 모든 과정들은 '학위논문'을 지향하도록 했다.

본 연구에서의 저자성은 좁은 의미에서 '신수사학적 관점'의 저자성으로 대학원 유학생들이 학위과정을 성공적으로 마치기 위해서 갖춰야할 '전문 저자성'을 가리킨다. 이 저자성을 대학원 유학생에게 효과적으로 가르칠 수 있다면, 현재 대학원 유학생들이 경험하는 학위논문과 관련한 문제들을 해결하는데 상당 부분 도움을 줄 수 있을 것이다. 다만 본 연구는 저자성의 개념을 확립하고 이를 통해 교육의 방향을 제시했을 뿐, 저자성 각 국면의 세부 교육 원리들과 교수요목으로까지 논의를 확장하지 못했다. 대학원 유학생의 저자성 향상을 위한 세부적인 교육 원리는 후속 연구를 통해서 그 외연이 확장되기를 기대해 본다.

• 참고문헌

구자황(2013), 학술적 담화 공동체의 삶과 글쓰기, 우리말교육현장연구 7(2), 우리
　　말교육현장학회, 71-96.

김성숙(2014), 학부생의 디지털 저자성 측정 문항 개발, 작문연구 23, 한국작문학회,
　　1-33.

김성숙(2015), 정보 기반 학술 담화공동체의 전문 저자성 습득 양상에 대한 고찰,
　　현대문학의 연구 55, 한국문학연구학회, 629-656.

김성숙(2016), 디지털 저자성 함양을 위한 블렌디드러닝 언어 수업 모형 개발, 외국
　　어로서의 한국어교육 45, 연세대학교 언어연구교육원, 59-82.

김은정·한례희(2018), 배경지식의 활성화를 통한 글쓰기 교육모형 연구, 리터러시
　　연구 9(4), 한국리터러시학회, 9-43.

김혜연(2016), 대학생의 학습 목적 글쓰기에서 지식 구성의 양상 고찰-혼합 연구
　　방법론의 적용, 작문연구 30, 한국작문학회, 29-69.

민정호(2018), 학문 목적 한국어 쓰기에서의 담화종합 수준별 저자성 분석-대학원
　　유학생의 계획하기와 수정하기를 중심으로, 동국대학교 박사학위논문.

박은선(2014), 장르 중심 학문 목적 한국어 쓰기 교수의 실행연구-대학원 보고서를
　　중심으로, 이화여자대학교 박사학위논문.

서승희(2017), 학술적 글쓰기 주제 선정을 위한 단계별 지도 사례 연구, 학습자중심
　　교과교육학회지 17(12), 101-117.

이수정(2017), 내용 지식의 강화와 통합을 위한 한국어 쓰기 교육 연구-외국인 유학
　　생의 학술 보고서 쓰기를 중심으로, 한국외국어대학교 박사학위논문.

이아라(2008), 글쓰기 과정의 "숨은 독자(Hidden Reader)"-글쓰기 과정에서 독자의
　　작용에 관한 새로운 이해, 국어교육학연구 31, 국어교육학회, 393-436.

이윤빈(2012), 대학 신입생 대상 학술적 글쓰기의 장르적 의미와 성격, 작문연구
　　14, 한국작문학회, 135-163.

정다운(2016), 외국인 대학원생을 위한 한국어 학위논문 서론 담화표지 교육 연구,
　　어문론집 68, 중앙어문학회, 391-422.

정다운(2014), 외국인 대학원생을 위한 학술적 글쓰기 교육에 대한 요구 조사 분석,
　　어론문집 60, 중앙어문학회, 389-420.

정희모(2014), 대학 글쓰기 교육에서 학습 전이의 문제와 교수 전략, 국어교육 146,
　　한국어교육학회, 199-124.

최숙기(2007), 자기 표현적 글쓰기(expressive writing)의 교육적 함의, 작문연구 5, 한국작문학회, 205-239.

최종윤(2017), 신수사학의 작문 교육적 함의, 청람어문교육 62, 청람어문교육학회, 95-121

최주희(2017), 외국인 유학생의 한국어 학위 논문 작성 과정 연구-참조 모델 활용과 조력자와의 상호작용을 중심으로, 서울대학교 박사학위논문.

홍윤혜·신영지(2018), 예술분야 외국인 대학원생을 위한 학술적 글쓰기 교수요목 설계, 한국리터러시학회 추계 전국학술대회 자료집, 115-122.

Asaoka,C. & Usui,Y.(2003), Students' Perceived Problems in an EAP Writing Course, *JALT Journal*, 25(2), 143-172.

Bawarshi, A. & Reiff, M. J.(2010), *Genre: An Introduction to History, Theory, Research, and Pedagogy*, Lafayette, IN: Parlor Press.

Flower, L.(1987), *The role of task representation in reading to write*, Technical Report 6, Berkely, CA: University of California, National Center for the Study of Writing and Literacy.

Flower, L.(1993), *Problem-Solving Strategies for writing*, Fort Worth: Harcourt & Company Translation, 원진숙·황정현 역(1998), 글쓰기의 문제해결전략, 동문선.

Flower, L., Hayes, J. R., Carey, L., Schriver, K. & Stratman, J.(1986), Detection, diagnosis, and the strategies of revision, *College Composition and Communication*, 37(1), 16-55.

Freedman, A.(1987), Learning to write again discipline-specific writing at university, *Carlen Papers in Applied langauge studies*, 4, 95-116.

Hayes, J. R.(2012), Modeling and Remodeling Writing, *Written Communication*, 29(3), 369-388.

Hyland, K.(2006), *English for academic purposes: An advanced resource book*, London: Routledge.

Miller, C. R.(1984), Genre as Social Action, Genre and the New Rhetoric, *Quarterly Journal of Speech*, 70(2), 151-167.

Murray, D.(1985), *A Writer Teaches Writing*, Boston: Houghton- Mifflin.

Russell, D. R.(1997), Rethinking genre in school and society: An activity theory analysis, *Written Communication*, 14(4), 504-554.

Spivey, N. N.(1997), *The constructivist metaphor: Reading, writing, and the Making of Meaning*, San Diego, CA: Academic press, 신헌재 외 공역(2002), 구성주의와 읽기·쓰기, 박이정.

Tribble, C.(1996), *Writing*, Oxford: Oxford University Press, 김지홍(2003) 역, 쓰기, 범문사.

Wardle, E.(2009), 'Mutt Genres' and Goal of FYC: Can We Help Students Write the Genres of the University?, *College Composiotion and Communition*, 60(4), 765-789.

Wardle, E.(2004), Can Cross-Disciplinary Links Help Us Teach 'Academic Discourse' in FYC, *Across the Disciplines*, 1, 1-17.

Williams, J. & Colomb, G.(1993), The Case for Explicit Teaching: Why What You Don't Know Won't Help You, *Research in the Teaching of English*, 27(3), 252-64.

학술적 글쓰기에서 대학원 유학생의 발견 능력 향상을 위한 교육 내용 제안

1. 머리말

최근 한국으로 오는 유학생의 수는 크게 증가해서 2019년을 기준으로 14만 명이 넘었다. 그리고 대학원에 재학 중인 박사·석사 과정의 유학생 역시 그 수가 많이 증가했는데,[1] 이는 '학술적 글쓰기'의 비중 역시 높아지고 있음을 나타낸다. 특히 유학생은 학술 담화공동체의 '학술적 규약(academic disciplines)'을 포함해서 학술적 글쓰기의 장르성과 관련된 규칙들에 적응해야 하는데, 여기서 학업 부적응이 발생하기도 한다. 즉 대학원에서 유학생의 학업 적응은 '학술 담화공동체'에서 요구하는 '학술적 글쓰기'[2]의 적응에 달려있다고 봐도 될 것이다.

이와 같은 학술적 글쓰기의 중요성을 고려하면, 최근 대학원 유학생의 학술적 글쓰기 관련 연구는 크게 두 가지 흐름으로 진행됨을 확인할 수 있다. 첫째는 대학원 유학생의 학위논문 중심으로 진행되는 연구들

---

1) 교육부에서 공개한 2016년부터 2018년 '국내 외국인 유학생 현황 정보'를 참고했다. 박사과정은 2016년 6.6%였는데 2018년에는 6.0%를 차지하고 있고, 석사과정은 2016년 16.6%였는데 2018년에는 15.1%를 차지하고 있다. 전체 유학생 수는 2016년부터 꾸준하게 늘고 있지만 한국의 학술 담화 공동체로 편입되는 유학생의 비중은 점차 줄고 있는 것이다.

2) 본 연구에서는 '학술적 텍스트' 작성하기를 포함해서 '과정'이나 '행위'를 나타낼 때는 '학술적 글쓰기'로, 완성된 텍스트를 언급할 때는 '학술적 텍스트'로 각각 언급하겠다.

이다(최주희, 2017; 정다운, 2014; 박미숙·방현희, 2014). 이는 대학원 유학생에게 '학위논문'이 얼마만큼 중요한지를 보여준다. '학위논문'의 성공적 마무리가 곧 '졸업'을 의미하기 때문이고 이는 경제적으로도 유학생에게 큰 이득이기 때문이다. 둘째는 학술적 글쓰기에서 학술 보고서 등 특정 장르를 중심으로 진행되는 것이다(민정호, 2019; 이현희·신호철, 2017). 이 연구들은 학술 보고서를 특정 장르 글쓰기로 전제하고 글쓰기에서 요구되는 '저자성', '수사적 전략', '문장형 문법 제시' 등을 다루고 있다. 그런데 이와 같은 대학원 유학생 글쓰기 관련 연구들이 갖는 공통적인 특징은 학술적 글쓰기에서의 '쓰기'만을 중심으로 다룬다는 점이다.

Segev-Miller(2004:5)는 '학술적 과제(Academic task)'에서 요구하는 글쓰기를 '자료로부터의 글쓰기(Writing from Sources)'라고 정의했다. 이는 자료를 먼저 '읽고' 그리고 나서 '쓴다는 것'을 의도적으로 드러낸 것이다. Bracewell, Frederiksen & Frederiksen(1982:155)는 학술적 글쓰기를 읽기와 쓰기의 '융합적 과제(Hybrid task)'라고 정의했다. 이 정의 역시 Segev-Miller(2004)의 지적처럼 읽기와 쓰기가 종합적으로 고려되는 학술적 글쓰기의 장르적 특징을 고려한 것이다. 이와 같은 학술적 글쓰기의 정의를 고려한다면 학술적 글쓰기라는 장르 글쓰기를 '읽기'와 연결해서 살펴보아야 하는 이유가 분명해진다.

민정호(2019)는 유학생을 위한 글쓰기는 '명시적 교육'을 지향해야 한다는 점과 모든 글쓰기는 '학위논문'의 경계학습을 지향해야 한다고 지적했다. 그러면서 학술적 글쓰기에서 대학원 유학생의 '저자성'을 '발견-표상-전략-구현'으로 정리했다. 여기서 '발견'의 국면은 학술적 글쓰기에서 '읽기'와 '이해'의 중요성을 반영한 국면이었다. 그렇지만 문제는 학술적 글쓰기가 읽기와 쓰기가 결합된 융합적 글쓰기라고 전제했지만 구체적인 '발견'의 내용, 그러니까 '읽기'에 주안점을 두고 '발견'의 구체적 내용을 심층적으로 도출하지 못했다는 한계가 있었다. 정다운

(2014:403)는 외국인 대학원생에게 학술적 글쓰기를 쓸 때 가장 어려운 점을 물었는데, '논리적 글쓰기', '정확한 글쓰기'처럼 '쓰기'에 해당하는 것도 있었지만 '선행연구 비판적 고찰하기', '연구의 주제 선정하기' 등처럼 '읽기'와 관련된 것들도 많았다. 선행연구 '비판', 주제 '선정'이 '읽기'와 관련되는 이유는 텍스트를 적절하게 찾아 읽으면서 그 내용을 잘 기억해야할 뿐만 아니라, 배경지식을 적극적으로 활용해서 추론할 수 있어야 하기 때문이다. 이는 실제 대학원 유학생들이 학술적 글쓰기를 쓰면서 '읽기 능력'의 부재로 어려움을 겪고 있음을 실증적으로 보여주는 것이다. 학위논문 역시 다른 학술적 글쓰기와 마찬가지로 다양한 연구들을 읽고 발견한 것을 정리하는 것이 출발점이 된다고 전제했을 때, 학술적 글쓰기에서 '읽기'를 고려한 연구는 매우 중요할 것이다. 이와 같은 이유로 본 연구는 '학술적 글쓰기'에서 '쓰기'보다는 '읽기'에 초점을 두고 논의를 전개하려고 한다.

이를 위해서 본 연구는 민정호(2019)에서 제시한 저자성에서 '발견(Discovery/Diagnosis)'의 능력을 보다 구체화하려고 한다. 이 '발견'이 구체적으로 개념화가 되어야 대학원 유학생에게 학술적 글쓰기에서 '발견능력'[3]을 향상시키기 위한 교육 내용도 구체적으로 도출할 수 있기 때문이다. 이에 본 연구는 대학원 유학생의 학술 담화공동체의 적응을 돕기 위해서 학술적 글쓰기에서 요구되는 저자성 '발견' 능력을 구체화하

---

3) 『교육학용어사전』을 보면 '능력(ability)'은 특정 상황에서 별도의 훈련이나 노력 없이 일정한 과제를 수행할 수 있는 힘으로 정의하고, '수용력(capacity)'은 훈련과 노력을 통해서 특정 수준에 도달된 능력"이라고 정의한다. 이 정의를 고려하면 선천적인 것은 '능력(ability)'으로 후천적 훈련의 결과는 '수용력(capacity)'으로 정의될 수 있다. 비슷한 용어 중에서 '적합성(competence)'은 학습자가 소속된 공동체에서 요구하는 능력을 보유하는 것으로 설명한다. 본 연구에서 발견 '능력'은 대학원 유학생이 학술적 담화공동체에서 요구하는 학술적 글쓰기에서의 '적합성(competence)'을 확보기 위해서 훈련과 노력을 통해 획득해야 하는 '수용력(capacity)'을 말한다. 종합하면 본 연구에서 '저자성'은 '적합성(competence)'을 말하고, 발견 '능력'은 '수용력(capacity)'을 말한다.

고 이 능력을 향상시키기 위한 교육 내용을 제안하겠다. 또한 이와 같이 논의된 '교육 내용'[4]이 실제 대학원 유학생의 교육과정에서 어떻게 활용·적용될 수 있는지도 함께 살펴보고 이를 구체적으로 제시하도록 하겠다.

2. 학술적 글쓰기에서의 발견 능력

Asaoka & Usui(2003:144)은 '학술적 글쓰기'의 특징을 필자가 텍스트를 찾아 평가하고 이를 해석해서 이때 발견한 다양한 아이디어를 '종합(synthesis)'하는 '고도의 인지적 과제가 요구되는 것(highly cognitively demanding tasks)'으로 요약한다. 즉 학술적 글쓰기란 무언가를 발견하기 위해 적절한 자료를 찾아 읽고, 해석한 후에 떠오른 아이디어를 종합하여 표현하는 것으로 정의될 수 있다. 여기서 Chitose Asaoka & Yoshiiko(2003)에서 학술적 글쓰기에 대해 언급한 장르적 특징, 즉 읽기와 쓰기가 결합되었다는 지적은 Segev-Miller(2004), Bracewell, Frederiksen & Frederiksen(1982)와 같은 맥락에서 이해될 수 있다. 그런데 보다 더 심층적으로 고려해 보아야 하는 것은 무언가를 '발견'한 후에 떠오르는 '아이디어(ideas)'에 관한 것이다. Zamel(1983:166)도 비슷한 지적을 했는데, ESL 학습자에게 학술적 글쓰기에서 작문이란 유학생이 '의미를 발견(a process of discovering)'하고 '의미를 만드는 과정(creating meaning)'으로 정의했다. 그러니까 종합하면 텍스트에서 무언가를 발견했다고 해서 이 발견이 곧 의미가 되어 텍스트에 표현될 수 없다는 것이다. 텍스트에서 발견한 문

---

4) 본 연구는 대학원 유학생이 학술적 글쓰기를 쓸 때 '발견'의 교육 내용을 다루지만, 교육 내용을 설명하기 위해서 반드시 함께 논의되어야 하는 '교육방법' 논의의 범위에 포함시킨다.

장이나 특정단락을 다시 다른 텍스트에 사용·적용하려면 발견한 문장이
나 단락들에 '의미화 과정'을 거쳐서 새로운 의미로 재생산해야 한다는
것이다.

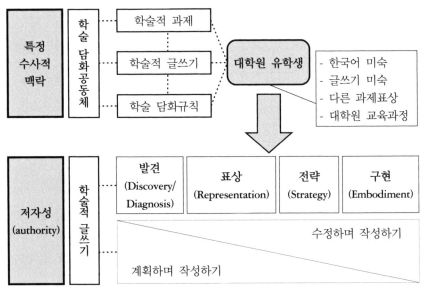

〈그림 1〉 학술적 글쓰기에서의 저자성(민정호, 2019:320)

〈그림 1〉은 대학원 유학생에게 요구되는 학술적 글쓰기에서의 '저자
성(authority)'의 개념이다. 저자성을 특정 장르 글쓰기에서 요구되는 '전문
저자성'으로 전제하는데, 대학원 유학생은 '발견-표상-전략-구현'의 국면
에서 적절한 '선택'을 해야 한다. 여기서 '발견'은 'Discovery/Diagnosis',
즉 계획하기에서의 '발견'과 수정하기에서의 '진단'으로 정리했다. 민정호
(2019)는 학술적 글쓰기를 Hayes(2012:375-376)의 주장을 수용해서 '계획하
기와 수정하기'가 '작성하기'와 통합된 글쓰기라고 전제했다. 그래서 수정
하기에서 '진단(Diagnosis)'은 유학생이 초고를 작성하면서, 혹은 초고를
완성한 후에 문제점을 발견하고 진단하는 것으로만 이해해도 글쓰기에

유용하겠지만 계획하기와 수정하기에서의 '발견(Discovery)'은 그렇지가 않다.[5] 왜냐하면 앞서 언급했듯이 텍스트를 발견하고 적절한 문장, 문단을 발견했다고 해서 이것이 곧 의미 생성을 의미하지 않기 때문이다. 그러니까 어떤 텍스트를 발견했다고 해서 이 발견이 곧 표현으로 연결되지 않는다는 것이다.

Petrosky(1982:34)는 필자가 쓰기 위해서 무언가를 찾아 읽을 때, 실제 삶에서 개인, 문화에 따른 '상황 모형'과 텍스트의 '인상(impression)'을 함께 결합함으로써 텍스트를 '이해(comprehend)'할 수 있다고 지적했다. 그리고 필자는 이 모형들을 토대로 글을 쓰기 시작하는데, 필자는 '이용할 수 있는 정보', '우리의 개인적인 지식', 그리고 필자가 발견한 '문화적, 상황적 틀'로부터 '의미를 생성'하고 글쓰기를 할 수 있다고 지적한다. Petrosky(1982)의 지적은 학술적 글쓰기에서 '발견'은 '구현(Embodiment)'을 목적으로 '의미 생성'의 과정으로 진행되어야 함을 의미한다. 이는 다시 말하면 필자가 텍스트에서 '발견'해야 하는 것은 글쓰기에서 사용할 텍스트 그 자체만이 아니라는 것이다. 텍스트를 찾아 읽고, 필자는 이 텍스트와 매개할 수 있는 정보, 개인적으로 알고 있는 배경지식, 필자가 속한 공동체의 문화적 혹은 상황적 틀(frame) 등을 함께 발견해야 하고 이를 수사적으로 고려해서 텍스트에 구성·배치해야 한다는 것이다. 여기서 필자가 알고 있는 관련 지식이나 정보, 그리고 해당 텍스트로 의사소통해야 하는 사회 공동체의 장르적 틀 등과 함께 제시된 '상황 모형'은 '발견'과 '의미생성'에서 매우 중요한 역할을 한다. 그래서 본 연구에서는 '읽기'와 '이해력(comprehension)'과 관련된 주요 이

---

5) '진단(Diagnosis)'과 '발견(Discovery)'은 '계획하기'와 '수정하기'에서 모두 발생하지만, '진단(Diagnosis)'은 수정하기에서, 그리고 '발견(Discovery)'은 계획하기에서 각각 보다 더 큰 비중을 차지한다. 본 연구에서는 최초 의미생성을 위해서 '배경지식'과 연결해야 하는 '발견', 즉 계획하기에서의 '발견(Discovery)'을 중심으로 논의를 전개한다.

론들에서 '구현'을 위한 읽기의 특징을 정리하고, 이때 '발견'을 위해 고려해야 할 것을 '발견 능력'이라 정의하고 구체화하려고 한다.

Kintsch(1994:294)는 '기억하는 것(remembering)'과 '학습하는 것(learning)'을 구분한다. 기억할 수 있다는 것은 텍스트를 '축어적(verbatim)'으로 이해하고 이를 어느 정도 완벽하게 '재현(reproduce)'할 수 있는 것을 말하지만, 학습했다는 것은 '다른 방법(other ways)'으로 텍스트가 제공하는 정보를 사용하거나 변용할 수 있다는 것, 즉 '구현(Embodiment)'할 수 있다는 것을 의미하기 때문이다. 대학원 유학생은 '학술적 글쓰기'에서 읽은 자료를 똑같이 재현하는 것이 목표가 아니라, '다른 방법'으로, 혹은 다른 전략으로 자신의 텍스트에 구현해야 하기 때문에 읽기 자료를 '기억하는 것'이 아니라 '학습'해야만 한다.6) Kintsch(1994:294)는 '다른 방법'의 예로 텍스트의 정보에서 새로운 사실을 '추론(infer)'하는 것, 그리고 새로운 문제를 해결하기 위해서 이전 지식과 텍스트의 정보를 '연결(conjunction)'하는 것, 마지막으로 이미 알려진 내용과 텍스트의 정보를 다시 '통합(integrate)'하는 것 등을 예로 든다. Kintsch(1994)는 이처럼 다른 방법으로 발견한 내용을 사용하는 것을 '학습 용이성(learnability)'이라고 명명했다. 그래서 학습자가 텍스트를 읽고 발견한 내용을 다른 방식으로 사용하기 위한 '학습 용이성(learnability)'을 확보하려면 텍스트의 '표층 구조(surface structure)'를 '텍스트 기저(textbase)' 수준으로만 이해하는 것이 아니라 '상황 모형(situation model)'으로까지 연결해야 한다고 지적한다(Kintsch, 1994:302). Kintsch(1994: 295)는 'When a baby has a septal defect, the blood cannot get rid of enough carbon dioxide through the lungs. There, it looks purple.'7)

---

6) 외국인 유학생이 완성한 '텍스트'는 '모사'의 양상을 보이거나 '표절'의 문제가 나타난다는 지적이 많다(이유경, 2016; 이윤진, 2012). 이는 유학생들이 읽기 자료를 찾아서 단순히 '기억하는 것'에만 초점을 두기 때문으로 보인다. 찾은 자료를 Kintsch의 지적처럼 '학습하는 것'에 초점을 둔다면 그대로 가져오는 것이 아니라 새로운 의미를 생성해서 수사적 맥락을 고려해서 자신의 텍스트에 배치할 수 있을 것이다.

을 예로 드는데, '텍스트 기저'로는 'have', 'notgetrid', 'purp' 등 3가지 명제를 중심으로 'when', 'through-lungs', 'therefore', 'enough' 등의 문장 연결요소들이 종합 이해될 수 있다고 설명한다. 그렇지만 '우리 몸의 순환계(the circulatory system)'와 같은 독자가 갖고 있는 '배경지식'과 이와 같은 '표층 구조(surface structure)'를 연결시킬 수 있을 때에만 '상황 모형(situation model)'을 만들어 학습 용이성을 확보할 수 있다고 정리했다. 이렇게 해야 다른 글쓰기 맥락에서 해당 내용을 전략적으로 사용할 수 있기 때문이다. Petrosky(1982), Kintsch(1994)의 개념을 종합해서 판단하면, 민정호(2019)에서 저자성 개념은 '텍스트 기저(textbase)' 수준에서의 '이해'를 전제로만 대학원 유학생의 '발견' 능력을 다뤘다는 한계가 나타난다. 이 '발견' 능력을 '상황 모형(situation model)'의 차원까지 고려해서 재설정해 보면 다음과 같다.

<표 1> 학술적 글쓰기에서 발견 내용

국면		이해	내용
발견	계획하기	텍스트 기저	학술적 과제 해결을 위한 읽기 자료의 발견 읽기 자료에서 필요한 문장/단락 등의 발견
		상황 모형	찾은 문장/단락 등과 관련된 지식(정보)을 발견 찾은 문장/단락 등과 연결할 배경지식 발견
	수정하기	텍스트 기저	텍스트를 수정하면서 초고에서의 문제점 진단 텍스트 수정을 위한 읽기 자료와 문장/단락의 발견
		상황 모형	문제점 해결을 위한 관련 지식(정보)을 발견 문제점 해결을 위한 배경지식 발견

<표 1>은 '텍스트 기저(textbase)'와 '상황 모형(situation model)'을 고려한 학술적 글쓰기에서의 발견 내용을 정리한 것이다. '계획하기'에서의

---

7) 연구자 역) 아기가 격막 결손이 있을 때, 혈액은 폐를 통해서 이산화탄소를 충분히 제거 할 수 없다. 따라서 혈액은 보라색으로 나타난다.

발견은 '텍스트 기저'에서 학술적 글쓰기를 위한 읽기 자료를 발견해야 한다. 이는 '학술적 과제'의 성격과도 연결되는데, Flower(1993; 원진숙·황정현 역, 1998:164)은 학술적 과제의 특징을 읽기 자료들을 읽으면서 필자가 알고 있는 지식들과 읽기 자료를 비교해 가며 직접 '화제'를 정하는 것이라고 지적했다. 그래서 이 텍스트 기저에서의 발견은 두 단계로 나눌 수가 있는데, 우선 화제 선정을 위한 읽기 자료의 발견이 있고, 화제를 선정한 후에는 화제에 부합하는 자료, 그리고 그 자료에서의 '문장이나 단락'을 찾기 위한 발견이 있다. 이때 '상황 모형'에서 고려되어야 할 것은 바로 발견한 자료들과 '연결(conjunction)'할 수 있는 관련 자료, 혹은 관련 자료는 아니지만 '화제'와 연결해서 사용할 수 있는 배경지식 등을 '필자 스스로가 찾아 발견하는 것'이다. '수정하기'에서의 발견은 '텍스트 기저'에서 초고의 문제를 진단(발견)해야 한다. 이 발견된 문제 중에서 형식(기계적 오류)의 범주를 넘어서는 경우에는 추가적으로 읽기 자료를 검토해서 텍스트의 문제를 해결할 수 있는 '내용'을 발견해야 한다. 이때 '상황 모형'에서 읽기 자료뿐만 아니라 필자가 이미 알고 있는 지식이나 관련된 지식 등을 적극적으로 찾아 '발견'하고 이를 효과적으로 활용할 수 있다면 보다 효과적인 의미 생성이 가능할 것이다.

3. 발견 능력 향상을 위한 교육 내용

이 장에서는 대학원 유학생에게 앞서 구체화한 발견 능력을 향상시키기 위한 교육 내용을 살펴보려고 한다.[8] 본 연구에서 '텍스트 기저'를

---

8) 이와 같은 학술적 글쓰기에서 '발견 능력'은 한국인 대학원생에게도 동일하게 필요하다는 지적이 있을 수 있다. 그렇지만 한국인 대학원생은 한국에서 대학교를 졸업했기 때문에 기본적인 학술적 리터러시를 갖추었고, 무엇보다 능숙한 한국어를 기반으로 주변 동료, 교수와의 협업을 통해서 '관찰학습'할 수 있다. 반면에 이와 같은 조건을

'기억하는 것'으로, '상황 모형'을 '학습하는 것'으로 정리해서, 학술적 글쓰기에서 '텍스트 기저'의 필요성을 축소한 것으로 보일 수 있다. 그렇지만 의미 생성을 위한 목적이 아니라 '직접 인용'을 위한 목적, 그러니까 텍스트의 '재생산'을 목적으로 읽는 경우라면 '텍스트 기저' 수준에서의 이해 역시 중요할 것이다. 이와 같은 이유로 본 연구에서는 '텍스트 기저'도 논의의 대상으로 포함시킨다.

3.1. 텍스트 기저

먼저 대학원 유학생의 '텍스트 기저(textbase)' 차원에서의 발견 능력 향상을 위한 교육 내용을 살펴보려고 한다. McNamara et al(1996:4)은 텍스트 기저에는 텍스트에 직접적으로 드러나는 정보도 있고, 독자 나름의 방식으로 조직한 정보도 있다고 지적한다. 그러면서 텍스트 기저에는 '전체적 구조(a global structure)'와 '지엽적 구조(a local structure)'가 모두 존재한다고 정리한다. 여기서 '전체적 구조'는 텍스트의 의미론적, 수사적 구조를 말하고, '지엽적 구조'는 '단어나 구, 그리고 절' 사이의 언어적 연결이나 관계를 의미한다(Kintsch, 1994:294). McNamara et al(1996:4)은 이와 같은 텍스트 기저를 통해서 필자가 읽었던 진술들이 정확한지를 확인하고, 텍스트에 관한 질문에 대답할 수 있을 정도로 텍스트 내용을 기억할 수 있으며, 무엇보다 텍스트를 '요약'과 같은 형식으로 '재현'할 수 있다고 지적한다. 학술적 글쓰기를 하는 대학원 유학생의 경우를 살펴보면, 텍스트 기저에서 '지엽적 구조'는 익숙할 것이라고 판단된다. 예를 들면 '접속 부사' 등과 같은 문장과 문장을 연결하는 '지엽적 구조'는 '일반 목적 한국어 교육'에서부터 자연스럽게 노출되었기 때문에 비

갖추지 못한 대학원 '유학생'은 '명시적 교육'을 통해서 학술적 리터러시를 향상시키고, 무엇보다 학술 담화공동체에 적응할 수 있도록 도와야 할 것이다.

교적 친연성이 있을 것으로 판단된다. 지엽적 구조보다 더 중요하게 다뤄져야 하는 것은 '전체적 구조'이다. 왜냐하면 '전체적 구조'는 '지엽적 구조'와는 달리 담화의 영역으로 넘어가기 때문이다. 예를 들면 특정 담화에서 수사적 전략을 고려해서 텍스트의 '전체적 구조'를 구성·배치하는 글쓰기는 대학원 유학생에게 익숙하지 않은 '고려사항'이기 때문이다.

Meyer(1982)는 '설명적 텍스트(expository text)'의 '유형(type)'을 '인과(causation)', '비교(comparison)', '문제/해결(problem/solution)', '기술(description)', '시간-순서(time-order)'로 나눈다. 그리고 동일한 주제를 다른 유형의 수사적 구조를 가진 텍스트로 바꿔서 학습자의 '회상(recall)' 정도를 확인했는데, 유형별로 그 결과가 달랐다. 이는 Meyer(1982)의 실험이 유학생 대상이 아니라 중학생을 대상으로 진행한 실험이라 본 연구와 연구 대상이 다름에도 불구하고 본 연구에 강력한 두 가지 시사점을 제공한다.[9] 첫째는 대학원 유학생이 다양한 수사적 구조의 특징을 비교·대조할 수 있는 능력이 있다면 학술적 글쓰기를 할 때 적절한 '전체적 구조'를 고려해서 장르 글쓰기를 할 수 있을 것이라는 점이다. 둘째는 대학원 유학생이 학술 담화공동체의 전문 필자들이 완성한 논문을 읽을 때 논문의 수사적 구조를 활용해서 읽을 수 있다면 필요한 정보를 '발견'하는 것이 더 수월할 것이라는 점이다. 결론적으로 이 두 가지 시사점을 고려한다면 대학원 유학생이 텍스트 기저 수준에서 정확한 '발견'을 하기 위해서는 '수사적 구조'에 대한 지식을 알아야 한다. 그렇게 하기 위해서는 같은 주제를 다른 수사적 구조로 표현해 보는 글쓰기 활동이 필요할 것이다. 또한

---

9) Meyer(1982)는 중학생을 대상으로 진행된 연구이기 때문에 본 연구처럼 '대학원 유학생' 관련 연구에 적용하기가 어렵다고 판단할 수 있다. 그렇지만 Carrell(1984; Carrell, 1985:52에서 재인용)는 ESL 독자에게도 텍스트 구조를 가르침으로써 독해 능력을 증진시킬 수 있음을 확인했다. 이와 같은 이유로 본 연구에서는 Meyer(1982)의 수사적 구조를 활용한 교육 내용을 제안한다.

같은 주제지만 비슷한 정보가 다른 구조로 배치된 읽기 자료에서 필요한
정보를 찾고 발췌해 보는 연습도 필요할 것이다. Meyer et al(1980; Carrell,
1985:52에서 재인용)은 '의사소통 목표'에 따라서 더 효율적이고, 덜 효율적
인 텍스트 구조가 존재한다는 사실을 발견하고 보다 더 명시적으로 '수사
적 구조별' 특징을 ESL 학습자에게 가르쳐야 한다고 주장한다. 이와 같은
점을 고려한다면 대학원 유학생이 읽기와 쓰기가 결합된 학술적 글쓰기
에서 수사적 구조와 관련된 배경지식을 충분히 확보해야 하는 이유가
분명해질 것이다.[10]

3.2. 상황 모형

이어서 대학원 유학생의 '상황 모형(situation model)' 차원에서의 발견
능력 향상을 위한 교육 내용에 대해서 살펴보려고 한다. '상황 모형'은
앞서 언급했듯이 독자의 배경지식과 연결되어 있다. Kintsch(1994:294)는
텍스트 기저 수준에서 발견한 내용을 '다른 맥락'에서 '다른 방식'으로
사용하려면 텍스트 기저 수준의 이해를 넘어서는 '상황 모형'이 필요하다
고 설명했다. 그리고 이에 대한 예로 텍스트를 근거로 '추론(infer)'하는
것, 배경지식과 텍스트의 정보를 '연결(conjunction)'하는 것, 그리고 관련
지식과 텍스트의 정보를 '통합(integrate)'하는 것을 들었다. Enkvist(1987:25)
은 이와 같은 이해의 차원이 텍스트의 '응집성(coherence)'을 구성한다고
지적한다. 그러니까 텍스트가 응집성을 확보하려면 독자의 배경지식과
텍스트의 의미적 결합이 필수적이라는 것이다. 정리하면 텍스트가 '전체
적 구조(a global structure)'를 갖추고 있을지라도 독자가 적극적으로 자신

---

10) 배식한(2019:258-260)는 형식주의 글쓰기에서 태동한 담론의 네 가지 양식(묘사, 서사,
   설명, 논증)이 학술적 글쓰기 교육에서 여전히 교육적 함의점이 높다고 지적했다. 이
   와 같은 양식들은 한국의 학술적 글쓰기에 직감 형성이 충분히 되지 못한 대학원 유학
   생의 글쓰기 교육에도 충분한 역할을 할 수 있을 것이라 판단된다.

의 배경지식과 텍스트의 의미를 융합하여 복합적으로 고려하지 못하면 텍스트의 응집성은 발생하지 않는다는 지적이다. Enkvist(1987:26)은 텍스트의 응집성은 텍스트 수용자의 추론 능력에 기반한 '해석의 차원 (hermeneutic)'에서만 발생한다고 지적하면서, 상황모형을 만든 독자는 텍스트를 읽고 자신만의 '담화적 세계(universe of discourse)'를 만든다고 지적한다. 결국 Kintsch(1994), Enkvist(1987)을 종합하면 한 가지 시사점을 확보할 수 있는데, 텍스트의 응집성은 텍스트 주변에 담화적 세계를 구성하는 '독자의 능력'에 달려있다는 것이다.

종합하면 대학원 유학생이 학술적 글쓰기에서 텍스트를 찾아 읽을 때 대학원 유학생의 '담화적 세계'에 근거해서 텍스트가 '응집성'을 갖추도록 해야 한다. 대학원 유학생이 '담화적 세계'를 구축하도록 돕고, 이때 글쓰기에 필요한 적절한 '발견'을 촉발하도록 하기 위해서는 반드시 '배경지식'을 고려해야 한다. 그래서 본 연구는 추론과 해석이 요구되는 응집성 결핍의 텍스트를 대학원 유학생에게 읽게 하는 것,[11] 그리고 읽은 후에 자유롭게 필자의 생각을 써 보게 하는 것을 제안한다. 본 연구는 대학원 유학생에게 자신의 전공 분야의 전문 저자들이 완성한 학술 논문들이 응집성 결핍의 텍스트로 인식될 가능성이 높다고 판단한다. 왜냐하면 학술 논문은 높은 수준의 한국어와 수사적 전략을 적용해서 구성된 텍스트이기 때문에 유학생에게는 주제를 고려해서 전략적으로 읽어도 이해할 수 없는 결핍이 존재하기 때문이다. 그래서 대학원 유학생은 학술 논문을 찾아 읽으면서 기존에 들었던 수업의 내용이나 혹은 기억하고 있는 배경지식 등과 연결해서 생각해 보고 이를 자유롭게 써 보도록 해야 할 것이다. '자유글쓰기(free writing)'는 필자가 쓰고 싶은 내

---

11) Kintsch(1988)은 '논항 중복'을 줄여서 응집성 결핍 텍스트를 만들고 배경지식의 정도에 따라 어떤 영향을 주는지를 확인했는데, 배경지식이 많은 필자일수록 텍스트를 이해하기 위해 배경지식을 활발하게 활성화했다.

용을 자유롭게 쓰는 것을 말한다. Elbow(1987:53)은 자유글쓰기를 편집과 비평으로부터 자유로운 글쓰기라고 정리했는데, 내용 생성 과정에서 필자의 '목소리(voice)'나 필자의 '생각'들을 자유롭게 표현할 수 있기 때문에 '독자를 무시(ignoring audience)'하는데 유용하다고 지적한다. 물론 이는 독자를 무시하는 텍스트를 완성하자는 의미가 아니다. 학술적 글쓰기는 학술 담화 공동체의 구성원을 독자로 인식하고 쓰는 장르 글쓰기이기 때문이다. 그러나 발견의 국면에서는 독자에 대한 고려는 잠시 내려놓고, 필자가 발견한 내용과 배경지식을 연결해서 자유롭게 써 보는 최소한의 자유글쓰기가 유용한 전략이 될 수 있을 것이다.[12] Castles & Wustenberg(1990:234; 정훈, 2012:3 재인용)는 "자유 글쓰기를 통해 학생들은 자신을 표현하는 법을 배우고 문자로 된 말을 두려워하지 않게 된다."라고 지적했다.

종합하면 자유글쓰기는 목표어로 학술적 글쓰기를 완성해야 하는 대학원 유학생에게 '글쓰기 공포'를 줄여주고 자신의 배경지식이나 관련 정보를 종합해서 다양한 아이디어를 생성하게 하는데 도움이 될 것이다. 그래서 대학원 유학생은 읽기 자료를 발견하고 발견한 자료에서 화제에 부합하는 문장이나 단락을 발견하며, 다시 이에 대해서 '연결' 가능한 '필기'나, '종합' 가능한 '배경지식'을 발견해서, 발견한 정보들을 종합하고 자유 글쓰기를 하는 학술적 글쓰기 교육 내용이 마련되어야 할 것이다.

---

12) 발견한 내용과 필자의 배경지식을 종합·추론해서 자유글쓰기로 표현하는 것이 학술적 글쓰기에서 바로 사용할 수 있는 내용생성으로 이어질 수 없다는 비판이 있을 수 있다. 이와 같은 이유로 본 연구는 추가로 '내용 생성'이라는 장을 통해서 '개요쓰기'를 추가했음을 밝힌다. 즉 독자를 고려하지 않고 자유롭게 발견한 내용과 배경지식을 결합해서 썼다면 개요쓰기를 통해서, 독자를 고려하고, 주제를 고려해서 학술 담화공동체의 담화규약에 부합하는 방향으로 내용을 생성하는 것이다.

3.3. 내용 생성과 적용

Hyland(2002:1094)는 학술적 글쓰기가 '학술 담화 공동체'를 고려하는 '장르 글쓰기'인 이유로 필자가 단순히 '발견(findings)'한 것을 '맥락 부재의 방식(context-free way)'으로 전달하는 것이 아니라 '사회 공동체(social community)'에서 요구하는 '특별한 장르적(a particular genre)' 특징을 고려해야 하기 때문이라고 밝힌다. 그런데 문제는 대학원 유학생은 학술 담화공동체에서 요구하는 학술적 글쓰기의 장르적 특징을 고려하는 것이 쉬운 일이 아니라는 것이다. 이와 같은 이유로 맥락 부재의 방식으로 학술적 글쓰기를 완성하는 대학원 유학생이 많고, 이는 글쓰기를 어렵게 만들거나 글쓰기에 대한 공포를 유발하는 원인이 된다. 그래서 이 특별한 장르적 특징을 지키면서 학술적 글쓰기를 하려면 설계도 역할을 해 줄 수 있는 장치가 필요하다. 본 연구는 '개요 쓰기'가 대학원 유학생에게 이와 같은 역할을 할 수 있다고 판단한다. 김미란(2019:382)는 학술적 글쓰기를 '탐구형 글쓰기'로 규정하고 이와 같은 글쓰기에서 '개요 작성'은 필수라고 지적한다. 이는 다시 말하면 학술 담화 공동체에서 학술적 글쓰기를 하는 대학원 유학생은 '발견'한 것들을 곧 '개요'로 구성할 수 있어야 한다는 것을 의미한다.

〈그림 2〉는 본 연구에서 제안한 대학원 유학생의 발견 능력 향상을 위한 교육 내용을 정리한 것이다. 요약하자면 텍스트 기저에서의 발견이 텍스트 그 자체의 발견을 말한다면, 상황 모형에서의 발견은 텍스트와 연결할 수 있는 배경지식, 관련 지식이나 정보 등을 발견하고 종합하는 것을 말한다. 텍스트 기저에서는 화제와 부합하는 문장을 발견하기 위해서 텍스트의 수사적 구조에 익숙해지기 위한 교육 내용이 필요함을 밝혔다. 또한 상황 모형에서는 대학원 유학생의 배경지식이 텍스트의 내용 생성에 개입할 수 있도록 추론과 해석이 요구되는 텍스트를

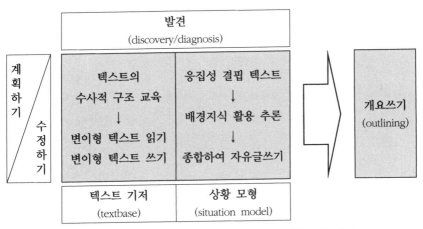

〈그림 2〉 학술적 글쓰기에서 발견 능력 향상을 위한 교육 내용

제공하고 이때 자유글쓰기를 통해 떠오르는 생각들을 표현하도록 하는 교육 내용이 필요함을 밝혔다. 마지막으로 자유글쓰기를 통해 생성된 내용들은 개요 쓰기를 통해서 초고 완성을 위한 '설계도' 역할을 하도록 교육해야 한다고 지적했다.

민정호(2019:334)는 대학원 유학생을 위해서 '학술적 글쓰기 강의'가 대학원 1학기에 개설되어야 한다고 주장했다. 이 강의는 대학원에 입학한 신입생을 대상으로 학술 담화공동체의 장르 규칙 등을 알려주기 위해서 선수과목이나 필수과목으로 지정된다. 또한 이 강의에서는 학술적 글쓰기에서 요구되는 저자성 4가지 국면에서의 지식을 학습하며, 반복적인 연습을 통해서 글쓰기의 기술과 태도를 배우는 것을 목표로 한다. 본 연구에서 제안한 '발견 능력 향상'과 관련된 교육 내용들은 저자성의 최초 국면인 '발견'에 해당하기 때문에, 학술적 글쓰기를 중심으로 설계되는 강의의 초반부, 그러니까 2주부터 4주까지 적용이 가능할 것이다. 이에 대한 자세한 내용은 다음과 같다.

〈표 2〉 대학원의 '학술적 글쓰기 강의'에서 교육 내용 적용

		교육 내용
저자성 발견	2주차	- 텍스트의 '수사적 구조'의 '지식'을 가르친다. - '주제'에 따라서 '변이형 텍스트'에서 정보를 발견한다. - 찾은 정보를 활용해서 '변이형 텍스트'를 완성한다.
	3주차	- '주제'에 따라서 '논문'을 찾고 '정보'를 발견한다. - 발견한 '정보'와 매개할 수 있는 배경지식을 활성화한다. - '정보'와 '배경지식'을 종합/추론해서 '주제'에 맞게 써 본다.
	4주차	- '개요쓰기'의 목표와 유용성에 대한 '지식'을 가르친다. - '자유글쓰기'를 토대로 '주제'에 맞게 '개요쓰기'를 한다. - 개요를 중심으로 실제 글쓰기를 하고 과제로 제출한다.

〈표 2〉는 대학원 유학생을 위한 '학술적 글쓰기 교과'에 본 연구에서 제안한 '교육 내용'들을 적용한 것이다. 2주차 수업은 '텍스트 기저'를 통한 텍스트의 '전체적 구조'에 대한 이해에 중점을 두고, 3주차는 '상황모형'을 통한 '배경지식'의 활용과 종합에 중점을 둔다. 4주차는 실제 '개요쓰기'를 학술적 글쓰기를 고려해서 학습·실습하고 실제 글쓰기까지 과제로 수행하는 것으로 구성된다. 다만 추가로 강조되어야 할 것이 있다면 2주차에서는 '직접 인용'에 대한 교육이 함께 교육 내용으로 구성되어야 하고, 3주차에서는 '간접 인용'에 대한 교육이 함께 구성되어야 한다는 것이다. 그리고 글쓰기 실습의 경우 2, 3주차에는 1단락 글쓰기로, 4주차에 개요를 활용한 글쓰기는 3단락 이상 글쓰기로 진행한다. 이처럼 짧은 글쓰기로 수업이 구성되는 이유는 이 강의가 대학원 유학생들이 대학원에 입학해서 첫 학기에 듣는 '선수강' 수업임을 고려했기 때문이다.13)

---

13) 본 연구는 비교적 짧은 글에서 학습한 쓰기 능력이 긴 글에서도 전이될 수 있다고 전제한다. 그래서 수업 시간에는 짧은 글로 연습하고 긴 글을 완성해야 하는 과제를 통해서 발견 능력을 확인하도록 구성된다.

4. 맺음말

본 연구는 학술적 글쓰기가 읽기와 쓰기로 구성되어 있지만 대학원 유학생의 학술적 글쓰기 연구에서 읽기와 관련된 논의가 부족함을 전제로 읽기를 중심으로 논의를 진행했다. 그래서 민정호(2019)의 저자성 '발견' 국면에서 요구되는 '이해력(comprehension)'을 '쓰기를 위한 읽기'에서의 '학습하는 것'으로 정리하고, '텍스트 기저'와 '상황 모형'을 중심으로 '발견 능력'을 구체화했다. 또한 이때 대학원 유학생이 자신의 배경지식과 텍스트를 종합해서 담화적 세계를 구축해야 '상황 모형'을 만들 수 있다고 전제하고, 텍스트 기저에서 발견한 내용과 대학원 유학생의 인지에서 발견한 배경지식을 종합해서 의미 생성을 하는 데에 주안점을 두었다.

발견 능력을 향상시키기 위해서 본 연구에서는 텍스트 기저 차원에서 텍스트의 수사적 구조에 대한 지식을 알려줄 것, 그리고 같은 화제를 다른 수사적 구조로 구성한 텍스트를 읽고, 쓰도록 하는 교육 내용을 제안했다. 또한 상황 모형 차원에서 응집성이 결핍된 텍스트를 통해서 추론 능력을 향상하도록 하고, 이때 떠오른 배경지식이나 정보 등을 종합해서 자유롭게 표현하도록 하는 '자유 글쓰기'를 교육 내용으로 제안했다. 또한 이처럼 '발견'한 것들을 학술 담화공동체의 담화규약에 부합하는 방향으로 정리하기 위해서 '개요 쓰기'를 진행할 것을 제안했다.

본 연구는 대학원 유학생이 학위논문을 작성할 때 요구되는 '발견' 능력을 구체화하고 이 발견 능력을 향상시키기 위한 교육 내용을 제안했다. 그렇지만 논의된 교육 내용을 구체화시킬 교육 방법이나 교육과정 적용 방안 등에 대해서는 상세히 다루지 못했음을 밝힌다. 이에 대해서는 후속 연구를 통해서 구체화되기를 바란다.

• 참고문헌

김미란(2019), 대학생들의 학문 탐구 능력 신장을 위한 글쓰기 교재 개발 방법론 모색: 발견 학습(heuristics)을 적용한 개요 짜기를 중심으로, 반교어문연구 52, 반교어문학회, 377-408.

민정호(2019), 학술적 글쓰기에서 대학원 유학생의 저자성 개념과 교육원리의 방향 탐색, 리터러시연구 10(1), 한국리터러시학회, 313-341.

박미숙·방현희(2014), 외국인 대학원생의 학술적 글쓰기 해결과정, 문화교류연구 3(1), 한국국제문화교류학회, 67-84.

배식한(2019), 담론의 네 양식을 이용한 대학 글쓰기 교육 - 묘사, 서사, 설명, 논증의 필요성과 활용 방안, 리터러시연구 10(1), 한국리터러시학회, 239-268.

이유경(2016), 외국인 유학생의 학술적 글쓰기에서 인용 교육 방안에 대한 연구, 한국어교육 27(3), 국제한국어교육학회, 203-232.

이윤진(2012), 외국인 유학생의 자료 사용의 윤리성에 대한 연구, 연세대학교 박사 학위논문.

이현희·신호철(2017), 한국어 쓰기 교육을 위한 '문장형' 문법 제시 방안 연구: '-ㄹ/을뿐더러'와 '-은 결과'를 중심으로, 우리어문연구 59, 우리어문학회, 409-440.

정다운(2014), 외국인 대학원생을 위한 학술적 글쓰기 교육에 대한 요구 조사 분석, 어문논집 60, 중앙어문학회, 389-420.

정훈(2012), 프레네 자유글쓰기의 교육적 의미, 교육과학연구 43(3), 이화여자대학교 교육과학연구소, 1-25.

최주희(2017), 외국인 유학생의 한국어 학위 논문 작성 과정 연구: 참조 모델 활용과 조력자와의 상호작용을 중심으로, 서울대학교 박사학위논문.

Asaoka,C. & Usui,Y.(2003), Students' Perceived Problems in an EAP Writing Course, *JALT Journal*, 25(2), 143-172.

Bracewell, R. J., Frederiksen, C. H. & Frederiksen, J. D.(1982), Cognitive processes in composing and comprehending discourse, *Educational Psychologist*, 17, 146-164.

Carrell, P. L.(1987), Text as interaction: some implications of text analysis and reading research for ESL composition, In Connor & Kaplan Eds., *Writing across languages: analysis of L2 text*(47-56), Addison-wesley publishing company.

Elbow, P.(1987), Closing My Eyes as I Speak: An Argument for Ignoring Audience,

College English, 49(1), 50-69.

Enkvist, N. E.(1987), Text Linguistics for the Applier: An Orientation, In U. Connor & R. B. Kaplan Eds., Writing across languages: analysis of L2 text(23-43), MA: Addison-wesley publishing company.

Flower, L.(1993), *Problem-Solving Strategies for writing*, Fort Worth: Harcourt & Company Translation, 원진숙·황정현 공역(1998), 글쓰기의 문제해결전략, 동문선.

Hayes, J. R.(2012), Modeling and Remodeling Writing, *Written Communication*, 29(3), 369-388.

Hyland, K.(2002), Authority and invisibility: authorial identity in academic writing, *Journal of Pragmatics*, 34(8), 1091-1112.

Ivanic, R.(1998), *Writing and identity: The discoursal construction of identity in academic writing*, Amsterdam: John Benjamins

Kintsch, W.(1988), The use of knowledge in discourse processing: A construction-integration model, *Psychological Review* 95, 163-182.

Kintsch, W.(1994), Text comprehension, Memory, and Learning, *American Psychologist*, 49(4), 294-303.

McNamara, Kintsch, E., Songer & Kintsch, W.(1996), Are Good Texts Always Better? Interactions of Text Coherence, Background Knowledge, and Levels of Understanding in Learning From Text, *Cognition and Instruction*, 14, 1-43.

Meyer, B. J. F.(1982), Reading Research and the Composition Teacher: The Importance of Plans, *College Composition and Communication*, 33(1), 37-49.

Petrosky, A. R.(1982), From Story to Essay: Reading and Writing, *College Composition and Communication*, 33, 19-35.

Segev-Miller, R.(2004), Writing from Sources: The Effect of Explicit Instruction on College Students' Processes and Products, *L1-Educational Studies in Language & Literature*, 4(1), 5-33.

Zamel, V.(1983), The Composing Processes of Advanced ESL Students: Six Case Studies, *TESOL quarterly*, 17(2), 165-187.

학술적 글쓰기에서 대학원 유학생의 수준별 과제표상 양상 분석

- 과제표상과 텍스트 유형 비교를 중심으로 -

1. 서론

학술적 글쓰기는 학술 담화공동체로 편입되는 '신입생'에게 생경한 장르 글쓰기이다(Ivanic, 1998). 왜냐하면 학술적 글쓰기는 신입생이 경험했던 글쓰기의 사회적 맥락과 전혀 다른 맥락에서 구성되었기 때문이다. Greene & Lidinsky(2015)는 학술적 글쓰기의 특징을 필자로서 읽고 독자로서 쓰는 것, 다양한 자료들을 읽고 논점을 발견하고 여기서 필자만의 주장을 만드는 것, 그리고 자료들을 효과적으로 재구성해서 종합하는 과정으로 설명한다. 이와 같은 특징을 갖는 학술적 글쓰기를 학술 담화공동체로 편입되자마자 신입생이 능숙하게 할 수는 없을 것이다. 그런데 그 신입생이 '유학생'이라면 학술적 글쓰기에 적응하는 것은 더 어려울 것이다. 모국에서의 글쓰기 맥락과 학술 담화공동체에서의 글쓰기 맥락 사이에 '차이'가 존재하기 때문이다. 실제로 Riazi(1997)은 박사과정에 재학 중인 이란 대학원생들이 학술적 과제를 '요약 과제(a summary task)'로 '과제표상'했다는 연구 결과를 내놓았다. 특히 이 결과가 중요한 이유는 과제를 제시한 교수는 '비판적 논평(critical comments)'을 기대했기 때문이다. 이런 경향은 Allen(2004)에서도 발견되는데, 호주 대학교에 재학 중인 일본인 학생의 학술적 과제를 검토한 결과, 사용한 읽기 자료에 대해서 '스스로의 평가(own evaluation)', 즉 해석을 통한 자기 주장이 '결여(lack)'되어 있었다.

'학문 목적 글쓰기'나 '학술적 글쓰기'를 다룬 한국어 교육 연구들은 유학생들이 글쓰기에서 어려움을 경험하고 있음을 밝히고 있다(민정호, 2019a; 손달임, 2016; 이유경, 2016; 이윤진, 2013; 김성숙, 2013). 이 연구들을 살펴보면 '한국어 능력의 부족'이나 '교육 과정의 문제' 등을 지적한 연구도 있지만, 유학생 텍스트의 '표절'을 지적한 연구들도 많이 있다. 글쓰기에서 표절이 만연할 정도로 유학생들이 글쓰기를 어려워한다는 것이다. Pecorari(2003:317)은 유학생의 텍스트에 표절이 많은 것을 인정하지만, 유학생이 '학술적 관례(academic conventions)'를 어길 의도는 없다고 주장한다. 즉 유학생의 표절 문제는 글쓰기 전략이나 인식의 부재로 인한 '과도기적 현상'으로 판단해야지 윤리적인 문제로 접근해서는 안 된다는 지적이다. Howard(1992:233)는 '변형 글쓰기(patchwriting)'를 읽기 자료에서 일부 단어를 '삭제(deleting)', 문법 구조를 '변경(altering)', '동의어 대체물(synonym substitutes)'로 '바꾸는 것(plugging in)' 등으로 설명했다. Pecorari(2003:342)은 Howard(1992)를 수용해서 '변형 글쓰기'를 '표절(Plagiarism)'과 분리하고 긍정적으로 해석한다. 즉 '변형 글쓰기'를 유학생의 '만연한 전략(Widespread Strategy)'이나 '중립적 과정(neutral)' 등 '과도기적 전략'으로 판단한 것이다. 그렇지만 '변형 글쓰기'도 정의 여부에 따라서 표절로 간주될 수 있고, 무엇보다 단어와 어순을 바꿔 쓰는 '변형 글쓰기'가 만연한 전략이라는 점은 유학생이 '학술적 글쓰기'나 '학술적 과제'에 대해서 잘못된 '해석'을 내리고 있음을 방증하는 것이다.

본 연구는 이와 같은 학술적 글쓰기의 어려움, 표절의 문제 등을 '언어 능력의 부족과 전략 개발', 혹은 '교육과정의 문제와 해결' 등의 차원이 아니라, 글쓰기 과정에서의 '인지적' 혹은 '심리적' 차원에 주목해 보려고 한다. Flower(1987:7)은 '과제표상(task representation)'을 필자가 글쓰기 행위에서 주어진 '수사적 상황(the rhetorical situation)'을 번역하기 위한 '해석의 과정(interpretive process)'이라고 정의했다. 이는 Flower의 다른 연구에서도 발견되는데, Flower et al(1990:35-36)에서도 '과제표상'을 글쓰기 과정에서 빈번하게 발생하는 '확장된 해석 활동(extended interpretive process)'이라고 지적했다. 이는 텍스트를 쓰면서 과제표상이 올바른 '해석'을 근거로 구성되어야 주어진 글쓰기 과제를 성공적으로 해결할 수 있다는 것을 의미한다. Cheng(2009:2)는 과제표상의 이와 같은 특징을 근거로 L2 글쓰기 연구에서도 과제표상을 중심으로 한 연구가 필요함을 강조했다. 왜냐하면 과제표상을 학술적 과제에 부합하는 방향으로 해석할 수 있다면 유학생의 글쓰기 어려움이 어느 정도 해소될 수 있을 것으로 판단했기 때문이다. 이와 같은 이유로 본 연구는 학술 담화공동체에 재학 중인 유학생을 대상으로 '과제표상'의 양상을 확인해 보려고 한다.

필자의 '과제표상' 양상을 살펴 본 연구는 이윤빈(2013), 송은정(2018), 장성민(2018) 등이 있다. 이윤빈(2013)은 '대학교 신입생'을 대상으로 학술적 글쓰기에서의 초고와 수정고에서의 과제표상 양상을 살핀 연구이다. 특히 신입생의 회상 프로토콜 분석과 텍스트의 내용, 형식적 특징을 종합하여 결과를 분류하고, 집단별 특징을 정리했다. 송은정(2018)은 교양 과정의 '학부 유학생'을 대상으로 담화종합 글쓰기를 쓰도록 하고, 과제표상 양상을 살핀 연구이다. 장성민(2018)은 경력 5년 미만의 국어과 '초보교사'를 대상으로 '의견 제시형 에세이(opinion essay)'를 쓰게 하고, 에세이 작성 과정을 기록한 성찰일지를 분석한 연구이다. 다만 이 연구는 텍스트 마이닝 기법으로 교사들이 에세이에서 사용한 주제어를 추출하고 이를 중심으로 논의를 전개했다는 특징이 있다. 정리하면 연구방법에서는 연역적 범주를 기초로 과제표상 양상을 살핀 연구와, '텍스트 마이닝(text mining)'을 통해서 과제표상을 귀납적으로 도출한 연구로 나뉜다. 또한 계획하기와 수정하기에서 모두 과제표상을 살핀 연구가 있고, 계획하기에서만 과제표상을 살핀 연구가 있으며 관찰 일지를 통해 여러 번 과제표상의 양상을 살핀 연구가 있다. 그리고 연구대상은 대학교 신입생, 대학교 유학생, 중고등학교 국어 교사로 확인된다.

본 연구는 과제표상의 연역적 범주를 통해서 학술적 글쓰기에서 유학생의 과제표상 양상을 확인하려고 한다. 이때 과제표상의 연역적 범주는 Flower(1987)을 중심으로 구성된다. 그리고 과제표상은 계획하기와 수정하기에서 모두 확인하고, 이를 텍스트 수준별로 나눠서 분석해 보려고 한다. 또한 그간 선행연구에서 다뤄지지 않은 학습자이면서 학술적 글쓰기에서 중요한 위치에 있는 '대학원 유학생'을 대상으로 연구를 진행한다. 본 연구에서 대학원 유학생을 주목한 이유는 이 학습자는 '학위논문'을 반드시 해결해야 하는 위치에 있기 때문이고(정다운, 2014:488), 학술적 글쓰기의 성공 여부가 곧 졸업을 결정하기 때문이다(민정호, 2019a). 이와 같은 이유로 학술적 글쓰기가 대학원 과정의 '성공' 여부를 결정하는 대학원 유학생을 대상으로 과제표상 양상을 확인해 본다. 그리고 대학원 유학생이 어떻게 과제를 표상하느냐가 텍스트의 질과 관련된다는 것을 확인하기 위해서 텍스트의 수준을 나누고, 과제표상의 유형과 텍스트의 유형을 비교해 보려고 한다.

2. 과제표상의 개념과 특징

Bartholomae(1985)는 대학 '신입생 배치 에세이(freshman placement essay)'를 분석하면서 신입생의 텍스트가 배치 위원회에서 요구하는 과제와는 무관한 방향으로 흘러가는 경향을 발견한다. 특히 텍스트가 '수용가능한 학술적 담론(acceptable academic discourse)'으로 구성되지 못하고 조언이나 설교처럼 '인생의 교훈(a Lesson on Life)'을 중심으로 마무리되는 양상을 포착한다. 그리고 이와 같은 텍스트의 양상은 '초보 필자(a basic writer)'들에게서 전형적으로 나타나는 현상이라고 설명한다. Bartholomae(1985)는 초보 필자들이 따라야 하는 '담화관습'을 적절하게 결정해서 신입생에게 제공해주는 것을 해결책으로 제안한다. Bartholomae(1985)는 과제를 출제한 교수자의 의도와 과제를 수행한 필자의 텍스트 사이의 괴리를 '담화관습'의 미숙련으로 보았지만, 본 연구는 주요 원인을 '과제표상'의 차이로 본다. 왜냐하면 '과제표상'이 '글쓰기 전략(composing strategies)', '텍스트의 수준(quality of their written texts)', 과제표상 '이후의 생각들(subsequent thinking)' 등 담화관습과 관련된 거의 모든 텍스트의 요소들을 결정하기 때문이다 (Spivey, 1997). Baker & Brown(1984)는 과제표상이 필자의 인식이 거의 개입하지 않는 선에서 작용할 수 있다고 지적했다. 즉 친숙한 과제와 관련해서는 별다른 인지적 부담 없이 과제표상이 빠르게 구성·작동된다는 것이다. 이에 대해서 Flower(1987:3)은 필자들이 대학의 글쓰기 과제를 종종 잘못 '해석'할 수 있음을 직시해야 하고, 학술적 과제를 친숙한 문제로 인식하도록, '교육'이 학술적 과제에서 요구하는 복잡한 문제에 대한 '의식적인 선택(conscious choice)'과 '평가적인 의식(evaluative awareness)'을 환기하도록 유도해야 한다고 지적했다(Flower, 1987:7). 다시 말하면 학술적 글쓰기의 장르성에 대한 이해도와 능숙도를 높여서 글쓰기를 할 때 큰 인지적 부담 없이 과제표상을 적절하게 할 수 있도록 도와야 한다는 것이다.

Leki & Carson(1994)는 '학술적 과제'의 특징을 참고 자료를 찾아, 이를 적절하게 이용하고, 재구성해서 텍스트를 완성하는 것이라고 정의한다. 이와 같은 이유로 본 연구도 학술적 과제와 학술적 글쓰기의 핵심적 특징을 화제를 중심으로 관련 자료를 찾아 종합하는 '담화종합'으로 정의한다. Flower(1987)은 담화종합이 요구되는 학술적 과제에서 대학교 신입생들의 과제표상 양상을 확인하려고 학술적 과제를 수행하도록 했다. 그리고 학생들이 이 과제를 해결하면서 '과제 해석과 전략'에 대해서 스스로 녹음을 하도록 했다. 그리고 그 녹음 내용에 대해서 프로토콜 분석을 하고 학술적 글쓰기에서 나타나는 과제표상의 핵심적인 특징들을 귀납적으로 목록화했다.

(A) 정보 제공 재료	(B) 텍스트의 형식과 특징
- 텍스트 - 텍스트 + 필자의 견해 - 필자가 이미 알고 있는 내용 - 필자가 이미 알고 있는 내용 + 텍스트	- 노트/요약 - 요약/의견 - 일반적인 글의 형식 - 설득적 에세이

(C) 글쓰기의 구성 계획
- ▶ 읽기자료를 읽고 요약하기
- ▶ 화제에 대해 반응하기
- ▶ 검토하고 논평하기
- ▶ 통제 개념을 사용하여 종합하기
- ▶ 나 자신의 목적을 위해 해석하기

(D) 전략	(E) 그 밖의 목표
- 요지 목록화 - 요지 목록화 + 논평 - 도약대로써 읽기 - 내 목소리로 말하기 - 훑어보고 반응하기 - 조직하기 위한 아이디어 찾기 - 여러 부분으로 나누기 - 독자의 요구 선택하기 - 나의 목적을 위해 이용하기	- 자료를 이해했음을 증명하기 - 하나 이상의 아이디어 얻기 - 배운 것을 드러내기 - 흥미로운 내용을 도출하기 - 최소의 노력으로 빨리 끝내기 - 요구된 분량을 충족하기 - 내 경험을 검증해보기 - 모든 핵심 사항을 다루기 - 개성적이고 창의적이기 - 나를 위해서 학습하기 - 독자에게 영향주기 - 알고 있는 것을 검증해 보기

〈그림 1〉 학술적 글쓰기에서 과제표상의 핵심 특질

Flower(1987)이 학생들의 진술을 토대로 목록화한 과제표상의 내용은 위의 〈그림 1〉에 있다.

먼저 '(A) 정보 제공 재료'는 대략적으로 과제를 해석하면서 글쓰기에서 사용할 재료를 어떻게 구성할 지를 해석하는 과제표상의 영역이다. '텍스트', 즉 찾은 읽기 자료로만 글쓰기를 진행할 수도 있고, 여기에 '필자의 견해'를 일부 포함할 수도 있다. 또한 '필자가 이미 알고 있는 내용'으로 글쓰기를 진행할 수도 있지만 여기에 '텍스트', 그러니까 발견한 읽기 자료들도 포함될 수 있을 것이다. '(B) 텍스트의 형식과 특징'은 '(A)'를 어떤 형식(Format)과 특징(Features)으로 종합할 것인가에 대한 '해석 활동'이다. 요약을 중심으로 할 수도 있고, 요약에 간단한 자신의 의견을 넣는 방향으로 계획할 수도 있다. '일반적인 글의 형식'의 경우 영어로는 'Standard School Theme'으로 'School'이 들어가는데, 이에 대해서 Flower(1993)은 '서론·본론·결론'을 갖춘 보편적인 글이라고 했다. 이는 보편적인 주제를 일반적인 구조로 다룬다는 특징을 갖는다. 반면에 '설득적 에세이'는 필자의 주장과 논증이 중심이 되고, 학술 담화공동체의 독자를 고려해서 수사적 전략을 고려하고 자료를 해석한다는 특징이 있기 때문에 '일반적인 글의 형식'과는 다르다.

'(C) 글쓰기의 구성 계획'은 학술적 과제를 해석할 때 제일 '중요한 특질'로 간주된다. 왜냐하면 '(A)'와 '(B)'를 근거로 본격적인 구성 계획을 세우는 해석의 과정이기 때문이다. '읽기자료를 읽고 요약하기'는 요약이 중심이고, '화제에 대한 반응하기'는 필자가 정한 '화제(Topic)'와 이에 대한 의견이 중심이다. Flower(1987)은 '요약과 '화제'에 대해서 필자의 지식과 자료의 내용이 종합되지 못하고 '어긋난 것(Sidesteps)'이라고 지적했다. '검토하고 논평하기'는 자료를 읽고 요약을 한 후에 필자의 생각을 종합한 것이다. 이윤빈(2013:34)은 '읽기자료를 읽고 요약하기', '검토하고 논평하기', '화제에 대해 반응하기'를 학술적 글쓰기와 부합하지 않는 '구성 계획'이라고 지적했다. Greene & Lidinsky(2015)의 주장처럼 학술적 글쓰기를 할 때 자료들을 잘 종합해서 요약만 했지 화제를 도출해서 필자의 주장을 강화하는 방향으로 담화종합하지 못했기 때문이다. 반면에 '통제 개념을 사용하여 종합하기'는 텍스트 상에 분명하게 나타나는 '통제 개념(Controlling Concept)'을 통해서 필자의 주장과 자료를 종합(Synthesize)한다는 특징이 있다. 즉 이 핵심 개념은 많은 아이디어로 텍스트를 지배하고 정보의 선택과 텍스트의 조직화에 기여하기 때문에 단순 '요약하기'와 구별된다. 또한 단순히 생각을 언급하는 것이 아니라 자료의 내용과 필자의 생각을 통제 개념을 통해 표현하기 때문에 '읽기 자료를 읽고 요약하기'와 '화제에 대해 반응하기'와도 확연히 구분된다. '나 자신의 목적을 위해 해석하기'는 필자가 읽기 자료를 자신의 수사적 목적을 위해 분류하고, 이를 분석과 해석한 후에 논증적 구조를 통해서 종합하는 것을 말한다. 그러므로 '통제 개념을 사용하여 종합하기'와 '나 자신의 목적을 위해 해석하기'는 학술적 글쓰기에서 지향해야 하는 과제표상이다.

'과제표상'에서 '(D) 전략(Strategies)'과 '(E) 그 밖의 목표(Other Goals)'는 중요하게 고려되지 않는다. '(A), (B), (C)'와 달리 글쓰기 맥락에 따라서 그 필요성이 가변적이기 때문이다. 이와 같은 이유로 본 연구에서도 '(A) 정보 제공 재료', '(B), 텍스트의 형식과 특징', '(C) 글쓰기의 구성 계획'을 중심으로 대학원 유학생의 과제표상 양상을 살펴보려고 한다. 대학원 유학생은 학술적 글쓰기를 써야 하는 필자들이다. 보통 '학문 목적 글쓰기'는 대학교 교양 과정에서 진행되는 학습을 위한 학술적 글쓰기이다(정희모, 2014). 그렇지만 본 연구는 '대학원'과 같은 '학계(academia)'에서 '의사소통'을 위해 진행되는 학술적 글쓰기에만 집중하려고 한다(Ivanic, 1998). 보통 대학원 유학생들은 입학한 첫 학기부터 학술적 글쓰기를 위한 학술적 과제를 부여받게 되고 학기가 지날수록 학술적 과제를 해결하면서 학위논문을 준비하게 된다. 그런데 '학술적 글쓰기'에서 '대학원 유학생'의 '과제표상' 양상을 분석한 연구는 아직 진행되지 않은 상태이다. 잦은 글쓰기 과제에 노출된 '대학원 유학생'의 과제표상이 상이할 것이라고 충분히 예상가능하다는 점을 고려하면 아쉬운 대목이다. 그래서 본 연구는 다음 3장에서 대학원 유학생의 과제표상 양상을 살펴보고 수준별로 그 특징을 종합해 보려고 하는데, 2장에서 다룬 과제표상의 개념과 특징을 정리하면 다음 〈그림 2〉와 같다.

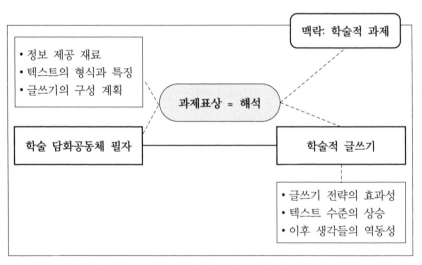

〈그림 2〉 학술적 과제에서의 과제표상의 개념과 특징

'학술적 과제'라는 글쓰기 맥락에서 필자가 텍스트에 들어갈 정보의 재료, 선택된 재료의 형식과 특징, 그리고 재료와 형식을 종합하는 구성 방법 등을 적절한 과제표상으로 구성할 수 있어야 한다. 그러면 필자들은 학술적 글쓰기에서 글쓰기 전략을 보다 활발하게 사용할 수 있을 것이고, 그 결과 텍스트의 수준도 높아질 것이다. 무엇보다 필자가 과제표상 이후에 텍스트를 완성하면서 드는 다양한 생각들도 보다 더 역동적일 수 있을 것이다(Spivey, 1997). 본 연구는 '담화종합'이라는 특징을 갖는 학술적 글쓰기에서 대학원 유학생의 과제표상 양상을 '정보 제공 재료'와 '텍스트의 형식과 특징', 그리고 '글쓰기의 구성 계획'을 중심으로 확인해 보려고 한다. 또한 이 과제표상 양상을 학술적 과제에 대한 총체적 평가를 기준으로 분류해 보고, 텍스트 수준별로 나타나는 과제표상의 양상을 살펴보려고 한다. 마지막으로 총체적 수준에 따라서 과제표상과 텍스트의 성격을 비교해 논의를 전개하려고 한다. 이는 앞서 지적한 '텍스트 수준의 상승'이라는 과제표상의 효과를 보다 더 구체적으로 입증하기 위함이다.

3. 과제표상 양상과 텍스트의 성격

3.1. 연구대상과 연구방법

본 연구에서 다루는 과제표상 양상은 D대학교에서 진행된 〈한류문화 읽기〉에서 대학원 유학생이 수행한 중간과제와 기말과제를 완성하는 과정에서 확인한 결과이다. 2017년 8월 28일부터 12월 12일까지 진행된 강의는 외국인 유학생 전용 강의였고, 유학생들은 '한류'와 관련된 읽기 자료와 논문 등을 찾아 학술적 글쓰기로 완성해야 하는 과제를 수행했다. 과제에 참여했던 대학원 유학생의 정보를 정리하면 다음 표와 같다.

〈표 1〉 대학원 유학생 필자의 기초 정보

기초정보	내용	N	%
출신 국가	중국어권	35	92.1
	비중국어권	3	07.9
	합계	38	100.0

학부 졸업	국외 대학교	34	89.5
	국내 대학교	4	10.5
	합계	38	100.0
대학교 전공	교육학계열	18	47.4
	어학계열	12	31.6
	문화계열	2	05.3
	기타	6	15.7
	합계	38	100.0
거주 기간	1년 미만	12	31.6
	1년 이상 2년 미만	12	31.6
	2년 이상 3년 미만	11	29.0
	3년 이상 4년 미만	3	07.8
	합계	38	100.0
한국어 능력	토픽 4급	3	07.9
	토픽 5급	23	60.5
	토픽 6급	12	31.6
	합계	38	100.0

　　대학원 유학생은 1학기 24명, 2학기 14명으로 모두 38명이었는데, 출신 국가는 대만, 홍콩 등을 포함해서 중국어권 유학생이 35명으로 가장 많았다. 비중국어권 유학생은 3명이 있었는데, 인도 1명, 러시아 1명, 몽골 1명이었다. 국내 대학교에서 졸업을 하고 대학원에 진학한 유학생은 4명에 불과했고, 나머지 34명은 모두 고향에서 대학교를 졸업하고 대학원만 한국으로 온 경우였다. 학부 전공은 교육학계열이 가장 많았고, 어학계열, 문화계열 순이었다. 기타 전공에는 미디어학과, 회계학과, 관광학과, 신문방송학과 등 4개 전공이 있었다. 거주 기간은 2년 미만이 제일 많았고, 토픽은 평균적으로 5급 수준이었다.

　　〈한류문화읽기〉에서 과제는 '한류'에 대한 읽기 자료를 기초로 직접 텍스트의 화제를 정하고 이 화제에 맞게 '담화종합'을 하는 것이다. 이를 위해서 교수자가 학생들이 참고할 읽기 자료 5개를 선정해서 제공했고, '초고'는 이 읽기 자료를 중심으로 대학원 유학생이 학술적 글쓰기를 한 결과이다. 그리고 '수정고'에서는 이 자료뿐만 아니라 필요한 자료를 찾아서 수정을 하면서 완성하도록 했다. 특히 교수자는 이 학술적 과제를 소개하면서 대학원 유학생이 생각하는 '학술적 글쓰기'로 완성해야 한다는 점을 여러 차례 강조했다. Spivey(1997)은 필자가 여러 자료를 읽고 그 자료를 활용해서 자신의 텍스트를 완성하는 과정을 '담화종합'이라고 정의했다. 이 정의를 고려해 보면 여러 자료들을 분석해서 필요한 담화들을 종합하는 '담화종합'이 곧 학술적 글쓰기임을 알 수 있다(민정호, 2019b). 이와 같은 이유로 본 연구는 학술적 과제에 대한 '과제표상'을 목록화한 Flower(1987)을 원용하여 연구 도구를 만들었다. 아래 그림은 과제표상 목록을 활용해서 만든 과제표상 점검지이다.

※정보 제공 재료 ☑	※텍스트의 형식과 특징 ☑
- 텍스트 ☐	- 노트/요약 ☐
- 텍스트 + 필자의 견해 ☐	- 요약/의견 ☐
- 필자가 알고 있는 내용 ☐	- 일반적인 글의 형식 ☐
- 필자가 알고 있는 내용과 텍스트 ☐	- 설득적 에세이 ☐

※글쓰기의 구성 계획 ☑
- 읽기자료를 읽고 요약하기 ☐
- 화제에 대해 반응하기 ☐
- 검토하고 논평하기 ☐
- 통제 개념을 사용하여 종합하기 ☐
- 나 자신의 목적을 위해 해석하기 ☐

〈그림 3〉 과제표상 확인을 위한 점검지

본 연구의 연구방법은 점검지를 통해 확인된 과제표상 양상을 분석
하고, 이를 다시 텍스트 수준별로 분석한 후에 텍스트 유형과 비교해
보는 것이다. 텍스트의 수준별로 과제표상과 텍스트 유형을 분석할 때
는 글쓰기 박사 학위를 갖고 있는 3인의 평가자가 진행한 총체적 평가
의 결과를 따랐다. 텍스트의 수준은 상위 텍스트는 11명, 중위 텍스트
는 18명, 하위 텍스트는 9명이었고,[1] 텍스트의 총체적 평가에 참여한
평가자간 상관계수는 .838~.866으로 매우 높았다.

3.2. 과제표상의 양상

과제표상 양상은 학술적 과제에 대한 과제표상을 목록화한
Flower(1987)의 '정보 제공 재료'와 '텍스트의 형식과 특징', 그리고 '글쓰
기의 구성 계획'을 중심으로 살펴본다. 이를 위해서 Flower(1987)의 과제
표상 목록이 들어간 점검지를 만들었고, 학생들에게 직접 표시하도록
했다. 본 연구와 유상한 성격의 Flower et al(1990)도 Flower(1987)의 과
제표상 목록을 가지고 '자기분석점검표(Self-Analysis Checklist)'를 만들어
72명의 신입생에게 과제표상의 양상을 살폈다. 본 연구도 이와 동일한
연구 방법으로 실험을 진행했다.

〈표 2〉 대학원 유학생의 학술적 글쓰기 '과제표상' 양상

영역	선택	중간과제		기말과제	
		N	%	N	%
정보 제공 재료	① 텍스트	2	05.3	3	07.9
	② 텍스트 + 필자의 견해	28	73.7	13	34.2
	③ 필자가 이미 알고 있는 내용	4	10.5	8	21.0

---

1) 본 연구에서 텍스트의 수준은 평가자 3인의 총체적 평가를 기준으로 상위 27.5%, 중
   위 47.5%, 하위 25.0%으로 분류하였고, 점수의 경우 상위는 10-7.34, 중위는 7.33-6.67,
   마지막 하위는 6.66-0.0 사이였다.

	④ 필자가 이미 알고 있는 내용 + 텍스트	4	10.5	14	36.9
	합계	38	100	38	100
텍스트 형식과 특징	① 노트/요약	3	07.9	1	02.6
	② 요약/의견	19	50.0	28	73.7
	③ 일반적인 글의 형식	6	15.8	4	10.5
	④ 설득적 에세이	10	26.3	5	13.2
	합계	38	100	38	100
글쓰기 구성 계획	① 읽기자료를 읽고 요약하기	3	07.9	4	10.5
	② 화제에 대해 반응하기	13	34.2	15	39.5
	③ 검토하고 논평하기	9	23.7	9	23.7
	④ 통제 개념을 사용하여 종합하기	6	15.8	6	15.8
	⑤ 나 자신의 목적을 위해 해석하기	7	18.4	4	10.5
	합계	38	100	38	100

먼저 '정보 제공 재료'의 경우 중간과제에서는 '텍스트 + 필자의 견해'가 높았고, 기말과제에서는 '필자가 이미 알고 있는 내용 + 텍스트'가 높았다. 즉 학술적 글쓰기 초고를 완성하기 위한 '중간과제'에서 대학원 유학생은 '읽기 텍스트'에 대한 '견해'로 보고서를 구성하는 것을 중요하게 고려하고 있었다. 반대로 '기말과제'에서는 대학원 유학생이 화제에 대해서 이미 알고 있는 정보, 즉 배경 지식도 읽기 자료만큼이나 중요하게 고려하는 모습이었다. 이와 같은 과제표상의 '차이'는 중간과제가 초고에 가깝고 기말과제가 중간과제를 수정한 '수정고'에 가깝기 때문이다. 그래서 대학원 유학생은 최초에 글쓰기를 시작할 때, 텍스트를 중심으로 정보를 얻으려고 하지만, 수정을 할 때는 화제에 대해서 알고 있는 자신만의 배경지식을 중심으로 텍스트의 부족한 부분을 수정하려고 하는 것이다. 주목할 부분은 과제를 제시하는 교수자가 중간과제는 '읽기 자료'만, 기말과제는 '읽기 자료'와 '배경지식'을 활용하라고 했지만 수정하기에서 '필자가 이미 알고 있는 내용'이라고 선택한 유학생이 8명(21%)이나 있었다는 것이다. 여기서 '배경지식'은 알고 있는 것뿐만

아니라 새로 찾은 논문이나 자료를 통해 알게 된 것도 포함된다. 이는 유학생들이 초고를 수정할 때 초고 텍스트를 반복적으로 읽으면서 5개의 읽기 자료가 필자의 수사적 목적과 다른 방향으로 배열·구성된 것을 찾아내고, 이를 수정하는 것이 아니라, 새로운 내용을 첨가하는 것을 수정으로 인식하고 있음을 방증한다.

'텍스트 형식과 특징'은 계획하기와 수정하기에서 '요약/의견'이 모두 높았다. 이는 '텍스트의 형식'을 유학생이 발견한 정보의 '화제'를 중심으로 요약하고, 여기에 자신의 의견을 추가하는 방향으로 해석한 것이다. 이는 대학원 유학생이 읽기 자료에 대한 별다른 해석 없이 그 내용 중에서 화제에 맞는 것을 요약하고, 여기에 간단한 'comment'만 다는 것을 '학술적 글쓰기'로 표상하고 있다는 것을 보여준다. 이와 같은 과제표상은 과제에 대한 해석에서 문제를 발생시키기 때문에 텍스트의 질적 저하에도 영향을 줄 것이다. Flower(1987)이 '학술적 과제'에서 가장 중요한 특질로 분류했던 '글쓰기 구성 계획'에서도 학술적 글쓰기에서 지양되어야 하는 '화제에 대한 반응하기'가 제일 높았다. '화제에 대한 반응하기'는 앞서 언급한 '의견'과도 연결되는데, 별도의 논증이나 근거 없이 자유롭게 자신의 생각과 경험을 표현하는 것을 말한다. 이는 자기표현 글쓰기와 같은 형식으로 나타나는데, 이는 학술적 글쓰기와는 무관한 형식이다. 다시 말하면, 대학원 유학생은 '학술적 글쓰기'를 써야 하는 수사적 상황에서 자유롭게 표현하는 글쓰기로 텍스트의 구조를 해석한 것이다. 이는 대학원 유학생들이 학술 담화공동체에서 요구하는 과제표상과 다른 관점에서 '학술적 과제'를 해석하고 계획하는 경향이 있음을 나타낸다. 이에 본 연구는 텍스트 수준별로 보다 자세하게 과제표상의 양상을 분석해 보려고 한다. 자세한 내용은 아래 〈표 3〉에 나와 있다.

〈표 3〉 대학원 유학생의 학술적 글쓰기 수준별 '과제표상' 양상

영역	선택	중간과제					
		상위 필자		중위 필자		하위 필자	
		N	%	N	%	N	%
정보 제공 재료	① 텍스트	0	00.0	1	05.6	1	11.1
	② 텍스트 + 필자의 견해	11	100	11	61.1	6	66.7
	③ 필자가 이미 알고 있는 내용	0	00.0	2	11.1	2	22.2
	④ 필자가 이미 알고 있는 내용 + 텍스트	0	00.0	4	22.2	0	00.0
텍스트 형식과 특징	① 노트/요약	0	00.0	1	05.6	2	22.2
	② 요약/의견	1	09.1	11	61.1	7	77.8
	③ 일반적인 글의 형식	4	36.4	2	11.1	0	00.0
	④ 설득적 에세이	6	54.5	4	22.2	0	00.0
글쓰기 구성 계획	① 읽기자료를 읽고 요약하기	0	00.0	1	05.6	2	22.2
	② 화제에 대해 반응하기	4	36.3	7	38.9	2	22.2
	③ 검토하고 논평하기	2	18.1	5	27.8	2	22.2
	④ 통제 개념을 사용하여 종합하기	2	18.1	1	05.6	3	33.3
	⑤ 나 자신의 목적을 위해 해석하기	3	27.5	4	22.2	0	00.0

영역	선택	기말과제					
		상위 필자		중위 필자		하위 필자	
		N	%	N	%	N	%
정보 제공 재료	① 텍스트	0	00.0	3	16.7	0	00.0
	② 텍스트 + 필자의 견해	2	18.1	5	27.8	6	66.7
	③ 필자가 이미 알고 있는 내용	2	18.1	5	27.8	1	11.1
	④ 필자가 이미 알고 있는 내용 + 텍스트	7	63.6	5	27.8	2	22.2
텍스트 형식과 특징	① 노트/요약	0	00.0	1	05.6	0	00.0
	② 요약/의견	7	63.6	12	66.7	9	100
	③ 일반적인 글의 형식	2	18.2	2	11.1	0	00.0
	④ 설득적 에세이	2	18.2	3	16.7	0	00.0
글쓰기 구성 계획	① 읽기자료를 읽고 요약하기	0	00.0	3	16.7	1	11.1
	② 화제에 대해 반응하기	4	36.3	10	55.6	1	11.1
	③ 검토하고 논평하기	2	18.1	3	16.7	4	44.4
	④ 통제 개념을 사용하여 종합하기	2	18.1	1	05.6	3	33.3
	⑤ 나 자신의 목적을 위해 해석하기	3	27.5	1	05.6	0	00.0

중간과제의 '정보 제공 재료'는 전반적으로 '텍스트+필자의 견해'로 나타났다. 그렇지만 기말과제의 '정보 제공 재료'는 상위 필자일수록 '필자가 이미 알고 있는 내용 + 텍스트'로 해석하는 경향이 나타났다. 이는 상위 필자일수록 '수정고'에 맞는 과제표상을 한 것으로 판단된다. 중간과제의 '텍스트 형식과 특징'은 상위 필자가 '설득적 에세이'로, 중위 필자와 하위 필자는 '요약/의견'으로 나타났다. 즉 상위 필자는 초고를 쓸 때는 '설득적 에세이'로 글쓰기를 설계하고, '수정고'를 쓸 때는 '요약/의견'으로 설계한 것이다. 반대로 텍스트의 수준이 낮아질수록 초고와 수정고에서 차이가 없이 '요약/의견'으로 과제를 하는 경향이 나타났다. 마지막으로 '글쓰기 구성 계획'은 '학술적 글쓰기 과제표상'에 해당하는 '④ 통제 개념을 사용하여 종합하기'와 '⑤ 나 자신의 목적을 위해 해석하기'를 중심으로 살펴보면 상위 필자가 '중간과제'와 '기말과제'에서 모두 높았다. 하위 필자는 중위 필자보다 '학술적 글쓰기 과제표상'을 더 많이 했는데, 텍스트 수준을 고려하면 표상은 했지만 텍스트에서는 구현하지 못한 것으로 해석된다. 이는 과제표상이 학술적 글쓰기의 장르성을 지향하는 것도 중요하지만, 실제 학술적 글쓰기의 담화관습을 잘 알고, 이를 텍스트에 얼마나 구현할 수 있느냐도 중요함을 보여준다. 이러한 수준별 과제표상 양상을 중심으로 몇 가지 교육적 함의들을 도출하면 다음과 같다.

첫째, 계획하기와 수정하기라는 글쓰기 맥락에 따라서 과제를 해석하도록 가르쳐야 한다. Hayes(2012:375-376)는 학술적 과제는 계획하기와 수정하기가 글쓰기 하위 과정으로 구분되는 것이 아니라 작성하기와 종합적으로 작동한다고 지적했다. 그렇지만 계획하기가 보다 텍스트의 '초고'라는 특징이 있다면, 수정하기는 텍스트를 수정하며 완성한다는 '수정고'라는 특징이 있을 것이다. 이와 같은 특징을 고려하면 초고를 쓰면서는 보다 학술적 글쓰기의 장르성에 주안점을 두고 과제를 해석해야 하고, 다시 텍스트를 수정하면서는 학술적 글쓰기의 장르성에 주안점을 두되, 정보 등에서는 '수정'에 주안점을 두고 과제를 해석해야 할 것이다. 그러므로 과제표상 '정보 제공 자료'의 경우 초고에서는 '자료'를 중심으로 정보의 배열을 고려해야 하고, 수정고에서는 알고 있는 '지식'을 중심으로 정보를 '추가'하고 배열하는 것으로 과제표상을 하도록 교육할 필요가 있을 것이다. 이와 같은 수사적 목적에 따라서 과제표상을 할 수 있어야 학술적 글쓰기를 학술 담화공동체에서 요구하는 방향으로 진행·완성할 수 있게 된다.

둘째, 발견한 정보들을 어떻게 배열하는가에 대해서도 보다 학술 담화공동체에서 요구하는 방향으로 안내해 줄 필요가 있다. '상위 필자'를 제외하면 대부분 유학생들은 초고를 쓸 때조차 간단하게 '요약'한 내용과 이에 대한 필자의 '의견'을 붙이는 것으로 '학술적 과제'를 해석하고 있었다. 물론 표집단의 수가 많지 않아서, 이를 '하나의 경향' 정도로 치부할 수밖에 없지만, '학술적 과제'와 맞지 않는 과제표상이 낮은 수준의 필자들에서 주로 나타난 것은 사실이다. 학술적 과제가 필자가 정한 화제를 읽는 독자에게 납득시키는 과정이라고 전제한다면 최초 글쓰기를 진행할 때부터, 즉 초고 글쓰기부터 학술 담화공동체에 부합하는 방향으로 과제를 해석할 수 있어야 할 것이다. 그렇다면 '텍스트 형식과 특징'은 설득적 에세이로 과제표상을 할 수 있도록 유도해야 하고, 설득적 에세이에서 요구되는 수사적 전략에 대해서도 지도가 필요할 것이다. 설득적 에세이로 찾은 정보들을 배열하려면 최소한의 논증 구조나, 논설문의 수사적 전략 등에 대해서 알고 있어야 하는데, 대학원에 입학한 유학생에게 이와 같은 배경지식을 기대할 수는 없을 것이다. 그러므로 이는 교육과정 차원에서 접근이 필요할 것이다. 대학원 초기에 학술적 글쓰기의 장르성을 다루는 강의를 통해서 대학원에 새로 입학한 유학생들이 학술적 글쓰기에 관한 담화관습을 알도록 해야 할 것이다. 그리고 대학원 유학생이 학술적 과제에서 자연스럽게 '설득적 에세이'로 과제표상할 수 있도록 가르쳐야 할 것이다.

마지막으로 '글쓰기 구성 계획'에 대한 교육이 필요할 것이다. 왜냐하면 대학원 유학생들이 전반적으로 자신이 정한 '화제에 대해서 반응'하는 정도로만 글쓰기 구성을 설계하는 모습이 나타났기 때문이다. 뒤에서 자세하게 다루겠지만 '화제에 대해서 반응하기'가 완성된 텍스트에서는 '자유롭게 표현하기'가 되는데, 이는 텍스트의 성격을 고려하면 '자기 표현적 글쓰기'로 정리될 수 있다. 최숙기(2007:224)은 자기 표현적 글쓰기를 기본적인 '사적 글쓰기'로 정의하면서 공적 글쓰기 맥락으로 들어가게 되면 담화공동체에서 요구하는 관습이나 형식에 따라 설명적, 혹은 논술적 글쓰기로 바뀌게 된다고 지적했다. 이를 고려하면 대학원 1, 2학기 유학생들이 학술적 글쓰기를 '화제에 대해서 반응'으로 과제표상했다는 것은 새롭게 소속된 담화공동체의 글쓰기 관습을 모르거나, 익숙하지 않기 때문으로 이해될 수 있는 대목이다. 글쓰기 '지식'이나 '기술'이 없는 상태에서 자연스럽게 '자유롭게 표현하기'로 과제표상을 하게 되는 것으로 보인다. 그러므로 간단한 과제표상 교육을 통해서라도 학술적 과제에 부합하는 과제표상이 무엇인지 명확하게 전달하고, 구체적으로 그 구성의 특징들을 명시적으로 가르쳐야 할 것이다.

3.3. 과제표상 수준별 텍스트의 유형

과제표상은 '학술적 과제'가 갖는 성격을 고려해서 구성되어야 한다. 학술적 과제가 갖는 성격을 고려하면 '정보 제공 재료'는 초고를 작성할 때에는 '② 텍스트 + 필자의 견해'가 적절한 것이다. 그렇지만 수정고를 작성할 때에는 '④ 필자가 이미 알고 있는 내용 + 텍스트'가 학술적 과제와 부합할 것이다. 왜냐하면 수정을 하면서 자신이 알고 있는 정보와 배경지식을 적극 활용하는 것이 타당하기 때문이다. '텍스트의 형식과 특징'에서는 초고와 수정고 모두 '④ 설득적 에세이'가 적절할 것이다. 그리고 '글쓰기 구성 계획'에서는 초고와 수정고 모두 '④ 통제개념을 사용하여 종합하기'와 '⑤ 나 자신의 목적을 위해 해석하기'가 적절한 과제표상이 될 것이다. 이렇게 '정보 제공 재료'와 '텍스트의 형식과 특징', 그리고 '글쓰기 구성 계획'을 학술적 과제에 부합하는 과제표상 유형만을 중심으로, 대학원 유학생의 학술적 글쓰기 수준에 따라서 다시 정리하면 아래 〈표 4〉와 같다.

〈표 4〉 학술적 과제와 부합하는 '과제표상' 양상

내용	상위 필자				중위 필자				하위 필자			
	중간		기말		중간		기말		중간		기말	
	N	%	N	%	N	%	N	%	N	%	N	%
정보 제공 재료	11	100	7	63.6	11	61.1	5	27.8	6	66.7	2	22.2
텍스트 형식과 특징	6	54.5	2	18.2	4	22.2	3	16.7	0	00.0	0	00.0
글쓰기 구성 계획	5	45.6	5	45.6	5	27.8	2	11.2	3	33.3	3	33.3

Spivey(1997)은 적절한 과제표상이 글쓰기 전략을 활발하게 사용하도록 하고, 그 결과 텍스트의 수준이 높아지며, 글쓰기에서 다양한 생각들이 보다 더 역동적으로 일어난다고 지적했다. 이를 토대로 본 연구는 적절한 과제표상이 글쓰기 전략을 효과적으로 사용하고 다양한 생각을 하도록 만들기 때문에 텍스트의 질에도 긍정적이라고 전제했다. 그렇다면 추가적으로 완성된 텍스트의 유형도 과제표상의 유형만큼이나 학술적 과제에 부합하는지를 확인할 필요가 있겠다.

Flower et al(1990)은 과제표상에서 학생들의 '글쓰기 구성 계획'이 텍스트에 실현되었는지를 확인하기 위해서 학생들의 학술적 텍스트를 평가하고 그 유형을 분류했다. 그 유형은 모두 7가지였는데, '요약(summarize)',

'검토+논평(review+comment)', '고립된 중점(isolated main point)', '틀(frame)', '통제 개념(controlling concept)', '목적 해석(interpretation for a purpose)', '자유 반응 (free response to the topic)'이 그것이다. '고립된 중점'은 필자가 서두에서 말하고자 하는 텍스트의 중심 화제가 본론에서 다뤄지지 못해 실패한 구성을 말하고, '틀'은 서두에서 제시한 화제의 범위를 비교적 충실하게 본론에서 다루는 유형을 말한다. '통제 개념'은 읽기 자료와 필자의 주장을 포괄할 수 있는 개념을 가지고 텍스트를 종합한 것을 말하고, '목적 해석'은 필자의 수사적 목적에 따라서 읽기 자료를 해석하고 종합한 것을 말한다. '자유 반응'은 읽기 자료와 무관하게 화제와 관련된 내용을 필자가 알고 있는 정보만을 가지고 채우는 것을 말한다. 이와 같은 텍스트의 유형의 특징을 고려하면, '목적 해석'과 '통제 개념' 유형이 학술적 글쓰기와 가장 부합하는 유형이 되고, 자신의 경험과 지식만을 활용하는 '자유 반응'과 읽기 자료를 요약하고 필자의 간단한 생각을 추가하는 '검토+논평'은 학술적 글쓰기와는 무관한 유형이 된다. 다만 본 연구는 '틀'의 경우에는 '한국 드라마는 장점과 단점이 있다'처럼 서론에서 '틀'을 정하고 이 틀을 본문에서 잘 정리하면서 필자의 생각을 적절하게 추가했다면, 최소한의 학술적 텍스트로 볼 여지가 있다고 판단했다. 이렇게 학술적 과제에 부합하는 텍스트 유형을 선정하고, 대학원 유학생의 텍스트 구성 양상을 텍스트의 수준별로 살펴보면 다음과 같다.

〈표 5〉의 텍스트 유형은 총체적 평가에 참여했던 평가자가 텍스트를 평가하면서 함께 유형을 분류한 것이다. 평가자들은 사전 회의를 통해 Flower et al(1990)의 텍스트 유형을 숙지한 후에 평가를 시작했고, 의견이 나뉘는 경우에는 추가 회의를 통해서 최종 유형을 확정했다. 결과적으로 과제표상이 학술적 과제를 지향했던 상위 필자의 텍스트는 '목적 해석', '통제 개념', '틀'이라는 유형으로 결과가 나타났다. 반대로 하위 필자의 텍스트는 텍스트의 내용 구성을 위해서 찾은 읽기 자료의 내

〈표 5〉 텍스트 수주별 텍스트 구성 유형과 특징

텍스트 유형	텍스트 수준	상위 텍스트		중위 텍스트		하위 텍스트	
		N	%	N	%	N	%
학술적 텍스트	목적 해석	4	36.4	1	5.6	0	0.0
	통제 개념	1	9.1	0	0.0	0	0.0
비학술적 텍스트	틀	6	54.5	8	44.4	1	11.1
	자유 반응	0	0.0	7	38.9	2	22.2
	검토+논평	0	0.0	2	11.1	6	66.7

용을 요약하고 간단하게 생각을 추가하는 텍스트 구성 양상이 나타났고, 중위 필자의 텍스트는 한류와 관련된 필자의 경험이나 인터넷 정보 등을 자유롭게 나열하는 텍스트 구성 양상이 나타났다. 상위 필자의 텍스트가 화제를 정해서 화제를 구체화할 목적으로 읽기 자료를 재배열하고 자신의 생각을 '논증의 형식'으로 나타내려는 텍스트 구성이 많았던 점, 그리고 전체적인 필자의 생각을 함의하는 개념을 중심으로 텍스트가 구성되는 통제 개념 유형도 있었던 점과 대비되는 부분이다. 이와 같은 텍스트 유형의 차이는 '상위·중위·하위'라는 텍스트 수준과 함께 적절한 과제표상의 중요성을 보여주는 사례로 판단된다.

Flower et al(1990)은 단 '1시간'의 과제표상 교육만으로도 텍스트 구성에 긍정적인 영향을 줄 수 있음을 입증했다. 이는 대학원 유학생의 학술적 글쓰기 교육에서도 시사하는 바가 크다고 판단된다. 실제 본 연구에서 텍스트의 총체적 평가에 따른 과제표상 양상과 텍스트 구성 양상을 살핀 결과, 평가자에게 높은 점수를 받은 유학생일수록 학술적 과제를 학술 담화공동체에서 요구하는 방향으로 해석하는 경향이 나타났고, 이 유학생들의 텍스트 역시 학술적 글쓰기에 부합하는 유형으로 표현되었다. 본 연구가 대학원에 막 입학한 1학기, 그리고 대학원에서 한 학기를 보낸 2학기 학생들을 대상으로 진행되었다는 점을 고려하면, 대

학원 1, 2학기 유학생이 듣는 선수강 수업 초반부에 한 차시는 학술적
과제에 대한 과제표상 교육을 진행하는 게 유용할 것으로 보인다. 특
히, 글쓰기 능력이 부족한 유학생의 경우 이 과제표상 교육을 통해서
글쓰기 수준을 진단하고, 새로운 담화관습을 학습할 준비를 할 수 있을
것이다.

4. 결론 및 제언

　본 연구는 대학원에 재학 중인 유학생이 학술적 글쓰기에서 어려움
을 경험하는 원인이 잘못된 과제표상에서 비롯된다고 전제했다. 그래
서 과제표상을 학술적 과제를 '해석'하는 것으로 정의하고, 구체적인 개
념과 특징을 정리했다. 그리고 실제 '학술적 과제'라는 글쓰기 상황 맥
락에 놓인 대학원 학생 중에서 다른 글쓰기 문화에서 온 유학생을 대상
으로 과제표상 양상을 살펴봤다.

　이를 위해서 학술적 글쓰기 '초고'에 해당하는 중간 과제에서 1회,
다시 이 '초고'를 수정해서 제출하는 기말 과제에서 1회 각각 과제표상
을 확인했다. 전반적인 결과에서는 대학원 유학생의 과제표상이 학술
적 과제에서 원하는 방향과 다른 것을 확인할 수 있었다. 그리고 텍스
트의 수준별 과제표상 양상에서는 과제표상을 학술적 과제에 부합하는
방향으로 하는 필자의 텍스트가 총체적 평가나 완성된 텍스트의 유형
에서 질이 높은 것으로 나타났다. 이 결과를 바탕으로 본 연구는 대학
원 유학생을 위한 학술적 글쓰기에서 고려해야 하는 교육적 함의들을
제안했다. 교육적 함의는 텍스트에 사용할 정보와 형식, 그리고 구성
계획을 중심으로 계획하기와 수정하기를 나눠서 교육할 것을 제안했
다. 이를 근거로 본 연구는 대학원에 입학한 신입 유학생이 초반에 주

로 듣는 선수 강의에서 학술적 글쓰기의 장르성을 설명하면서 '과제표상' 교육도 함께 제공할 것을 제안했다.

다만 본 연구는 실제 학술적 과제를 해결하는 대학원 유학생을 대상으로 학술적 텍스트 수준별로 과제표상의 양상과 텍스트의 유형을 비교했지만, 이 결과가 암시하는 교육적 함의와 처치는 텍스트의 수준별로 구체화하지 못했다는 한계를 갖는다. 텍스트의 수준에 따라서 과제표상의 양상과 텍스트의 유형이 상이했듯이, 이를 반영한 수준별 교육 내용도 추후 연구를 통해서 보다 더 정밀하게 세분화되기를 바란다. 그리고 이와 같은 후속 연구들이 누적되어서 대학원 유학생이 학술적 과제를 적절하게 해석해서 학술적 글쓰기의 수준을 높이고, 학술 담화공동체에서 대학원 유학생의 학업 적응에도 도움을 줄 수 있기를 바란다.

• 참고문헌

김성숙(2013), 학문 목적 한국어 쓰기 숙달도 평가 연구: 보고서 쓰기 과제를 중심
  으로, 한국어교육 24(2), 국제한국어교육학회, 57-80.
민정호(2019a), 학술적 글쓰기에서 대학원 유학생의 저자성 개념과 교육원리의 방
  향 탐색, 리터러시연구 10(1), 한국리터러시학회, 313-341.
민정호(2019b), 학술적 글쓰기에서 대학원 유학생의 발견 능력 향상을 위한 교육
  내용 제안, 리터러시연구 10(6), 한국리터러시학회, 227-252.
민정호(2020), 대학원 유학생 석사학위논문의 '이론적 배경' 구성에 관한 일고찰:
  한국어교육 전공 수업에서 발표된 '예비 논문'을 중심으로, 학습자중심교과교육
  연구 20(6), 학습자중심교과교육학회, 683-701.
손달임(2016), 외국인 유학생을 위한 학술적 글쓰기 교재 분석, 학습자중심교과교
  육연구 16(11), 학습자중심교과교육학회, 985- 1015.
송은정(2018), 외국인 대학생의 한국어 담화 통합 쓰기 과제표상의 양상 연구, 외국
  어교육연구 32(2), 한국외국어대학교 외국어교육연구소, 87-112.
이유경(2016), 외국인 유학생의 학술적 글쓰기에서 인용 교육 방안에 대한 연구,
  한국어교육 27(3), 국제한국어교육학회, 203-232.
이윤빈(2013), 과제표상 교육에 의한 대학생 필자의 담화 종합 수행 변화 양상,
  국어교육학연구 48, 국어교육학회, 305-344.
이윤빈·정희모(2010), 과제표상 교육이 대학생의 학술적 글쓰기 수행에 미치는 효
  과, 국어교육 131, 한국어교육학회, 463-498.
이윤진(2013), 외국인 유학생의 글쓰기 윤리 실천을 위한 학문 목적 쓰기 지도 방안
  : 자료 사용(Source use)을 중심으로, 작문연구 17, 한국작문학회, 195-225.
장성민(2018), 초보교사의 글쓰기 과제표상에 나타난 지적 구조 분석: 우수한 필자
  교사와 미숙한 필자 교사의 차이를 중심으로, 작문연구 37, 한국작문학회,
  87-128.
정다운(2014), 외국인 대학원생을 위한 논문 쓰기 수업 사례 연구, 어문론집 58,
  중앙어문학회, 487-516.
정희모(2014), 대학 글쓰기 교육에서 학습 전이의 문제와 교수 전략, 국어교육 146,
  한국어교육학회, 199-124.
최숙기(2007), 자기 표현적 글쓰기(expressive writing)의 교육적 함의, 작문연구 5,
  한국작문학회, 205-240.

Allen, S.(2004), Task representation of a Japanese L2 writer and its impact on the usage of source text information, *Journal of Asian Pacific Communication*, 14(1), 77-89.

Baker, L. & Brown, A. L.(1984), Metacognitive skills in reading, In P. D. Pearson Ed., *Handbook of reading research*(353-394), New York: Longman.

Bartholomae, D.(1986), Inventing the university, *Journal of Basic Writing*, 5, 4-23.

Cheng, F. W.(2009), Task Representation and Text Construction in Reading-to-Write, *Journal of Pan-Pacific Association of Applied Linguistics*, 13(2), 1-21.

Flower, L.(1987), *The role of task representation in reading to write*, Technical Report 6, University of California, Berkely, CA: National Center for the Study of Writing and Literacy.

Flower, L.(1993), *Problem-Solving Strategies for writing*, Fort Worth: Harcourt Brace Jovanovich College Publishers.

Flower, L., Stein, V., Ackerman, J., Kantz, M. J., McCormick, K., & Peck, W. C.(1990), *Reading to write: Exploring a Cognitive and Social Process*, New York: Oxford University Press.

Greene, S. & Lidinsky, A.(2015), *From Inquiry to Academic Writing: a text and reader*, NY: Bedford/St. Martin's.

Howard, R. M.(1992), A plagiarism pentimento, *Journal of Teaching Writing*, 11(3), 233-246.

Ivanic, R.(1998), *Writing and identity: The discoursal construction of identity in academic writing*, Amsterdam: John Benjamins.

Leki, J. & Carson, J.(1994), Student's perceptions of EAP writing instruction and writing needs across disciplines, *TESOL Quarterly*, 28(1), 81-101.

Pecorari, D.(2003), Good and original: Plagiarism and patch writing in academic second-language writing, *Journal of Second Language Writing*, 12, 317-345.

Riazi, A. M.(1997), Acquiring disciplinary literacy: A social-cognitive analysis of text production and learning among Iranian graduate students of education, *Journal of second language writing*, 6, 105-137.

Spivey, N. N.(1997), *The constructivist metaphor: Reading, writing, and the Making of Meaning*, San Diego, CA: Academic press.

학술적 글쓰기에서 대학원 유학생의 과제표상 교육 방안 탐색

1. 서론

Borg(2003)은 '담화공동체(discourse community)'가 '구어공동체(speech community)'와 '해석공동체(interpretive community)'에서 발전해 왔다고 설명한다. Hymes(1972)는 '구어공동체'를 같은 언어를 사용하는 사람들의 집단으로 정의하고, Fish(1980)은 '해석공동체'를 문학 텍스트를 해석하는 방법을 공유하는 네트워크로 정의한다. '담화공동체'와 다른 점은 그 범위가 비교적 넓어 '구성원(membership)'이 분명하지 않다는 것이다. 그런 면에서 호주식 영어를 구사하는 사람은 모두 '구어공동체'가 될 수 있고, 텍스트를 해석하는 방법이 같은 사람은 누구나 '해석공동체'가 될 수 있다. 이에 대해서 Borg(2003)은 '담화공동체'는 '구어공동체'나 '해석공동체'와 다르게 반드시 물리적으로 모이지 않아도 된다고 밝혔다. 왜냐하면 특별한 형식과 텍스트의 구조를 가진 '소식지(newsletter)'가 이들만의 '장르'가 되는데, '공통의 관심사(common interest)'를 가진 사람들이 공통의 목표를 추구하면서 이 장르로 서로 결속되기 때문이다. 이를 '학술 담화공동체(academic discourse community)'와 연결해서 생각하면, 물리적으로 같이 있더라도, '소식지(newsletter)'에서 요구하는 담화관습과 장르적 특징에 따라서 의사소통을 하지 못하면 담화공동체의 구성원이 될 수 없다. 그래서 Spack(1988:30)은 유학생을 가르치는 대학 작문 교사에게 가장 중요한 것은 유학생들을 '학술 담화공동체'로 '가입시키는 것 (initiating)'이라고 지적했다. 이는 새로운 공동체에 들어온 유학생에게 '학술 담화공동체'로의 진입이 중요하지만 그만큼 그 진입이 쉽지 않음 을 의미하는 것이다.

　Spack(1988:30)은 학술 담화공동체가 유학생에게 기대하는 것과 유학생 이 '학술 담화공동체'에 기대하는 것 사이에 '큰 차이(a large gap)'가 존재한 다고 지적했다. 실제로 '학술 담화공동체'에는 앞서 Borg(2003)이 지적한 것처럼, 소식지(newsletter), 즉 특별한 '학술적 리터러시'로 구현되는 장르 글쓰기가 존재한다. Spack(2004:38)는 특정 학술 공동체의 독자, 담화 관행 의 수용, 그리고 학술 담화공동체의 문화적 관점 등을 통해서 학술적 리터러시가 습득된다고 주장했다. Barton(1994)의 표현대로라면 이와 같 은 요소들은 필자 주변에 새롭게 만들어진 '리터러시 생태(the ecology of literacy)'를 말하는데, 유학생들은 이미 이전 문화에서 형성된 리터러시 관행이 있기 때문에 새롭게 요구되는 리터러시에 적응하기가 쉽지 않을 것이다. '대학원 유학생'의 글쓰기를 다룬 연구들을 보면 학위논문이나 학술적 글쓰기에서의 리터러시 관련 연구들이 주를 이룬다(민정호, 2020a; 민정호, 2019a; 홍윤혜·신영지, 2019). 다만 본 연구는 학위논문이나 학술적 글쓰기에서의 리터러시 교육이 효과를 거두려면 그 출발점에 적절한 '과 제표상'이 있어야 한다고 판단했다. 실제로 민정호(2020b)는 대학원 유학 생의 과제표상과 텍스트의 수준을 비교·분석한 연구인데, 높은 수준의 텍스트일수록 과제표상이 학술적 글쓰기와 부합했다고 밝혔다. 이처럼 대학원 신입생이 잘못된 '과제표상(task representation)'으로 과제를 해석하 면 학술적 텍스트의 질이 하락하고, 글쓰기 교육의 효과성도 떨어질 것이 다. Flower(1987)은 필자가 글쓰기를 할 때 만나게 되는 여러 수사적 상황 을 해결하기 위해서 필요한 '해석의 과정'으로 '과제표상'을 정의했다. 대 학원이라는 학술 담화공동체에 속한 대학원 유학생은 '학술적 글쓰기

(academic writing)'라는, 이전까지 경험해 보지 못한 수사적 상황에 놓이게 되는데, 이때 '해석(interpretive)'의 오류가 발생할 가능성이 높고, 학술적 텍스트 역시 완성도가 떨어질 것이다. 물론 Flower et al(1990)의 지적처럼, 이와 같은 과제표상은 신입생이라면 누구나 경험하게 되는 문제로 볼 수도 있지만, 대학원 '유학생'은 새롭게 학술 담화공동체에 유입된 '신입생'이면서, 무엇보다 다른 나라에서 이민을 온 '유학생'이라는 점에서 해석의 오류가 더 심각할 수 있을 것이다.

본 연구는 이처럼 학술 담화공동체에 편입된 대학원 유학생을 대상으로 '해석의 과정', 즉 '과제표상'을 학술적 글쓰기에 부합하게 형성하도록 하는 한 차시 과제표상 수업을 설계해 보려고 한다. 한 차시만을 다루는 이유는 Flower et al(1990)이 1시간의 과제표상 교육만으로도 학술적 글쓰기에 대한 신입생의 과제표상이 긍정적으로 개선되었고, 이들이 완성한 텍스트도 질적으로 향상되었음을 확인했다고 밝혔기 때문이다. 본 연구 역시 대학원 교육과정의 현실적 조건을 고려해서 대학원 유학생을 위한 3시간짜리 한 차시 과제표상 수업 모형을 설계하고 실제 수업 예시를 구체적으로 제시해 보겠다.

2. 과제표상의 개념과 수업 설계를 위한 원리

2.1. 과제표상과 과제표상 교육의 효과

과제표상 수업을 설계하기에 앞서, 가정 먼저 논의되어야 하는 부분은 과제표상이 무엇이고, 과제표상이 실제 효과가 있냐는 것이다. Flower(1987)은 신입생이 학술적 과제를 해결하면서 과제를 어떻게 해석했고, 이를 근거로 어떤 전략을 세웠는지를 신입생이 과제를 해결하면서 녹음하도록 했다. 이 녹음한 내용을 토대로 프로토콜 분석을 진행하고 과제표상의 핵심 내용을 목록화했는데, '정보 제공 재료', '텍스트의 형식과 특징', '글쓰기의 구성 계획', '전략과 '그 밖의 목표'가 그것이다. '정보 제공 자료'는 텍스트, 텍스트와 필자의 견해, 필자가 알고 있는 내용 등처럼 어떤 '재료(Source)'로 내용을 구성했는지를 의미한다. '텍스트의 형식과 특징'은 노트나 요약, 요약이나 의견, 일반적인 글의 형식, 설득적 에세이와 같이 어떤 형식(Format)으로 종합했는지를 말한다. Flower(1987)이 학술적 글쓰기에서 중요하게 판단한 '글쓰기의 구성 계획'은 읽기자료를 읽고 요약하기, 화제에 대해 반응하기, 검토하고 논평하기, 통제개념을 사용해서 종합하기, 나 자신의 목적을 위해 해석하기 등으로 주요한 '조직 계획(Organizing plan)'을 가리킨다. 마지막으로 '전략과 '그 밖의 목표'는 각각 9개, 12개가 신입생의 녹음 자료에서 귀납적으로 도출되었는데,[1] Flower(1987)의 지적처럼 핵심 내용은 아니기 때문에 본 연구에서도 주요하게 다루지 않는다. Flower(1987)의 과제표상을 종합하면, 필자가 자신이 정한 화제를 위해서 재료를 선택하고 특별한 방향으로 형식을 결정하며, 선택한 재료를 그 형식에 맞게 어떻게 조직하는지를 의미한다. 이 과제표상의 양상 점검은 실제로 필자가 학술적 과제를 적절하게 해석했는지를 확인하기에 매우 유용한 도구가 될 것이다.

Flower et al(1990)은 Flower(1987)이 목록화한 과제표상 내용을 자기

---

1) 전략(Strategies)'은 '1) 요지를 목록화하기, 2) 요지를 목록화하고 논평하기, 3) 도약대로써 읽기, 4) 내 자신의 언어로 말하기, 5) 훑어보고 반응하기, 6) 조직을 위한 아이디어 찾기, 7) 여러 부문으로 나누기, 8) 독자의 요구를 위해 선택하기, 9) 나 자신의 목적을 위해 이용하기' 등이고, 그 밖의 목표(Other goals)'는 '1) 자료를 이해했음을 드러내기, 2) 하나 이상의 좋은 아이디어 얻기, 3) 무엇을 배웠는지 드러내기, 4) 흥미로운 내용을 제시하기, 5) 최소의 노력으로 신속히 끝내기, 6) 요구된 분량 충족시키기, 7) 나 자신의 경험을 검증해보기, 8) 모든 핵심 사항을 다루기, 9) 개성적이고 창의적이기, 10) 나 자신을 위해 학습하기, 11) 독자에게 영향 주기, 12) 내가 이미 알고 있는 것 검증하기' 등이다.

분석점검표(Self-Analysis Checklist)로 만들어서, 신입생들이 사용한 과제표
상이 무엇인지 스스로 확인하게 하고, 과제표상에 대해서 설명했으며,
수정 사항을 지시하고, 이를 토대로 텍스트를 완성하도록 했다. 과제표
상 교육을 진행한 후 확인한 최종 텍스트의 질은 향상되어 있었다. 이
윤빈·정희모(2010)은 Flower et al(1990)과 Flower(1987)을 토대로 학술적
과제를 해결하도록 하면서 '과제표상' 교육을 진행했다. Flower et
al(1990)처럼 '과제표상'에 대한 강의와 '자기 점검표'를 작성하도록 했고,
2인 1조로 상호점검을 하도록 했다. 이때 과제표상 강의는 대안적 표상
을 인지하도록 하는 것을 목표로 시행되었다. 이윤빈·정희모(2010)은
Flower et al(1990)과 동일하게 초고를 작성한 후에 과제표상 교육을 진
행했고, 그 후에 최종 텍스트를 완성하도록 했다. 역시나 최종 텍스트
는 질적으로 향상되었다.

　여기서 주목할 부분은 이 과제표상 교육이 텍스트의 질적 향상에 긍
정적이지만, 이윤빈·정희모(2010)과 Flower et al(1990)이 모두 '대학교 신
입생'을 대상으로 진행된 연구라는 점이다. 대학원 유학생은 대학교보
다 학술적 리터러시와 장르 글쓰기가 더 강조되는 담화공동체에 입학
했고, 신입생이면서 유학생이기 때문에, 적절한 과제표상 교육이 반드
시 필요할 것이다. 실제 민정호(2020b)는 대학원 유학생의 과제표상 양
상과 텍스트의 질을 비교했는데, 과제표상이 학술적 과제를 지향할수
록 텍스트의 수준이 높아지는 것으로 나타났다. 이는 대학원 유학생을
대상으로 학술적 글쓰기에 대한 과제표상 교육이 제공되어야 하는 강
력한 근거가 될 것이다. 그런데 과제표상 교육이 텍스트의 질적 제고에
효과가 있더라도, '대학교'가 아닌 '대학원'에 입학한, 그리고 '한국 학생'
이 아닌 '유학생'을 대상으로 '과제표상' 교육을 진행한다면 수업 설계에
서 주요하게 고려되어야 할 '특정 원리'가 있을 것이다. 물론 '어학원-교
양과정-전공과정'을 거친 대학원 유학생에게 과제표상 교육이 별도로

필요하냐는 반론도 있을 수 있을 것이다. 그렇지만 민정호(2019a)는 대학원 유학생 중에 상당수가 국내 대학교가 아니라 국외, 즉 모국에서 대학교를 졸업한 학생이라고 지적했다. 이처럼 전혀 다른 학술 담화공동체에서의 학술적 과제에 대한 경험은 새로운 학술 담화공동체에서의 과제표상에서 해석의 문제를 발생시키고, 결국 학술적 텍스트의 질적 제고에 부정적 영향을 줄 것이다. 그래서 대학원 유학생을 위한 과제표상 교육을 진행할 때 고려되어야 할 원리를 '학습자의 개별성'을 중심으로 정리해 보려고 한다.

2.2. 대학원 유학생의 과제표상 수업 설계를 위한 원리

제일 먼저 고려해야 할 것은 학습자가 '유학생'이라는 점이다. 일반적으로 '논설'은 필자가 생각하는 주장을 설득할 목적으로 이유와 근거를 통해 제시하는 것을 말한다(김영건, 2009). 배식한(2019)는 논증이 학술 담화공동체에서의 지향점이라고 지적했고, 손동현(2006)은 '논설'이 학술적 텍스트의 내용과 구성에서 가장 중요하며 일반적이라고 설명했다. 한국의 학술 담화공동체에서의 학술적 글쓰기에는 반드시 논설, 논증이 중요하게 고려되어야 한다. 그런데 이 '논설'에 대해서 조인옥(2017)은 문화적으로 '논설'에 대한 인식이 다를 수 있다고 지적한다. 조인옥(2017:17)은 중국 논설문을 예로 들면서, 중국에서는 '논박'의 가능성도 없고, 감성적이며, 문학적이고, 생활적인 텍스트도 논설의 범주에 들어간다고 설명했다. 만약에 중국 유학생이 이와 같은 논설의 개념을 전제로, 학술적 과제를 해석하고, 이 과제표상을 근거로 학술적 글쓰기를 한다면, 그 학술적 텍스트의 양상은 매우 낯설 것이다. 이와 같은 논설의 개념은 한국에서의 학술적 글쓰기와는 매우 다르기 때문이다. 여기서 제시될 수 있는 첫 번째 원리는 유학생 모국에서의 '장르 인식'을 점검하고, 한국의 학술 담화공동체에서 요구하는 장르적 특징을 알

려주는 것이다. 민정호(2018:113-114)은 대학원 유학생의 학술적 글쓰기
에 대한 장르 인식을 조사했다. 결과는 '주장하기(57.5%)', '설명하기
(15.0%)', '지시하기(15.0%)', '묘사하기(10.0%)'. '서사하기(02.5%)' 순으로 나
타났다. '묘사하기'를 선택한 유학생 중에서는 '일상적 묘사'를 선택한
학생이 75%였고, '이야기'를 의미하는 '서사하기'를 선택한 학생도 있었
다. 이 결과는 유학생의 과제표상이 모국에서 형성된 학술적 글쓰기에
대한 지식과 경험의 영향으로 상이할 수 있음을 나타낸다. 그러므로 대
학원 유학생의 '학술적 글쓰기'에 대한 장르 인식 양상을 확인하고, 이
인식을 넘어서 한국에서의 학술적 글쓰기의 특징을 이해하고 이를 중
심으로 과제표상을 형성하도록 교육해야 할 것이다.

　　Flower et al(1990)은 과제표상 교육을 진행하면서 '점검표'와 함께 과
제표상 교육을 진행했다. 이때 비판적 리터러시를 근거로 '글쓰기의 구
성 계획'에서 '종합하기'와 '해석하기'를 강조했는데, 교육을 받는 학습
자가 유학생이라면 '종합하기'와 '해석하기'가 왜 중요한지까지도 이해
시켜야 할 것이다. 여기서 고려되어야 하는 두 번째, 세 번째 원리가
있다. 두 번째는 각 과제표상이 주로 실제 완성된 텍스트에서 어떤 유
형으로 나타나는지를 확인하는 것이다. Flower et al(1990)은 과제표상과
텍스트 유형을 비교하기 위해서 신입생이 완성한 텍스트를 유형화했
다. 텍스트의 유형은 '요약', '검토+논평', '고립된 중점', '틀', '통제 개념',
'목적 해석', '자유 반응' 등으로 나타났다. 이때 텍스트 유형 중 학술적
글쓰기에 해당하는 '목적 해석'과 '통제 개념'은 과제표상을 '종합하기'와
'해석하기'로 했을 경우에 나타날 수 있는 텍스트의 유형이었다. 물론
이윤빈·정희모(2010)은 과제표상을 학술적 과제에 맞게 표상하더라도,
이 결과가 실제 텍스트 유형으로 연결되지 않을 수도 있다고 밝혔다.
하지만 최초의 과제표상 교육에서는 예외적인 경우를 제외하고, 과제
표상과 텍스트의 유형을 연결해서 그 효과성을 명시적으로 보여주는

것이 교육적 효과가 클 것으로 판단했다. 이렇게 과제표상과 텍스트 유형을 결합해서 대학원 유학생에게 설명할 수 있다면, 대학원 유학생이 과제표상의 중요성을 인식하고, 학술적 글쓰기와 가장 부합하는 과제표상을 선택하게 만들 수 있을 것이다. 세 번째는 학술적 과제와 학술적 글쓰기의 특징을 소개하는 것이다. 학술적 과제를 Flower et al(1990)은 '쓰기 위한 읽기(reading to write)로, Segev-Miller(2004)는 '자료로부터의 글쓰기(Writing from Sources)'로 정의했다. 이와 같은 이유로 학술적 글쓰기는 어떤 자료를 선택하고 해석해서, 어떤 형식과 목적으로 구성·배열·종합하느냐가 관건이 될 것이다. 이는 '담화종합'(spivey, 1997)을 학술적 글쓰기로 보는 가장 중요한 이유가 된다(민정호, 2019a; 김혜연, 2016). 그렇다면 이와 같은 학술적 글쓰기의 특징을 신입생인 유학생에게 명시적으로 전달해야 공동체에서 앞으로 만나게 될 학술적 글쓰기에서도 이를 의식하고 글쓰기를 할 수 있을 것이다. 이와 같은 이유로 과제표상 수업을 설계할 때, 학술적 글쓰기, 학술적 과제 등을 명시적으로 설명하는데, 이는 유학생들이 과제표상을 학술적 과제에 맞게 수정하도록 할 때 '지식적 근거'로 작용할 것이다.

Borg(2003:398)은 '담화공동체'를 설명하면서 특별한 형식과 텍스트의 구조를 가진 '소식지(newsletter)', 즉 특정 장르로 의사소통한다는 것을 강조했다. 즉 어떤 필자가 스스로 '학술 담화공동체'에 소속되어 있다는 '정체성', '소속감'을 가지려면, 반드시 '소식지(newsletter)'에서 요구하는 장르적 특징이나 담화관습에 따라서 글쓰기를 해야 한다는 것이다. 다만 '과제표상'을 위한 수업을 설계하면서 '장르적 특징'이나 '담화관습'을 직접적으로 설명하고 실습하는 것은 적합하지 않다. 대학원 유학생이 '장르적 특징'이나 '담화관습'에 익숙해지는데 3시간짜리 한 차시 수업으로는 부족하기 때문이다. Neeley(2005)는 학술적 리터러시를 읽기와 쓰기뿐만 아니라 말하기와 듣기 등 특정 전공에서 지식을 창출하기 위해 필요한 기능으로 정리했다. 그러면서 지배적인 방법으로 이와 같은 기능들을 효과적으로 사용하려면 반복적인 연습이 필요하다고 밝혔다. 과제표상 교육이 대학원 신입생에게 학술적 과제에 대한 과제표상을 적절하게 형성시킨다면, 학술적 과제에서 대학원 유학생이 학술적 리터러시를 연습·실행할 때 담화 관습을 빠르게 이해하고 학습하도록 도울 것이다.

또한 '장르적 특징'이나 '담화관습'의 중요성을 고려해야 하는 이유는 '소식지(newsletter)'를 읽을 '독자' 때문이다. 민정호(2019b)는 대학원 유학생의 인식 속의 독자 양상과 학술적 텍스트의 질과의 상관성을 분석했는데, 학술적 텍스트의 수준이 높을수록 학술 담화공동체의 구성원, 즉 교수님, 연구자, 창작자 등을 독자로 인식하는 양상이 나타났다. 이는 텍스트의 질이 높을수록 학술적 텍스트의 장르적 특징이나, 담화관습을 고려해서 자료를 해석, 종합한다는 것을 의미한다. 결국 학술 담화공동체의 '장르적 특징'이나 '담화관습'을 자세하게 알기 이전에 학술 담화공동체의 구성원을 '예상 독자'로 전제할 수 있다면, 과제를 해석하는 과제표상 역시 학술 담화공동체의 '소식지(newsletter)'를 지향하는 방향으로 수정될 것이고, 대학원 교육과정에서 '담화관습'을 학습할 때도 보다 더 긍정적인 영향을 줄 수 있을 것이다. 여기서 도출되는 네 번째 원리는 학술 담화공동체의 구성원과 동일한 표상을 하도록 하는 것이다. 이렇게 동일한 표상으로 과제를 해석하는 구성원을 독자로 의식할 때, 대학원 유학생은 의식적으로 과제표상을 학술 담화공동체에 맞출 수 있고, 또한 텍스트의 수준도 향상될 수 있을 것이다.

본 연구에서 제안하는 '과제표상' 교육을 위한 수업 설계를 할 때 고려되어야 하는 원리를 종합하면 다음과 같다. 첫째, 학생의 모국에서 형성된 장르 인식을 확인하고, 한국의 학술 담화공동체에서 요구하는 장르 인식과 비교해 보도록 한다. 둘째, 과제표상의 양상이 텍스트의 유형과 어떻게 연결되는지 보여주고, 적절한 과제표상이 텍스트의 질적 제고에 긍정적 효과가 있음을 설명한다. 셋째, 과제표상, 학술적 과제, 그리고 학술적 글쓰기의 특징을 명시적으로 설명하고, 이를 통해 학술적 과제에 대한 과제표상이 적절하게 구성되도록 한다. 넷째, 학술적 글쓰기를 하면서 예상 독자로 학술 담화공동체의 구성원을 인식하도록 한다.

2.3. 대학원 유학생을 위한 과제표상 수업의 지향

본 연구는 이론적 검토를 통해서 '과제표상' 교육이 텍스트의 질적 향상에 긍정적인 영향을 주는 것을 확인했다. 왜냐하면 Fish(1980)이 지적한 '해석공동체'처럼 과제를 다른 구성원들과 동일한 방식으로 해석할 수 있다면, 그 담화공동체에서 요구하는 '장르'로 텍스트를 완성할 가능성이 높아지기 때문이다. 특히 학습자가 대학교보다 더 강력한 담화관습이 요구되는 대학원에 입학한 신입생이고, 이 신입생이 한국 학생이 아닌 유학생이라면, '과제표상' 교육은 학술적 리터러시 학습 차원에서도 중요할 것이다. 이와 같은 이유로 2절에서 유학생의 장르 인식을 확인하고 학술적 과제를 지향할 것, 이때 학술적 글쓰기를 명시적으로 설명하고, 과제표상과 텍스트의 유형을 연결해서 알려줄 것, 마지막으로 담화공동체의 구성원을 독자로 예상하게 할 것 등을 제안했다. 이와 같은 교육은 대학원 유학생이 편입된 학술 담화공동체에서 요구하는 학술적 과제에 대한 의식을 고양시키는데 크게 기여할 수 있을 것이다. 그리고 이 고양된 의식은 대학원에서 마주하게 되는 많은 학술적 과제에서 과제표상이 학술적 글쓰기를 지향하도록 이끌어 줄 것이다.

McComb & Whisler(1997)은 '학습자 중심(learner-centered)'을 학습자에게 제일 유용한 '학습 기능(function of learning)'에 근거해서 학습자의 '요구(needs)'를 '충족(meeting)'시킬 수 있는 '교육과정(curriculum)'과 '교육내용(content)'을 제공하는 것이라고 지적했다. 신입생인 대학원 유학생은 '과제표상'이 무엇인지도 모르기 때문에 명시적으로 이에 대한 학습 요구를 확인할 수는 없다. 그렇지만 과제표상은 대학원 유학생의 학술적 리터러시 교육 차원에서 유용한 '학습 기능'을 제공해 주기 때문에, 과제표상에 대한 학습은 학습자의 학습 요구로 해석해야 할 것이다. 이와 같은 이유로 본 연구에서 제안하는 수업 설계는 학습자 중심을 지향하며, 이 교육은 '학술적 과제'에서 대학원 유학생의 학술적 텍스트의 질적 제고와 학위논문의 성공이라는 면에서 학습자 요구를 충족시킬 것이다. 기본적으로 Flower et al(1990)이 진행한 과제표상 수업을 따르면서 본 연구에서 제안한 네가지 원리를 추가하는 방향으로 수업을 설계하려고 한다. 이를 정리하면 다음 그림과 같다.

본 연구에서 설계하는 과제표상 수업은 기본적으로 학습자 중심 교육을 지향한다. 학술 담화공동체인 대학원에 입학한 '유학생/신입생'에

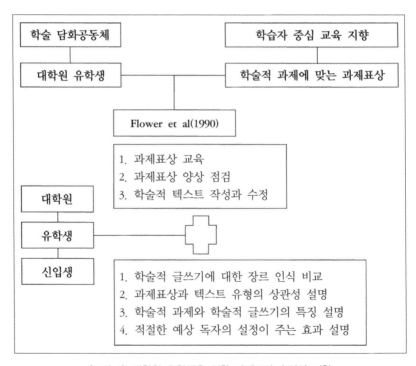

〈그림 1〉 대학원 유학생을 위한 과제표상 수업의 지향

게 '학술적 텍스트'의 질적 향상이 보장되는 과제표상 교육은 학습자의 요구를 충족시키는 것이기 때문이다. 그리고 이 수업의 목표는 '학술적 과제에 맞는 과제표상'을 형성하는 것이다. 이를 위해서 Flower et al(1990)이 진행했던 1시간짜리 과제표상 교육을 기본 틀로 삼았다. 그렇지만 여기에 '대학원'에 입학한 '유학생', 그리고 '신입생'이라는 학습자 특수성을 고려해서 그 지향점을 보다 상세하게 확장했다. Flower et al(1990)과 동일하게 '과제표상 교육', '과제표상 점검', '학술적 글쓰기 작성과 수정'은 그대로 반영하지만, 여기에 장르 인식의 확인, 학술적 글쓰기에 대한 명시적 교육, 과제표상과 결과로써의 텍스트 유형에 대한 명시적 교육, 그리고 학술 담화공동체 구성원을 독자로 설정할 것 등을 추가했다. 이처럼 추가된 내용들은 대학원에 입학한 유학생이라는 학습자 특수성을 고려한 것인데, 이를 통해서 대학원 유학생은 학술적 글쓰기에 대한 명시적 지식과, 과제표상의 중요성과 효과, 그리고 학술적 글쓰기와 과제에 대한 의식 고양 등을 경험할 수 있을 것이다.

3. 과제표상 교육을 위한 수업 설계

3.1. 과제표상 교육을 위한 수업 설계의 모형

민정호(2020a), 홍윤혜·신영지(2019), 정다운(2014)를 보면 보통 대학원 유학생의 학위논문의 질적 제고를 위한 강의가 교육과정에 포함되어 있음을 확인할 수 있다. 즉 대학원 교육과정에는 기본적으로 대학원 유학생의 학술적 리터러시와 학술적 글쓰기, 그리고 학위논문을 위한 강의가 배정되어 있는 것이다. 이 강의들은 반드시 학위논문을 써야 졸업할 수 있는 대학원 유학생의 특수한 상황을 고려한 것이다. 본 연구에서 제안하는 '한 차시' 수업은 이와 같은 강의에서 초반부에 대학원 유학생의 장르 인식과 과제 해석 능력을 향상시키기 위한 목적으로 적용될 수 있을 것이다. 다시 말하면, 이 수업은 학술적 글쓰기에서 과제표상만을 15주 동안 다루는 강의를 개발하는 것이 아니다. 오히려 대학원 유학생의 학위논문이나 학술적 글쓰기를 다루는 강의에서 한 차시 '수업'만을 설계하는 것이 목적이다. 다만 이 한 차시의 수업은 대학원 유학생이 갖는 '학술적 글쓰기'에 대한 인식을 현재 소속된 학술 담화공동체에서의 '학술적 글쓰기'와 비교하며 수정할 수 있다는 점에서 긍정적 효과가 있을 것이다. 또한 '학술적 글쓰기'에 대한 특징을 명시적으로 배우고, 이를 중심으로 한 단락이지만 실제 학술적 글쓰기를 하며, 피드백을 받는다면, 앞으로 대학원 유학생이 만나게 될 학술적 과제에서 명확한 '과제표상'을 기초로 과제를 해석하고 글쓰기를 진행할 수 있을 것이다.

대학원 수업의 한 차시는 보통 3시간(3학점)이기 때문에, 이를 고려해서 과제표상 수업도 3시간으로 설계했다. 간단하게 수업 모형을 설명하면 크게 3가지 특징이 나타난다. 첫째는 학술적 글쓰기에 대한 명시적 교육이다. 이 수업은 학술적 글쓰기와 학술적 과제의 장르적 특징을 설명하고, 과제표상의 개념과 효과를 '지식'으로 알려준다. 이처럼 대학원 유학생에게 장르적 특징을 명시적으로 알려주는 것은 학술 담화공동체에서 요구하는 글쓰기에 대한 배경지식을 확장시킨다는 차원에서 교육적 효과가 클 것이다(민정호, 2019a). 둘째는 1단락으로 글쓰기 실습을 하는 것이다. 이는 실제로 배운 담화관습을 적용하는 차원이 아니라 과제표상 교육을 전후로 텍스트의 질적 향상을 필자가 직접 인식하도록 하기 위한 장치이다. 이는 Flower et al(1990)에서도 적용된 수업 설계 요소이다. 다만 이때 대학원 유학생이 '자기 피드백'을 통해서 인식의 변화 양상을 반성적으로 확인하도록 하는 것이 주요한 목표이다. 셋째는 대학원 유학생의 과제표상을 확인하는 것이다. 본 연구는 과제

표상 인식 조사와 학술적 글쓰기에 대한 명시적 교육을 진행하기 전과
진행한 후에 2차례 과제표상을 조사한다. 다만 본 연구에서는 과제표
상뿐만 아니라 대학원 유학생이 본래 갖고 있던 학술적 글쓰기에 대한
장르 인식까지 비판적으로 확인하도록 하는 장치를 추가했다.

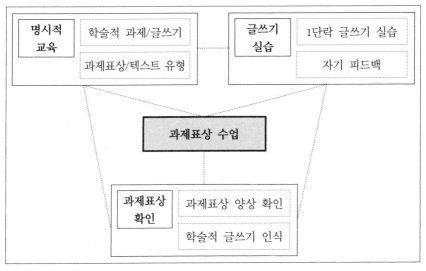

〈그림 2〉 과제표상 교육을 위한 수업 모형

이 장에서는 〈그림 2〉의 수업 모형을 실제 적용한 한 차시 과제표상
수업의 실제를 자세하게 설명하겠다. 이는 본격적인 학위논문, 학술적
글쓰기 수업에 앞서 대학원 유학생의 과제표상, 장르 인식 등을 한국의
학술 담화공동체에 맞게 수정하고, 학술적 리터러시를 확보하도록 하
는 데 그 목적이 있다.

3.2. 1교시: 학술적 과제와 학술적 글쓰기

1교시에는 우선 학술적 과제를 제시한다. 대학원 유학생은 이 학술

적 과제를 해석해서 학술적 글쓰기를 쓰도록 한다. 이때 학습자가 유학생이고 신입생이라는 점을 고려해서 제시되는 읽기 자료의 수를 2개로 제한한다. 사실 담화종합은 학술적 과제의 가장 중요한 특질 중에 하나이다(민정호, 2019a). 이는 전공과 상관없이 학술적 글쓰기가 갖고 있는 공통적인 특징이기도 하다. 일반적으로 담화종합 글쓰기를 다루는 연구들은 학술적 과제를 제시하면서 많은 읽기 자료를 제시하고, 담화종합 양상을 확인하지만 본 연구는 2개만을 제시한다. 그 이유는 글쓰기를 하는 지향점과 관련이 있는데, 본 연구는 대학원 유학생 스스로가 과제표상 교육을 받은 후에 학술적 글쓰기를 하면서 긍정적인 변화를 확인하는 것을 목표로 한다. 그런데 이 확인의 과정을 위해서 짧은 한 단락 글쓰기를 하는 이유는 1시간이라는 현실적 문제뿐만은 아니다. '한 단락 글쓰기'는 완결된 구성을 갖춘 텍스트의 기본 단위이며, 무엇보다 단시간에 다양한 평가와 분석을 용이하게 한다는 장점이 있기 때문이다(황혜영·한혜령, 2020:110). 이와 같은 이유로 이 수업에서는 2개의 자료를 활용해서 한 단락 글쓰기를 완성하는 것으로 진행한다. 이 수업은 담화종합 양상을 분석해서 이를 피드백하는 수업이 아니라, 과제표상 교육과 장르 인식의 변화가 실제 글쓰기에서 긍정적인 효과가 있다는 것을 확인하기 위한 목적으로 진행된다. Hartmon & Hortmon(1995:8)는 학술적 과제를 제시할 때 다중 읽기 자료의 관계를 '보완(Complementary)', '논쟁(Conflicting)', '통제(Controlling)', '대화(Dialogic)', '상징(Synoptic)'으로 분류했다. 본 연구에서 읽기 자료는 대칭점에 있는 '논쟁(Conflicting)' 관계로 제공한다. 왜냐하면 '대화(Dialogic)' 관계와 같이 전적으로 필자가 새로운 화제를 도출해야 하는 상황보다 충돌하는 '논쟁(Conflicting)' 관계의 자료에서 화제를 도출하는 것이 난이도 차원에서 신입생에게 적합하기 때문이다.

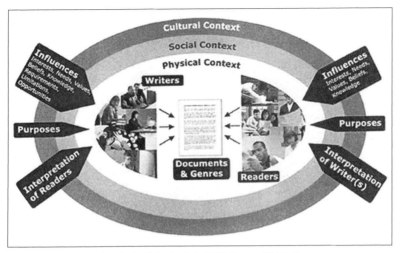

〈그림 3〉 학술적 과제의 특징(Irvin, 2015:6)

　Irvin(2015)는 '학술적 과제'를 설명하면서 텍스트의 '장르적 특징'을 설명하는데, 이 특징은 필자와 독자의 '해석(interpretation)'과 '목적 (purposes)', 그리고 다양한 요인들에 '영향(influences)'을 받게 되어 있다고 지적했다. 학술적 과제의 이러한 특징은 대학원 유학생들이 학술 담화 공동체의 구성원들이 해석하는 방향과 글쓰기의 목적, 그리고 그들이 담화관습 차원에서 영향받아왔던 것들을 의식하면서 학술적 과제를 해석하고 해결해야 한다는 것을 의미한다. 이를 위해서 Irvin(2015:8-9)는 원하는 지식을 얻기 위해서 '정보 검색을 위한 기술', '다양한 텍스트를 읽고 이해하는 능력', '주요한 전공 분야의 개념을 이해'하고, 이를 통해서 '새로운 정보들을 비판적으로 분석하고, 종합할 수 있는 전략'이 중요하다고 강조했다. 이 수업에서도 1교시에는 이와 같은 학술적 과제, 학술적 글쓰기에서 요구되는 특징들을 '명시적'으로 설명하고 이를 대학원 유학생에게 이해시키는 것을 목표로 한다. 사실 유학생을 대상으로 장르를 명시적으로 설명하는 것은 그 교육적 효과가 높다(민정호,

2019a). '대학원 유학생'이 다른 유학생보다 한국어로 의사소통할 수 있는 능력은 가장 높기 때문에, 학술적 글쓰기의 장르적 특징을 명시적으로 알려주는 것이 대학원 유학생의 장르 인식을 확장하고 적절한 과제 표상을 형성하는 데 도움을 줄 것이다.

3.3. 2교시: 과제표상 점검과 과제표상 교육

2교시에 진행되는 과제표상 점검은 Flower et al(1990)과 이윤빈·정희모(2010)처럼 점검지를 만들어서 학생들이 스스로 평가·표시하도록 한다. 다만 점검지의 내용에는 학술적 글쓰기에 대한 '장르 인식'의 양상을 확인하는 내용을 추가한다. 본격적인 과제표상 교육에 앞서 점검지를 먼저 수행해야 하는 이유는 대학원 유학생이 생각하는 학술적 글쓰기와 새로운 학술 담화공동체에서의 학술적 글쓰기를 비교·대조해 보기 위함이다.

※정보 제공 재료 ☑	※텍스트의 형식과 특징 ☑
- 텍스트 ☐	- 노트/요약 ☐
- 텍스트 + 필자의 견해 ☐	- 요약/의견 ☐
- 필자가 알고 있는 내용 ☐	- 일반적인 글의 형식 ☐
- 필자가 알고 있는 내용과 텍스트 ☐	- 설득적 에세이 ☐

※글쓰기의 구성 계획 ☑	※학술적 글쓰기의 장르 ☑
- 읽기자료를 읽고 요약하기 ☐	- 묘사하기 ☐
- 화제에 대해 반응하기 ☐	- 설명하기 ☐
- 검토하고 논평하기 ☐	- 지시하기 ☐
- 통제 개념을 사용하여 종합하기 ☐	- 주장하기 ☐
- 나 자신의 목적을 위해 해석하기 ☐	- 서사하기 ☐

예상독자:

〈그림 4〉 장르 인식과 과제표상 확인을 위한 점검지

점검지의 내용은 유학생들의 이해를 돕기 위해서 자세한 설명을 추가한다. 예를 들어 '정보 제공 재료'의 '텍스트'는 "제공된 읽기 자료에서 내용과 개념들을 똑같이 사용했고, 그 밖의 정보는 별도로 찾아서 넣지 않았다."와 같은 설명을 추가하는 것이다. 그리고 학생들이 1교시에 학술적 글쓰기를 하면서, 그리고 학술적 과제를 해석하면서 들었던 생각을 기초로, '정보 제공 재료', '텍스트의 형식과 특징', '글쓰기의 구성과 계획'을 점검하게 하고, 학술적 글쓰기에 대한 장르 인식도 확인하게 한다. 학술적 글쓰기의 장르 내용은 Knapp & Watkins(2005)를 참고한 것인데, 이 내용을 참고한 이유는 이 연구가 장르를 고정된 것으로 보지 않기 때문이다. 즉 학술적 글쓰기라 하더라도 수사적 맥락에 따라서 묘사가 필요할 수도 있고, 지시가 필요할 수도 있다. 예를 들면, 필자가 '묘사하기'를 선택했다는 것은 '학술적 글쓰기'를 '묘사하기'로만 구성된 것이 아니라 가장 지배적인 장르로 '묘사하기'를 선택했다는 것을 의미한다. 물론 이 수업은 학술적 글쓰기가 '주장'과 '설명'을 중심으로 진행되는 글쓰기라는 것을 전제하고 가르치지만, 단 하나의 과정만으로 학술적 글쓰기의 장르가 구성된다는 인식은 오히려 대학원 유학생의 장르 인식에 부정적 영향을 줄 수도 있을 것이다.

그리고 과제표상을 학술 담화공동체의 담화관습과 연결해서 설명한다. 즉 과제표상이 학술 담화공동체에서 관습적으로 누적된 '해석'의 방법임을 설명하는 것이다. 그래서 한국의 학술 담화공동체에서 원하는 과제표상과 그렇지 않은 과제표상을 나눠서 그 이유와 특징을 설명한다. 대학원 유학생들은 이 강의를 들으면서 자신의 점검지를 반성적으로 검토한다. 이 검토의 과정에서 '글쓰기의 구성 계획'을 중심으로 설명하고, 이 계획을 통해 완성되는 텍스트의 유형도 함께 제시한다. 이를 연결해서 종합하면 아래 그림과 같다.

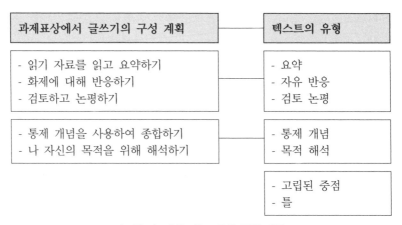

〈그림 5〉 과제표상 교육을 위한 내용

 과제표상을 '요약'이라고 해석하고 글쓰기를 시작하는 경우 텍스트
도 요약 유형으로 나타날 것이다. 왜냐하면 필자의 수사적 목적이 '요
약'이기 때문에 완성된 텍스트도 '요약'의 형태가 주가 될 것이다. 화제
에 대해 반응하기도 마찬가지인데, 화제에 대해서 '근거나 이유' 없이
생각이나 경험으로 반응하는 경우 텍스트도 '자유 반응'으로 나타난다.
읽기 자료를 검토하고 간단하게 논평하는 것으로 표상을 하는 경우 역
시 '검토 논평'이라는 유형으로 귀결된다. 그렇지만 읽기 자료를 해석하
면서 개념의 범위를 통제하고 자료를 종합하는 경우 '통제 개념', 읽기
자료를 목적을 가지고 해석하는 것으로 표상하는 경우 '목적 해석' 유형
으로 텍스트가 완성된다. 물론 과제표상을 '통제 개념을 사용해서 종합
하는 것'으로 했을지라도 완성된 텍스트는 '요약'일 수 있다. 그렇지만
과제 해석이 학술적 과제에 부합하는 방향으로 설정되었을 때 텍스트
가 절적으로 향상된다는 것을 이미 2장에서 이론적으로 확인했다. '고
립된 중점'은 특정 과제표상과 연결되는 것이 아니라, 과제를 해석할
때 주목한 내용이 텍스트에서 드러나지 않는 경우를 말한다. '틀'은 학
술적 글쓰기와는 상관없이 일반적인 글쓰기의 형식에 맞춰서 습관적으

로 읽기 자료를 배치한 경우를 말한다. 이는 뚜렷한 과제표상을 갖지 못한 경우에 나타나는 유형이다.

이렇게 과제표상의 특징과 완성된 텍스트의 유형을 연결해서 설명한 후에는 '독자'의 역할에 대해서 설명한다. 특히 독자를 학술 담화공동체의 구성원으로 정하는 것과 해당 수업의 교수자로 정하는 것의 차이점을 중심으로 설명한다. 해당 수업의 교수자를 학술 담화공동체의 구성원과 분리하는 이유는 민정호(2019b)의 지적처럼 '학문 목적 글쓰기(Writing to learn)'와 '학술적 글쓰기(Academic writing)'가 다르기 때문이다. '대학교' 보고서는 글쓰기를 '학문 목적'으로 보고, 교수자를 예상독자로 고려할 수 있지만 '대학원'의 보고서는 학술 담화공동체의 장르적 특성을 요구받는 학술적 글쓰기이기 때문에 학술 담화공동체의 구성원을 예상독자로 고려해야 할 것이다.

3.4. 3교시: 자기 피드백과 수정하기

마지막 3교시에는 과제표상 교육 후에 1교시에 완성한 초고를 비판적으로 분석해 보는 자기 피드백 과정을 갖는다. 여기서 피드백에 대한 개념 정리가 필요할 텐데, 한래희(2019:152)는 피드백을 퇴고나 교정으로 한정하지 않고 글쓰기 과정에서 떠오른 필자의 '생각'과 '텍스트'에 대한 포괄적 반응의 총칭으로 정리했다. 고혜원(2018)은 필자의 '자기중심성'을 근거로 자기 피드백의 결과가 좋지 않을 것이라고 지적했다. 그렇지만 이는 피드백을 교정이나 퇴고로 전제할 때 나타나는 결과이고, 글쓰기 과정에서 발견한 생각 등을 점검·확인하는 것으로 전제할 때는 자기 피드백도 긍정적인 효과가 있을 것이다. 본 연구는 '자기 피드백'을 학술적 글쓰기에 대해서 필자가 갖고 있던 생각이나 인식 등을 발견하고 학술적 글쓰기와 대조하는 반성적 도구로 활용한다. 이처럼 기존 장르 인식에 대한 반성을 목적으로 자기 피드백을 진행한 후에는 동료와 이야기를 진행한다. Rollinson(2005)는 '동료 피드백(peer feedback)'이 필자와 독자 사이에서 높은 수준의 상호작용과 응답을 제공하고, 쌍방향의 '협력적 대화(collaborative dialogue)'를 통해 유의미한 결과 도출이 가능하다고 지적했다. 이 수업에서도 자기 피드백을 통해 발견한 문제들을 '동료'들과 협력적으로 다시 이야기하면서 장르 인식을 수정하고 과제 표상이 학술적 글쓰기를 지향하도록 만들 것이다.

---

1. 교육을 듣고 학술적 글쓰기에 대해서 어떻게 생각하게 되었습니까?

2. 1교시에 쓴 초고의 문제점이 구체적으로 무엇이라고 생각합니까?

3. 글쓰기를 진행하면서 예상독자로 누구를 고려했습니까?

〈그림 6〉 자기 피드백에서 사용될 질문

자기 피드백에 사용될 질문은 3개인데, '과제표상 교육'을 들은 후에 들었던 생각과 초고의 문제점에 대해서 묻는다. 첫 번째 질문은 대학원 유학생이 갖는 학술적 글쓰기에 대한 장르 인식과 학술적 과제를 해결하면서 해석했던 과제표상을 반성적으로 검토하도록 하는 질문이다. 두 번째 질문은 맞춤법이나 문장의 구조 등과는 무관하게 과제표상의 '재료', '형식', '구성 계획' 차원에서 초고의 질적 제고를 위해 변화되어야 하는 것이 무엇인지를 묻는 질문이다. 세 번째 질문은 예상독자를 묻는 것으로 학술 담화공동체의 구성원을 독자로 고려했는지를 점검하기 위함이다. 한 단락의 짧은 텍스트를 자기 피드백으로 재검토하면서 대학원 유학생은 변화된 과제표상을 기초로 텍스트를 수정할 수 있을 것이다. 이렇게 자기 피드백을 진행한 후에 1교시에 완성한 텍스트를 수정하고, 다시 한 번 더 과제표상 점검지를 수행하도록 한다. 최종 완성된 텍스트와 과제표상 점검지는 과제로 교수자에게 제출하는데, 교수자는 이를 앞으로 진행될 나머지 강의에서 기초 자료로 활용하고, 학위논문, 학업 적응 등과 관련해서 유학생과 상담할 때도 사용한다.

〈표 1〉한 차시 과제표상 수업의 절차와 특징

교시	내용	특징
1 (50분)	학술적 과제 제시 학술적 글쓰기 실습 학술적 과제(글쓰기) 설명 지식	1단락 글쓰기로 실습 명시적으로 설명
2 (50분)	초안 작성에 대한 점검표 작성 과제표상에 대한 설명 지식 텍스트 유형에 대한 설명	과제표상과 장르 인식 양상 확인 담화공동체 강조 담화종합-텍스트의 유형
3 (50분)	문제점 진단: 자기 피드백 수정고 작성 후에 점검표 작성 과제 제출	과제표상의 영향 확인 과제표상 양상 재확인 담화공동체 고려 확인

3장에서 설명한 과제표상 수업의 절차와 특징을 정리하면 위 〈표 1〉과 같다. 이렇게 한 차시, 3시간으로 구성된 '과제표상 수업'은 대학원 유학생이 신입생으로서 처음 경험하는 학술적 과제와 학술적 글쓰기에 대해서 적절하게 의식하도록 도울 것이다. 또한 본격적으로 학술적 글쓰기를 할 때도 적절한 과제표상으로 학술적 글쓰기를 해석하도록 도울 것이다.

4. 결론 및 제언

본 연구는 과제표상과 관련한 이론적 검토를 근거로, 학술적 과제에 대한 '과제표상' 교육이 텍스트의 질적 향상에 긍정적인 효과가 있음을 밝혔다. 그래서 학술적 담화관습이 강조되는 대학원에 입학한 신입 유학생에게는 '과제표상' 교육이 학술적 글쓰기에 긍정적인 효과가 있다고 전제했다. 그리고 이를 전제로 학술적 과제에 대한 해석 능력을 향상시킬 수 있는 한 차시 과제표상 수업을 설계했다. 이 수업은 일반적으로 대학원 교육과정에 포함되는 학술적 글쓰기나 학위논문 관련 글쓰기에서 활용될 수 있을 것이다. 특히 본격적인 학술적 글쓰기 수업이 시작되기 전, 강의 초반부에 글쓰기에 대한 배경지식 확장과 명확한 과제표상 형성을 목적으로 활용이 가능할 것이다.

이 수업은 '대학원', '유학생', '신입생'이라는 학습자 특수성을 전제로 네 가지 원리를 고려해서 설계되었다. 첫 번째 원리는 유학생의 학술적 글쓰기에 대한 장르 인식과 과제표상을 확인하고 학술적 과제와 글쓰기에 대한 특징을 설명하는 것이다. 두 번째 원리는 과제표상의 개념과 유형별 특징뿐만 아니라 과제표상이 결정할 수 있는 텍스트의 유형도 연결해서 설명하는 것이다. 세 번째 원리는 실제 글쓰기 과제를 과제표상 교육 전에 실시하고, 자기 피드백을 통해서 과제표상 양상과 장르 인식을 재검토하게 하는 것이다. 마지막 네 번째 원리는 예상 독자를 학술 담화공동체의 구성원으로 삼고, 대학원 유학생이 텍스트를 수정하게 한다. 특히 대학원 유학생의 바뀐 과제표상이 텍스트의 질적 제고에 주는 긍정적 영향을 확인하도록 설계한다. 본 연구는 이 네 가지 원리를 반영해서 한 차시 수업을 설계하고, 3시간 동안 진행되는 과제표상 수업의 절차와 특징 등을 설명했다.

본 연구에서 설계한 수업은 대학원 유학생의 학습 필요를 충족해 주고, 유학생의 학습자 특수성을 고려했다는 점에서 학습자 중심 교육을 지향한다. 다만 해당 수업을 진행하면서 교수자가 학술적 글쓰기를 명시적으로 설명할 때 사용할 수 있는 교육 자료나 활동, 자기 피드백의 상세한 기준 등에 대해서는 상세하게 다루지 못했는데, 이는 본 연구의 한계로 남긴다. 이와 관련된 후속 연구들이 지속적으로 진행되어서 대학원 유학

생이 '신입생'일 때부터 학술적 과제와 학술적 글쓰기에서 요구하는 과제
표상의 개념과 특징을 정확하게 이해하고, 학업 과정에서 해야만 하는
다양한 학술적 글쓰기를 적절하게 해석·해결할 수 있기를 바란다.

• 참고문헌

고혜원(2018), 동료첨삭을 활용한 글쓰기 수업 모형 연구, 문화와융합 40(7), 한국
    문화융합학회, 451-458.

김영건(2009), 글쓰기와 논증, 시학과언어학 16, 시학과언어학회, 29-46.

김혜연(2016), 대학생의 학습 목적 글쓰기에서 지식 구성의 양상 고찰: 혼합 연구
    방법론의 적용, 작문연구 30, 한국작문학회, 29-69.

민정호(2018), 학문 목적 한국어 쓰기에서의 담화종합 수준별 저자성 분석: 대학원
    유학생의 계획하기와 수정하기를 중심으로, 동국대 박사학위논문.

민정호(2019a), 학술적 글쓰기에서 대학원 유학생의 저자성 개념과 교육원리의 방
    향 탐색, 리터러시연구 10(1), 한국리터러시학회, 313-341.

민정호(2019b), 학술적 글쓰기에서 대학원 유학생의 독자 고려 양상 분석: 사회인
    지주의 관점에서 독자 인식과 제목을 중심으로, 리터러시연구 10(4), 한국리터
    러시학회, 63-88.

민정호(2020a), 대학원 유학생 석사학위논문의 '이론적 배경' 구성에 관한 일고찰:
    한국어교육 전공 수업에서 발표된 '예비 논문'을 중심으로, 학습자중심교과교육
    연구 20(6), 학습자중심교과교육학회, 683-701.

민정호(2020b), 학술적 글쓰기에서 대학원 유학생의 수준별 과제표상 양상 분석
    : 과제표상과 텍스트 유형 비교를 중심으로, 학습자중심교과교육연구 20(9), 학
    습자중심교과교육학회, 785-804.

민정호(2020c), 학술적 리터러시 강화를 위한 대학원 교육과정의 방향 탐색: 대학원
    유학생의 요구를 반영한 강의와 활동의 재구성을 중심으로, 학습자중심교과교
    육연구 20(10), 학습자중심교과교육학회, 855-875.

배식한(2019), 담론의 네 양식을 이용한 대학 글쓰기 교육 - 묘사, 서사, 설명, 논증
    의 필요성과 활용 방안, 리터러시연구 10(1), 한국리터러시학회, 239-268.

손동현(2006), 교양교육으로서의 '학술적 글쓰기 교육': 대학 및 중고교 논술교육의
    바람직한 방향, 철학논총 43(1), 새한철학회, 525-552.

이윤빈·정희모(2010), 과제표상 교육이 대학생의 학술적 글쓰기 수행에 미치는 효
    과, 국어교육 131, 한국어교육학회, 463-497.

정다운(2014), 외국인 대학원생을 위한 학술적 글쓰기 교육에 대한 요구 조사 분석,
    어문논집 60, 중앙어문학회, 389-420.

조인옥(2017), 학문 목적 한국어 작문 교육을 위한 한·중 논설 텍스트의 전형성

고찰, 대학작문 20, 대학작문학회, 11-47.

한래희(2019), 자기 피드백을 활용한 글쓰기 교육 방법 연구, 사고와표현 12(2), 한국사고와표현학회, 147-182.

홍윤혜·신영지(2019), 예술분야 외국인 대학원생을 위한 학술적 글쓰기 교수요목 설계: 미술계열 학습자 수업을 중심으로, 리터러시연구 10(1), 한국리터러시학회, 343-373.

황혜영·한혜령(2020), 한 단락 글쓰기에서의 자기평가, 동료평가, 교수자평가 비교 연구, 교양교육연구 14(1), 한국교양교육학회, 107-130.

Barton, D.(1994), *Literacy an introduction to the ecology of written language*, Oxford: Blackwell.

Borg, E.(2003), Discourse community, *ELT Journal*, 57(4), 398-400.

Fish, S.(1980), *Is There a Text in This Class? The Authority of Interpretive Communities*, Cambridge, Mass: Harvard University Press.

Flower, L.(1987), *The role of task representation in reading to write*, Technical Report 6, University of California, Berkely, CA: National Center for the Study of Writing and Literacy,

Flower, L., Stein, V., Ackerman, J., Kantz, M. J., McCormick, K., & Peck, W. C.(1990), *Reading to write: Exploring a Cognitive and Social Process*, New York: Oxford University Press.

Hartman J. A. & Hartman, D. K.(1995), *Creating a classroom culture that promotes inquiry-oriented discussion: reading and talking about multiple texts*, Technical Report 621, Illinois: Center for the Study of Reading.

Hymes, D. H.(1972), On communicative competence, In J. B. Pride & J. Holmes Eds., *Sociolinguistics*, Harmondsworth, England: Penguin Books.

Irvin, L. L.(2010), What Is "Academic" Writing?, in C. Lowe & P. Zemliansky Eds., *Writing Spaces: Readings on Writing Volume 1*(3-17). Parlor Press: The WAC Clearinghouse.

Knapp, P. & Watkins, M.(2005), *Genre·Text·Grammar-Technologies For teaching and assessing writing*, Australia: The UNSW press.

Neeley, S. D.(2005), *Academic literacy*, New York: Pearson Education.

McCombs, B. & Whistler, J.(1997), *The learner-centered classroom and school: Strategies for increasing student motivation and achievement*, San Francisco, CA:

Jossey-Bass.

Rollinson, P.(2005), Using peer feedback in the ESL writing class, *ELT Journal*, 59(1), 23-30.

Segev-Miller, R.(2004), Writing from Sources: The Effect of Explicit Instruction on College Students' Processes and Products, *L1-Educational Studies in Language & Literature*, 4(1), 5-33.

Spack, R.(1988), Initiating ESL Students Into the Academic Discourse Community: How Far Should We Go?, *Tesol Quarterly*, 22(1), 29-51.

Spack, R.(2004), The acquisition of academic literacy in a second language: A longitudinal case study, updated, In V. Zamel & R. Spack Eds., *Crossing the Curriculum: Multilingual Learners in College Classrooms*(19-42), Mahwah, New Jersey: Lawrence Erlbaum Associates.

Spivey, N. N.(1997), *The constructivist metaphor: Reading, writing, and the Making of Meaning*, San Diego: Academic Press.

학술적 글쓰기에서 대학원 유학생의 독자 고려 양상 분석

－ 사회인지주의 관점에서 독자 인식과 제목을 중심으로－

1. 머리말

일반적으로 글쓰기 교육에서 독자(Audience)는 주요하게 다뤄진다. 필자가 독자를 인식하고 글쓰기를 하는 것이 텍스트의 내용과 질에 도움이 된다고 판단하기 때문이다. 이는 한국어 교육에서 글쓰기 비중이 증가하는 '대학원 유학생'의 학술적 글쓰기 연구에도 시사하는 바가 크다. 본 연구는 학업 적응에서 글쓰기 비중이 커지는 대학원 유학생을 중심으로 이들이 작성한 학술적 텍스트[1]에 나타난 독자 양상을 살펴보고 교육적 함의점을 찾아보려고 한다.

앞서 언급했듯이 독자의 존재는 글쓰기에서 중요하지만 반드시 그런 것만은 아니다. Elbow(1987:50)은 필자의 '인식' 속 독자를 존재하는 망령(Ghost)이나 유령(Phantom)으로 비유했다. 이는 두 가지를 함의하는

---

1) Berkenkotter & Huckin(1993:476)은 학계에서 지식이 실험 보고서(lab report), 회계감사 조서(working paper), 논평(review), 연구비 청구 제안서(grant proposal), 학술 보고서(technical reports), 학회 발표문(conference papers), 학술 논문(journal articles), 전공 논문(monograph) 등의 쓰기로 생산된다고 밝혔다. 이와 같은 텍스트를 '학술적 텍스트'라고 할 때 본 연구는 대학원 유학생이 기말과제로 제출한 '학술 보고서(technical reports)'를 중심으로 연구를 진행한다. 또한 글쓰기 과정까지 함의하는 경우에는 '학술적 글쓰기'로, 학술적 글쓰기의 결과물을 언급할 때는 '학술적 텍스트'로 용어를 통일한다.

데, 첫째는 무의식적으로 독자를 인식하는 것은 오히려 글쓰기의 '표현'
에 큰 도움이 되지 않는다는 것이다. 왜냐하면 망령에 사로잡혀서 필자
가 텍스트에 자신의 생각을 자유롭게 표현하지 못할 수도 있기 때문이
다. 둘째는 결국 독자란 '실체'일 수도 있지만 필자의 '인식'에 존재하는
무엇일 수도 있다는 점이다. 이는 Elbow(1987)이 독자를 망령에 비유한
것에서 확인할 수 있다. 물론 현재는 이 독자의 실체가 구체적으로 밝
혀져 있다(이재기, 2017; 정희모, 2008; 박영민, 2004).

　Kroll(1984)는 독자(Audience)를 크게 세 가지 관점으로 나눠서 설명한
다. 첫째는 '수사적인 관점(The Rhetorical Perspective)'인데, 이 관점은 독자
를 '실제 텍스트를 읽을 사람'으로 보고 설득의 대상으로 정의한다. 이는
고대 그리스의 수사적 전통에서 출발하는데, 이 영향으로 근대 글쓰기에
서 필자가 독자의 '지능(intelligence)', '사회·경제적 지위(socio-economic
status)', '직업(occupation)', '교육 수준(educational level)' 등을 고려하는 흐름
을 발생시켰다. 이 관점의 문제는 독자를 설득을 위한 '정복의 대상'으로
보기 때문에, 독자를 '적대적인 것(an adversarial relationship)'으로 간주한다
는 것과, 독자에 대한 요소들이 지나치게 일반적인 범주를 벗어나지 못
한다는 것이다. 둘째는 '정보를 제공한다는 관점(The Informational
perspective)'이다. 이 관점은 독자가 원하는 '정보'를 독자가 빠르게 이해할
수 있도록 텍스트를 설계하는 것을 말한다. 이는 텍스트의 '내용'에 초점
을 둔 것으로 독자가 원하는 정보가 텍스트의 적절한 위치에 '결속'되어
있어야 함을 말한다. 이는 독자들이 텍스트를 읽을 때, 독자의 정보 처리
과정을 필자가 이해해야만 가능하다. 그렇지만 독자의 이해를 온전히
필자가 결정한다고 전제한다는 면에서 문제가 있다. 세 번째는 '사회적
관점(The Social perspective)'이다. 이는 글쓰기가 사회적 의사소통행위라는
점에서 '자기중심성(Egocentrism)'을 극복하라는 것이다. 즉 필자가 글쓰기
를 의사소통이라고 전제하고 끊임없이 독자를 '예상'하고 '인식'하면서

글쓰기를 진행해야 '자기중심성'에 빠지지 않는다는 것이다. 이 관점에서 특징은 필자가 자기중심성을 극복하려고 '독자'를 떠올리며 글쓰기를 할 때 그 독자는 '검열'적 존재가 된다는 점이다. 그리고 이 독자는 필자의 텍스트를 읽을 실제 독자(reader)가 아닌 의사소통을 한다고 고려되는 추상적 '누군가'가 된다 Kroll(1984)가 정의한 독자의 관점을 살펴보면 독자가 '실제 독자'에서 '독자의 정보 처리 과정'으로 이동하고, 필자의 자기중심성을 극복하도록 하는 '무엇'으로 정리되는 경향을 확인할 수 있다.

그렇다면 글쓰기 과정에서 필자가 독자로 인식해야할 구체적 내용은 무엇일까? 정희모(2008:400-402)는 필자가 인식해야 하는 독자의 구체적 내용을 크게 둘로 제시하는데,[2] 첫째는 '담화공동체(discourse community)'에서 요구하는 장르 규칙이고, 둘째는 글쓰기 과정에서 독자가 암시하는 수사적 맥락(context)과 상황(situation)이다. Cutting(2002:3)는 '담화공동체'의 특징으로 모두가 볼 수 있는 '상황 맥락(situational context)', 구성원 서로가 알고 있는 '배경 지식 맥락(background knowledge context)', 구성원 서로가 담화관습적으로 이야기해 왔던 것에 대해서 아는 '상호 텍스트적 맥락(co-textual context)'을 제시한다. 그러니까 담화공동체에서 요구하는 장르 규칙은 통사론적 범위의 규칙을 넘어서 독자의 배경지식, 텍스트가 생산·소비되는 상황 맥락, 그리고 해당 공동체의 구성원들이 지켜온 담화관습 등을 총칭한다. 그런데 이 규칙은 '세분화'될 여지가 높다. Wardle(2009:776)는 글쓰기의 '실제 맥락'을 중요시하면서 이 특정 맥락에서의 '경계학습(boundary)'을 강조하는데, 이는 그만큼 글쓰기에서 필자에

---

2) 정희모(2008:397-403)은 독자를 실체로서의 독자, 은유로서의 독자, 담화공동체의 규칙, 특수한 맥락으로 분류한다. Kroll(1984)가 분류한 수사적인 관점과 정보를 제공한다는 관점은 실체로서의 독자와 연결되고, 사회적 관점은 은유로서의 독자를 말한다. 왜냐하면 Kroll(1984)가 사회적 관점의 경우 필자가 자기중심성을 극복하기 위해서 의도적으로 인식하는 것이 '독자'이기 때문이다. 다만 단순히 독자를 인식하는 것이 아니라 무엇인가를 실제 고려해야 한다면, 그것은 바로 정희모(2008)의 담화공동체의 규칙과 특수한 맥락이다.

게 요구되는 '기능'이 특정 '수사적 맥락'에 따라서 다양하게 달라지기 때문일 것이다.

본 연구는 '사회인지주의' 관점에서 필자의 인지 과정 속에 존재하는 독자와 특정 수사적 맥락에서 기능적으로 작용하는 독자 모두를 살펴보려고 한다. 현재 독자와 관련된 유학생 글쓰기 연구는 이인혜(2016)이 있다. 이 연구는 대학원생, 대학생, 언어교육원 학생이 작성한 텍스트 분석을 통해서 필자들이 독자를 어떻게 고려했는지를 살핀 연구이다. 이 연구는 텍스트 수준별로 독자 고려의 전략적 양상을 살펴봤다는 의의가 있지만, 세부 필자의 학습자 개별성을 고려하지 않았다는 한계가 있다.3) 본 연구는 '대학원 유학생'만을 중심으로 이들이 작성한 학술 보고서에 나타난 독자 고려 양상을 살펴보려고 한다. 특히 본 연구에서 대학원 유학생이 작성한 '보고서'에 초점을 맞춘 이유는 글쓰기 비중이 높아지는 새로운 글쓰기 환경에서 얼마만큼 '담화공동체'를 인식하고, '기능'적으로 고려하는지가 곧 높은 수준의 '학술 보고서'를 방증하는 것이기 때문이다. 이를 위해서 본 연구는 대학원 유학생이 '학술 보고서'를 완성하면서 인식한 '독자'와 기능적으로 고려한 '독자'를 각각 살펴보려고 한다.

2. 사회인지주의 관점에서의 독자

본 연구는 인지적 측면과 사회적 측면을 모두 고려해서 사회인지적

---

3) 여기서 '세부 필자의 학습자 개별성'은 유학생 각각의 개별성을 의미한다. 일반적으로 대학교(원) 진학을 원하는 언어교육원 학생도 학문 목적 학습자로 분류될 수 있지만 실제 담화공동체에 재학 중인 대학생(원)과 다른 학습자이다. 또한 대학원생과 대학생도 학문 목적 학습자로 분류되지만 학업 적응을 위해 담화공동체의 장르 규칙을 지켜야하는 차원에서는 다른 학습자군이다. 이는 학술 보고서, 학위 논문 등이 곧 학위와 졸업으로 이어지는 대학원생의 학습자 개별성 때문이다.

관점을 중심으로 논의를 전개하려고 한다. 두 가지 측면을 모두 고려하는 이유는 필자가 글쓰기를 할 때 내용 생성 등에서 주요하게 작용하는 인지적 영역과 담화공동체가 요구하는 기능에 맞춰서 의미를 구성하는 사회적 영역, 모두를 고려하기 위함이다.

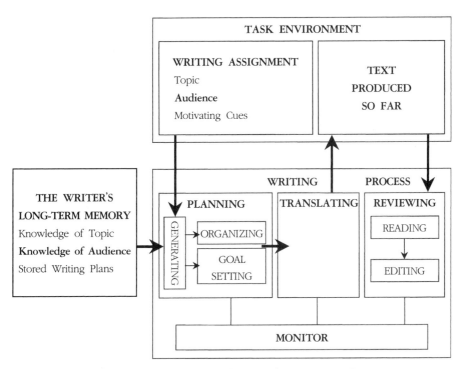

〈그림 1〉 Hayes & Flower(1980:370)의 쓰기과정 모형

Flower & Hayes(1980)은 글쓰기의 '인지과정이론'을 제안한 모형으로 현재 과정 중심 글쓰기의 이론적 토대가 된다. 이 이론과 관련해서는 다양한 비판이 있지만(정희모, 2018; 이재승, 2007), '독자' 요소만 한정해서 문제가 되는 것은 '쓰기 과제(Writing assignment)'의 '독자(Audience)'와 장기기억(The writer's long-term memory)의 '독자 지식(Knowledge of Audience)'에

'사회구성주의적 관점'이 누락되어 있다는 점이다(민정호, 2018:40). Flower & Hayes(1980)에서 '쓰기 과제(Writing assignment)'의 '독자(Audience)' 는 Kroll(1984: 179)가 지적한 '사회적 관점'에서의 '인식으로서의 독자'와 같고, '장기기억(The writer's long-term memory)'의 '독자 지식(Knowledge of Audience)'은 Kroll(1984:172)가 지적한 '수사적 관점'에서의 '독자의 성별, 학력 수준, 사회·경제적 지위' 등과 같다. 그러니까 종합하면 Flower & Hayes(1980)은 '기능'보다는 '인지'에 초점을 둔 독자 관점을 취한다.

Hayes는 추가적으로 인지과정이론을 수정하면서 Hayes(1996)과 Hayes(2006)을 내놓는데, 이 모형에는 '기능'과 관련된 내용들이 수정·보강되었다. Hayes(1996:5)은 글쓰기를 '사회적인 행위(Social activity)'로 정의하고 '공동 협력자(Collaborators)'를 추가했고, Hayes(2006)은 '과제 환경(Task Environment)'에도 '공동 협력자(Collaborators)'와 '비평자(Critics)'를 추가했다. 이는 독자를 분명하게 '협력자'와 '비평자'로 명시했다는 특징이 있고, '독자'를 의미 형성에 적극적으로 개입하는 요소로 보고 있음을 나타낸다. 즉 인식 속의 누군가가 아니라 텍스트의 구성과 완성에 적극적으로 개입하는 '협력자'나 '비평자'로서의 독자가 탄생한 것이다. Hayes(2012:375-376)는 '학교 과제(School Essay)'나 '논문 형식의 보고서(Articles)'를 '공식적인 글쓰기(Formal Writing)'라고 정의하고, 이와 같은 글쓰기는 '철자법(Spelling)', '문법(Grammar)', '그 밖의 좋은 의사소통을 위한 규칙(other rules of good communication)'을 지켜야 한다고 밝힌다. 그리고 이와 같은 규칙은 텍스트를 읽을 '특정 독자(the sole audience)'를 고려해야 하기 때문에 반드시 지켜야 한다고 지적했다(Hayes 2012:376).[4] 이는 인지주의를 중심으로 글쓰기 과정 중심 이론을 개진한 Hayes가 '사회적 관점'을 수용하고, 인지와 사회적 요소를 함께 고려하는 독자 관점을

---

4) 김성숙(2008:222)은 이를 '해당 담론 체계의 독자'라고 지적하고, 이들이 납득할 수 있는 범위 내에서 표현하고 텍스트를 생산해야 한다고 지적했다.

취했음을 뜻한다. 본 연구도 이와 같은 사회인지주의 관점을 수용하여 필자의 '독자 인식 양상'과, 담화공동체의 구성원과 의사소통하기 위한 '기능 양상' 등을 함께 고려하여 논의를 전개한다.

민정호(2019a:8)는 Wardle(2009)를 근거로 대학원 유학생의 학술적 글쓰기에서 특정 수사적 맥락을 '학술 담화공동체'에 소속된 필자에게 주어진 '학술적 과제'를 '학술 담화규칙'에 맞춰서 '학술적 글쓰기'를 하는 것으로 정리했다. 본 연구는 '학술적 글쓰기'에서 특히 '제목'을 '학술 담화규칙'에 맞게 쓰는지에 집중한다. 왜냐하면 학술적 글쓰기에서 제목은 "장르에 따른 규범 차이 및 언어적인 관습 차이를 드러내는 가장 짧은 텍스트"이기 때문이다(이윤진, 2016: 248). 유학생 글쓰기에서 학술 보고서의 제목을 다룬 연구는 이윤진(2016)이 유일하다. 이 연구는 대학교 유학생의 학술적 텍스트에 나타난 제목의 양상을 종결형식, 표현, 정보량과 핵심어, 문장부호 등을 중심으로 살펴보고 교육적 시사점을 제안하는 연구이다. 다만 전반적인 제목의 양상을 살핀 연구이지, 대학원 담화공동체에서의 '기능적 독자'의 관점에서 '텍스트의 수준'을 고려하여 진행된 연구는 아니다. 본 연구는 '제목'을 담화공동체의 '장르 규약', 그리고 학술적 글쓰기를 쓸 때 필자가 마주하게 되는 '수사적 맥락'으로 전제하고 학술적 글쓰기가 학위논문의 경계학습으로 작용하는 대학원 유학생의 학술 보고서를 대상으로 '텍스트 수준별' '제목' 양상과 그 특징을 분석해 보겠다.

3. 인식과 기능 차원에서의 독자 양상

본 연구에서 분석대상이 되는 학술적 텍스트는 2017년 8월 28일부터 12월 12일까지 진행된 '동국대학교 한류문화읽기'[5] 수업에서 대학원 유학생6)이 완성한 기말과제이다. 이 학술 보고서는 교수자가 제공한 '한국 드라마'에 대한 연구 자료를 '담화종합'하여 필자가 자신의 '화제'를 직접 선정하고 부각하는 방향으로 학술적 텍스트를 완성한 것이다. Spivey(1997; 신헌재 외 공역, 2002:243)은 "필자들이 여러 텍스트를 읽고 그 텍스트에 관련된 자신의 텍스트를 생산하는 과정"으로 '담화종합'을 정의했다. 여러 자료들을 분석해서 필요한 담화들을 종합하는 '담화종합'은 곧 학술적 글쓰기를 가리킨다(김혜연, 2016). 본 연구는 이 학술적 글쓰기에서 대학원 유학생이 예상한 인식으로서의 독자, 그리고 완성된 학술적 텍스트의 제목에서 드러나는 기능으로서의 독자 양상을 텍스트 수준별7)로 살펴보려고 한다. 그리고 이에 따른 대학원 유학생을 위한 글쓰기 교육에서의 함의점을 밝히도록 하겠다.

3.1. 인식으로서의 독자

가장 먼저 살펴볼 독자 양상은 대학원 유학생들이 학술적 글쓰기를 하면서 인식한 독자 양상이다. 이 독자 양상은 "이 글을 '쓰면서' 생각한 예상독자는 누구입니까?", 그리고 "그 이유는 무엇입니까?"라는 질문에 대한 대학원 유학생 40명의 응답 결과이다. 다만 텍스트 수준별 예상독자의 결과를 보면 예상독자의 총합이 48명으로 유학생 수보다 많은데, 그 이유는 상위 필자 3명과 중위 필자 2명, 그리고 하위 필자 1명이 예

---

5) 한류문화읽기 수업은 외국인 전용으로 개설되는 수업으로 '한류'를 내용으로 삼아 '문화'를 읽고, 이를 '표현'하는 수업이다. 그래서 '한류'내용과 함께 '학술적 글쓰기'에 관한 내용도 교수요목에 함께 포함된다.

6) 한류문화읽기는 대학교 유학생들을 대상으로 개설되는 수업이지만 이 수업은 대학원 유학생이 선수강으로 들어야 하는 수업이기도 하다. 석사학위과정에 재학 중인 40명의 대학원 유학생이 선수강으로 이 수업을 들었다.

7) 텍스트 수준은 채점자 3명의 총체적 평가 결과의 평균에 따라서 상위 11명, 중위 19명, 하위 10명으로 나뉘었고, 채점자들이 부여한 점수의 상관계수는 .838~.866으로 높게 나타났다.

상독자 2명을 썼고 중위 필자 1명의 경우에는 예상독자를 3명 썼기 때문이다.

〈표 1〉 텍스트 수준별 예상독자 양상

수준	상위 필자		중위 필자		하위 필자	
	독자	N	독자	N	독자	N
A	문화 논문 쓰는 선배님 한국 드라마 연구자(교수)	4	한류 연구자 문화 교수원	2	한류 현상에 관한 연구자	1
B	한국 드라마 시청자	2	한국 드라마 시청자	6	한국 드라마에 관심이 많은 관객 한국 드라마 좋아하는 사람	2
C	한국 드라마 창작자	2	한국의 이해 당사자	2	한국 드라마 작가	1
D	한류문화읽기 교수님 대학원 조교	6	한류문화읽기 교수님	10	한류문화읽기 교수님 선생님, 바로 당신	4
E		0		0	모르겠다, 아베 신조	2
F		0	중국과 한국 네티즌 보통 한국인	2		0
G		0	외국인의 생각을 알고 싶은 한국인	1	한국 드라마 발전을 알고 싶은 사람	1

〈표 1〉에서[8] A와 D를 구분한 이유는 A가 '인식'으로 존재하는 예상 독자이면서 Hayes(1996)에 나타난 담화공동체의 구성원으로 '독자(audience)'를 인식하는 경우라면, D는 실제로 텍스트를 읽을 '독자

---

8) 〈표 1〉에서 A는 '학술 담화공동체'의 구성원, B는 '한국 드라마나 한류를 즐기는 사람', C는 '한국 드라마를 제작·생산하는 사람', D는 '한류문화읽기 교수자', E는 '한류나 한국 드라마와 무관한 사람', F는 '보통 사람', G는 한류 소비자인지 확인할 수 없지만 관련 분야에 대한 특정 정보를 '알고 싶어하는 사람'을 각각 의미한다.

(reader)'를 생각했다는 점에서 차이가 있다. 실제 텍스트 수준에 상관없이 많은 대학원 유학생들이 학술적 글쓰기를 하면서 D를 예상독자로 인식했음을 알 수 있다. 이에 대해서는 '성적'과 연결해서 생각해 볼 수 있다. 대학원 유학생은 전반적으로 학술적 글쓰기를 '평가'받아야 하는 '학문 목적 글쓰기(writing to learn)'로 생각하지, 이를 담화공동체에서의 '의미 생산'과 '의사소통'의 방법인 '학술적 글쓰기(academic writing)'로 인식하지 않는다는 점이다. 김혜연(2016:31)은 이에 대해서 '대학생' 보고서의 경우 '교수-학습' 과정의 일환으로 보고서를 작성하기 때문에, '학문 목적 글쓰기'로 보고서를 인식해도 문제가 없다고 밝혔다. 그렇지만 '대학원'은 '대학교'와 다르다. 대학원에서는 보고서가 학위논문 작성을 위한 경계학습의 성격을 갖기 때문에(민정호, 2019a:329-332), 담화공동체의 장르적 특성으로 학술적 글쓰기를 완성할 것을 요구받기 때문이다. 필자가 글쓰기를 '학문 목적 글쓰기'로 인식하는 경우 스스로를 '학생'으로 인식하게 되면서 담화공동체의 장르적 관습을 지키면서 적극적으로 의미를 생성하는 '필자'로는 인식하지 못하게 된다는 문제가 있다. 이 경우 학습적 글쓰기에서 필자의 독자 고려 양상이 약화될 여지가 있다고 판단했고 이것이 텍스트의 질적 하락으로 연결될 수 있음을 확인했다.

위 〈표 1〉에 나타난 텍스트 수준별 독자 양상에서 D를 제외하고 살펴보면 상위 필자는 '학술 담화공동체'의 구성원(A)과 '한국 드라마'와 관련된 사람(B/C)으로 인식하고 있음이 나타난다. 그러니까 최소한 필자 본인이 쓰고 있는 학술적 글쓰기의 장르적 성격에 부합하는 방식으로 예상 독자를 설정하고 있음이 확인된다. 특히 상위 필자 중에는 '학술 담화공동체'의 구성원을 예상 독자로 인식하는 필자가 많았는데, 이는 나머지 수준의 필자들과 확연하게 구분되는 모습이다. 학술 담화공동체를 인식한다는 것은 학술 담화공동체에서 사용하는 의사소통방법, 즉 특정 수사적 맥락에서의 장르적 특징을 함께 고려하면서 글쓰기를 하는 것으로 해석할 수 있기 때문이다. 즉 이들의 독자는 Hayes(2006)이 언급한 '공동 협력자'와 '비평자'로 역할을 할 가능성이 높다. 반면에 중·하위 필자의 경우 중위 필자는 B, 하위 필자는 B와 E로 각각 나타났다. '한국 드라마와 한류'를 소비하는 사람(B)은 중·하위 필자 모두에서 독자로 고려하는 모습이 나타났다. 여기서 제기될 수 있는 문제는 B에 해당하는 독자들이 중·하위 필자가 쓴 한국 드라마에 대한 '학술적 글쓰기'를 읽어야 할 필요가 있냐는 것이다. 중·하위 필자는 한국 드라마나 한류를 좋아하는 사람이라면 '한국 드라마가 인기가 있는 이유'9) 등에 대해서 관심이 있을 것이라고 판단했다. 그렇지만 일반 대중이 한국 드라마를 좋아한다고 해서 한국 드라마의 인기 이유와 한국 드라마의 특징, 그리고 한국 드라마가 자국에 주는 영향 등에 대해서 반드시 알아야 한다고 생각하는 것은 착각이다. 이는 한국 드라마와 한류를 좋아하기 시작해서 한국문화와 한국어 등으로까지 관심이 전이된 한국어 학습자들에게만 해당되는 경우이다. 민정호(2019b:517-518)는 한국의 대중문화에 대한 관심이 한국어와 한국문화에 관심으로 전이·확장되어 유학을 결심한 유학생들이 많다고 지적했다. 만약 중·하위 필자들은 이와 같은 경우를 상정하고 예상 독자를 B로 설정했다고 하더라도, 문제는 한국어로 완성된 텍스트는 결국, 한국어를 학습한 후에야 읽는 것이 가능하다는 사실이다. 결국 중·하위 필자의 예상 독자 양상은 문화에 대한 관심으로 한국 유학을 결심한 '자기 자신'과 대화하면서 학술적 글쓰기를 썼다고도 해석이 가능할 것이다. 이럴 경우 이 필자들은 담화 공동체의 구성원과 '의사소통'하는 것이 아니라 '자기 자신'과 의사소통하며 텍스트를 완성한 것이 된다. 이와 같은 '자기중심성'을 극복하지

---

9) 제목에 대해서는 3.2.에서 자세하게 다루겠지만 중위와 하위 필자 모두 전반적으로 한국 드라마나 한류가 인기가 많은 이유, 미치는 영향, 특징 등을 중심으로 제목과 텍스트를 완성했다.

못한 글쓰기는 담화공동체의 의사소통에서 요구되는 '담화관습'들을 기능적으로 중요하게 고려하지 않게 된다.

종합하면 대학원 유학생은 전반적으로 학술적 글쓰기를 쓰면서 학술 보고서를 '학문 목적 글쓰기'로 인식하고, 해당과목의 교수자를 예상독자로 인식하는 것으로 나타났다. 다만 상위 필자는 다른 수준의 필자들보다 학술 보고서를 '학술적 글쓰기'로 인식하고 관련 주제를 연구하는 학술 담화공동체의 구성원을 예상독자로 인식하는 것으로 나타났다. 또한 이와 같은 독자 인식이 학술 보고서의 수사적 맥락에서 '학술담화공동체'의 장르적 특징에 부합하는 방향으로 '선택'하도록 이끌어서 평가에서 높은 점수를 받게 했다. 반면에 중위 필자와 하위 필자는 학술적 글쓰기에서 담화공동체와 관련성이 떨어지는 독자들을 고려하는 것으로 나타났고, 예상독자를 '필자 자신'으로 인식하면서 자기중심적으로 텍스트를 완성하는 모습이 나타났다. 이는 학술 보고서의 의미 구성 과정에서 담화공동체의 구성원을 고려할 때보다 담화공동체의 장르적 관습 등이 개입할 여지가 적어지기 때문에 좋은 평가를 받지 못하게 된다.

3.2. 기능으로서의 독자

'기능'으로서의 '독자'는 학술적 텍스트의 '제목'을 중심으로 살피보려고 한다. 다만 텍스트의 '제목'만을 분석하는 것이 연구 범위를 좁게 보일여지가 있다. 그렇지만 양현진(2012)는 제목은 곧 텍스트의 전체 내용을모두 대변한다고 지적했고, 민정호(2018)은 '제목'을 학술 담화공동체를기능적으로 고려하는지를 확인할 수 있는 대표적인 글쓰기 '전략'으로개념화했다. 특히 Jacques & Sevire(2010)은 학술적 텍스트의 '제목'이 논문의 인용 빈도에 중대한 영향을 미친다는 지적을 했는데, 이는 그만큼'제목'이 학술적 글쓰기에서 대단한 비중을 차지하고 있음을 방증한다.

이와 같은 이유로 본 연구 역시 학술적 텍스트를 구성하는 다양한 구성요소 중에서 '제목'을 중심으로 기능적 고려 양상을 살펴보려고 한다.10)

Gustavii(2008:48-49)은 학술적 텍스트의 제목 유형을 '중립형(neutral)', '선언형(declarative)', '질문형(question)'으로 나눈다.

(a) Influence of aspirin on human megakaryocyte prostaglandin synthesis

(b) Improved survival in homozygous sickle cell disease: Lessons from a cohort study

(c) Does gut function limit hummingbird food intake?

(a)는 '중립형 제목(neutral title)'인데, 이 유형은 텍스트의 주제 (subject)만이 제목에 포함된 것을 말한다. (a)는 '아스피린이 인간의 메카리오세포 프로스타글란딘 합성에 미치는 영향' 정도로 번역이 가능한데, '영향'이라고만 나올 뿐 결과적으로 어떤 영향을 주는지에 대해서는 제목에 구체적으로 나타나지 않는다. 반면에 (b)는 '선언형 제목(declarative titles)'인데 중립형과 달리 '주제와 방법(cover)'뿐만 아니라 결론까지 포함된 형태를 말한다. (b)는 '동형접합체에서 유전적 악성 빈혈의 생존력 향상: 동일 집단 연구에서의 시사점을 중심으로'로 번역이 되는데, 이 제목은 '유전적 악성 빈혈'이 '동형접합체'에서 생존가능성이 더 높다는 연구 결과를 제목에 모두 드러낸다. 뿐만 아니라 이와 같은 연구 결과를 지지할 수 있는 다른 연구의 시사점을 중심으로 살펴봤다는 내용을 부제로까지 달았다.11) (c)는 '질문형 제목(question title)'인데, 이 유형은 독

---

10) 3.1.에서 인식으로서의 제목은 수준별 양상을 살펴보기 위해서 상위, 중위, 하위 필자를 모두 살펴보았지만 제목 분석은 텍스트 수준에 따라서 보다 분명하게 차이점이 나타날 것으로 예상되는 상위와 하위 필자의 텍스트를 중심으로 살펴본다. 상위 필자는 상위 27.5%에 속하고, 하위 필자는 하위 25%에 속한다.

11) 이처럼 콜론(:) 뒤에 제목을 추가하는 유형을 '복합형(compound)'이라고 하는데, 이 복합형은 나머지 세 개 제목 유형 중 두 개가 결합한 것을 의미한다(Jamali & Nikzad,

자의 호기심에 호소하는 질문형으로 텍스트의 핵심어 정도만을 의문형
으로 나타낸다. (c)는 '소화기관의 기능이 벌새의 먹이 섭취를 제한하는
가?'로 번역되는데, 이에 대해서 'Limitation in hummingbird food intake
by gut function'이 더 좋은 제목이라고 밝혔다(Gustavii, 2008:50). 왜냐하
면 이렇게 바꿔야 연구의 핵심 결과와 내용이 모두 제목에 반영되는 선
언형 제목이 되기 때문이며, 이 선언형 제목이 가장 학술적 글쓰기에
부합하는 제목이기 때문이다.[12] 그렇지만 Jamali & Nikzad(2011:654)은
가장 흔한 종류의 제목은 '중립형 제목'이라고 지적했다. Gustavii(2008),
Jamali & Nikzad(2011)이 생명공학이나 의학 등 자연과학 분야의 학술적
텍스트까지 포함해서 제목의 적합성을 논했기 때문에 인문학 분야의
학술적 텍스트와는 차이가 있다는 문제제기가 있을 수 있다. 그래서 본
연구는 형태 그 자체에 초점을 두기 보다는 제목에 포함된 정보를 중심
으로 학술적 글쓰기에 가장 적합한 제목의 기준으로 삼는다. 이런 식으
로 종합하면 학술적 글쓰기에서 제목은 내용적으로는 연구의 주제, 결
과 등을 담은 형태가 적합하며,[13] 주제어만을 중립적으로 서술하거나
의문형으로 제시하는 것은 적합하지 않은 형태가 될 것이다.

2011:654).

12) Jamali & Nikzad(2011:659) 역시 학술적 글쓰기에서 선언형 제목이 추천된다고 지적했
   다. 선언형 제목이 제일 많은 정보의 양을 담고 있기 때문이며 연구의 '명확한 발견
   (clear findings)'을 표현하는 방법이기 때문이라고 밝혔다.

13) 이는 온라인에서 학술적 텍스트를 검색할 때 키워드로 주제어뿐만 아니라 결론이나
   결과 등도 검색하기 때문으로 판단된다. 이해 차원에서는 필자가 발견한 많은 양의
   정보가 제목에서부터 압축적으로 제공되면 독자는 관련 분야의 많은 배경지식을 통해
   서 내용을 쉽게 추측·이해할 수 있기 때문이다.

〈표 2〉 텍스트 수준별 제목 양상

필자	상위 텍스트의 제목	필자	하위 텍스트의 제목
3	"한국 드라마" 유발된 "한류" 열풍의 경제 분석	6	-
14	'한국드라마는 가정 단결에 불리하다': 한국드라마 수출 대상인 중국 시청자의 입장으로	10	한국드라마의 발전을 통해서 세계에게 주는 영향
15	한국드라마의 인기 이유와 개선점	12	-
23	한국드라마의 영향력과 현실	19	한국드라마의 성공한 요소를 분석과 발전성
25	한류드라마에서 문화적 효과와 경제적 효과에 대한 비판적인 분석	20	한국드라마와 생활의 영향
26	국외 시청자의 한국드라마 시청동기	28	중국에서 한국드라마 전성시대 얼마나 남았을까?
29	여심을 잡는 한류드라마	33	한국드라마 유행하는 이유
30	한류의 영향력과 효과 분석	35	한류가 가진 영향력
31	중독성이 강한 한국 드라마의 특성	39	한국 한류 영향에서 한국 드라마가 인기를 많이 받은 이유
34	중국 사람의 시각으로 보는 한국드라마의 성공요인과 영향	40	한국 드라마 시청자의 확대
37	한국 드라마 인기 얻은 이유 분석		

우선 상위 필자 14번은 '한국드라마는 가정 단결에 불리하다'고 결론을 제목에서 선언하고, 부제로 콜론을 붙인 후에 '한국드라마 수출 대상인 중국 시청자의 입장으로'를 추가해서 제목을 '복합형'으로 만들었다. 즉 제목만으로도 14번의 텍스트가 한국드라마의 과도한 시청이 가정내 불화를 일으킨다는 내용이 핵심임을 알게 한다. Gustavii(2008)이 지적한 정보의 내용뿐만 아니라 형태적으로도 선언형과 동일한 제목은 상위 필자 14번이 유일하다. 형태상으로는 상위 필자 14번만 선언형이지만 정보의 내용까지 포함하면 상위 텍스트 25번, 29번, 31번도 선언형에서 요

구하는 구체적인 정보 양상이 제목에 들어가 있다. 25번은 실제 인문과 학분야의 학술적 텍스트에서 쉽게 발견되는 제목의 형태인데, 콜론을 쓰고 부제로 어떤 관점에서 비판적으로 살펴보겠다는 것인지를 명시하지 않았다는 한계점이 있다. 그러니까 선언형이지만 정보량은 절반만 담고 있는 것이다. 반면 29번과 31번은 '여심'과 '중독성'이라는 결론을 제목에 명시함으로써 단순히 '인기 원인 분석'류의 중립형 제목보다 텍스트의 내용을 집약해서 나타내는 효과를 얻는다. 다만 상위 텍스트 3번, 15번, 23번, 26번, 30번, 34번, 37번은 '이유', '원인', '영향', '개선점', '효과' 등으로 정리 가능한 중립형 제목들이다. 그러니까 구체적으로 해당 주제에 대한 이유와 원인이 무엇인지, 어떤 분야(예, 경제)에 영향이 있는지 없는지, 어떤 관점에서의 개선점인지, 경제적 효과인지 문화적 효과인지 등과 관련된 구체적 정보(결론)가 제목에 나타나지 않는 매우 중립적인 형태의 제목들이다. Jamali & Nikzad(2011)은 이러한 제목이 제일 흔한 형태의 제목이라고 했지만 그렇기 때문에 Gustavii(2008:48)은 학술적 글쓰기에서는 중립적 제목은 피하라고 지적했다.

이와 같은 중립적인 형태의 제목들은 하위 텍스트에서도 발견되는데 28번 필자를 제외한 모든 필자의 텍스트가 그렇다. 하위 필자 28번은 '중국에서 한국드라마 전성시대 얼마나 남았을까?'로 제목을 썼는데, 이는 중국에서 한국드라마의 인기가 곧 없어질 것이라는 의미를 갖는 의문문의 형태로 독자의 호기심을 자극한다. 다만 '중국에서 한국드라마의 위기와 해결책'처럼 '위기 상황'을 제목에서 드러내고 부제로 필자가 생각하는 해결책을 추가한 선언적 형태의 제목이 더 학술적 글쓰기 형태에 부합된다고 판단된다. 한 가지 주목할 점은 하위 필자 중에 제목을 쓰지 않은 필자가 있다는 것이다. 그러니까 하위 필자 6번과 12번의 경우 학술적 텍스트의 제목 쓰기와 관련된 '수사적 상황과 맥락'이 학술적 글쓰기를 할 때 어떠한 기능도 하지 않은 것이다. 이재기

(2017:10)은 Bakhtin의 대화적 글쓰기와 '응답성(answerability)'을 설명하면
서 필자는 반드시 자신의 텍스트에 '응답적으로' 이해할 누군가를 독자
로 인식하면서 글을 써야 한다고 지적했다. 학술적 글쓰기 역시
Bakhtin의 대화적 글쓰기처럼 응답적으로 이해할 누군가를 인식하면서
마주하게 되는 다양한 수사적 맥락에서 담화공동체의 담화관습을 기능
적으로 고려하는 것이 가장 중요할 것이다. 이렇게 정리를 하고 보면
하위 필자의 학술 보고서에 제목이 없는 것은 결국 무응답적 글쓰기,
즉 제목을 하나의 문제상황으로 인식하고 기능적으로 수사적 전략을
전혀 고려하지 않은 글쓰기를 한 것과 같은 의미가 된다. 여기서 도출
가능한 결론은 앞서 제시한 하위 필자가 선택한 예상독자의 경우 하위
필자가 텍스트를 구성할 때, 담화공동체의 장르성에 부합하는 선택을
하도록 하는 데 영향을 주지 못한다는 것이다. 이는 보다 담화공동체의
구성원을 예상독자로 인식하고 이들과 대화하면서 글쓰기를 해야 하는
이유가 되겠다. 또 하나의 특이점은 하위 필자 35번에서 발견되는 '한
류가 가진 영향력'과 같은 종류의 중립적 제목이다. 같은 중립적 제목
으로 포함되지만 35번과 비슷한 내용으로 텍스트를 완성한 상위 필자
30번의 '한류의 영향력과 효과 분석'과 비교해 보면 제목이 함의하고 있
는 정보량이 매우 큰 차이를 보이는 것을 확인할 수 있다. 35번 필자는
'한류가 영향력이 있다'는 주제만을 언급하지만 30번은 해당 주제가 어
떤 효과가 있는지까지 제목에서 표현하고 있기 때문이다. 물론 그 효과
가 무엇인지 콜론을 붙여서 부제로 결론까지 담았다면 더 좋은 제목이
었겠지만 같은 중립형 제목이더라도 상위 필자와 하위 필자의 텍스트
사이에는 정보량의 차이가 뚜렷하게 나타난다. 이는 콜론(:)을 사용해
서 제목의 구체적 정보를 제시하는 방법, 최소한의 주제, 결과, 결론 등
을 제목에 구체화하는 방법 등에 대한 교육이 대학원 유학생의 학술적
글쓰기에서 요구됨을 나타낸다. 이들의 학술적 텍스트는 단순히 성적

을 받기 위한 보고서가 아니라 학술 담화공동체에서 의사소통을 목적
으로 쓰인 연구물이기 때문이며, 이와 같은 경험이 대학원 유학생의 성
공적인 학위논문으로 이끌 수 있기 때문이다.[14]

4. 맺음말

　본 연구는 사회인지주의 관점에서 대학원 유학생의 학술적 글쓰기
에서 나타나는 인식으로서의 독자와 기능으로서의 독자를 중심으로 독
자 고려 양상을 살핀 연구이다. 대학원 유학생의 전반적인 예상독자 고
려 양상은 해당 과목의 '교수자'를 인식하는 것이었다. 다만 상위 필자
는 보고서 작성을 '학술적 글쓰기'로 인식하고 유사 주제를 연구하는 담
화공동체의 '구성원'을 예상독자로 인식했다. 그리고 이와 같은 독자 인
식이 상위 필자가 학술 보고서를 쓸 때 마주하게 되는 다양한 수사적
맥락에서 '담화공동체'의 장르 규칙을 고려하도록 해서 높은 평가를 받
았음을 밝혔다. 반면에 중위와 하위 필자는 학술 보고서를 쓸 때, 담화
공동체와 관련성이 떨어지는 독자들을 고려했고, 예상독자로 '필자 스
스로'를 인식하는 모습도 나타났다. 이는 텍스트를 읽을 자신과 대화하
면서 텍스트를 구성하는 것이기 때문에 의미 구성 과정에서 담화공동체
의 장르적 관습이 개입하지 못하는 결과를 낳았고, 평가도 좋지 않았다.
　제목의 경우 상위 필자와 하위 필자는 전반적으로는 중립형 제목으
로 텍스트를 구성했다. 다만 상위 필자의 제목에서는 학술적 텍스트에
적합한 선언형 제목이 나타났고, 반면에 학술적 텍스트에 부적합한 질

---

14) 다만 텍스트의 수준과 제목의 수준이 상관성이 떨어진다는 심사자의 지적이 있었다.
　　그렇지만 본 연구는 텍스트와 제목 사이의 상관성에 주목한 연구가 아니라, 텍스트
　　수준이 곧 학술 담화공동체에서 요구하는 '장르적 기능'을 고려하는 '기술의 수준차'를
　　나타낸다고 전제하고 이에 따른 양상 분석과 교육적 함의점을 분석한 연구임을 밝힌다.

문형 제목은 하위 필자의 제목에서만 나타났다. 또한 같은 중립형 제목일지라도, 상위 필자의 제목은 텍스트를 이해하는데 요구되는 최소한의 정보량을 갖고 있었지만 하위 필자의 제목은 그렇지 않았다. 중립형의 제목을 쓴 상위 필자의 제목에는 콜론(:)을 붙여서 부제를 추가할 경우, 형태적으로는 복합형 제목이지만 제목에 포함된 정보 내용은 선언형에 부합하는 방향으로 개선될 여지가 있다. 반면에 하위 필자는 독자의 인식부터 담화공동체와 관련성이 떨어졌기 때문에 대학원에서 학술적 글쓰기는 학점을 받기 위한 학문 목적 글쓰기가 아니라 담화공동체 구성원과의 의사소통을 목적으로 하는 글쓰기임을 주지시킬 필요가 있다. 또한 하위 필자의 경우 학술적 글쓰기에서 예상독자를 담화공동체 구성원으로 집중시키고, 담화공동체의 장르적 규칙에 따라서 텍스트를 구성하도록 유도해야 한다. 특히 제목의 경우에는 중립형으로 쓰더라도 충분한 정보량이 포함되도록 교육시키고, 궁극적으로는 텍스트의 결과와 결론이 선언적으로 제목에 나타나도록 반복 연습시킬 필요가 있겠다.

　본 연구에서 분석한 텍스트의 수가 적지만 실제 '학술 보고서'에 유학생이 명시한 실제 글쓰기 맥락에서의 제목을 대상으로 연구를 진행했다는 점에서 의의가 있다. 즉 학문 목적 글쓰기에서의 연습 '제목'이 아니라 대학원의 구성원이 학술적 글쓰기에서 사용한 제목을 직접 사용했다는 점에서 그렇다. 그렇지만 본 연구는 대상자의 수가 많지 않고, 교육적 함의점들을 실현시킬 교육방법을 구체적으로 제시하지 않았다는 점에서 한계점을 갖는다. 향후 이와 같은 한계점을 보충하는 연구가 지속적으로 진행되어 학술적 글쓰기에서 대학원 유학생이 적절한 독자를 호출하도록 돕고, 무엇보다 담화공동체의 글쓰기에 부합하는 기능적 저자성을 갖추는데 도움이 될 수 있기를 바란다.

• 참고문헌

김성숙(2008), 외국인의 한국어 작문 과정에 대한 연구: 프로토콜 분석 내용을 중심
    으로, 작문연구 7, 한국작문학회, 209-233.

김혜연(2016), 대학생의 학습 목적 글쓰기에서 지식 구성의 양상 고찰-혼합 연구
    방법론의 적용, 작문연구 30, 한국작문학회, 29-69.

민정호(2018), 학문 목적 한국어 쓰기에서의 담화종합 수준별 저자성 분석-대학원
    유학생의 계획하기와 수정하기를 중심으로, 동국대학교 박사학위논문.

민정호(2019a), 학술적 글쓰기에서 대학원 유학생의 저자성 개념과 교육원리의 방
    향 탐색, 리터러시연구 10(1), 한국리터러시학회, 313-341.

민정호(2019b), 외국인 유학생의 불교 문화체험 프로그램 개발을 위한 제언, 학습
    자중심교과교육연구 19(9), 학습자중심교과교육학회, 517-535.

박영민(2004), 다중적 예상독자의 개념과 작문교육의 방법, 국어교육학연구 20, 국
    어교육학회, 357-382.

양현진(2012), 대학생 작문에서 바람직한 제목 쓰기에 대한 제언: 문화비평문 제목
    쓰기 오류 분석을 중심으로, 한국문화연구 23, 이화여자대학교 한국문화연구
    원, 53-79.

이윤진(2016), 외국인 유학생의 학술적 텍스트 제목 작성 양상에 관한 연구, 언어와
    정보 사회 28, 서강대학교 언어정보연구소, 247-274.

이인혜(2016), 학문 목적 한국어 학습자의 독자 고려 전략 연구, 한국언어문화학
    13(3), 국제한국언어문화학회, 169-198.

이재기(2017), 응답성과 대화적 글쓰기, 국어교육 156, 한국어교육학회, 1-26.

이재승(2007), 과정 중심 글쓰기 교육의 허점과 보완, 한국초등국어교육 33, 한국
    초등국어교육학회, 143-167.

정희모(2008), 글쓰기에서 독자의 의미와 기능, 새국어교육 79, 한국국어교육학회,
    393-417.

정희모(2018), Flower & Hayes의 과정중심이론에 관한 비판적 재검토, 리터러시연
    구 9(3), 한국리터러시학회, 277-307.

Berkenkotter, C. & Huckin, T. N.(1993), Rethinking Genre from a Sociocognitive
    Perspective, *Written Communication*, 10, 475-509.

Cutting, J.(2002), *Pragmatics and discourse: a resource book for students*, London:
    Routledge.

Elbow, P.(1987), Closing My Eyes as I Speak : an Argument for Ignoring Audience, *College English*, 49(1), 50-69.

Gustavii, B.(2008), *How to write and illustrate scientific papers*, Cambridge: Cambridge University Press.

Hayes, J. R. & Flower, L.(1980), Identifying the organization of writing processes, In L. Gregg & E. R. Steinberg Eds., *Cognitive processes in writing*(3-30), Hillsdale, NJ : Lawrence Erlbaum.

Hayes, J. R.(1996), A new framework for understanding cognition and affect in writing, In C. M. Levy & S. Ransdell Eds., *The science of writing: Theories, methods, individual differences, and applications*(1-27), Mahwah, NJ : Lawrence Erlbaum.

Hayes, J. R.(2012), Modeling and Remodeling Writing, *Written Communication*, 29(3), 369-388.

Jacques, T. S. & Sebire, N. J.(2010), The impact of article titles on citation hits: an analysis of general and specialist medical journals, *JRSM Short Rep*, 1(1), 1-5.

Jamali, H. R. & Nikzad, M.(2011), Article title type and its relation with the number of downloads and citations, *Scientometrics*, 88(2), 653-661.

Kroll, B. M.(1984), Writing for Readers: Three Perspectives on Audience, *College Composition and Communication*, 35(2), 172-185.

Spivey, N. N.(1997), *The constructivist metaphor: Reading, writing, and the Making of Meaning*, San Diego: Academic Press, 신헌재 외 공역(2002), 구성주의와 읽기 ・쓰기, 박이정.

Wardle, E.(2009), 'Mutt Genres' and Goal of FYC: Can We Help Students Write the Genres of the University?, *College Composiotion and Communition*, 60(4), 765-789.

대학원 유학생의
학술적 글쓰기에서 나타난 교육적 함의

－서론의 담화와 수사적 목적에 따른 검색어 분석을 중심으로－

1. 서론

'학술적 리터러시(academic literacy)'는 학술 담화공동체에서 구성원이 의사소통하기 위해서 반드시 갖고 있어야 하는 능력이다(Swales, 1990). 왜냐하면 리터러시란 결국 사회적 맥락에 의해서 만들어지기 때문이다(Ivanic, 1998). 담화공동체에는 그 공동체만의 리터러시로 완성된 '소식지(newsletter)'가 있는데(Borg, 2003), 특정 담화공동체에 편입된 신입생이 구성원들과 의사소통을 하려면 관습적으로 구성된 특정 리터러시로 완성한 소식지로 참여해야 한다. 이 소식지를 쓰는 것이 곧 장르 글쓰기가 된다. Bazerman(1997:24)이 장르를 새로운 학습자가 갖춰야 하는 '도구(tool)'로 비유한 이유도 여기에 있다. 그런데 Freedman(1987)은 별도의 장르 학습이나 리터러시 교육을 제공하지 않아도, 학술 담화공동체의 학습자들이 평균 이상의 수사적 구조와 장르 관습에 부합하는 텍스트를 완성했다고 지적했다. 이는 장르 교육이 명시적으로 제공될 필요가 없고, 학습자가 담화공동체에서 스스로 깨달아 가는 것이 장르 학습임을 전제한다. 여기서 가능한 문제제기는 유학생의 경우에도 이와 같은 암시적인 장르 교육이 가능하냐는 것이다. 실제로 Freedman(1987)은 모국어 대학생이 학습자였고, 대학원생은 대상이 아니었다. '대학원 유학생'은 장르 글쓰기, 즉 학술적 리터러시로 완성되는 학술적 글쓰기를 반드시 써야 하는 위치에 있지만, 전혀 다른 담화공동체에서 이민을 온 학습자들이다. 본 연구는 대학원 유학생에 집중하는데, 이들에게 학술적 글쓰기가 중요하고, 학술적 글쓰기를 완성하기 위해서 높은 학술적 리터러시를 확보해야 한다고 판단했기 때문이다.

실제로 대학원 유학생을 대상으로 하는 글쓰기 연구들을 보면 학술적 글쓰기에서 느끼는 어려움과 이로 인한 학업 부적응에 대한 것들이 많이 있다(민정호, 2018; 민진영, 2013; 최주희, 2017). 그래서 이를 해결하기 위한 교육적 방법, 교수요목 설계 등 교육적 처치에 맞춰진 연구들도 많이 있다(민정호, 2020a; 홍윤혜·신영지, 2019; 민정호, 2019). 이 연구들에는 '학위논문'에 초점이 맞춰진 것도 있고, '학술적 글쓰기'에 초점을 맞춰서 '학술적 리터러시'를 확보·강화하기 위한 논의도 있다. 여기서 종합할 수 있는 내용은 대학원 유학생은 대학원이라는 학술 담화공동체에서 글쓰기를 어려워한다는 것이고, 이 문제를 해결하기 위해서 명시적인 교육적 방법들을 모색한다는 것이다. 다만 대학원 유학생이 학술적 글쓰기에서 어려움을 경험하고, 학술적 리터러시가 낮다는 것을 인식 분석이나 요구분석을 통해서 도출하거나, 낮은 성적, 높은 중도탈락률 등에서 도출하고, 학술적 과제의 특징과 어려움 등을 언급한다. 그렇지만 어떤 논문도 실제 학술적 글쓰기를 완성하는 과정에서 대학원 유학생의 '미시적' 학술적 리터러시의 특징과 문제들을 도출하고, 이를 해결하는 방향에서 학술적 리터러시 강화 방안을 제언하지 않았다. 민정호(2020a)는 대학원 유학생들이 학위논문을 쓸 때, 어떤 '논문'을 '검색'해서 읽느냐가 학위논문의 담화 구조와 내용 구성에 중요한 영향을 준다고 지적했다. 이는 본 연구가 대학원 유학생이 어떤 '검색어'를 사용하고, 무엇을 목적으로 검색하는지를 분석한 후에 교육적 함의를 제안하는데 중요한 출발점이 된다.

본 연구는 학술적 글쓰기 '서론'에서 대학원 유학생이 핵심 담화로 무엇을 선택하는지, 그리고 이 담화의 내용 생성을 위해서 무엇을 검색하는지를 살펴보려고 한다. Barton(1994)는 리터러시 생태를 언급하면서 특정 리터러시가 만들어질 때 그 텍스트를 둘러싼 여러 관습적 '행위'에 주목한다. 그러니까 학술 담화공동체에서 담화관습적으로 학술적 글쓰기를 해 온 '행위'들도 리터러시 형성에 강력한 영향을 준다는 것이다. 이와 같은 이유로 본 연구는 '검색어'를 검색하는 '행위'에 주목해서 '검색어'와 '검색 이유' 등을 살펴보려고 한다. 이렇게 '서론'에 집중해서 '검색어'를 분석하는 이유는 학술 보고서, 학술 발표문, 학위논문 등의 학술적 글쓰기가 미세한 차이가 있지만, 그럼에도 불구하고 '서론'이 갖는 '현황 분석', '연구의 필요성', '연구의 목적', '선행연구 분석'과 같은 공통적인 담화가 포함되어 있기 때문이다. 이는 Wardle(2009)가 지적한 '경계학습(boundary)'과 '학습 전이'의 차원에서 의의가 있을 것이다. 즉 학술 보고서와 같은 학술적 글쓰기의 서론에서 핵심 담화를 적절한 패러다임으로 구성할 수 있는 대학원 유학생은 학위논문의 서론에서도 핵심 담화를 적절하게 연결·종합할 수 있을 것이기 때문이다. Nobles & Paganucci(2015:16-17)는 디지털 매체의 활용이 쓰기 능력 향상에 결정적이라고 밝혔다. 이는 RISS와 같은 아카이브에서 적절한 논문을 찾아 상호텍스트성과 상호담화성을 고려해서 서론을 작성하는 것이 곧 '쓰기 능력'이라는 의미이다. 본 연구는 대학원 유학생이 학술적 글쓰기에서 '서론'을 쓸 때, 어떤 담화를 기본 구조로 계획하고, 이 담화와 관련된 내용을 생성하기 위해서 어떤 검색어로 논문을 검색하는지를 확인해 보려고 한다. 이는 대학원 유학생이 가장 중요하게 고려하는 담화와 검색어 사용, 검색의 이유 등을 알 수 있게 한다는 점에서 의의가 있을 것이다.

2. 학술적 글쓰기 서론의 담화 구성과 분석

2.1. 학술적 글쓰기에서의 담화 선택

학술적 글쓰기에는 조사 보고서(working paper), 연구 지원서(grant proposal), 실험 보고서(lab report), 학술적 전문 보고서(technical reports)와 같은 보고서와 논평(review), 학회 발표문(conference papers), 학술지 논문(journal articles), 전공 논문(monograph) 등과 같은 논문 등이 있다(Berkenkotter & Huckin, 1993:476). 이러한 논문과 보고서들은 주로 대학교(원)에서만 쓰이는 것으로, 특정 장르 글쓰기로 정의할 수 있다. Faigley(1986:535)은 글쓰기가 한 개인보다는 사회적 관점에서만 온전히 이해될 수 있다고 지적했다. 이 사회는 Swales(1990:49)이 정의한 '담화공동체'와 연결되는 것으로, 결국 특정 장르란 특정 담화공동체에서 의사소통을 위해 사용하는 도구가 된다. Swales(1998:20)은 담화공동체가 그들만의 '축약형(abbreviations)', '두음문자(acronyms)', '은어(argots)', '특수 용어(special terms)'와 같은 언어적 자질뿐만 아니라, 다양한 언어적 활동을 통해서 담화공동체만의 전통과 '규약(conventions)'을 발전시킨다고 설명한다. 본 연구는 보고서 종류의 학술적 글쓰기보다 논문 종류의 학술적 글쓰기에 집중하려고 하는데, 이유는 대학원 유학생이 논문을 써야 하는 상황이 보고서를 써야 하는 상황보다 더 중요하기 때문이다. 우리가 흔히 '보고서(report)'라고 부르는 학술적 과제를 못했을 경우에는 성적을 낮게 받지만, 논문을 쓰지 못하면 졸업을 못하게 된다. 이는 학술 보고서, 학술 논문, 학위 논문 등 '학술적 글쓰기'로 통칭되는 세부 장르들이 학습 전이의 가능성이 높다는 것을 인정하지만, 본 연구가 실험을 설계하면서는 학술 논문이라고 명시하고, 학술 논문을 중심으로 학술적 리터러시 양상을 살펴보는 이유가 될 것이다.

Swales(1998)의 장르 개념에 대해서 Hyland(2008:548)은 담화공동체의 구성원이 갖고 있는 '다양성(diversity)'과 '변화(variation)'에 주목하면서 담화공동체의 '이질적인 면(disparate)'과 '일탈적인 면(divergent)'도 있다고 주장한다. 모든 구성원이 처음부터 담화공동체의 관습에 따라서 의사소통을 할 수 없기 때문이다. 다른 담화관습에 익숙한 유학생이 새롭게 학술 담화공동체인 대학원에 입학하는 경우가 예가 될 것이다. 그래서 Hyland(2008)은 학술 담화공동체가 갖고 있는 '관습(practice)'과 '규약 (conventions)'은 필자들이 글쓰기를 할 때 고려해야 하는 하나의 제도적 지침이 된다고 지적한다. 즉 학술 담화공동체의 필자들은 담화공동체의 독자들이 설득력이 있다고 생각하는 것과 독자들이 필자의 주장을 해석할 때 필요한 내용들, 그리고 독자들이 제기할 수 있는 반론 등을 고려해서 글쓰기를 해야만 좋은 글쓰기로 평가받을 수 있는 것이다. 이는 바꿔 말하면 학술적 글쓰기를 쓸 때 텍스트의 담화와 구성 등도 담화공동체의 관습과 규약에 의존한다는 것을 의미한다. 즉 '특정 전공의 장르(Disciplinary genre)'는 그 전공에서 오랫동안 사용되어 온 담화관습과 규약에 따라서 제도화된다는 것이다. 이는 Swales(1998)의 장르 이론이 이 제도화된 관습을 특권화한다는 비판을 받음에도 불구하고, 담화공동체의 구성원이 글쓰기를 할 때 참고해야 하는 '제도'나 '지침'으로써의 역할을 하는 가장 강력한 이유이다. 특히 학술 담화공동체에 편입된 신입생이나 유학생 등에게 좋은 교육적 도구가 될 것이다. 이는 본 연구가 대학원 유학생들이 학술적 글쓰기를 할 때 담화관습에 따라서 담화를 배열하고, 적절한 검색어로 필요한 담화를 분석하는지, 즉 담화공동체의 담화관습을 '인식'하면서 글쓰기를 하는지 확인하는 이론적 근거가 될 것이다.

　Fairclough(1992:104)는 '상호텍스트성(intertextuality)'을 언급하면서 글쓰기에서 완전하게 새로운 텍스트는 존재하지 않는다고 지적했다. 즉 현존하는 모든 텍스트는 과거 텍스트의 영향을 받아 만들어진다는 것이다. Fairclough(1992:104)는 이와 유사한 개념으로 '상호담화성(interdiscursivity)'

에 대해서도 언급한다. '상호텍스트성'이 텍스트의 내용과 관련된 담화의 영향관계를 말한다면, '상호담화성'은 '담화 구조'가 만드는 '담화 유형'도 영향을 받는다는 것이다. 상호담화성을 고려하면 '학술적 글쓰기'를 보통 단일 장르 명칭으로 인식하지만 사실 학술적 글쓰기도 다양한 종류의 담화 유형이 종합된 잡종 장르가 된다. 본 연구가 학술적 글쓰기의 상호 텍스트성과 상호담화성을 언급하는 이유는 결국 어떤 텍스트를 가져다 가 어떻게 유형화하느냐가 성공적인 글쓰기로 연결된다는 점을 강조하 기 위해서이다. 이에 대해서 민정호(2020b)는 학술 담화공동체에서 통용 되는 담화관습을 적절하게 활용하는 리터러시를 확보해야 강력한 필자 정체성을 기반으로 학술적 글쓰기를 할 수 있다고 지적했다. 이는 학술 담화공동체에 구성원인 대학원 유학생이 학술적 글쓰기를 진행하면서 어떤 검색어로 논문을 검색해서 담화를 선택하는지, 그리고 그 담화를 어떻게 연결하는지, 마지막으로 그 담화를 선택하는 이유가 무엇인지를 살펴보는 이유가 될 것이다.

종합하면 '학술적 글쓰기'란 학술 담화공동체의 담화관습을 의식하 면서 필자가 적절한 담화를 선택하고, 이를 유형화하는 글쓰기가 될 것 이다. 본 연구는 학술 담화공동체에 들어온 대학원 유학생이 상호텍스 트성과 상호담화성을 고려해서 학술적 글쓰기를 완성하는지를 확인하 는 연구이며, 이때 담화관습적으로 사용하는 학술적 리터러시와 유사 한 행위로 글쓰기를 하는지를 확인하는 연구이다.

2.2. 서론의 기능과 담화 구조

Swales & Feak(1994)는 '서론(Introduction)'이 '연구 논문(research article)' 에서 전략적으로 대단히 중요하다고 지적했다. 왜냐하면 논문에서 서 론이 담당하는 핵심 역할은 필자를 위한 '연구 공간(research space)'을 만 드는 것이기 때문이다. 보통 서론에서 필자는 연구 문제의 핵심 내용을 소개하고, 그 문제가 중요한 이유에 대해서 주장한다. 또한 논문의 전반적인 논거를 개략적으로 설명하기도 하고 선행연구 분석을 통해서 '차이(gap)'를 분명히 드러내기도 한다. 이처럼 논문의 전반적인 진행 방향과 핵심 내용을 처음으로 노출시킨다는 점에서 서론은 매우 중요하다. 실제 Allison et al(1998:212)은 홍콩에서 영어가 외국어인 유학생들을 대상으로 연구를 진행했는데, 서론에서 연구 공간을 만들지 못한 것이 논문 작성의 중요한 실패 원인으로 귀결됨을 확인했다. 이는 서론에서 연구 현황의 분석, 선행 연구 분석을 통한 연구의 필요성, 연구의 목적 등을 통해 연구의 공간을 만드는 것이 얼마나 중요한지를 보여주는 사례가 될 것이다. 결국 논문의 서론에서 담화들이 구성되는 일정한 관습과 규약은 단순히 학술 담화공동체의 장르 글쓰기 때문에 지켜야 하는 것이 아니라, 필자의 텍스트가 갖는 정당성과 얻게 될 이익을 위해서도 지켜야 한다. 이미 장르 글쓰기에서 장르성을 지키는 것이 주는 이익에 대한 논의는 Tribble(1996)에 잘 나타나 있다. 이와 같은 이유로 본 연구는 논문의 '서론'에 주목해서 대학원 유학생들이 텍스트에 어떤 담화 양상을 구현하는지를 확인해 보려고 한다.

Swales(1990)의 'CaRS(Create a Research Space)' 모형은 '특수 목적 영어(English for Academic Purpose: EAP)'에서 중요한 위치에 있다. Swales(1990:49)은 장르를 '담화공동체'의 구성원들이 의사소통하기 위한 도구로 정리하고, 이 도구의 '전형성(prototypicality)'을 '무브 분석(move analysis)'을 통해 '도식화(schema)'한 연구이다. 이 모형은 텍스트의 장르 분석 연구뿐만 아니라(Thompson, 2005; Bunton, 2002; 2005; Swales and Feak, 1994), 도식화된 장르 유형을 통한 장르 교육 연구에도 활발히 사용되었다(Flowerdew, 2015; Sutton, 2000). 이에 대해서 Dudley- Evans(2000:9)은 Swales(1990)이 모든 학술적 분야에서 쓰인 학술적 논문에 모두 적용될 수 있는 '일반화된 모형(generalised models)'이라고 소개했다. 특히 장르 유형 중에서 '서론

(Introduction)'에 집중한 Bunton(2002)는 '논문(article)'과 '학위논문(thesis)'의 유일한 차이점으로 서론에서 '학위논문(thesis)'이 '선행연구 분석을 의무적으로 분리하는 것(obligatory separate literature review chapter)'에서 찾는다. 이는 논문에는 연구의 필요성, 선행 연구 분석, 연구 방법이 하나의 장으로 구성되지만, 학위논문에서는 각각이 분리된다는 것이다. 본 연구는 대학원 유학생에게 학술 논문을 쓴다고 전제하고, 개요표를 준 후에 '서론의 개요'를 작성하도록 했다. 이 때 본 연구는 Swales(1990)을 기준으로 '서론'의 장르 유형을 정하고, 분석을 진행할 것이다. 왜냐하면 Swales(1990)이 단순히 학위논문의 서론의 장르 유형에만 적용되는 것이 아니라, 학술적 글쓰기라는 장르 범주 안에서 '학술 보고서-학술지 논문-학위논문' 등의 서론의 도식화에 모두 적용될 수 있기 때문이다. 실제로 박은선(2013:39)은 Swales(1990)이 학술 논문, 학술 보고서, 학위논문 등과 같은 학술적 글쓰기 장르 분석의 초석을 다진 연구로 평가했다. Dudley-Evans(2000)와 Bunton(2002), 그리고 박은선(2013)의 논의를 정리하면 '학술 보고서', '학술 논문', '학위논문' 등의 서론은 많은 유사점을 가지고 있다는 것이다. 이는 본 연구가 서론의 담화를 분석하면서 Swales(1990)을 사용하는 것에 정당성을 부여한다.

Swales(1990)은 서론의 무브(move)를 '무브 1: 연구 영역 확립하기 (Establishing a territory)', '무브 2: 연구 틈새 확립하기(Establishing a niche)', '무브 3: 연구 틈새 점유하기(Occupying the niche)'의 3단계로 설명한다. 무브는 하나의 단락이나 문장 등을 의미하는 것이 아니라 '의사소통의 내용 단위'를 말하는데, 무브에는 세부적으로 스텝(step)이 존재한다. '무브 1'에는 연구하려는 분야의 '중요성(centrality)'을 주장하는 것, 연구 주제를 일반화하는 것, 선행연구를 검토하는 것이 스텝으로 포함된다. '무브 2'에는 선행 연구에 반대하는 것, 선행 연구의 한계를 지적하는 것, 선행 연구의 문제를 드러내는 것, 선행 연구의 관습을 따르는 것이 스텝으로 포함된다. 마지막 '무브 3'에는 연구 목적과 연구의 내용, 그리고 연구의 결과와 논문의 구조를 드러내는 것이 스텝으로 들어간다. Swales(1990)에서 제시한 무브의 흐름을 살펴보면 연구에서 주목하는 주제가 얼마나 중요한지를 언급하고, 선행연구 분석을 통해서 이 중요한 주제가 비중 있게 다뤄지지 않았음을 드러내며, 마지막으로 이 주제를 어떤 목적과 내용으로 진행하고, 논문은 어떻게 구성되는지를 밝힌다. 이러한 '주제의 중요성-선행연구와의 차별성-연구의 설계와 논문의 구성'이라는 패러다임은 학술적 글쓰기나 학위논문을 소개하는 책들에서도 유사하게 다뤄진다. Murray(2006:123)을 보면 일반적인 논문의 구성을 언급하면서 서론을 '선행연구 분석을 통한 차이 설정', '연구의 정당성 확보'라고 정의했다. 이는 Swales(1990)의 '선행연구와의 차별성'을 중심으로 주제의 중요성과 연구 설계의 정당성을 확보하라는 것과 같은 맥락이다.

그렇다면 어떤 스텝을 거치던지, 서론의 담화들은 '주제의 중요성-선행연구와의 차별성-연구의 설계와 논문의 구성'으로 연결·종합되어야 한다. 이렇게 담화들이 연결·종합되려면 필자들이 주제와 관련된 적절한 논문을 찾아서 이를 분석해서 연결해야 한다. 물론 적절한 논문을 찾았더라도 서론의 담화를 구성하면서 다른 수사적 목적으로 배열할 수도 있을 것이다. 그렇지만 가장 우선적으로 고려되어야 하는 것은 서론에 들어가야 하는 핵심 담화를 쓰기 위해서 어떤 논문을 찾았냐는 것이다. 이를 확인하기 위해서는 어떤 검색어로 논문을 검색했고, 그 이유, 즉 수사적 목적이 무엇인지를 확인할 필요가 있다. 민정호(2020a:697)는 대학원 유학생의 학술적 글쓰기를 분석하면서 이들이 학술 담화공동체의 관습에서 요구하는 적절한 담화를 선택하지 못했고, 이를 적절한 패러다임으로 구성하지 못했다고 지적했다. 그러면서 후속 연구로 대학원 유학생이 논문을 쓸 때 어떤 목적으로 무슨 검색어로 검색하는지부터 분석이 필요하다고 지적했다. 이는 학술 담화공동체에 새롭게 편입된 '대학원 유학생'의 학술적 리터러시를 향상시키기 위해서는 검색어와 수사적 목적까지 고려해서 연구가 진행되어야 함을 밝힌 것이다.

2.3. 연구대상과 연구 방법

앞에서 학술 담화공동체의 특징과 상호텍스트성, 상호담화성을 근거로 학술적 글쓰기에서의 담화규약과 담화의 선택에 대해서 설명했다. 이를 근거로 왜 대학원 유학생이 학술적 글쓰기를 쓸 때 '검색어' 양상과 '검색 이유'가 중요한지에 대해서 논의했다. 그리고 담화 선택과 담화 연결을 통해서 텍스트가 완성될 때 어떤 담화를 선택하고 어떻게 담화를 연결하는지도 담화관습에 영향을 받는데, 이것이 바로 학술적 리터러시에 따른 구성이라고 지적했다. 이를 전제로 학술적 글쓰기에서 '서론'의 중요성과 특징을 분석하고 학술적 글쓰기의 여러 장 중에서 '서론'을 연구 대상으로 정했다. 특수 목적 영어교육 분야의 장르 이론을 중심으로 서론의 담화 구조를 분석하고 특징을 정리해 보았다. 결론적으로 본 연구는 학술 담화공동체에서 학술적 글쓰기를 의무적으로 써야만 하는 대학원 유학생이 어떤 담화를 선택하고, 어떻게 담화 유형을 구성하는 지를 확인하며, 이때 검색어 사용 양상까지 고려해서 분석한다. 이를 위해서 본 연구는 D대학교 일반대학원 국어국문학과에 재학 중인 대학원 유학생을 대상으로 검색어 양상을 분석해 보는 실험을 진행했다. 이 실험은 실제 학술적 글쓰기를 써야만 하는 과정 중에 실시했는데, 이 실험에 참여한 대학원 유학생의 기초정보를 정리하면 다음과 같다.

〈표 1〉 실험에 참여한 대학원 유학생의 기초 정보

필자	국적	학기	세부전공	학위논문 주제
1	A	몽골	4	외국어로서의 한국어교육	표현 교육
2	B	중국	4	외국어로서의 한국어교육	표현 교육
3	C	중국	4	외국어로서의 한국어교육	표현 교육
4	D	중국	4	외국어로서의 한국어교육	표현 교육
5	E	중국	4	외국어로서의 한국어교육	표현 교육
6	F	중국	4	외국어로서의 한국어교육	표현 교육
7	H	중국	4	외국어로서의 한국어교육	표현 교육
8	I	중국	3	외국어로서의 한국어교육	표현 교육

　　실험에 참여한 대학원 유학생은 모두 2020년 D대학교 일반대학원 1
학기에 개설된 '한국어표현교수법연구'를 수강하는 학생들이다. 이 학
생들의 공통점은 전부 국어국문학과 '외국어로서의 한국어교육'을 전공
하는 학생들로 세부 전공이 같다는 것이고, 그래서 전공별 담화관습에
따른 학술적 리터러시 양상을 확인하기 유용하다는 점이다. 또한 '학위
논문'을 '표현교육'으로 정하고 유사 논문 주제로 학위논문을 쓰기 때문
에 논문 주제의 차이에서 오는 리터러시의 차이 등을 통제할 수 있다는
장점이 있다. 국적은 필자 A만 몽골이고, 나머지 유학생은 모두 중국
유학생이었다. 대학원 학기는 3학기인 필자 I를 제외하고 나머지 유학
생은 석사과정 마지막 학기인 4학기였다. 이 실험의 내용은 대학원 유
학생에게 '논문 제목'만을 알려주고 그 주제에 맞게 서론의 개요를 작성
하도록 한 것이다. 우선 본 연구에서 '개요'를 통해서 연구를 진행한 이
유는 학술적 글쓰기에서 '개요' 작성이 중요하기 때문이다. 김미란
(2019:382)는 학술적 글쓰기를 탐구형 글쓰기라고 지적하면서 전문 필자
나 미숙한 필자 모두 탐구형 글쓰기를 할 때는 개요를 작성하는 것이
효과적이라고 설명했다. 이와 같은 이유로 본 연구도 대학원 유학생들

이 학술적 글쓰기를 하는 수사적 상황을 전제하고 개요에 검색어를 적
는 것으로 연구 방법을 정했는데, 개요표는 다음 〈그림 1〉과 같다.

학기:	이름:		
논문 제목: 인문계 대학원 유학생을 위한 학술적 글쓰기 교수요목 설계 연구			
1단락 주제			
검색어	1)	2)	3)
1)	이유		
2)	이유		
3)	이유		

〈그림 1〉 검색어와 수사적 목적을 분석하기 위한 개요표

〈그림 1〉을 보면, 대학원 유학생이 쓸 논문의 제목은 '인문계 대학원
유학생을 위한 학술적 글쓰기 교수요목 설계 연구'이다. 그 이유는 이
실험을 진행하는 수업이 '한국어표현교수법연구'이고, 무엇보다 대학원
유학생이 모두 표현교육으로 학위논문을 쓰고 있기 때문에 논문 주제
를 표현 교육 중에 하나로 선택했다. Swales(1990)은 학술 논문의 서론
이 '주제의 중요성-선행연구와의 차별성-연구의 설계와 논문의 구성'이
라는 패러다임으로 구성된다고 밝혔지만, 이 무브가 반드시 단락을 의
미하지는 않는다. 그래서 위 그림과 같은 단락을 4개로 구성했고, 추가
단락을 요구하는 경우에는 개요표를 추가 제공했다. 유학생은 평균 3,
4개의 단락으로 개요를 완성했다. 각 단락에는 단락의 중심 문장이나
'주제'를 쓰도록 했고, 이 주제를 쓰기 위해서 RISS에서 검색할 검색어를
3개씩 쓰도록 했다. 본 연구가 RISS 검색이라고 안내하고 실험을 진행
한 이유는 논문을 검색할 수 있는 사이트는 많지만 일반적으로 RISS에
서 논문을 가장 많이 검색하기 때문이다. 이 역시 학술 담화공동체의

'리터러시 생태'를 고려해서 실험을 설계했음을 밝힌다. 그리고 검색어를 쓴 후에 이 검색어를 검색한 이유, 즉 각 단락의 주제와 관련해서 어떤 수사적 목적을 고려해서 검색어를 썼는지를 쓰도록 했다. 대학원 유학생들이 쓴 이유를 분석하면서 보다 더 자세하게 담화 구성, 논문 검색, 검색어 설정 등과 관련된 문제의 양상을 발견할 수 있을 것이다.

이와 같은 개요 작성을 통해 본 연구가 알고자 하는 내용을 정리하면 다음과 같다. 첫째, 본 연구는 대학원 유학생이 학술 논문을 쓰면서 서론의 담화 구조를 고려해서 각 단락의 주제를 쓰는지를 확인하려고 한다. 둘째, 이 각 단락의 주제가 하나의 패러다임으로 연결되어 논문 제목과 연결되는지 확인하겠다. 셋째, 대학원 유학생이 쓴 검색어가 그 단락의 주제와 연결되는지를 확인하겠다. 넷째, 대학원 유학생이 쓴 검색어와 그 검색어를 검색하는 이유(수사적 목적)가 타당한지도 확인해 보겠다. 다섯째, 대학원 유학생이 쓴 검색어와 그 이유를 비교했을 때 수사적 목적에 부합하는 다른 검색어는 없었는지도 논의해 보겠다. Swales(1990)을 세분화해서 연구한 Bunton(2002)나 실용적으로 서론의 구조를 정리한 Murray(2006), Paltridge & Starfield(2007) 등을 보면 결국 '선행연구'가 중심임을 확인할 수 있다. 다만 연구 주제 선정의 타당성과 정당성을 입증하기 위한 '선행연구' 분석도 중요하지만, 새롭게 만들거나 제안하는 결과물이 '선행연구'와 어떤 '차별점'을 갖는지를 밝히기 위한 분석이 가장 중요했다. 본 연구도 대학원 유학생이 논문을 쓰면서 어떤 검색어를 사용하고, 무엇을 목적으로 검색하는지를 확인하며 이 검색이 논문의 주제뿐만 아니라, 결과물과 관련해서도 '연구 공간'을 마련해 주는지를 확인하는 것이 목표이다. 다만 개요표의 내용만으로 유학생의 의도가 충분히 이해되지 않는 경우에는 유학생의 동의 후에 인터뷰를 진행했고, 이 내용을 중심으로 설명을 보강했음을 밝힌다.

3. 서론 개요표에 나타난 특징과 교육적 함의

3.1. 서론 개요표에 나타난 특징

3.1.1. 제목과 서론의 담화 구조

Swales(1990)은 학술 논문 서론의 흐름을 '주제의 중요성'을 부각시키고, '선행연구와의 차별성'을 드러낸 후에 구체적인 '연구 설계와 논문 구성'을 밝히는 것으로 설명했다. '표현 교육'으로 학위논문을 쓰고 있는 8명의 대학원 유학생이 본 실험에서 제공한 '인문계 대학원 유학생을 위한 학술적 글쓰기 교수요목 설계 연구'라는 제목을 보고, 어떻게 '서론'을 설계했는지를 확인해 보면 다음과 같다.

⟨표 2⟩ 서론의 담화구조

	단락 1	단락 2	단락 3	단락 4
A	대학원 유학생의 학업 성취를 위한 학술적 글쓰기	인문학적 글쓰기	학술적 글쓰기의 장르 특징	
B	인문계 대학원 유학생 학술적 글쓰기 현황	인문계 대학원 유학생의 학술적 글쓰기 문제점	인문계 대학원 유학생을 위한 학술적 글쓰기 교수요목 설계의 필요성	
C	인문계 대학원 유학생의 학술적 글쓰기 현황 분석	학술적 글쓰기의 중요성과 학술적 글쓰기 교수요목 설계의 필요성	연구 방법과 절차를 요약하고 연구 방향을 제시	
D	연구의 목적	학술적 글쓰기 특징	인문계 대학원 유학생의 학술적 글쓰기의 실제	인문계 대학원 유학생을 위한 학술적 글쓰기 교수요목 설계
E	인문계 대학원 유학생의 학술적 글쓰기에 대한 현황 분석	인문계 대학원 유학생의 학술적 글쓰기 교수요목	연구의 목적 기술	

F	인문계 대학원 유학생의 선정 이유	선행 연구 정리, 학술적 글쓰기에서의 어려움	인문계 대학원 유학생의 학술적 글쓰기 문제점 도출	인문계 대학원 유학생의 학술적 글쓰기 문제의 해결방법
G	인문계 대학원 유학생 연구의 필요성			
H	인문계 대학원 유학생 글쓰기 현상	글쓰기에 존재하는 오류 양상	어떤 글쓰기 교수요목 선정	글쓰기 교수요목 설계를 위한 연구 방법과 방안

필자 A는 '학술적 글쓰기', '인문학적 글쓰기', '학술적 글쓰기의 장르성'으로 서론을 구성했다. '표현 교육' 즉 '쓰기 교육'이라는 점에 주목했기 때문에 '글쓰기'로만 주제를 정한 것으로 보인다. 그렇지만 '글쓰기'를 중심으로 서론의 담론을 병렬적으로 배열하는 바람에 '교수요목'은 빠져버렸다. 필자 B는 인문계 대학원 유학생의 글쓰기 '현황', 글쓰기의 '문제점', '교수요목 설계의 필요성'으로 서론을 구성했다. 연구 주제의 중요성이 '단락 3'에 나왔지만 '단락 1'에서 현황 분석, '단락 2'에서 학술적 글쓰기에서의 어려움을 다룬 연구들을 통해서 '단락 3'에서 교수요목 설계가 필요하다는 주제를 도출했다는 점은 타당하다. 왜냐하면 이러한 과정이 Swalse(1990)이 제시한 무브 1과 유사한 특징을 갖기 때문이다. 이와 같은 현황 분석과 글쓰기 어려움과 관련된 논의를 통해 '연구 주제의 중요성'을 드러낸 구조는 필자 C와 필자 D, 필자 E, 필자 F, 필자 G, 필자 H에서도 발견된다. 다만 필자 B와 필자 F는 연구 방법, 목적 등은 언급하지 않고 '연구 주제의 중요성'에만 집중하는 모습이고, 필자 C는 논문의 연구 방향까지 '단락 3'에 제시하며 그 연구 주제를 어떤 방법으로 논의할지까지 밝혔다. 필자 D는 연구 방법에 대한 언급 없이 목적만을 '단락 1'에서 먼저 제시하고, 뒤에서 주제의 필요성을 강조했고, 필자 E는 연구의 중요성을 먼저 제시하고 연구의 목적을 마지막 '단락 3'에서 제시했다. 필자 G는 연구의 필요성만을 제시했는데, 수업

중에 인터뷰를 진행한 결과 한 개의 단락으로 이 연구 주제가 왜 필요한지만 밝히면 된다고 생각했다고 설명했다. 특징을 종합하면 8명의 필자 모두 '연구의 필요성', 즉 연구 주제의 '중요성'에 초점을 맞추고 서론을 쓰는 모습이었다. 다만 '교수요목을 설계'하는 연구이지만 이와 관련된 선행연구 분석을 진행한 연구는 필자 H가 유일했다. 그러니까 '인문계 대학원 유학생의 글쓰기 어려움', '학술적 글쓰기의 중요성' 등을 중심으로 연구의 필요성, 중요성에는 초점을 두지만, 실제 이를 해결할 수 있는 '결과물', 즉 '교수요목' 설계에 대해서는 주목하지 않는 모습이었다. 이는 Swales(1990)이 언급한 '선행연구와의 차별성'을 통한 '연구 공간'의 확보에 대해서 대학원 유학생들이 크게 고려하고 있지 않음을 보여준다.

실험에서 제시된 '인문계 대학원 유학생을 위한 학술적 글쓰기 교수요목 설계 연구'라는 제목을 보면 3가지 주제어가 발견된다. 첫째는 '왜 인문계 대학원 유학생인가?', 둘째는 '왜 학술적 글쓰기인가?', 셋째는 '왜 교수요목인가?' 등이 그것이다. 그런데 대학원 유학생들은 인문계 대학원 유학생이 경험하는 글쓰기 어려움에 관한 주제와 '학술적 글쓰기의 특징과 어려움'이라는 주제에는 매우 주목하지만, 상대적으로 '교수요목'을 새롭게 만들어야 하는 것에 대해서는 크게 집중하지 않는 모습이다. 그래서 기존 학술적 글쓰기와 관련된 교수요목 분석을 통해서 교수요목의 문제점을 찾거나 한계점을 도출할 목적으로 서론의 단락을 설계하지 않았다. 또한 지나치게 주제의 중요성을 나열하다 보니까 연구 주제를 어떤 방법과 방식으로 전개할 지에 대해서도 주목하지 않는 모습이었다. 필자 D와 필자 E, 이렇게 2명의 유학생이 연구의 '목적'을 서론에 넣었고, 필자 C가 연구의 진행 방향에 대해서 서론에 포함시킨 것이 전부이다. 이는 대학원 유학생의 서론에서 크게 두 가지 문제점을 발견하게 한다. 첫째는 제목에 나타난 주제어 중에서 '학습자'나 '글쓰기 장르'에만 집중해서 서론의 담화를 구성한다는 것이고, 둘째는 선행 연구 분석을 통해서 연구의 '차별성'을 보여주는 담화가 서론에서 배제 된다는 점이다.

3.1.2. 검색어와 수사적 목적

이어서 서론의 단락별 주제와 검색어 사이의 연관성을 살펴보도록 하겠다. 이 단계에서는 대학원 유학생이 '검색어'와 '검색어 선정 이유' 등을 적었는데, 학생들이 직접 적은 이유를 근거로 대학원 유학생이 RISS에 검색한 검색어 선정의 타당성을 검토해 보도록 하겠다.

〈표 3〉 서론의 단락별 주제와 검색어

	서론의 단락별 주제	검색어
A	대학원 유학생의 학술적 글쓰기 인문적 글쓰기 학술적 글쓰기의 장르성	학술적 글쓰기/대학원 유학생 글쓰기 인문적 글쓰기 학위논문 구조
B	인문계 대학원 유학생 학술적 글쓰기 현황 인문계 대학원 유학생의 학술적 글쓰기 문제점 학술적 글쓰기 교수요목 설계의 필요성	유학생 학술적 글쓰기/인문계 대학원 인문계 대학원 유학생/유학생 학술적 글쓰기 인문계 대학원 글쓰기/학술적 글쓰기
C	인문계 대학원 유학생의 학술적 글쓰기 현황 분석 학술적 글쓰기의 중요성과 교수요목 설계의 필요성 연구 방법과 절차를 요약하고 연구 방향을 제시	대학원 유학생/인문계 대학원 유학생 학술적 글쓰기/교수요목 설계 글쓰기 교수요목 설계
D	연구의 목적 학술적 글쓰기 특징 인문계 대학원 유학생의 학술적 글쓰기의 실제 인문계 대학원 유학생의 글쓰기 교수요목 설계	학술적 글쓰기 현황/학술적 글쓰기 문제 학술적 글쓰기 개념/학술적 글쓰기 특징 교육과정/교육자료/학습자 요구분석 원리 및 모형/모형의 실제

E	인문계 대학원 유학생의 학술적 글쓰기 현황 분석 인문계 대학원 유학생의 학술적 글쓰기 교수요목 연구의 목적 기술	인문계 대학원 유학생/외국인 대학원생 학술적 글쓰기 유학생 학술적 글쓰기 수업/인문계 유학생 글쓰기 수업
F	인문계 대학원 유학생의 선정 이유 선행 연구 정리, 학술적 글쓰기에서의 어려움 인문계 대학원 유학생의 학술적 글쓰기 문제 도출 인문계 대학원 유학생의 글쓰기 문제의 해결방법	인문계 유학생/인문계 대학원 학술적 글쓰기 대학원 학술적 글쓰기/대학원 유학생 글쓰기 대학원 글쓰기/교수요목 종류/학술적 글쓰기 교수요목
G	연구의 필요성	인문계 논문/대학원 유학생/ 학술적 글쓰기
H	인문계 대학원 유학생 글쓰기 현상 글쓰기에 존재하는 오류 양상 어떤 글쓰기 교수요목 선정 글쓰기 교수요목 설계 방법/방안	인문계 글쓰기/유학생 글쓰기 글쓰기 오류/글쓰기 오류 분석 글쓰기/교수요목/글쓰기 교수요목 선정 글쓰기 설계/글쓰기 교수요목 설계

필자 A는 '인문계 대학원 유학생'을 고려해서 '인문학적 글쓰기'를 검색했는데, 사실 '인문계열'의 글쓰기의 개념을 알기 위해서라면 '계열별 글쓰기' 연구에서 '인문계열 글쓰기'를 찾는 것이 효과적일 것이다. 필자 A가 검색한 '인문적 글쓰기'는 맞춤법 오류는 차치하고, '인문계열의 학술적 글쓰기'보다는 '인문학 분야에서 추구하는 글쓰기'라는 의미에 가깝기 때문이다. 또한 '학술적 글쓰기의 장르성'을 쓰기 위해서 '학위논문 구조'를 검색했는데, 이 역시 타당성을 얻기 힘들다. 학위논문이 학술적 글쓰기의 세부 장르 중에 하나는 맞지만, 학위논문이 곧 학술적 글쓰기가 아니기 때문이다. 오히려 '학술적 과제'나 '학술적 글쓰기'라는 검색어를 통해서 학술적 글쓰기의 장르성과 관련된 정보를 얻는 게 더 타당했을 것이다.

필자 B는 '인문계 대학원 유학생의 글쓰기 현황 파악'을 위해서 '인문계 대학원'을 검색어로 선택했다. 이 '현황'이 글쓰기 교육 현황이건, 글쓰기에서 경험하는 어려움과 관련된 현황이건 '인문계 대학원'이라는 검색어로는 원하는 정보를 얻기 힘들 것이다. 여기서 발견되는 문제는 '유학생 학술적 글쓰기', '인문계 대학원'과 같은 검색어를 반복적으로 사용한다는 것이다. 필자는 논문 제목을 봤을 때 이와 같은 검색어가 중요한 역할을 할 것으로 판단했겠지만 대학원 글쓰기에서 계열별 글쓰기가 활발하게 논의되고 있지 않다는 점을 고려하면, 이런 종류의 검색어로는 주요한 정보를 찾기 힘들 것이다. 이는 해당 분야의 담화관습과 전문 지식이 부족한 결과가 만든 결과로 판단된다.

필자 C는 '교수요목 설계'로 검색하는데, 그 이유가 '교수요목 설계의 필요성을 도출하기 위해서'라고 밝혔다. 그렇지만 '교수요목'에도 말하기, 듣기, 읽기, 쓰기 등 다양한 기능과 전공별 교수요목이 활발하게 논의되고 있기 때문에, 이처럼 '일반적인 검색어'로는 '글쓰기 분야 교수요목의 필요성'을 도출하는 것이 쉽지 않을 것이다. 특히 '글쓰기 교수요목 설계'라고 검색을 한다고 밝혔는데, 그 이유가 '연구 절차를 확립하고 공개'하기 위함이라고 했다. 그러니까 유학생을 위해 교수요목을 설계한 다른 연구와의 차별점을 드러내기 위한 검색이 아니라 교수요목을 개발하는 연구 절차를 따라하기 위한 정보를 얻기 위해서 검색을 한 것이다. 그런데 필자 C처럼 '교수요목'과 관련된 선행연구 분석을 하지 않은 필자는 필자 F와 필자 H를 제외한 나머지 모두에 해당된다.

필자 D는 '교육과정', '교육자료'와 같은 '일반적인 검색어'로 '학술적 글쓰기 교육과정', 그리고 '학술적 글쓰기 교육자료'와 관련된 정보를 얻으려 한다는 문제뿐만 아니라 새로운 문제점을 보여준다. 그것은 '원리 및 모형', '모형의 실제'라는 검색어이다. 이에 대해서 필자 D는 '교수요목을 설계하는 원리 및 모형을 소개'하고 '교수요목 모형의 실제가 어떠한지를 설명하기' 위해서 이 검색어로 검색했다고 밝혔다. 사실상 이와 같은 검색어는 대단히 추상적이고 광범위한 용어라는 차원에서 앞서 언급한 '교육과정', '교육자료'와 같은 시사점을 제공한다. 그렇지만 더 중요한 것은 '교수요목'과 '모형'은 전혀 다른 단어일 뿐만 아니라 '교수요목 설계'와 '교수요목 모형'도 다른 방향의 연구를 지향한다는 점이다. '모형'을 검색한 이유를 보면 연구의 목적을 '교수요목 설계'가 아니라 '교수요목 모형'을 만드는 것으로 인식하는 것처럼 보인다.

필자 E는 인문계 대학원에 재학 중인 재학생 현황을 알기 위해서 '인문계 대학원 유학생'이라는 검색어로 검색했다고 밝혔다. 이 검색어로는 원하는 정보를 얻지 못할 가능성이 높지만, 만약 얻는다고 하더라도 '최신 자료'는 아닐 것이다. 통계나 재학생 현황 등은 논문이 아니라 포털 사이트에서 '2020년 외국인 유학생 현황 통계'와 같은 검색을 통해서 얻을 수 있기 때문이다. 이와 유사한 이유로 필자 F는 '인문계 유학생', 필자 G는 '인문계 논문' 등으로 검색을 하겠다고 밝혔다. 이와 같은 검색어는 모두 원하는 통계 자료를 얻기에는 부정확한 검색어들이다. 최신 통계나 현황 자료와 관련된 정보를 얻을 수 있는 검색어와 검색 방법에 대한 안내가 요구된다.

필자 F는 '교수요목을 설계할 때 어떤 유형으로 설계할 지를 파악하기 위해서' '교수요목 종류'라고 검색하겠다고 밝혔다. 이 검색어는 필자 C와 마찬가지로 말하기, 듣기, 읽기, 쓰기 등 다양한 기능과 분야의 '교수요목'이 있는데, 검색의 범위가 너무 광범위한 예가 된다. 그렇지만 검색어를 검색한 이유는 서론의 담화 구조를 고려했을 때 매우 타당하다. 그렇지만 이 이유는 이론적인 검토 차원에서 교수요목의 특징을 분석한 후에 하나를 선택하겠다는 것이기 때문에 검색의 이유를 보다 더 선행 연구 분석으로 수정할 필요가 있을 것이다. 또한 무엇보다 '글쓰기 교수요목', '유학생 쓰기 교수요목' 등의 검색어가 원하는 목적을 달성하는 데 도움이 될 것이다.

필자 G는 주제를 하나만 정했는데, 인터뷰 결과 단락 1개에 연구의 필요성만 쓰고 싶었다고 말했다. 흥미로운 점은 인문계 유학생의 수가 많다는 것을 드러내기 위한 검색어로 '인문계 논문'을 검색했다는 점이다. 유학생이라는 용어와 괴리된 '인문계 논문'이라는 검색어는 유학생이 어떤 검색어로 검색을 해야 원하는 정보를 얻을 수 있는지에 대한 최소한의 이해와 리터러시가 존재하지 않는다는 사실을 분명하게 보여준다. 필자 G는 인문계 유학생을 연구대상으로 삼은 논문을 살펴보면 인문계 유학생의 수와 비중이 나올 것이라고 판단했다고 밝혔지만 '인문계 논문'이라는 검색어로는 '인문계 유학생'을 대상으로 한 논문을 찾을 수 없고, 관련 정보도 찾을 수 없다.

필자 H는 '글쓰기 오류'라는 검색어를 사용했는데, 이 '오류'의 범주에 수사적 오류까지 포함되어 있다고 인식하고 있었다. 일반적으로 오류는 맞춤법과 같은 문법적 형태에 초점을 두기 때문에 글쓰기의 어려움과 텍스트에 나타난 수사적 오류까지 포함하지 않는다. 즉 '글쓰기 오류'라는 검색을 통해서는 필자가 원하는 수사적 오류와 관련된 정보를 얻지 못할 것이다. 또한 '글쓰기'라는 검색어를 통해서 '대학에 다니고 있는 학생들이 주로 어떤 글쓰기를 하는지'를 확인하려고 했다고 밝혔는데, 이러한 광범위한 검색어 양상에서 드러나는 것은 '대학원'이라는 '연구 초점'의 부재이다. 필자 H는 가장 많은 9개의 검색어를 사용했지만 '대학원'이라는 용어가 단 한 개의 검색어에도 들어가 있지 않았다. 이는 초점이 잘못 맞춰진 정보를 통해서 연구의 필요성을 드러내거나 주제를 강조할 가능성이 높다는 점에서 원하는 정보를 얻지 못하게 할 것이다.

종합하면 8명의 대학원 유학생은 검색어 사용에서 매우 미숙한 모습을 보였다. 검색어가 주제어와 관련되지 않는 경우도 있었고, 검색어의 검색 이유에는 분명한 수사적 목적이 있었지만 잘못된 검색어로 검색하는 경우가 더 많았다. 어떤 검색어는 지나치게 광범위한 의미 범주를 갖고 있었고, 어떤 검색어는 초점이 이탈하거나, 다른 연구 목적의 논문을 지향하게 만드는 것도 있었다. Swales(1990)의 지적처럼 결국 '논문'은 선행연구 분석을 통해서 연구 공간을 만들고 정당성을 인정받아야 한다. 그런데 같은 주제의 유사 논문을 적절한 검색어로 찾지 못 한다면 이는 논문의 질적 하락뿐만 아니라 학술 담화공동체에서의 적응에도 부정적인 영향을 줄 것이다.

3.2. 대학원 유학생의 글쓰기 교육을 위한 교육적 함의

지금까지 서론의 담화 구조를 살펴보고, 검색어와 검색어 선택 이유를 중심으로 검색어 양상을 살펴보았다. 이를 정리하면 다음 표와 같다.

〈표 4〉 서론의 담화 구조와 검색어에 나타난 문제점

	문제점	예시
1	단어의 미세한 차이를 고려하지 않은 검색어 사용	인문적 글쓰기
2	해당 분야 전문 지식의 부재로 인한 검색어 사용	인문계 대학원
3	광범위하고 일반적인 검색어 사용	교수요목
4	연구방향과 일치하지 않는 검색어 사용	교수요목 모형
5	연구 공간을 생성하기 위한 선행연구 분석을 위한 검색어 누락	글쓰기 교수요목 설계
6	최신 통계 자료와 같은 논문 검색으로 찾을 수 없는 내용 검색	인문계 대학원 유학생
7	서론에서 논문의 담화 구조를 정확하게 알지 못해서 하는 검색	교수요목
8	검색어를 어떻게 써야 할지 몰라서 엉뚱한 검색어로 검색	인문계 논문
9	단어의 함의 범주를 알지 못해서 잘못된 검색어로 검색	글쓰기 오류
10	잘못된 인식으로 중요 주제어가 배제된 검색어로 검색	글쓰기

대학원 유학생이 의도한 바는 '인문계열 글쓰기'이지만 '인문적 글쓰기'라는 맞춤법 오류 형태의 보편적 검색어로 검색을 했고, 해당 분야에 대한 전문 지식이 부재해서 '인문계 대학원'으로 검색을 하기도 했다. 또한 글쓰기, 대학원 유학생 등의 단어로 범위를 제한하지 않고, 일반적인 '교수요목'을 검색했고, 연구의 목적과 전혀 다른 방향의 검색어로 검색하기도 했다. 서론에 반드시 포함되어야 하는 '선행연구' 분석을 위한 검색어는 누락되어 있었고, 최신 통계 자료를 논문 검색을 통해서 찾으려고도 했다. 또한 서론의 담화 구조를 정확하게 인지하지 못해서 이론적 검토에 들어가야 하는 '교수요목'의 장점과 단점 분석을 서론에서 하기도 했고, 어떤 검색어를 써야 할지 몰라서 논문의 주제와 전혀 상관없는 검색어를 쓰기도 했다. 단어의 함의 범주를 잘못 알고 상관없는 단어로 검색했으며, 대학원과 대학교를 동일하게 인식하고 광의의 '글쓰기'와 같은 검색어로 검색을 하기도 했다. 8명의 대학원 유학생들은 서론의 담화 구조를 인지하지 못했고, 표현 교육 분야의 전문 지식과 리터러시 관행이 부재했으며, 엉뚱한 검색어를 사용했고, 광범위한 의미를 갖는 검색어로 검색을 하기도 했다. 본 연구가 '담화-주제-검색어-검색 이유'를 연결해서 논의를 하는 이유는 타당한 이유로 정확한 검색어로 검색을 해야 의도한 주제에 맞는 연구를 찾아서 적절한 담화 구조로 서론을 완성할 수 있기 때문이다. 본 연구의 결과들은 유학생들이 논문을 찾거나, 혹은 논문에서 사용할 정보를 찾을 때 최소한의 리터러시 교육을 시켜야 할 정당성을 제공해 준다. 이와 같은 점을 고려해서 몇 가지 교육적 함의를 밝히면 다음과 같다.

첫째, 논문 각 장의 담화 구조에 대한 명시적 교육이 필요하다는 것이다. 본 연구는 Dudley-Evans(2000)을 근거로 학술 보고서, 학술 논문, 학위 논문 등의 다양한 학술적 글쓰기에서 '서론'이 담고 있는 담화와 기능이 유사하다는 점을 밝히고, Swales(1990)에서 서론의 담화 구조를 기준으로 삼았다. 바꿔 말하면 논문의 각 장의 장르적 특징과 자주 등장하는 담화 구조를 패러다임으로 제공해 줄 수 있다면, 대학원 유학생들은 이를 근거로 적절한 주제를 선정하고, 이 주제에 맞게 담화를 배열하며, 구조에 근거해서 수사적 목적을 정하고 적절한 논문을 검색할 수 있을 것이다. 특히 논문의 담화 구조를 정확하게 인지하고 있다면 '연구방향과 일치하지 않는 검색어 사용'이나 '연구 공간을 생성하기 위한 선행연구 분석을 위한 검색어 사용', 그리고 '서론에서 논문의 담화 구조를 정확하게 알지 못해서 하는 검색'과 같은 검색어 사용의 문제들은 줄일 수 있을 것이다. Swales(1990)과 Bunton(2002)는 서론의 중요한 기능으로 '선행연구' 분석을 통한 연구 공간의 확보라고 정리했는데, 각 장에 명시적 교육은 대학원 유학생들이 선행연구 분석을 치열하게 하도록 유도할 것이다.

둘째, 논문을 찾는 것도 전공별 리터러시 관행이기 때문에 대학원 유학생에게 이를 리터러시 행위로 가르쳐야 한다는 것이다. 만약 '검색어'와 관련된 교육이 '짧은 시간(1시간)'이라도 '실습'으로 제공될 수 있다면, '검색어를 어떻게 써야 할지 몰라서 전혀 상관없는 검색어'를 사용하거나, '광범위하고 일반적인 검색어'로 검색하거나, '최신 통계 자료와 같은 논문 검색으로 찾을 수 없는 내용'을 검색하고, 무엇보다 '잘못된 인식으로 중요 주제어가 배제된 검색어'로 검색하는 것과 같은 문제는 해결될 수 있을 것이다. 특히 쓰기 연구라고 해서 '글쓰기'만 검색할 것이 아니라, '대학원 유학생의 특수성', '대학원 유학생의 학업 부적응' 등 학습자의 특징이나 교육 현황에 대해서 더 자세한 정보를 얻을 수 있는 검색어를 알려주는 것도 유용할 것이다. Barton(1994)는 리터러시가 읽고 쓰는 텍스트만의 문제가 아니라, 그 텍스트를 둘러싼 행위의 모든 것들과 관련된다고 지적했다. 텍스트에는 서론의 담화 구조만이 존재하는 것이 아니라, 그 담화 구조를 그렇게 구성하게 만든 출발점, 즉 '검색어'가 있다. 최소한 어떤 검색어를 사용해야 하는지, 그리고 논문 검색으로 찾을 수 있는 정보와 그렇지 않은 정보는 무엇인지, 마지막으로 검색어를 사용할 때 의미 범주는 어디까지 제한해야 하는지 등에 대한 교육은 단순히 정확한 검색어의 사용뿐만 아니라, 논문의 적절한 담화 구성으로도 이어질 수 있는 핵심적 '리터러시 교육'이 될 것이다.

셋째, 대학원 유학생들이 학술대회에 적극적으로 참여하도록 지도해야 한다는 것이다. 민정호(2020b)는 학술대회의 참석이 필자 정체성을 강화시킬 것이라고 지적했다. 이는 학술 담화공동체의 리터러시 관행을 보고 따라하도록 하는 데 학술대회가 긍정적 효과가 있기 때문이다. 사실 '단어의 미세한 차이를 고려하지 않은 검색어 사용', '해당 분야 전문 지식의 부재로 인한 검색어 사용', '단어의 함의 범주를 알지 못해서 잘못된 검색어로 검색' 등의 문제는 사실 해당 분야의 전문어, 그리고 그 분야의 연구 동향과 흐름 등을 알지 못하는 것과 깊이 연결되어 있다. 이와 같은 내용들은 교육을 통해서 명시적으로 전달하기에는 한계가 있다. 다양한 주제로 논문을 쓰는 유학생들의 현실적 상황을 고려했을 때 하나의 강의로 교육내용을 선정하는 것이 불가능하기 때문이다. 이를 해결하기 위해서는 특정 분야 전문어가 많이 노출되고, 특정 분야의 논문들로 적극적으로 의사소통되는 학술대회에 참석해야 할 것이다. 이는 민정호(2020b)의 지적처럼 학술적 리터러시 향상뿐만 아니라 필자 정체성에도 긍정적인 효과가 있을 것이다.

4. 결론 및 제언

본 연구는 학술적 글쓰기에서 필자가 하는 담화의 선택이 곧 텍스트의 수준을 결정하며, 학술 담화공동체에서 관습적으로 사용되어 온 담화 구조로 텍스트를 완성하는 것이 중요하다고 전제했다. 이 두 가지 전제를 바탕으로, 담화 선택의 출발이 되는 '검색어' 사용 양상과 그 '검색어 선정'의 이유를 살폈고, 학술 논문 서론을 중심으로 담화 구조의 패러다임을 분석해 보았다. 그리고 이 실험을 통해 발견된 문제들을 목록화하고, 해결할 수 있는 방안, 즉 교육적 함의들을 살펴보았다.

발견된 문제 중에서 서론의 '담화 구조'와 관련된 것은 선행연구 분석을 통해서 연구 공간을 확보하지 못 한다는 것이었다. 대부분의 대학원 유학생들은 선행연구 분석을 현황 분석을 통한 연구 주제의 강조만을 목적으로 진행했고, 연구 결과물과 관련된 다른 선행연구 분석을 통해서 '차이(gap)'를 드러내고, 이를 통해서 연구 주제의 차별점을 부각시키지는 못했다. 또한 검색어 사용에서도 보편적인 검색어, 수사적 목적이 다른 검색어 등 원하는 정보를 찾을 수 없는 검색어로 검색하는 양상이 나타났다. 또한 최신 통계 정보 등과 같은 통계적 자료를 얻을 수 있는 방법에 대해서도 알지 못하고 있었다. 이와 같은 문제를 해결하기 위해서 본 연구는 학술적 글쓰기에서 각 장의 담화 구조를 명시적으로 가르칠 것과 학위논문의 주제와 부합하는 분야의 학술대회에 반복적으로 참석할 것, 그리고 검색어와 관련된 실습 교육, 그리고 대안적 검색어에 대한 안내를 짧은 시간이라도 제공해 줄 것을 교육적 함의로 제안했다.

본 연구는 장르 이론을 토대로 특정 전공의 서론에 나타나는 장르를 유형화하는 연구가 아니라, 일반적인 서론의 담화 구조와 얼마나 '차이'가 있는지를 확인하고, 이 차이를 만드는 '검색어'의 양상과 검색 이유 등을 분석하는 연구였다. 실험에 참여한 대학원 유학생의 수가 비교적 적었고, 교육적 함의도 제한적이라서, 이를 구현할 방법을 상세하게 다루지 않았지만, 이 연구는 '미시적' 리터러시 차원에서 대학원 유학생의 글쓰기 어려움을 해소해 줄 수 있고, 보다 유용한 리터러시 생태를 구성하도록 만들며, 무엇보다 능숙한 학술적 리터러시를 확보하게 하는 데 도움을 줄 수 있을 것이다.

• 참고문헌

김미란(2019), 대학생들의 학문 탐구 능력 신장을 위한 글쓰기 교재 개발 방법론 모색: 발견 학습(heuristics)을 적용한 개요 짜기를 중심으로, 반교어문연구 52, 반교어문학회, 377-408.

민정호(2018), 학문 목적 한국어 쓰기에서의 담화종합 수준별 저자성 분석-대학원 유학생의 계획하기와 수정하기를 중심으로, 동국대학교 박사학위논문.

민정호(2019), 학술적 글쓰기에서 대학원 유학생의 발견 능력 향상을 위한 교육 내용 제안, 리터러시연구 10(6), 한국리터러시학회, 227-252.

민정호(2020a), 대학원 유학생 석사학위논문의 '이론적 배경' 구성에 관한 일고찰 : 한국어교육 전공 수업에서 발표된 '예비 논문'을 중심으로, 학습자중심교과교육연구 20(6), 학습자중심교과교육학회, 683-701.

민정호(2020b), 대학원 유학생의 필자 정체성 강화를 위한 제언, 인문사회21 11(2), 아시아문화학술원, 199-210.

민진영(2013), 외국인 유학생의 대학원 학업 적응에 관한 내러티브 탐구, 연세대학교 박사학위논문.

박은선(2013), 장르 중심 학문 목적 한국어 쓰기 교수의 실행연구: 대학원 보고서를 중심으로, 이화여자대학교 박사학위논문.

최주희(2017), 외국인 유학생의 한국어 학위 논문 작성 과정 연구-참조 모델 활용과 조력자와의 상호작용을 중심으로, 서울대학교 박사학위논문.

홍윤혜·신영지(2019), 예술분야 외국인 대학원생을 위한 학술적 글쓰기 교수요목 설계: 미술계열 학습자 수업을 중심으로, 리터러시연구 10(1), 한국리터러시학회, 343-373.

Allison, D., Cooley, L., Lewkowicz, J. & Nunan, D.(1998), Dissertation writing in action: the development of a dissertation writing support program for ESL graduate research students, *English for Specific Purposes*, 17, 199-217.

Barton, D.(1994), *Literacy an introduction to the ecology of written language*, Oxford: Blackwell.

Bazerman, C.(1997), The Life of Genre, the Life in the Classroom, In W. Bishop & H. A. Ostrom Eds., *Genre and Writing: Issues, Arguments, Alternatives*(19-26), Portsmouth: Boynton/ Cook.

Berkenkotter, C. & Huckin, T. N.(1993), Rethinking Genre from a Sociocognitive

Perspective, *Written Communication*, 10, 475-509.

Borg, E.(2003), Discourse community, *ELT Journal*, 57(4), 398-400.

Bunton, D.(2002), Generic moves in PhD thesis introductions, In J. Flowerdew Ed., *Academic Discourse*(57-75), London: Longman.

Bunton, D.(2005), The structure of PhD conclusions chapters, *Journal of English for Academic Purposes*, 4, 207-224.

Dudley-Evans, T.(2000), Genre analysis: a key to a theory of ESP?, *Ibérica*, 2, 3-11.

Faigley, L.(1986), Competing theories of process: A critique and a proposal, *College Composition and Communication*, 48, 527-542.

Fairclough, N.(1992), *Discourse and Social Change*, Cambridge: Polity Press.

Flowerdew, J.(2015), John Swales's approach to pedagogy in Genre Analysis: A perspective from 25 years on, *Journal of English for Academic Purposes*, 19, 102-112.

Freedman, A.(1987), Learning to Write Again: Discipline-Specific Writing at University, *Carleton Papers in Applied Language Studies*, 4, 95-116.

Hyland, K.(2008), Genre and academic writing in the disciplines, *Language Teaching*, 41(4), 543-562.

Ivanic, R,(1998). *Writing and identity: The discoursal construction of identity in academic writing*, Amsterdam: John Benjamins.

Murray, R.(2006), *How to write a thesis*, Maidenhead: Open university press.

Noble, S. & Paganucci, L.(2015), Do Digital Writing Tools Deliver? Student Perceptions of Writing Quality Using Digital Tools and Online Writing Environments, *Computers and Composition*, 38, 16-31.

Paltridge, B. & Starfield, S.(2007), *Thesis and Dissertation Writing in a Second Language*, New York: Routledge.

Sutton, B.(2000), Swales's 'Moves' and the Research Paper Assignment, *Teaching English in the Two-Year College*, 27(4), 446-451.

Swales, J. M.(1990), *Genre Analysis: English in Academic and Research Settings*, Cambridge: Cambridge University Press.

Swales, J. M. & Feak, C. A.(2000), *English in Today's Research World: a writing guide*, Ann Arbor: University of Michigan Press.

Swales, J. M.(1998), *Other floors, other voices: A textography of a small university building*, Mahwah, NJ: Erlbaum.

Thompson, P.(2005), Points of focus and position: intertextual reference in PhD theses, *Journal of English for Academic Purposes*, 4, 307-323.

Tribble, C.(1996), *Writing*, Oxford: Oxford University Press.

Wardle, E.(2009), 'Mutt Genres' and Goal of FYC: Can We Help Students Write the Genres of the University?, *College Composition and Communition*, 60(4), 765-789.

Ⅱ

학술적 리터러시와
글쓰기 교육

학술적 리터러시 강화를 위한 대학원 교육과정의 방향 탐색

− 대학원 유학생의 요구를 반영한 강의와 활동의 재구성을 중심으로 −

1. 서론

학술적 글쓰기는 이 글쓰기가 중요하게 작용하는 담화공동체에서 중요한 역할을 한다. Borg(2003)은 학술적 글쓰기를 통해 완성된 학술적 텍스트를 '소식지(newsletter)'에 비유했는데, 이 소식지는 장르 글쓰기로써 공동체의 의사소통에서 중요한 역할을 한다. Swales(1990:58)도 '장르'가 '모체 담화공동체(parent discourse community)'의 전문 구성원들로부터 공인을 받아 형성된다고 지적했다. 그래서 장르란 그 담화공동체의 전문가들로부터 관습적으로 공인받은 '형식(style)', 텍스트의 담론, 그 담론의 구조, 내용 등을 모두 포함한다. 이와 같은 이유로 Tribble(1996)은 장르를 지켜서 글쓰기를 해야 필자는 이득을 얻을 수 있다고 지적한다. 대학원이 가장 대표적인 학술 담화공동체임을 고려하면, 이 공동체의 구성원에게 학술적 글쓰기는 의사소통을 위한 기본적인 조건이면서 이득을 얻을 수 있는 도구가 될 것이다. 실제로 학술 담화공동체에서 요구하는 규약을 지켜서 학술적 글쓰기를 할 경우 좋은 학점을 받을 수 있고, 다른 학생들보다 졸업도 수월하게 할 수 있다. 이는 분명한 이득이다. 그런데 문제는 유학생의 경우 학술 담화공동체에 처음 편입된 구성원이라는 점이다. 대학교의 유학생은 '언어교육원', '교양 과정', '전공 기초 과정', '전공 심화 과정' 등으로 학술 담화공동체에 적응할 기회를 단계적으로 받지만, 대학원은 그렇지 않다는 점이다. 대학원 유학생은 이미 학술 담화공동체에서 적응할 정도의 학술적 리터러시가 있다고 전제하고 바로 '전공 심화 수준의 교육과정'으로 편입되기 때문이다.

이에 대해서 민정호(2019a)는 대학원 유학생이 증가하고 있지만, '언어교육원', '교양 과정', '전공 기초 과정', '전공 심화 과정'이라는 학술적 리터러시를 점진적으로 습득할 수 있는 과정을 거친 유학생의 수가 적음을 지적했다. 왜냐하면 고향에서 한국어를 배우고, 그곳에서 대학교를 졸업한 후에 대학원만 한국으로 오는 대학원 유학생의 수가 많았기 때문이다. 그런데 한국의 대학원은 유학생이 평균 이상의 학술적 리터러시를 기본적으로 확보하고 있다고 전제하고 리터러시와 관련된 교육은 배제한다. 그리고 전공 심화 과정을 대학원 유학생에게 교육과정 초반부터 배치한다. 그래서 대학원 유학생 관련 연구들을 보면 '학위논문'의 어려움과 관련된 것이나(민정호, 2020a; 홍윤혜·신영지, 2019; 전미화·황설운, 2017), '학술적 글쓰기'의 문제와 관련된 연구들이 많이 있다(민정호, 2019b; 박미숙·방현희, 2014). 이는 대학원에 재학 중인 한국 학생과 다르게 유학생은 학술 담화공동체에서 요구하는 장르 텍스트로 의사소통하는데 문제가 있고, 이를 해결하기 위한 교육적 조치가 필요함을 의미한다. 그런데 교육적 조치의 양상을 살펴보면 '학위논문 관련 강의 개발'이나 '강의 운영 방법 재구성', 그리고 '수업 설계' 등 미시적인 방향에서 학술적 리터러시를 강화하는 연구들이 주를 이룬다. 반면에 '학술적 리터러시'를 단계적으로 강화하도록 '교육과정'을 재구성하는 식의 거시적인 관점의 연구들은 찾아볼 수 없다.

정부초청 자격으로 온 외국인 장학생이 대상이지만, 지엽적으로 대학원 유학생의 학습 요구의 양상을 분석한 연구가 있다(이훈호·신카 조피아, 2015). 이 연구는 교육과정 개발에서 가장 중요한 '학습자 요구'를 확인할 수 있다는 점에서 시사점을 제공한다. 이 연구의 기능 유형별 중요도 18개 중에서 대학원 유학생의 학습 요구 순위를 살펴보면, '세미나, 개별지도, 토론'이 1위이고, '논문, 연구'가 2위로 나타났다. 민정호(2019c)는 '세미나, 개별지도, 토론'에서 요구되는 리터러시를 '학업 리터러시(study literacy)'로 '논문, 연구'에서 요구되는 리터러시를 '학술적 리터러시(academic literacy)'로 정리한 바 있다. 학업 리터러시와 학술적 리터러시가 다른 것으로 이해되기 쉽고, 세미나, 토론 등을 '말하기'만으로 간주하기 쉽지만, 학술 담화공동체에서 학업 리터러시는 듣고 '쓰는 능력', 학술적 리터러시는 읽고 '쓰는 능력'이 강조된다. 결국 학업 리터러시도 상대방의 이야기를 듣고, 잘 기록하지 못하면, 정상적인 말하기가 불가능하기 때문에 '쓰기'가 중요하게 고려되는 것이다. 학업 리터러시와 학술적 리터러시에서 공통적으로 들어가는 '쓰기'는 의사소통 도구로써 학술 담화공동체의 장르 글쓰기, 즉 학술적 글쓰기가 된다. 이렇게 '학술적 글쓰기'의 능력 향상 없이는 학술 담화공동체의 적응이 어렵다는 점을 고려하면 교육과정이 학습자의 '학술적 리터러시'의 향상을 전제하고 재구성될 필요가 있을 것이다.

본 연구는 학술 담화공동체의 적응에서 제일 중요한 것이 '학술적 글쓰기'라고 전제하고, 현재 운영되고 있는 대학원의 실제 교육과정을 분석해 보려고 한다. 그리고 '학술적 글쓰기'와 관련된 요소가 어떻게 고려되고 있는지를 살펴보고, 학술적 리터러시를 강화하는 방향으로 교육과정을 수정해 보려고 한다. 이 연구는 교육과정을 새로 만들어내는 연구가 아니라, 특정 학습자의 요구가 교육과정에 적절하게 반영되어 있는지를 비판적으로 분석해 보고, 보다 개선된 교육과정으로 재구성하기 위함임을 밝힌다. 이와 같은 교육과정의 목적 지향적 개정이 유학생의 학술적 리터러시 향상과 대학원 적응에 긍정적인 영향을 줄 수 있기 때문이다.

2. 대학원 교육과정의 분석과 재구성의 원리

2.1. 학습자 요구를 반영한 교육과정의 분석틀

일반적으로 '교육과정(curriculum)'은 '교육의 목표'와 '교육 내용의 구성', 그리고 '학습 경험의 구성'과 '교육 평가'까지를 총칭하는 개념이다 (Tyler, 1949). 간단하게 말하자면 목표를 통해서 학습자에게 무엇을 가르치느냐, 그리고 어떻게 가르치느냐가 교육과정이 된다. 그런데 이러한 '목표-내용-구성-평가'라는 패러다임은 지나치게 '개발'에 천착했다는 이유로 비판을 받았다(Pinor, 1981). 최근에는 '개발'이 아니라 학습자의 요구를 '이해'하고, 교육 내용과 관련된 다양한 시각을 '이해'하며, 이를 통해 학습자의 '역량'을 향상시키는 것으로 교육과정의 성격이 변화하고 있다(Wiggins & McTighe, 2005). 또한 이런 흐름에서 학습자의 특수성을 고려해서 학교 수준에서 교육과정을 재구성하는 것으로 교육과정의 패러다임도 바뀌고 있다(Tomlinson, 2006). 그래서 국가 주도로 '교육의 목표'가 하달되고, 이를 중심으로 교육내용을 구성하는 교육과정이 아니라, 학교 수준이나 학급 수준을 담당하는 실무자, 혹은 교육자가 학습자의 필요와 요구를 고려해서, 다양한 관점에서 교육과정을 재구성하는 것이 중요해지고 있는 것이다. 본 연구도 이와 같은 지점에서 현재 대학원 교육과정의 문제를 찾고, 학교 수준에서 이를 해결하는 방향으로 교육과정을 재구성해 보려고 한다. 즉 대학원이 존재하는 이유를 훼손하지 않으면서 새롭게 등장한 학습자의 요구를 '이해·반영'하는 방향으로 교육과정의 틀을 재구성하려는 것이다.

교육과정을 분석할 때, 제일 먼저 살펴야 하는 부분은 '학습자의 요구'가 반영되어 있느냐는 것이다. Richards(2001)은 '교육과정'을 개발할 때 학습자의 '요구분석'이 최우선임을 밝혔다. 앞서 1장에서 대학원 유학생이 학술적 글쓰기를 어려워 하고 있음을 확인했고(이훈호·신카 조피아, 2015), 이 문제를 해결하는 방향으로 교육과정이 구성되기를 바란다는 '학습자 요구' 또한 확인했다. 그렇다면 이와 같은 학습자 요구를 '교육 내용'으로 하는 강의가 실제 대학원 교육과정에 반영되어 있는지를 확인해야 할 것이다. 이를 위해서 대학원의 교육과정에서 '선수 강의'를 중심으로 살펴보고, 각 강의의 '성격'을 중심으로 분석해 보려고 한다. 먼저 '선수 강의'를 살펴봐야 하는 이유는 '학술적 리터러시'가 곧 기술, 즉 글쓰기를 하고 발표를 하는데 요구되는 기본 도구이기 때문이다. 즉 심화 과정을 배우기 전에 그 심화 과정을 이해·표현할 수 있도록 가르치는 '도구' 교과가 개설되어 있는지를 '선수 과정'을 통해서 분석하겠다는 것이다. 다음은 대학원의 강의들이 어떻게 연결되어 있고, 이 연결이 학습자에게 어떤 학습 경험을 제공할 수 있는지를 분석해 보려고 한다. 즉 강의들이 대학원 유학생의 '학술적 글쓰기'의 어려움을 해소하는 방향으로 학습 경험을 쌓게 해 주는지를 확인하기 위함이다. 이를 위해서 전공 필수 강의들의 성격을 확인하고, 강의계획서 분석을 통해서 '과제' 양상을 확인하려고 한다. 이는 민정호(2019a)의 지적처럼 대학원의 강의들이 대학원 유학생의 '글쓰기' 어려움 해소와 '글쓰기 능력' 향상을 목표로 '경계학습'의 역할을 하고 있는지를 확인하기 위함이다. 마지막으로는 대학원에서 운영되고 있는 '기타 활동'에 대한 것이다. 학술 담화공동체는 단순히 강의만 듣기 위해서 존재하지 않는다. 학술 담화공동체가 공통의 관심사로 모인 구성원들의 합이라면, 이 구성원들이 하는 활동들을 통해서 학술적 리터러시가 향상되고, 학술적 담화관습이 전달되도록 해야 할 것이다. 이는 필자 정체성 향상에도 중요한 역할을 하기 때문이다(민정호, 2020b). 이를 위해서 강의 이외에 기타 활동이 있는지를 살펴보고, 이 기타 활동의 특징을 비판적으로 분석해 보려고 한다.

〈그림 1〉 대학원 교육과정 분석 틀

본 연구는 D대학교 일반대학원의 국어국문학과, '한국어교육 전공'의 교육과정을 중심으로 논의를 전개한다. 그 이유는 크게 2가지인데, 첫째는 이 전공 과정에 유학생의 수가 가장 많아서, 현재 '유학생 중점 학과'로 운영되기 때문이다. 각 대학마다 유학생의 수가 많아서 '유학생 중점 학과'처럼 특별 운영되는 전공이 많은데, 유학생의 글쓰기 어려움을 고려하면 이런 전공일수록 교육과정에 '글쓰기 어려움 해소'라는 학습자의 요구가 반영되어야 한다. 둘째는 대학원의 강의에서 다루는 '내용'은 전공별로 다를 수 있지만 내용 선정 '기준'이나 강의 배열의 '원리' 등은 동일하기 때문이다. 그렇기 때문에 본 연구는 특정 대학교, 특정 전공의 교육과정만을 분석하는 것이 아니라, 일반적으로 대학원 전공의 교육과정의 특징을 D대학교 한국어교육 전공을 통해서 살펴보는 것이다. 앞서 언급했듯이 이 전공에는 유학생이 많기 때문에, 이들의 학습자 요구를 중심으로 대학원의 교육과정을 재구성할 때 구체적으로 무엇을 고려해야 하는지를 보다 실제적으로 분석·도출을 할 수 있을 것이다.

2.2. 대학원 교육과정의 분석

일반적으로 대학원의 '강의' 구성은 해당 전공의 핵심 지식을 중심으로 세분화된다. 그렇지만 이는 최소한의 리터러시를 확보하고 있는 학습자에게 최적화된 교육과정이다. 왜냐하면 이들은 별도의 리터러시 교육이 없어도 주요한 지식들을 이해하고 표현할 수 있기 때문이다. 그렇지만 학술적 리터러시가 확보되지 못한 학습자의 경우에는 중요한 지식을 다루는 강의를 들어도 핵심 내용을 이해·표현하지 못한다. 특히 '글쓰기'가 강조되는 대학원은 이해한 내용을 학술 담화규약에 맞게 표현할 수 있어야 한다. 대학원 유학생이 학술 담화공동체의 담화관습에 대한 학습 없이 학술적 글쓰기를 능숙하게 해내는 것은 어려운 일이다. 그래서 본 연구는 먼저 유학생의 글쓰기 어려움을 해소할 수 있는 교육적 장치가 교육과정에 반영되어 있냐를 먼저 살펴보려고 한다.

⟨표 1⟩ D대학교 '한국어교육 전공'의 선수 강의

영역	강의
선수	외국어로서의한국어교육 한국어학의이해 한국어단어의이해

선수 강의에는 ⟨외국어로서의한국어교육⟩, ⟨한국어학의이해⟩, ⟨한국어단어의이해⟩ 등 3개 강의로 구성되어 있다. 각각의 강의는 한국어교육, 한국어학, 단어와 품사를 다루는 개론적 성격의 강의들이다. 이 강의들의 개설 취지는 명확한데, 대학원 유학생들이 대학원 전공 수업을 들을 때 반드시 필요한 중요 '지식'을 먼저 가르치기 위해서이다. 본래 교육과정은 구성될 때 능숙도 목표, 인지적 목표, 정의적 목표, 즉 기술, 지식, 태도를 고려해야만 한다(Stern, 1992). 그리고 실제 교육과정은 이를 종합적으로 고려해서 학습자의 능력을 향상시키도록 구성되어야 한다. 그런데 '한국어교육 전공' 선수 강의는 지식, 기술, 태도 중에서 '지식'만을 강조하는 것으로 보인다. 전공에서 중요하게 다뤄지는 지식을 미리 공부하는 것도, 선수 강의로써 성격에 부합할 것이다. 그렇

지만 대학원 유학생에게 핵심 지식을 탐구하고 표현할 수 있도록 해 주
는 '도구', 즉 학술적 리터러시를 미리 알려주는 것도 선수 강의로써 중
요한 역할일 것이다. 학술적 글쓰기에 대해서 명확히 알고, 학술적 리
터러시를 도구로 삼아 전공의 다양한 지식을 학습할 수 있도록 하는 강
의가 교육과정에 구성된다면 대학원 유학생의 학업 적응에 긍정적인
역할을 할 수 있기 때문이다. 선수 강의의 본래 취지는 학습자가 경험
하는 학업 부적응을 방지하기 위해서 '필수적인 능력'을 미리 가르치는
것이다(House, 2000). 학술적 글쓰기의 어려움 때문에 대학원에서 부적
응을 경험하는 대학원 유학생이 많음을 고려하면, 교육과정의 선수 강
의에서부터 '학술적 글쓰기'를 다루는 강의가 구성되는 것은 매우 타당
할 것이다.

〈표 2〉 D대학교 '한국어교육 전공'의 전공 필수 강의

영역	강의
1학기 필수	한국어교육학연구, 한국어문법론연구
2학기 필수	한국어문법교육론연구
3학기 필수	한국어교육논문강독
4학기 필수	한국어교육논문연습

민정호(2019a)는 대학원 교육과정이 기본적인 학술적 글쓰기에 대한
관심 없이 학위논문만을 강조하는 경향이 있다고 비판했다. 그리고 학
술적 글쓰기에 대한 기술, 지식 등이 형성되지 않은 상태에서 대학원
유학생이 학위논문을 잘 쓸 수 없다고 진단하고, 1학기부터 4학기까지
대학원 유학생이 써야 하는 학술 보고서를 학위논문의 성공으로 가기
위한 '경계학습'으로 그 성격을 규정해야 한다고 주장했다. 즉 1학기부
터 4학기까지, 대학원 유학생은 많은 학술 보고서를 쓰게 되는데, 이 보

고서를 학위논문으로 가는 과정이라고 생각하고 형식과 담화구성 등을 학술 담화규약에 맞게 쓰도록 교육내용을 반영하자는 것이다. 〈표 2〉를 보면 '한국어교육' 전공 필수 과목은 학기별로 나뉘어 있다. 그런데 여기에서도 '학술적 글쓰기'에 대한 장르 지식이나, '학술적 리터러시'에 대한 기술을 가르치는 강의는 개설되어 있지 않다. 3학기 〈한국어교육논문강독〉과 4학기 〈한국어교육논문연습〉은 대학원 유학생이 완성한 예비 '학위논문'을 가지고 '발표'와 '강평'을 하는 강의이다. 그러니까 '학술적 글쓰기'에 대해서 배우지 않은 대학원 유학생들이 별도의 교육을 받지 않고, 혼자서 학술적 글쓰기를 한 후에 강의에서 발표만 하는 구성이다. 물론 유학생의 학위논문을 종합적으로 강평하는 강의만으로도 학위논문의 질적 수준을 높이는데 긍정적인 효과가 있을 것이다. 그렇지만 이 강의를 듣기 전에 전공 필수 강의의 여러 학술적 과제들이 대학원 유학생의 학술적 리터러시 능력을 향상시키는 방향으로 설계될 수 있다면, '학위논문'을 다루는 강의의 수준도 올라가고, 실제 대학원 유학생 학위논문의 질적 제고도 가능할 것이다.

추가적으로 본 연구는 1학기와 2학기에 듣는 전공 필수 강의 〈한국어교육학연구〉, 〈한국어문법론〉, 〈한국어문법교육론연구〉의 강의계획서를 분석했다. 분석의 기준은 '과제' 제시 여부, '과제'에서 '학술적 글쓰기'와 '학술 담화규약'을 '평가'로 다루는지 여부였다. 우선 3개 강의 모두 수업이 유학생의 '발표'로 진행되었고, '과제'는 발표에서 지적 받은 사항을 반영해서 수정한 발표문을 제출하는 것이었다. 매우 일반적인 대학원 강의 방법이고 보편적인 과제 제시 양상이었다. 여기서 일반적이라는 것은 한국인 대학원생들이 받는 강의 방법, 그리고 과제와 큰 차별점이 없다는 것이다. 즉 이 학습자가 대학원 유학생이라고 전제한다면, 그 일반적이라는 평가는 달라질 것이다. 왜냐하면 이 전공 필수 강의들이 '대학원 유학생'이 본격적으로 학위논문을 쓰기 전에 학술적 핵심 지식과 함께 학술적 리터러시를 향상시킬 수 있는 기회이기 때문이다. 이렇게 정리하면 전공 강의도 선수 강의와 마찬가지로 대학원 유학생의 학술 담화공동체에서의 적응을 돕기 위한 '학술적 글쓰기'를 교육과정 차원에서 고려해야 할 것이다. 대학원 유학생들은 '선수 과정-전공 필수-전공 심화'라는 단계적인 교육과정을 제공 받는다. 하지만 이는 '지식'에만 한정될 뿐이고, 이 지식을 학술 담화공동체의 방법으로 이해하고 표현하도록 돕는 '기술', 즉 학술적 리터러시를 다루는 강의는 교육과정에 전혀 단계적으로 반영되어 있지 않은 것이다. 이와 같은 식의 '학습 경험'은 전공의 '지식'에만 중점을 두고, '기술'은 소외시켜서 '지식'을 적극적으로 소비하도록 하는 '태도' 형성에도 부정적인 영향을 준다.

〈표 3〉 D대학교 '한국어교육 전공'의 기타 활동

영역	강의
기타 활동	교육학 세미나 활동 대조 언어학 세미나 활동 학술대회 참석(의무: 보고서 작성)

민정호(2020b)는 학술 담화공동체에서는 '필자 정체성'이 강화되어야 학술적 글쓰기로 활발히 의사소통할 수 있다고 밝히고, 리터러시 생태를 학술 담화공동체의 담화관습과 관련된 타자와의 만남과 언어적 자극이 활발히 작용하도록 구성해야 한다고 밝혔다. 그러면서 학술대회의 참석과 한국어 동료의 글쓰기 피드백 등을 제시했는데, 이는 대학원 유학생이 학술 담화공동체의 구성원과 물리적인 만남을 갖고, 이 구성원과의 의사소통을 통해서 언어적 자극을 받도록 하기 위함이다. 이 타자와의 만남, 그리고 언어적 자극은 대학원 유학생이 학술 담화공동체

의 구성원으로서 스스로를 인식하도록 만들고 학술 담화공동체의 구성원으로서 학술 담화공동체의 담화규약을 지키면서 학술적 글쓰기를 하도록 유도할 수 있다고 밝혔다.

한국어교육 전공 '기타 활동'에는 '교육방법', '대조 언어학' 분야의 세미나 활동이 있었고, 1학기에 학술대회에 3회 참석해서 학위논문 주제에 맞는 발표를 직접 듣고 보고서를 작성하는 활동도 있었다. '세미나 활동'과 '학술대회 참석' 모두 대학원 유학생의 필자 정체성을 강화하고 학술 담화공동체의 담화규약을 학습하게 하는데 도움이 될 것이다. 그런데 문제는 '세미나 활동'은 유학생들이 자체적으로 운영하는 것으로 한국인 동료의 피드백이나 토의와 같은 언어적 자극을 받을 수 없고, '학술대회 참석' 후에 제출하는 보고서 역시 별도의 피드백 없이 '학술대회'에 참석했다는 것만을 확인한다는 점이다. 교육과정에서 '기타 활동'의 운영 목적이 '학술 담화규약'을 관찰하고 학습하는 것이라고 전제한다면, 활동만 있고, 학습이 없는 방향으로 운영되고 있다고 볼 수 있다. '대학원 교육과정'을 분석하면도 도출된 문제들을 정리하면 다음 그림과 같을 것이다.

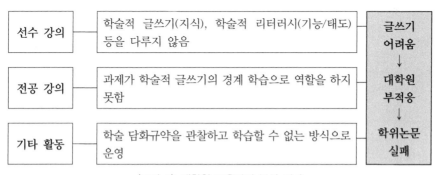

〈그림 2〉 대학원 교육과정 분석 결과

본 연구는 유학생이 급증하고 있는 대학원 교육과정에서 유학생의 학습 요구를 충족하는 방향으로 교육과정이 재구성될 필요가 있다고 전제했다. 그리고 실제 유학생이 많은 전공의 교육과정을 분석해 봤는데, 대학원 유학생이라는 학습자 특수성을 고려하지 않고, 유학생이 없는 다른 전공과 차별점 없이 교육과정이 구성·운영되고 있음을 확인할 수 있었다. 물론 D대학교에는 3, 4학기 유학생이 듣는 학위논문 중심의 강의가 운영되고 있었고, 학술 활동도 존재했지만, 단계적으로 학술적 리터러시를 향상시키는 방향으로 교육과정이 구성되어 있지는 않았다. 또한 학술 활동도 한국인 동료와의 협업 없이 유학생들이 자체적으로 운영되는 경향이 있었다. 최종적으로 대학원 유학생 학위논문의 수준을 높이려면 대학원 유학생이 입학하는 1학기부터 단계적으로 학술적 리터러시가 향상될 수 있는 방향으로 교육과정이 재구성되어야 할 것이다. 이 재구성은 모든 전공의 대학원에서 각각 강조하는 지식을 유지하면서 '기술', 즉 학술적 리터러시만을 추가하는 것이다. 이와 같은 추가와 재구성은 고등 교육이라는 학술 담화공동체의 존재의 이유를 훼손하지 않고 대학원 유학생이 원하는 학습자 요구를 충족시킬 수 있다는 차원에서 매우 의미 있는 작업이 될 것이다.

2.3. 대학원 교육과정의 재구성 원리

실제 대학원은 고등 교육의 핵심 기관으로 전공 관련 논문을 찾아 읽고, 열심히 보고서를 쓰며, 이를 발표하는 대표적인 학술 담화공동체이다. 그렇기 때문에 기본적으로 전문어가 포함된 발표나 강의를 듣고 이해하고 필기하는 능력, 그리고 전문어가 포함된 논문이나 책을 읽고 이해하고 학술적 텍스트로 표현하는 능력 등은 이미 확보하고 있는 게 자연스럽다. 그렇지만 대학원 유학생은 이와 같은 능력을 갖고 있지 않을 가능성이 높다(민정호, 2019a). 대학교는 유학생을 위한 교육과정이

체계적으로 운영된다. '언어교육원', '교양과정', '전공 기초 과정', '전공 심화 과정'으로 이어지는 교육과정은 한국의 학술 담화공동체에 익숙하지 않은 유학생들에게 '학술적 리터러시'를 단계적으로 알려줄 것이다. 그렇지만 대학원 유학생은 국내 대학교를 졸업하지 않은 경우가 일반적이지만, 이와 같은 체계적인 교육과정을 경험하지 못했고, 대학원에 입학하자마자 전공 논문을 찾아 읽고, 과제를 할 것을 요구받게 된다. 이는 D대학교 '한국어교육' 전공뿐만 아니라 모든 대학원이 갖고 있는 교육과정의 공통적인 특징일 것이다. 최근 Tomlinson(2006)의 지적처럼, 학습자의 특수성을 고려해서 교육 '현장 수준'에서 교육과정을 재구성하는 경향이 강해지고 있는데, 대학원 교육과정도 대학원 유학생의 특수성을 고려해서 교육과정을 재구성할 필요가 있을 것이다.

가장 우선적으로 고려되어야 하는 것은 '선수 강의'에 '학술적 글쓰기'를 다루는 교과를 추가하는 것이다. '선수'로 들어야 하는 강의에서 반드시 포함되어야 하는 교육 내용에는 학술적 리터러시와 같은 '기술'과 '태도'가 포함되어야 하기 때문이다. 일반적으로 대학원의 선수 강의는 다른 전공으로 학부를 졸업한 학습자를 대상으로 대학원 전공에서 반드시 알아야 하는 전공 '지식'을 가르치는 것이다. 그렇지만 대학원 유학생은 '지식'뿐만 아니라 '기술'과 '태도' 차원에서도 반드시 알아야 할 교육 내용이 있다. 그것은 대학원이라는 학술 담화공동체의 구성원으로서 학술적 글쓰기를 학술 담화규약에 맞게 완성할 수 있는 기술이고, 이를 가지고 적극적으로 의사소통하는 태도일 것이다. 선수과목에서 학술 담화공동체의 담화규약을 중심으로 학술적 글쓰기를 가르칠수 있다면 대학원 유학생의 학술적 리터러시를 향상시키는 데 도움이될 것이고, 이는 전공 강의를 들으면서 마주하게 되는 많은 학술 보고서 작성에도 도움이 될 것이다.

전공 필수 강의는 해당 전공에서 주요하게 다루는 내용을 다루기 때문에 중요하다. 그런데 담화관습에는 '형식'만 포함되는 게 아니라, '내용'과 '입장' 등도 모두 포함된다(Ivanic, 1998). 그렇기 때문에 대학원 유학생은 해당 전공의 입장을 정리하고, 대학원의 선배 연구자들이 어떤 담화를 어떻게 해석해 왔는지를 '전공 필수 강의'를 통해서 알아가야 할 것이다. 그런데 이때 학술적 과제의 성격을 달리할 필요가 있다. 교육 방법은 발표와 토의 등으로 진행되더라도, 발표문을 학술 담화규약에 맞게 완성하도록 강조하고, 과제로 제출할 때도 '학술 담화규약'을 평가 기준으로 공지하는 것이다. 이렇게 여러 전공 필수 강의들이 연결되어 학술적 글쓰기의 학습 경험을 대학원 유학생에게 제공할 수 있어야, '전공 필수 강의'들이 선수 강의와 학위논문을 다루는 3, 4학기 강의 사이를 연결하는 '경계학습'으로의 역할을 할 수 있을 것이다. 특히 전공 필수로 들어야 하는 강의는 내용 차원에서도 학위논문에 활용할 수 있는 내용들이 많기 때문에 유용할 것이다. 대학원 유학생이 이 내용들을 가지고 학술적 글쓰기를 반복적으로 쓰게 되면, 대학원 유학생의 학술적 리터러시가 강화되고 학위논문에서 활용할 수 있는 담화 목록도 확보하는 효과가 있을 것이다. 단, 전공 필수 강의들만이라도 학생들이 제출한 과제를 평가 대상으로만 보지 않고, 피드백의 대상으로도 볼 필요가 있다. 그래서 학술 담화공동체에 소속된 교수자의 피드백이 반복적으로 전공 필수 강의들에서 제공된다면, 대학원 유학생은 학술적 글쓰기에서 담화관습을 적절한 수사적 맥락에서 적극적으로 사용하는 '태도'를 확보하게 될 것이다.

마지막으로 리터러시 생태를 만든다는 것을 전제로 세미나, 학술대회 활동 등을 강화해야 할 것이다. 그런데 의무적으로 활동을 늘리고, 참여를 독려하는 것보다 중요한 것은 한국인 동료와의 접촉을 강화하는 것이다. 사실 학술 담화공동체의 담화관습의 전통과 규약을 자연스럽게 보여주기 위해서 리터러시 생태를 조성할 때 제일 중요한 부분은 한국인 동료, 즉 목표어가 모국어인 동료와의 접촉이다. 특히 이 동료들은 학술 담화공동체에서 강조하는 학술 담화규약에 친숙하고, 스스로를 그 공동체의 구성원이라고 생각하고 있기 때문에 유학생들이 이들과 반복적으로 접촉한다면 그 교육적 효과가 매우 클 것이다. 반대로 다양한 활동이 교육과정에 반영되어 있지만 여기에 한국인 동료와의 만남이 반영되어 있지 않다면 이는 교육적으로 큰 효과가 없을 것이다. 그래서 세미나는 해당 분야 동료나 지도 교수도 함께 참여하고, 학술대회 참석 후 제출하는 과제에 대해서는 지도 교수가 직접 피드백을 해야 할 것이다. 그리고 교수자의 피드백은 '논문의 주제 선정', '발표문의 수사적 구조와 형식' 등 학술적 리터러시를 향상시키는 방향을 지향해야 할 것이다. 만약 이 피드백을 유학생의 지도 교수가 직접 담당할 수 있다면 학위논문의 상담과도 연계되어 그 교육적 효과가 더 클 것이다.

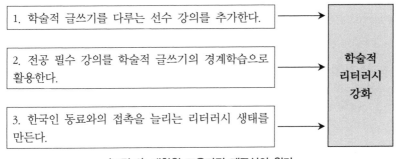

〈그림 3〉 대학원 교육과정 재구성의 원리

학술적 리터러시는 대학원 유학생이 텍스트를 찾아 읽고, 이를 종합해서 글쓰기로 표현하는 것만을 가리키지는 않는다. 이 학술적 리터러시의 개념을 생각하면, 한국인 동료가 대학원 교육과정의 '여러 학술 활동'에 반드시 포함될 필요는 없을 것이다. 그럼에도 불구하고 대학원에 재학 중인 한국인 선배나 전공의 교수가 활동에 포함되어야 하는 이유는, 학술적 리터러시가 '사회적 상호작용 규칙(social interactional rules)'의 총합을 의미하기 때문이다(Heath, 1983). 사회적 상호작용은 리터러시를 발생시키는 모든 사건들을 의미하는데, 이 상호작용을 통해서 텍스트의 화제가 선정되고, 텍스트의 형식이 구성되며, 담화의 배열이 완성된다. 즉 학습자가 이와 같은 사회적 상호작용의 규칙을 잘 알고 충분히 경험한 적이 있는 학술 담화공동체의 구성원과 함께 할 때 그 교육적 효과가 클 것이다. 리터러시 생태의 차원에서 보자면, 대학원 교육과정 선수 강의로 '학술적 글쓰기' 강의가 구성되는 것도 리터러시 사건이고, 전공 필수 강의들의 교수요목에 '학술적 과제'가 포함되는 것도 리터러시 사건이 될 것이다. 즉 이와 같은 원리를 적용해서 대학원 교육과정을 재구성하면, 학술 담화공동체의 한국인 대학원생과 대학원 유학생 사이의 사회적 상호작용을 강화하는 리터러시 사건들이 빈번하게 발생해서 대학원 유학생의 학술적 리터러시를 향상시킬 수 있게 된다.

3. 대학원 교육과정의 재구성 모형과 특징

3.1. 대학원 교육과정의 재구성

앞에서 유학생의 수가 많은 대학원의 교육과정을 학습자 요구에 근거해서 분석했다. 그리고 여기서 도출된 문제를 해결할 수 있는 원리를 선수 강의, 전공 강의에서의 수업 경험, 기타 학술 활동 등에서 찾았다. 이 원리를 반영해서 교육과정을 도식화하면 다음 〈그림 4〉와 같다.

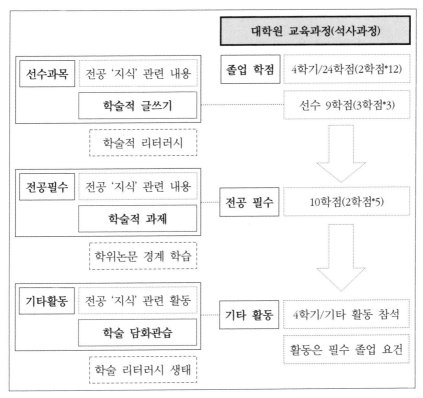

〈그림 4〉 리터러시 생태를 고려한 한국어교육 전공 교육과정의 재구성

〈그림 4〉는 2장에서 논의한 '선수 강의', '전공 필수', '기타 활동' 등의 내용을 중심으로 대학원 교육과정을 재구성해 본 것이다. '박사 과정'에서도 학술적 리터러시를 강화하는 방향으로 교육과정 재구성이 가능할 것이다. 그렇지만 석사 과정의 유학생이 이미 이와 같은 과정을 밟고 박사 과정에 진학하게 된다면, 박사 과정은 해당 전공의 '지식'을 심화하는 본래의 취지를 유지할 수 있을 것이다. 이와 같은 이유로 본 연구는 '단계'의 차원에서 '석사 과정'을 중심으로 교육과정을 재구성했는데, 재구성의 특징을 정리하면 다음과 같다.

첫째, 선수 과목의 성격을 바꾸고 '학술적 글쓰기'를 다루는 강의를 넣는다. 대학원 유학생의 선수 강의는 학부에서 다른 전공을 공부한 학습자들이 들어야 하는 강의이다. 그렇지만 대학원의 학업 적응에서 요구되는 필수적인 기술을 먼저 배우는 과정이기도 하다. 대학원 유학생들이 글쓰기에서 어려움을 보인다는 요구분석에 근거했을 때 전공 텍스트를 읽고, 쓰는 학술적 리터러시를 향상시키기 위한 강의가 필요하다. 대학원 유학생은 선수 강의를 통해서 학술적 글쓰기라는 장르 글쓰기에 대한 이해와 이때 요구되는 학술적 리터러시의 개념, 그리고 이를 직접 실습하는 기회 등을 보장받게 될 것이다. 그리고 이 강의를 통해서 대학원 유학생들은 학술적 글쓰기에 대한 자신감과 적극적인 태도를 갖추고 전공 과정으로 들어가게 될 것이다.

둘째, 전공 강의 중에서 '필수' 강의를 학위논문의 경계학습으로 사용하기 위해서 학술적 과제를 적극 활용한다. 전공 과정에는 다양한 강의들이 만들어진다. 그래서 학습자들이 학위논문과 관련해서 필요한 강의를 선택해서 듣지만, 그렇지 않은 경우에는 듣지 않는다. 이와 달리 '전공 필수 강의'는 모든 학습자들이 예외 없이 반드시 들어야 한다. 특히 이 강의들은 해당 전공에서 중요하다고 판단되는 내용으로 구성된 강의이고, 유학생들이 앞으로 학위논문을 준비하고, 완성해 가면서 활용할 가능성이 높은 내용을 배운다는 특징이 있다. 이 공통적인 내용을 가지고 미리 '학위논문'과 같은 형식, 즉 학술 담화관습에 따라서 '서론·본론·결론'으로 담화를 배열·구성하고 각주와 참고문헌도 형식에 맞춰서 써 보는 경험은 매우 중요할 것이다. 이 경험이 학위논문을 쓸 때 매우 유용한 역할을 할 것이기 때문이다.

셋째, 리터러시 생태를 조성하기 위해서 리터러시 사건들을 배치한다. 이 리터러시 사건들은 새로운 수사적 구조를 갖고 있는 '학술적 글쓰기'에서 학술 담화공동체의 담화관습을 중심으로 유학생 주변의 리터러시 생태를 재구성할 것이다. Paltridge(2002)는 높은 수준의 학술적 리터러시가 텍스트의 목적을 이해하고, 독자의 기대치를 평가하도록 만든다고 지적했다. 또한 장르가 발생하는 사회적 맥락을 인식하고 제도화된 사회적 힘을 고려해서 텍스트로 적절하게 표현할 수 있다고 설명했다. 이 정의에서 나타나는 각각의 내용들이 모두 하나의 리터러시 사건들인데, 결국 학술 담화공동체의 리터러시 사건들로 구성된 리터러시 생태로 유학생이 들어가서 구성원들과 의사소통할 수 있어야만 높은 수준의 학술적 리터러시를 확보할 수 있다는 의미이다. 이를 위해서 본 연구는 한국인 동료와의 활동, 협업을 중시했다. 왜냐하면 한국의 학술 담화공동체에서의 리터러시 사건에 익숙한 구성원이 한국인 동료들이기 때문이다.

3.2. 대학원 교육과정의 운영과 특징

앞에서 선수 강의, 전공 강의, 학술 활동을 중심으로 대학원 교육과정을 재구성해 보았다. 이어서 이렇게 재구성된 교육과정을 운영할 때 고려되어야 하는 특징에 대해서 논의해 보도록 하겠다. 우선 선수 강의에서부터 학위논문 심사를 받을 때까지 '학술적 글쓰기'가 단계적으로 고려된다는 점이다. 유학생을 위해서 대학원에 개설되는 학술적 글쓰기 강의는 대부분 '학위논문'을 중심으로 만들어진다. 그렇지만 학술적 글쓰기에 대한 '지식', '기술', '태도'가 종합적으로 향상되지 못한 대학원 유학생들은 학위논문을 완성하면서 어려움을 경험하게 된다. 본 연구에서 재구성한 교육과정은 기본적으로 운영되는 교육과정을 그대로 유지하면서 단계적으로 학술적 글쓰기를 가르칠 수 있다는 특징이 있다.

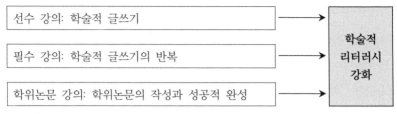

〈그림 5〉 학술적 리터러시의 단계적 교육

위 그림을 보면 선수 강의를 통해서 학술적 글쓰기의 장르성을 지식적으로 이해하고, 읽기 자료를 찾아 읽고 분석하며 새로운 담화를 표현하는 과정에서 요구되는 다양한 리터러시 기술들을 배우게 된다. 그리고 텍스트의 다양한 수사적 맥락에 따라서 반복적으로 글쓰기 실습을 하게 되면서 글쓰기에 대한 자신감과 수사적 맥락에 따라서 적극적으로 배운 지식과 기술을 사용하는 태도가 형성된다. 이를 바탕으로 전공마다 정해놓은 전공 필수 강의에서 학술적 과제를 하게 되는데, 이때 학위논문의 경계학습으로써 선수 강의에서 배운 학술 담론 규약을 반복적으로 적용·연습하게 된다. 그리고 3학기 이후에 학위논문과 관련된 강의를 통해서 완성된 학위논문을 계획하고, 수정하며 완성하게 된다. 이와 같은 단계적 교육은 대학원 유학생의 학술적 리터러시 향상에 실제로 긍정적인 효과가 있을 것이다.

두 번째는 선수 강의에서부터 학술 담화규약을 가르칠 수 있는 전문 교수자가 배치될 수 있다면 그 효과가 클 것이라는 점이다. 실제로 대학교에는 〈한국어 글쓰기〉, 〈사고와 표현〉, 〈글쓰기〉 등과 같은 대학교에서 요구하는 최소한의 학술적 리터러시를 가르치는 강의들이 구성되어 있고, 이를 전담하는 글쓰기 교수자들도 있다. 최근에는 '유학생 글쓰기'를 전문적으로 가르치는 교수자들도 대학교에서 중요한 구성원으로 자리를 잡아가고 있다. 이 교수자들도 학술 담화공동체의 구성원으로서 학술적 리터러시 생태의 다양한 리터러시 사건들을 경험하고 담화관습에 익숙한 학술 담화공동체의 선배들이다. 이들을 교수자로 활용해서 학술적 리터러시를 향상시키기 위한 학술적 글쓰기 강의를 진행한다면 '학술적 리터러시의 향상' 차원에서 그 효과가 긍정적일 것이다. 또한 '전공 필수 강의'에서 학술적 과제로 제출된 대학원 유학생의 학술 보고서를 평가할 수 있는 평가표도 전공 교수들의 협의를 통해 도출되면 좋을 것이다.

〈표 4〉 대학원 학술적 과제 평가표 예시

	항목	하	중	상
주제 내용	글쓴이는 주제에 대해 참신한 시각으로 접근하고 있는가?			
	자료에 대한 인용이 적절하게 이루어졌는가?			
	글쓴이가 이 글에서 대상으로 하고 있는 예상 독자가 분명한가?			
	글의 주제를 뒷받침하는 논거들이 충분히 제시되었는가?			
구성	글의 주제에서 벗어난 내용은 없는가?			
	단락과 단락의 연결이 논리적이고 자연스러운가?			
단락	각 단락의 문장들은 서로 긴밀하게 연결되어 있는가?			
	각 단락의 문장들은 글의 주제를 뒷받침하고 있는가?			
문장 단어	문장의 오류는 없는가? (호응 일치)			
	단어의 선택은 적절한가?			
	문법의 형태적 오류는 있는가?			
	문법의 의미적 오류는 있는가?			
내용	〈읽기 자료의 활용 중심〉 〈텍스트에 나타난 연결과 종합 중심〉			

평가	A+	Ao	B+	Bo	C+	Co	D+	Do	F

〈표 4〉는 D대학교 교양학부에서 사용하는 보고서 과제 평가표를 일부 수정한 것이다. 대학원 유학생이 제출한 과제로 성적을 줄 때는 강의를 담당하는 교수자가 별도의 기준으로 평가를 할 수 있다. 그렇지만 학위논문으로 가기 위한 '경계학습'이라는 점을 고려하면, 위 〈표 4〉와 같은 평가표를 통해서 학술 담화규약에 맞는 평가도 함께 진행하고, 그 결과를 피드백으로 유학생에게 제공하는 것이 타당할 것이다. 전공별로 지정된 4-5개의 필수 강의에서 이와 같은 피드백을 지속적으로 받게 되면 대학원 유학생의 학술 담화규약에 대한 능숙함이 향상될 것이고, 주제, 구성, 단락, 문장 등 다양한 글쓰기 맥락에서 학술적 리터러시가 향상될 수 있을 것이다.

본 연구는 '세미나'와 '학술대회' 참석만을 '기타 활동'으로 다뤘지만, 전공 별로 진행되는 '예비 발표회', '초록 발표회', '논문 발표회' 등도 모두 리터러시 사건이 될 수 있을 것이다. 학과와 전공별로 운영되는 학술 활동이 모두 상이하지만, 여기서 제일 중요한 원리는 '학술 담화규약'을 한국인 동료로부터 배울 수 있도록 프로그램을 만드는 것이다. 즉 어떤 활동을 하더라도 학과에서 전통적으로 진행되어 온 것이라면 형식적으로는 '학술 담화규약'을 학습할 수 있는 토대가 마련된 것이다. 다만 대학원 유학생이 단순히 '행사(event)'에 참여하는 것 이상으로, 학술적 리터러시가 향상되는 기회가 되게 하려면 대학원에 재학 중인 한국인, 그리고 전공별 교수 등이 함께 피드백을 제공하고, 토의를 진행하는 것이다. 또한 대학원 유학생의 필자 정체성을 고려한다면 '학술대회' 참석이 가장 중요한 역할을 할 것이다. '학술대회'에는 대학원 유학생이 논문으로 쓰면서 참고한 논문의 저자를 직접 만날 수 있는 기회이고, 해당 분야 권위자의 발표 등을 직접 들을 수 있는 기회이기 때문이다. Fairclough(1992:168)는 담화공동체에서 영향력 있는 언어적 선택이 정체성 형성에 가장 큰 기여를 한다고 했는데, 특히 그 중에서 전문 저자들의 '담화'가 결정적이라고 지적했다. '학술대회'는 학술적 리터러시가 형성되고, 학술 담화공동체의 필자로서 정체성을 강화하는데 가장 결정적인 역할을 하는 '언어적 자극'과 '주요 지배 담화'들을 직접 체험할 수 있는 종합적 리터러시 사건의 '경험장'이다. 이를 위해서 단순히 '학술대회' 참석을 교육과정에 규정으로 만드는 것이 아니라, 각 전공별로 권위 있는 학술단체와 학술대회 일정 등을 공지해서 대학원 유학생이 적극적으로 선택하고, 이에 대한 피드백을 통해서 학술대회의 경험이 학습 경험으로 이어질 수 있도록 규정화해야 할 것이다.

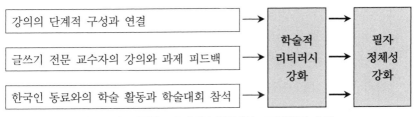

〈그림 6〉 대학원 교육과정의 운영에서 고려사항과 효과

결국 학술적 리터러시의 강화를 목적으로 재구성된 교육과정은 학술 담화공동체에서 대학원 유학생의 필자 정체성을 향상시키기 위함임을 밝힌다. 필자 정체성이 강화된다는 것은 스스로를 전문 필자로 인식한다는 것을 의미하기 때문에 높은 수준의 학술적 리터러시와 적극적인 글쓰기 태도를 갖춰야만 가능한 일이다. 전공별로 교육과정의 양상은 다르지만 여러 강의들을 학술적 리터러시를 강화할 목적으로 선수과정부터 전공 심화까지 단계적으로 연결하고, 선수 과정에서의 학술적 글쓰기 강의를 개설해서 이 강의를 글쓰기 '전문 교수자'에게 맡기고, 또한 유학생이 한국인 동료와 빈번하게 접촉할 수 있는 학술 활동을 진행하며, 전공 필수 강의의 과제 등을 '학술적 과제'로 구성할 수 있다면 대학원 유학생의 '학술적 리터러시'와 '필자 정체성'은 강화될 것

이다. 이렇게 높은 학술적 리터러시와 강한 필자 정체성을 갖추게 되면 대학원 유학생의 글쓰기 어려움도 해소되고, 강화된 필자 정체성을 바탕으로 학위논문의 성공적 완성에도 긍정적인 효과가 있을 것이다.

4. 결론 및 제언

대학원 유학생은 대학원에서 학업 부적응을 경험하고, 스스로를 학계의 구성원, 즉 학술 담화공동체의 구성원으로서 인식하지 못한다. 본 연구는 이와 같은 문제를 해결하기 위해서 '학술적 리터러시' 확보가 중요하다고 판단했다. 선행연구 분석 결과, 학술적 리터러시를 향상시키기 위한 논의들이 있었지만 '강의 개발'이나 '수업 설계' 수준의 미시적 차원의 접근이 대부분이었다. 이 연구들의 의의를 인정하면서도 연구 범위를 거시적 차원으로 확대할 것을 제안했다. 이를 위해서 실제 유학생이 많이 재학 중인 대학원의 교육과정을 비판적으로 분석하고, 여기서 발견된 문제들을 해결하기 위한 원리를 제안했다. 그리고 이 원리를 적용해서 교육과정을 재구성하고, 이 재구성된 교육과정을 운영하면서 고려해야할 특징들을 밝혔다.

본 연구에서 제안한 원리를 정리하면 다음과 같다. 첫째, 선수 강의에 학술적 글쓰기의 장르와 학술 담화규약을 집중적으로 다루는 학술적 글쓰기 강의가 개설되어야 한다. 둘째, 전공 강의 중에서 전공 필수 강의는 과제를 '학술적 과제'로 제시해서 학위논문을 위한 경계학습이 되도록 해야 한다. 셋째, 대학원의 다양한 학술적 활동은 한국인 동료와 함께 하도록 프로그램이 개설되어야 한다. 그리고 이 원리를 반영해서 대학원 교육과정을 재구성했는데, 정리하면 다음과 같다. 첫째, 대학원의 선수 강의, 전공 강의, 학위논문 강의는 대학원 유학생의 학술적 리터러시가 점진적으로 향상되도록 연결되어야 한다. 둘째, 학술적 글쓰기 강의는 글쓰기 전문가가 진행하고, 전공 필수 강의에서 반영된 학술적 과제는 학술 담화규약을 중심으로 평가를 진행하되 글쓰기에 대한 자세한 피드백도 제공되어야 한다. 셋째는 학술대회에 참석을 적극 권장하고, 이때 지배 담화의 선택과 자극을 통해서 대학원 유학생의 필자 정체성이 강화될 수 있도록 한다.

　본 연구는 학습자의 특수성을 고려한 연구로, 실제 교육을 담당하는 기관에서 교육과정을 재구성할 수 있다는 패러다임을 적용해서(Tomlinson, 2006), '학술적 리터러시의 향상'을 중심으로 교육과정을 재구성해 보았다. 다만 교육과정의 다양한 구성요소 중에서 '강의'와 '활동'만을 중심으로 교육과정을 재구성한 것은 이 연구의 한계로 남는다. 교육과정에는 '강의'와 '활동' 이외에도 다양한 요인들이 포함될 수 있기 때문에 이 다양한 요인들을 중심으로 교육과정을 재구성하는 연구들도 후속 연구로 진행되기를 바란다. 그래서 대학원 유학생의 학술적 리터러시를 향상시키고, 강화된 필자 정체성을 바탕으로 학위논문도 성공적으로 완성할 수 있도록 도움을 줄 수 있기를 바란다.

• 참고문헌

민정호(2019a), 학술적 글쓰기에서 대학원 유학생의 저자성 개념과 교육원리의 방
향 탐색, 리터러시연구 10(1), 한국리터러시학회, 313-341.

민정호(2019b), 학술적 글쓰기에서 대학원 유학생의 발견 능력 향상을 위한 교육
내용 제안, 리터러시연구 10(6), 한국리터러시학회, 227-252.

민정호(2019c), 한국어 교육 전공 대학원 유학생을 위한 듣기·쓰기 중심의 수업
모형 연구: 학업 리터러시 향상을 위한 딕토콤프를 중심으로, 사고와표현 12(3),
한국사고와표현학회, 219-250.

민정호(2020a), 대학원 유학생 석사학위논문의 '이론적 배경' 구성에 관한 일고찰
: 한국어교육 전공 수업에서 발표된 '예비 논문'을 중심으로, 학습자중심교과교
육연구 20(6), 학습자중심교과교육학회, 683-701.

민정호(2020b), 대학원 유학생의 필자 정체성 강화를 위한 제언, 인문사회21 11(2),
아시아문화학술원, 1-12.

박미숙·방현희(2014), 외국인 대학원생의 학술적 글쓰기 해결과정, 문화교류연구
3(1), 한국국제문화교류학회, 67-84.

이훈호·신카조피아(2015), 일반적 학문 목적의 한국어 교육과정 개발을 위한 기초
연구: 석사 과정 정부초청외국인장학생을 중심으로, 한국언어문화학 12(3), 국
제한국언어문화학회, 111-143.

전미화·황설운(2017), 외국인 대학원생의 학위논문 내용 구조 분석 연구: 선행연구
검토 부분을 중심으로, 한국언어문화학 14(1), 국제한국언어문화학회, 197-221.

홍윤혜·신영지(2019), 예술분야 외국인 대학원생을 위한 학술적 글쓰기 교수요목
설계: 미술계열 학습자 수업을 중심으로, 리터러시연구 10(1), 한국리터러시학
회, 343-373.

Borg, E.(2003), Discourse community, *ELT Journal*, 57(4), 398-400.

Fairclough, N.(1992), *Discourse and Social Change*, Cambridge: Polity Press.

Heath, S. B.(1983), *Ways with words*, Cambridge: Cambridge University Press.

House, J. D.(2000), Academic background and self-beliefs as predictors of student
grade performance in science, engineering and mathematics, *International Journal
of Instructional Media*, 27(2), 207-220.

Ivanic, R.(1998), *Writing and identity: The discoursal construction of identity in
academic writing*, Amsterdam: John Benjamins.

Paltridge, B.(2002), Academic literacies and changing university communities, *Revista Canaria de Estudios Ingleses*, 44, 15-28.

Pinar, W. F.(1981), The Reconceptualization of Curriculum studies, In H. A. Giroux, A. N. Penna, & W. F. Pinar Eds., *Curriculum and Instruction*(87-95), Berkeley, CA: McCutchan Pub.

Richards, J. C.(2001), *Curriculum development in language teaching*, Cambridge, UK; New York: Cambridge University Press.

Stern, H. H.(1992), *Issues and Options in Language Teaching*, Oxford: Oxford University Press.

Swales, J. M.(1990), *Genre Analysis: English in Academic and Research Settings*, Cambridge: Cambridge University Press.

Tomlinson, C. A. & McTighe, J.(2006), *Integrating differentiated instruction & understanding by design*, Alexandria, VA: Association for Supervision and Curriculum Development.

Tribble, C.(1996), *Writing*, Oxford: Oxford University Press.

Tyler, R. W.(1949), *Basic principles of curriculum and Instruction*, Chicago: University of Chicago press.

Wiggins, G. & McTighe, J.(2005), *Understanding by design. Alexandria*, VA: Association for Supervision and Curriculum Development ASCD.

대학원 유학생을 위한
학술적 글쓰기 교수요목 설계

- 학술적 리터러시에서의 저자성 강화를 중심으로 -

1. 머리말

교육부에서 발표한 '2019년 국내 고등교육기관 외국인 유학생 통계'를 살펴보면 유학생은 모두 16만 명이었다. 이중 학부 과정이 6만 5천 명으로 제일 많았고, 어학연수가 4만 4천 명, 대학원 과정이 3만 4천 명 순이었다. 학부 유학생이 제일 많지만 '대학원' 역시 그 '수'가 많이 증가했다.[1] 이 증가 추세는 현재 한국어 교육이 '학부 과정'과 '어학연수'뿐만 아니라 '대학원 유학생'에도 집중해야 하는 이유가 된다. 계열별로 살펴보면, 2019년 대학원 유학생이 34,387명인데, 이 중에서 20,437명이 '인문사회' 계열이다. 여기에는 '인문학'뿐만 아니라 '사회과학'도 포함되지만, '인문사회'계열 유학생이 전체 대학원 유학생 중에서 60% 이상을 차지하고 있음을 확인할 수 있다. 이는 대학원 유학생의 학업 적응과 관련된 연구가 진행될 때 최우선으로 '인문사회' 계열을 고려해야 함을 의미한다. 본 연구도 '대학원 유학생', 그 중에서도 '인문사회계열'에 집중해서 논의를 전개한다.

대학원 유학생이 대학원에서 학업 부적응을 경험하는 가장 주요한

---

[1] 교육부의 '외국인 유학생 현황 정보'를 보면 대학원 유학생은 2016년 24,160명, 2017년 26,066명, 2018년 29,939명으로 매년 증가하고 있다.

원인은 부족한 언어 능력이다(민진영, 2014). 언어 능력의 부족으로 발생하는 학업 부적응은 '유학생'에게서 나타나는 일반적인 양상이다(Sherry, Thomas & Chui, 2010). 다만 '대학원'이라는 '학술 담화공동체'와 '학술적 글쓰기'의 '장르'에 주목해 보면 '어떤' 언어 능력이 가장 부족한지를 확인할 수 있다. Hyland(2007:149)은 '담화공동체(discourse community)'를 설명하면서 구성원들이 그들의 담화관습으로 의사소통하면서 반복·누적된 관습이 '장르'이고, 이 장르로 원활하게 소통하는 조직이 담화공동체라고 설명했다. 그렇다면 대학원 유학생은 대학원이라는 '학술 담화공동체'의 합의된 관습, 즉 특정 장르로 '학술적 글쓰기'를 수행해야 하고, 더 나아가서는 '학위논문'까지 완성해야 하는 '특수한 상황'에 놓인다. 이와 같은 특수성을 고려하면 대학원 유학생에게 가장 중요한 언어 능력은 '학술적 과제' 상황에서의 '쓰기'가 될 것이다.

  실제 대학원 유학생 대상 '쓰기' 연구들을 살펴보면, 학술적 글쓰기나 학위논문의 어려움을 전제로, '교과목의 개설'을 제안한 연구나(이기영, 2019; 민정호, 2019; 박미숙·방현희, 2014), 실제 운영되고 있는 글쓰기 수업 사례의 한계와 보완을 제안하는 연구들이 대부분이다(민정호, 2020; 홍윤혜·신영지, 2019; 정다운, 2014). '교과목의 개설' 관련 연구는 '바른 문장'의 사용만을 강조하는 글쓰기 연구의 흐름에서 벗어나 장르 중심의 학술적 리터러시를 다루는 강의가 필요하다고 제안한다. 또한 '수업 사례' 관련 연구는 실제 운영되는 수업에 대한 학습자들의 '요구'를 분석하고 개선점을 제안하거나, 실제 학위를 받은 논문의 '담론' 분석을 통해서 교수요목을 설계한 것들이다. 선행연구의 경향성을 종합하면 학위논문을 중심으로 강의와 세부 내용이 설계되는 양상이 지배적으로 나타나지만, 근본적으로 대학원 학업 전반에서 대학원 유학생에게 도움을 줄 수 있는 글쓰기 강의 설계에 대한 모색은 부족한 편이다. 본 연구는 대학원에 입학한 신입 대학원 유학생을 대상으로 학업 전반에 도움을 줄 수 있는 학술적 글쓰기 강의를 설계해 보려고 한다.

정희모(2014:213)는 대학의 신입생 글쓰기가 미래의 계열과 전공별 글쓰기와 어떻게 '연결'될 수 있는지를 고려해야 한다고 지적했다. 이 '연결'을 대학원 글쓰기 교육에 적용한다면, 기초적인 학술적 글쓰기를 다루는 강의가 교육과정 초반부에 있어야 하고, 이후 학술적 과제들에서 대학원 유학생이 배운 것들을 활용할 수 있도록 교육내용을 연결시켜야 할 것이다. 그리고 이 '연결'은 대학원 유학생이 완성해야 하는 학위논문 작성에도 도움을 줄 수 있도록 설계되어야 할 것이다. '연결'의 차원에서 글쓰기 강의를 설계한다면, 교육의 내용은 대학원 유학생이 '학술적 과제'부터 '학위논문'까지 활용 가능한 학술적 리터러시가 중심이 되어야 한다. Neeley(2005:8)는 학술적 리터러시를 학술적 환경에서 지배적인 방법으로 생각하고, 읽고, 말하고, 쓰는 것이라고 정의했다. 특히 이 지배적인 방법에는 자신의 연구 분야에 공헌하기 위해서 지식을 창출하고, 지식을 관리하며, 지식을 수용하는 방법까지도 모두 포함된다고 밝혔다. 본 연구는 대학원 유학생이 도구적 차원에서 읽고 쓰는 학술적 리터러시뿐만 아니라 지배적인 방법으로 지식을 수용하고, 생산해서 전공 분야에 공헌할 수 있는 학술적 리터러시까지 확보하도록 하는 데 목적을 둔다.

본 연구는 대학원 교육과정에서 '선수강의'로 학술적 리터러시를 다루는 강의가 필요하다고 전제한다. 특히 리터러시를 도구적으로 학습하는 것뿐만 아니라, 지식을 수용하고 생산할 수 있는 리터러시까지 확보하도록 하는 데 중점을 둔다. 이때 대학원 유학생이 제일 많은 '인문사회계열', 그 중에서도 '인문계열'을 중심으로 논의를 전개한다.[2] 마지막으로 강의의 중심 내용을 학술적 리터러시와 저자성을 중심으로 검

---

2) 본 연구는 인문계열과 사회계열에서 요구되는 각각의 학술적 리터러시가 다를 것이라 판단되어 인문계열만을 중심으로 논의를 전개한다.

토하고, 세부 교수요목을 제시하는데, 이 교수요목은 '학습목표'와 '학습 내용'을 중심으로 구성된 강의계획서임을 밝힌다.3)

2. 저자성의 특징과 교수요목의 중심 내용

2장에서는 실제 유학생이 많이 재학 중인 대학원의 선수과목을 살펴보고, 선수과목으로 '학술적 글쓰기' 강의가 편성되어야 하는 이유를 살펴본다. 그리고 학술적 리터러시 향상을 위해서 '저자성'을 고려해야 하는 이유를 밝히고, 저자성을 다룬 연구들을 분석해서 저자성의 개념을 정리하겠다. 마지막으로 이를 종합해서 학술적 글쓰기 선수강의에 반영될 수 있는 내용을 도출하도록 하겠다.

2.1. 인문계열 대학원에서 선수강의의 필요성

미국에서 '선수강의'의 출발은 '중도탈락률'과 밀접하게 연결된다. House(2000)은 미국 대학교에서 학생들의 '생존율(persistence rate)'이 낮아지고 있는데, 그 원인은 학생들이 학업 적응에서 어려움을 보이고, 이로 인해서 학업 성취도가 낮아졌기 때문이라고 했다. 이런 현상을 해결하기 위해서 학업 적응을 돕고 학업 성취도를 높이기 위한 내용을 교과목으로 개발했는데, 이 교과목이 '선수강의'인 것이다. 미국 대학의 이와 같은 특징은 Sadler & Tai(2001)에서도 발견된다. 즉 선수강의는 학업 적응을 위해서 시급하게 향상시켜야 하는 '능력'을 '강화'할 목적으로 개

---

3) Widdowson(1984:26)는 교수요목이 학습을 용이하게 하고, 활동을 수행하도록 하는 하나의 '틀(framework)'이라고 정의했다. 다시 말해서 교수요목은 해당 강의에서 무엇을 배우는지, 그리고 무슨 활동을 하는지를 보여주는 범주적 틀이 되는 것이다. 본 연구는 이 교수요목의 대표적 텍스트가 강의계획서라고 보고 강의계획서를 설계하는 데 초점을 맞춘다.

설되는 것이다. 여기서 주목해야 할 점은 대학원 유학생의 학업 적응을 위해서 강화해야 하는 시급한 능력이 무엇이냐는 것이다. 대학원 유학생의 학업 수행과 관련된 요구를 분석한 이기영(2017:217-220)을 보면, 학습자와 교수자가 모두 학업 수행에서 유학생의 한국어 부족을 결정적 요인으로 보고 있고, 특히 '쓰기'가 가장 부족하다고 인식하고 있었으며, 이로 인해서 '논문'과 '보고서' 작성에서 어려움을 보인다고 밝혔다. 이 결과는 대학원 유학생에게 가장 시급하게 요청되는 능력이 논문, 보고서 등 학술적 글쓰기를 할 때 요구되는 글쓰기 능력임을 나타낸다.

그렇지만 대학원 유학생을 대상으로 선수강의를 설계한 연구는 글쓰기뿐만 아니라 다른 내용으로도 전혀 없었고, 주로 '고등학교'와 '대학교'의 선수강의 관련 연구가 대부분이었다. 이런 흐름은 '대학원 유학생'을 어느 정도 학술적 리터러시를 확보한 필자로 보는 시선과도 관련된다(민정호, 2019:314). 즉 대학원에 입학한 유학생이라면 학업 적응을 위한 학술적 리터러시는 이미 갖췄고, 그렇지 않은 유학생은 스스로 리터러시를 확보해야 한다는 것이다. 이와 같은 인식은 이기영(2019)에서도 확인된다. 이기영(2019:229)는 학업과 관련해서 학부 유학생에 대한 연구는 많지만, 상대적으로 대학원 유학생에 대한 연구는 부족하다고 지적했다. 본 연구는 대학원 유학생을 학술적 리터러시의 부재 상태에 있는 학습자로 전제하고, 신입생이 필수로 들어야 하는 선수강의를 통해서 학술적 리터러시를 향상시키기 위한 강의를 설계한다. 이를 위해서 D대학교의 인문계열 국어국문학과 한국어교육전공 선수강의를 중심으로 시사점을 도출해 보려고 한다.[4]

---

4) 인문사회계열에서 '국어국문학'과 '한국어교육' 전공을 선택한 이유는 우선 D대학교에서 대학원에 재학 중인 유학생이 제일 많기 때문이고, 이와 같은 이유로 유학생 중점 학과로 운영된다는 '상징성' 때문이다.

〈표 1〉 대학원 선수강의의 운영 실제

학기	1학기(학점)	2학기(학점)
과목명	외국어로서의 한국어교육(3)	외국어로서의 한국어교육(3)
	한국어학의 이해(3)	**한국어 단어의 이해(3)**
	★ 학술적 글쓰기의 이론과 실제(3)	

　D대학교의 선수강의를 보면 대학원 유학생들이 계열별로 함께 듣는 선수강의는 없었다. 다만 자율선택으로 다른 전공의 강의를 들을 수는 있지만, 이 중에서 '학술적 리터러시'와 관련된 것은 없었다. 〈표 1〉을 보면 '외국어로서의 한국어교육'은 매 학기 공통으로 듣게 되어 있고, 음운, 형태, 통사론 등을 개론 형식으로 다루는 '한국어학의 이해'와 형태론과 품사론이 중심인 '한국어 단어의 이해'가 학기별 선수강의로 개설되었다. 유학생이 선수강의를 무조건 9학점 이수해야 한다는 것을 고려하면, 이 학과에서 유학생은 '외국어로서의 한국어교육', '한국어학의 이해', 그리고 '한국어 단어의 이해'를 모두 들어야만 한다. 대학원 유학생이 학위논문, 보고서 등에서 글쓰기로 어려움을 겪고 있다는 선행연구 결과와 무관하게 이 전공에서는 '한국어교육', '한국어학'만을 선수강의로 다루는 것이다. 이를 확대해 보면, '대학원'의 인문계열의 선수강의는 학술적 리터러시를 다루는 교과보다 '해당 전공'의 중요 '지식'을 다루는 교과로 구성된다는 특징을 발견할 수 있다.5) 본 연구는 이러한 선수강의 구성이 대학원 유학생을 최소한의 학술적 리터러시를 갖춘 한국인 대학원생과 동일하게 인식하고 구성되었다는 점에서, 대학원 '유

---

5) 학위논문이 졸업을 위한 필수요건이 아닌 대학의 경우, 학술적 리터러시를 다루는 선수강의가 필요 없을 것이라는 지적이 있을 수 있다. 그렇지만 학술적 리터러시는 보고서와 같은 학술적 글쓰기에서도 유용할 것이기 때문에 학업 적응을 위해서 대학원 유학생에게 제공될 필요가 있다.

학생'의 학습자 요구, 학습자 특수성을 고려하지 않았다고 본다.[6]

보통 대학원 선수강의는 학과의 학과장이 결정한다. 그렇다면 선수 강의도 유학생이 처한 환경이나 맥락에 따라서 충분히 변동이 가능할 것이다. 〈표 1〉을 보면 가칭 '★ 학술적 글쓰기의 이론과 실제'라는 선 수강의를 추가했다. 실제로 학위논문을 '어휘 교육론'으로 쓸 것이 아니 라면 '한국어 단어의 이해'는 지나치게 전문적인 '지식'을 다루는 것이 다. 언어학과 교육학 개론을 중심으로 한 강의씩 구성해서 부족한 전공 의 기초 지식을 학습하게 하고, 나머지 한 강의는 유학생의 학술적 리 터러시를 강화할 수 있는 내용으로 구성된다면 대학원 유학생의 학업 적응에 큰 도움이 될 것이다. 이는 특정 전공뿐만 아니라 유학생이 많 은 대학원의 다른 계열과 전공에도 시사하는 바가 클 것이다. 왜냐하면 일반적으로 기능보다는 지식을 중심으로 선수강의가 구성될 가능성이 높기 때문이다. 대학원 유학생의 학습자 요구와 학습자 특수성을 고려 한다면 선수강의에서 한 강의는 학술적 리터러시를 향상시키는 방향으 로 구성되어야 할 것이다.

2.2. 학술적 리터러시와 저자성의 관계

Ivanic(1998:61)은 학술적 글쓰기가 필자와 잠재적인 독자 간의 사회 적 관계에 따라서 의사소통되는 과정으로 보고, 이 의사소통은 '특정 전공 분야(particular course)'의 내용과 '특정한 사회적 맥락(particular social context)'에 기초한다고 정리했다. 여기서 주목할 단어는 'particular'이다. 즉 대학원에서의 학술적 글쓰기는 과거 다른 사회적 공동체에서의 글 쓰기 맥락과는 다른 '특정한 것'이라는 의미다. 이러한 특별함은

---

6) 민정호(2019)를 보면 대학원 유학생 중에서 한국에서 학부를 졸업한 학생들보다 해외 에서 졸업하고 입학한 유학생이 더 많았다. 그렇기 때문에 학술적 리터러시를 갖추도 록 도울 수 있는 선수강의는 필수적일 것이다.

Barton(1994)의 표현대로라면 필자를 둘러싼 '리터러시 생태(the ecology of literacy)'가 완전히 달라지기 때문에 발생한다. 그래서 Ivanic(1998:63)은 '학술적 리터러시'를 학습하는 것이 학술적 글쓰기를 둘러싼 '리터러시 사건(literacy events)'들이 어떻게 '별자리(constellation)'처럼 '연결'되는지를 배우는 것이라고 지적했다. '리터러시 사건'은 Heath(1983)에서 개념화된 것인데, Heath(1983:386)은 '리터러시 사건'을 텍스트의 종류와 양을 결정하고, 구어 상황까지 포함해서 자료를 보충하는 것, 그리고 특정 자료를 부정하기도 하며, 자료에서 사용하면서 내용을 확장하기도 하는 것, 마지막으로 어떤 자료를 우선순위에 넣기도 하고, 빼기도 하는 일련의 '사회적 상호작용 규칙(social interactional rules)'으로 정의했다. 예를 들면, 학술적 글쓰기를 할 때, '학술적 과제'라는 특정 과제를 부여받는데, 이 과제를 해결하기 위해서는 필자가 직접 화제를 정하고, 필요한 읽기 자료를 찾아 읽고, 텍스트에 필요한 자료들로 개요를 구성해서, 화제와 부합하지 않는 자료들은 제외해야 한다. 그리고 학술적 과제에 맞는 '표상'을 갖고, 독자와 담화관습이라는 사회적 관계를 고려한 전략을 사용해서 바른 한국어로 텍스트에 구현해 내야 한다. 학술적 글쓰기를 이렇게 '학술적 리터러시'의 관점에서 정리하면, 결국 '저자성'이란 이와 같이 완전히 바뀐 '리터러시 생태'에서 생존을 위해 생태계 구성원에게 요구되는 '생존 리터러시'를 말하고, 학술적 리터러시 사건들이나 국면들에서 요구되는 '맥락 집약적 능력'을 의미한다.

대학원 유학생은 학술적 글쓰기를 할 때, 소속된 학술 담화공동체의 담화관습에 따라 형성된 여러 리터러시 사건들을 만나게 되는데, 이것들의 총합이 '리터러시 생태'가 된다. 이 리터러시 생태에서 다양한 리터러시 사건들을 연결하면서 필자는 학술적 글쓰기를 하는데, 모든 리터러시 사건들을 무분별하게 연결하는 것이 아니라 계열이나 전공, 연구 영역 등에 따라서 필자가 '선택'해서 '연결'하게 된다. 파편적인 리터러시 사건들 중에서 무엇을 선택하고 어떻게 연결하느냐는 곧 '저자성' 과 연결된다. 즉 어떤 리터러시 사건들을 선택해서 어떻게 연결하느냐에 따라서 Neeley(2005)의 지적처럼 새로운 지식을 창출하면서 자신의 연구 분야에 공헌할 수 있기 때문이다. 결국 대학원 유학생이 어떤 선택을 하냐에 따라서 이 연결은 텍스트의 질적 제고에도 기여하고, 필자가 갖고 있는 저자성의 수준을 보여 줄 수도 있지만, 그 반대의 경우도 발생할 수 있다.

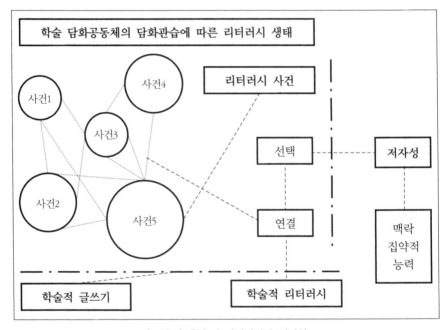

〈그림 1〉 학술적 리터러시와 저자성

민정호(2019)는 저자성을 학술적 글쓰기에서 중요한 선택이 발생하는 '발견-표상-전략-구현' 등의 4가지 국면에서의 선택으로 정리했다. 이 4가지 국면은 Barton(1994) 식으로 말하자면 4가지 거대한 리터러시 사건에 해당한다. 그리고 대학원 유학생이 이 4가지 사건들에서 어떤 선택으로 학술적 글쓰기를 '연결'하느냐는 곧 대학원 유학생의 전문 저자성으로 연결된다. 민정호(2019)는 특히 '수사적 맥락'을 중요하게 다루는데, 그 이유는 학술 담화공동체에서 요구하는 '장르성'에 따라서 계열별, 전공별로 '수사적 맥락'이 달라지기 때문이다. '수사적 맥락'은 '학술적 과제', '학술적 글쓰기', '학술 담화규칙' 등에 따라 결정되는데, '발견-표상-전략-구현' 역시도 이 맥락에 따라서 달라질 수 있다. 이는 본 연구가 범용의 리터러시가 아니라 '인문계열'로만 집중해서 저자성 향상을 위한 교수요목을 설계하는 이유이다. 결국 리터러시 사건은 학술적 담화공동체에서 관습적으로 내려오던 학술적 과제, 학술적 글쓰기, 학술 담화규칙 등에서 표출되는 '사회적 사건(social occasions)'을 말하기 때문이다. 이렇게 학술적 리터러시와 저자성을 정리하면, 결국 '발견-표상-전략-구현'은 학술적 글쓰기에 능숙하지 않아 어려움을 겪고 있는 대학원 유학생들이 반드시 알아야 하는 최소한의 생존 리터러시 사건을 말하고, 이에 대한 명시적 교육과 반복적인 글쓰기는 이 사건들을 해당 전공의 담화관습과 부합하는 방향으로 '선택'하도록 유도하기 위한 것이다. 즉 특정 글쓰기 맥락에서 높은 저자성을 확보하도록 하기 위한 교육적 처치인 것이다.

2.3. 저자성의 개념과 교수요목의 주요 내용 구성

논문에서 비중을 떠나 '저자성'을 다루는 연구는 최근 증가하고 있다. 관련 연구로는 김성숙(2014; 2015; 2016), 서승희(2017), 김미란(2019), 장지혜(2019), 민정호(2019) 등이 있다. 이 연구들은 중등 작문 교육, 대학 글쓰기, 유학생 글쓰기 분야를 아우르는데, 이 연구들의 공통적 흐름은 단순히 담화관습에 따라 복종적으로 글쓰기 행위를 하는 '필자'가 아니라 약속된 과정에 따라서 텍스트를 완성하지만, 그 과정에서 자신의 목소리를 낼 수 있는 '저자'가 될 것, 또한 바뀌는 매체와 맥락을 파악해서 적절하고 유연하게 대처할 수 있는 리터러시를 갖춘 '전문 저자'가 되라는 것이다. 김성숙(2015:649)는 저자성에 따라서 '의식'의 내용뿐만 아니라 '텍스트'에 나타나는 표현도 질적 제고가 가능하다고 지적했다. 여기에서 '의식'은 '발견'과 '표상', 그리고 '전략'을 의미하고, '텍스트'는 '구현'을 의미할 것이다.

김미란(2019:160)는 지나치게 학술 담화공동체에서 지배 담화의 담화관습을 모방하는 글쓰기가 저자성을 해치고 필자의 목소리를 박탈할 수 있다고 밝혔다. 담화관습을 모방하는 글쓰기는 저자성 중에서 '구현'에만 치중된 것으로, 바꿔 말하면 이는 '구현'뿐만 아니라 의식 속의 '발견', '표상', '전략' 등도 강화되도록 수업을 설계해야 한다는 것이다. 본 연구도 담화관습을 모방하는 글쓰기가 아니라, 대학원에서 만나는 다양한 학술적 과제에서 대학원 유학생이 자신의 의식을 통해서 문제를 분석하고, 해결할 수 있도록 하는 것에 초점을 맞춘다.

먼저 '발견'은 내용 생성과 관련된다. Kintsch(1994:294)는 '이해력(comprehension)'의 수준을 '텍스트 기저(textbase)'와 '상황 모형(situation model)'으로 나눈다. '텍스트 기저' 수준의 이해는 발견한 텍스트를 텍스트의 표면적 수준에서만 이해하는 것이고, '상황 모형'은 발견한 텍스트를 필자의 배경지식과 연결해서 텍스트로 옮길 때, '다른 방식(other ways)'으로 추론, 연결, 종합하기 위한 '이해력'을 말한다. '텍스트 기저' 수준에서는 대학원 유학생이 먼저 주제를 정하고, 이 주제에 정당성을 부여할 수 있는 논문을 찾아 한 단락으로 완성하는 활동을 진행한다. 이 활동에는 텍스트의 구조를 먼저 가르치고, 이 구조에 따라서 변이형으로 구현하는 방법도 포함된다.

'표상'은 학술적 글쓰기에 대한 의식 고양을 위해서 학술적 활동에 참여시키고, 과제표상에 대한 명시적 교육을 제공한다. Flower(1987:7)은 '과제표상(task representation)'을 필자가 '수사적 상황(the rhetorical situation)'에서 적절하게 표현하기 위한 '해석의 과정(interpretive process)'으로 정의했다. Flower et al(1990)은 학술적 과제를 어떻게 해석하느냐가 학술적 텍스트의 질과 연결된다고 지적했다. 이를 위해서 학술적 글쓰기와 관련된 다양한 학술적 활동에 참여해서 필자가 속한 학술 담화공동체의 장르가 어떤 내용, 형식, 구성 계획으로 조직되는지를 경험·확인하게 해야 한다. 또한 학습자가 대학원의 '신입 유학생'이기 때문에, 과제표상의 기능과 효과를 알려주는 과제표상에 대한 명시적 교육도 포함되어야 한다.

Hayes(2012)는 학술적 글쓰기를 개인의 인지적 활동에서 사회적 협업으로 확대했다. 이는 학술적 리터러시가 학술적 글쓰기를 둘러싼 다양한 리터러시 사건들을 고려해서 연결하는 사회적 행위라는 것과 연결된다. 대학원 유학생도 학술적 글쓰기를 할 때 학술 담화공동체의 구성원을 독자로 인식하면서 사회적 글쓰기를 해야 할 것이다. Hayes(2012)의 지적처럼 글쓰기가 공동체 구성원들의 협력과 비평을 통해 완성되는 사회적 활동이라면 대학원 유학생도 이 구성원들을 의식하면서 효과적인 전략을 사용해야 하기 때문이다. 이를 위해서 학술 담화공동체의 구성원들이 관습적으로 써 온 제목 쓰기, 서론의 핵심 담화 구성 등에 대해서 명시적으로 가르치고, 한 단락 글쓰기로 실습을 진행한다.

구현은 '논증'과 '직접 써 보기' 등과 같은 활동으로 진행된다. 민정호(2018)은 대학원 유학생의 학술적 글쓰기를 분석하면서 과도한 대치 오류의 양상, 그리고 텍스트의 설명적 성격 등을 결과로 도출했다. 특히 대학원 유학생들이 번역기를 '직접적인 표현'의 수단으로 사용하는 것을 근거로 번역기의 사용이 대치 오류를 발생시킨다고 지적했다. 구현된 텍스트에서 '대치 오류'가 빈번하게 나타나고, 텍스트의 성격이 '설명적'이라는 것은 텍스트의 질이 낮다는 것과 등가어이다. 그래서 이 수업에서는 명시적으로 '논증'을 가르치고, 학습한 '논증 모형'을 활용해서 전략적으로 글쓰기를 한다. 또한 번역기를 전혀 사용하지 않고, 한국어로만 한 단락을 직접 써보는 활동도 포함된다.

지금까지 정리한 저자성 각 국면의 교육 내용과 저자성의 각 국면에서 적용·활용될 수 있는 활동 등을 종합해서 정리하면 아래 그림과 같다.

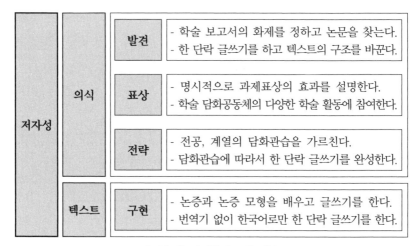

저자성	의식	발견	- 학술 보고서의 화제를 정하고 논문을 찾는다. - 한 단락 글쓰기를 하고 텍스트의 구조를 바꾼다.
		표상	- 명시적으로 과제표상의 효과를 설명한다. - 학술 담화공동체의 다양한 학술 활동에 참여한다.
		전략	- 전공, 계열의 담화관습을 가르친다. - 담화관습에 따라서 한 단락 글쓰기를 완성한다.
	텍스트	구현	- 논증과 논증 모형을 배우고 글쓰기를 한다. - 번역기 없이 한국어로만 한 단락 글쓰기를 한다.

〈그림 2〉 저자성의 교육 내용

〈그림 2〉는 저자성 강화를 위한 학술적 글쓰기 선수강의를 설계할 때 '저자성'의 교육 내용을 종합한 것이다. 발견, 표상, 전략은 의식 수준에서의 저자성이고, 구현은 텍스트 수준에서의 저자성이다. 발견과 전략에서도 텍스트를 완성하는 글쓰기 활동이 있지만 이는 의식을 활용해서 학습한 것들을 적용해 보기 위한 것이다. 반면에 구현에서 텍스트를 완성하는 것은 직접적으로 텍스트에 현전하는 저자성 수준을 높이기 위한 활동이다. 본 연구에서는 대부분의 활동이 한 단락 글쓰기로 진행되는데, 그 이유는 이 강의가 대학원 유학생, 그 중에서도 신입생을 대상으로 진행되기 때문이다. 짧은 한 단락 글쓰기를 반복적으로 연습하면서 저자성을 확보하도록 하는 게 이 수업의 목표이다. 또한 한 단락 글쓰기가 길이는 짧지만 완결성을 갖추고 있고, 다양한 항목을 평

가하기에 용이하기 때문이기도 하다(황혜영·한혜령, 2020:110). 1차시 3시간이라는 제한된 시간에서 진행되는 한 단락 글쓰기는 완결성을 갖춘 학술적 글쓰기를 연습하기에 최적의 글쓰기 활동을 제공할 것이다.

3. 학술적 글쓰기 교수요목의 내용과 특징

강현화(2003:120)은 '교수요목(syllabus)'을 "무엇을, 어떤 순서로, 어떻게 가르칠 것인가를 보여 주는 교육과정의 설계도"라고 설명했다. 본 연구는 이 설계도를 강의계획서로 보고, 대학원에 입학한 신입 유학생의 저자성 강화를 위한 선수강의의 강의계획서를 설계하고 설명하도록 하겠다.

3.1. 저자성 강화를 위한 강의의 전반부 교수요목

본 연구는 강의계획서를 전반부와 후반부로 나눠서 설명하는데, 아래 〈표 2〉는 전반부 강의계획서 예시이다.

〈표 2〉 강의계획서 전반부 예시

주	학습목표	학습내용
1	수업의 특징을 이해한다. 배경지식의 수준을 이해한다.	·오리엔테이션 ·글쓰기에 대한 배경지식을 평가한다.
2	학술적 과제를 이해한다. 학술적 글쓰기를 이해한다.	·학술적 과제의 특징을 명시적으로 가르친다. ·학술적 글쓰기의 특징을 명시적으로 가르친다.
3	계획하기의 역할을 이해한다. 계획하기의 과제표상을 안다.	·계획하기의 역할을 명시적으로 가르친다. ·과제표상을 점검하고, 바른 과제표상을 가르친다.
4	텍스트에서 내용을 발견한다. 텍스트의 구조를 이해한다.	·텍스트 기저에서 내용을 발견하는 연습을 한다. ·텍스트 구조를 다루고 변이형 읽기·쓰기를 한다.
5	상황모형을 만들 수 있다. 학술 논문을 읽고 추론한다.	·배경지식을 활용해서 상황모형을 만들도록 한다. ·학술논문을 읽고 배경지식을 고려하여 표현한다.

6	화제 선정 전략을 안다. 개요쓰기를 할 수 있다.	·특정 분야에서 화제를 정하는 방법을 가르친다. ·자료와 배경지식을 종합해서 개요쓰기를 한다.
7	학술 담화공동체를 고려한다. 제목을 적절하게 쓸 수 있다.	·독자로 학술 담화공동체 구성원을 인식하게 한다. ·화제에 맞는 제목을 쓰고, 서론을 쓰도록 한다.
8	배운 지식을 평가한다. 완성된 텍스트를 제출한다.	·중간시험 ·중간과제 ※ 학술대회 1회 참석

1주차에는 수업에 대한 오리엔테이션과 함께 유학생들의 글쓰기에 대한 배경지식을 평가한다. 이 평가는 '진단적 성격'을 갖는데, 평가 결과는 수업을 진행하면서 교수자가 유학생들의 과제표상을 수정해 주거나 조별모임에서 조를 구성해 주는 것 등 수업의 다양한 국면에서 활용된다. 2주차에는 학술적 과제, 학술적 글쓰기의 특징을 명시적으로 다룬다. 3주차에는 계획하기를 중심으로 글쓰기의 전략을 명시적으로 가르치고, 유학생들의 과제표상을 점검한다. 최초 학술적 글쓰기를 쓸 때 고려되어야 하는 과제표상을 가르치고, 이와 같은 과제표상이 주로 어떤 텍스트 유형으로 귀결되는지를 다룬다. 4주차에는 텍스트 기저 수준에서 '직접 인용'을 목적으로 내용을 찾고, 이를 담화관습에 따라 옮기는 실습을 한다. 이어서 학술적 텍스트에서 나타날 수 있는 텍스트의 구조를 명시적으로 가르치고, 같은 주제지만 구조가 다를 경우 어떤 효과가 있는지를 읽고 확인하게 한다. 그리고 같은 주제를 제시하고, 다른 구조로 써 보게 하는 실습도 포함된다. 5주차에는 배경지식의 효과를 명시적으로 가르치고, 특정 주제에 대해서 배경지식을 활용해서 상황모형을 만들도록 한다. 실제 전공 분야에서 영향력 있는 연구자의 논문을 읽고 배경지식을 활용해서 자유롭게 표현하도록 한다. 특히 이 표현은 논문의 내용과 대학원 유학생의 배경지식이 종합된 것이기 때문에, 대학원 유학생의 평가나 해석으로 구현된다. 이 평가와 해석은 학술적 글쓰기를 할 때 주요하게 다뤄지는 리터러시 사건으로 대학원 유

학생의 저자성을 강화시킬 것이다. 6주차에는 과제를 할 때 배경지식이나 찾을 수 있는 자료에 근거에서 화제를 정하도록 하고, '개요쓰기'에 대한 명시적 교육을 토대로, 4, 5주차의 발견 내용으로 글쓰기를 한다. 7주차에는 독자를 '학술 담화공동체'의 구성원을 인식하도록 하고, 이때의 효과를 가르친다. 또한 기능으로서의 독자를 담화관습으로 가르치고, '제목'부터 서론 등 텍스트의 구조를 담화관습에 맞게 쓰도록 가르친다. 또한 '서론'에 해당하는 1단락에 들어가는 담화 등을 명시적으로 다루고, 이에 맞게 서론을 쓰도록 한다.[7] 8주차에는 2주차부터 7주차까지 배운 지식을 중심으로 평가를 진행한다. 이 평가는 이 수업에서 명시적으로 다뤘던 학술적 글쓰기의 다양한 리터러시 사건들에 대해서 대학원 유학생이 얼마나 알고 있는지를 판단하기 위함이다. 중간 과제는 7주차에 완성한 서론에 내용을 보강해서 본론, 결론까지 텍스트를 완성하는 것이다. 특히 대학원 유학생의 과제에 대한 해석 능력, 즉 과제표상을 향상시키기 위해서 중간고사 이전에 학술 대회에 1회 참석하도록 하고, 이에 대한 에세이도 중간 과제에 넣도록 한다. 이 과제는 학술대회에서 들은 발표문을 중심으로 텍스트의 내용, 형식, 구성 계획 등에 대해서 분석해 보는 것이다.

   1주부터 8주까지 강의의 가장 중요한 목표는 '학술적 과제'라는 특정 글쓰기 맥락을 대학원 유학생들이 인식하도록 하는 것이다. 그리고 학술적 글쓰기의 '계획하기'에서 특징적으로 요구되는 저자성의 '발견'과 '표상', '전략' '구성' 등을 지식 차원에서 이해하고, 이 지식을 '기능'적으로 반복 실습하는 것이다.[8]

---

7) 여기서 담화는 결속성과 관련된 담화 표지가 아니라, Swales(1990)이 연구 논문 서론을 분석한 후에 서론에 반드시 포함되어야 하는 구조화된 '내용'을 유형화했는데, 이 유형화된 모형에 포함된 담화, 즉 내용과 같은 의미임을 밝힌다.

8) Hayes(2012:375-376)는 '학교 과제(school Essay)'나 '논문 형식의 보고서(articles)'에서 '작성하기'가 계획하기(planning)와 수정하기(revision/ reviewing)와 통합된다고 설명했

3.2. 저자성 강화를 위한 강의의 후반부 교수요목

〈표 3〉 강의계획서 후반부 예시

주	학습목표	학습내용
9	수정하기의 역할을 이해한다. 수정하기의 과제표상을 안다.	·수정하기의 역할을 계획하기와 비교해서 가르친다. ·과제표상을 점검하고, 바른 과제표상을 가르친다.
10	수정하기 전략을 이해한다. 자기중심성을 극복한다.	·수정하기에서 요구되는 전략을 가르친다. ·중간과제를 가지고 동료평가를 실시하고 종합한다.
11	논증 모형을 이해한다. 1단락 글쓰기로 표현한다.	·논증 모형을 가르치고 직접 쓰게 한다. ·특정 주제를 가지고 1단락 글쓰기를 쓰게 한다.
12	논증적 글쓰기를 이해한다. 5단락 글쓰기로 표현한다.	·논증적 글쓰기를 가르치고 단락을 가르친다. ·특정 주제를 가지고 5단락 글쓰기를 쓰게 한다.
13	번역기 사용 전략을 안다. 번역기를 전략적으로 쓴다.	·번역기 사용의 문제점과 특징을 가르친다. ·번역기를 전략적으로 사용하는 글쓰기를 한다.
14	수사적 오류를 이해한다. 수사적으로 바르게 쓴다.	·12주차 텍스트를 중심으로 수사적 오류를 찾는다. ·담화관습에 맞게 구현하도록 수정 전략을 가르친다.
15	배운 지식을 평가한다. 완성된 텍스트를 제출한다.	·기말시험 ·기말과제

〈표 3〉은 9주부터 15주까지의 주차별 '학술적 글쓰기의 이론과 실제' 강의계획서 예시이다. 1주부터 8주까지가 '계획하기'에 주안점을 두고 진행되었다면 9주차부터는 '수정하기'를 중심으로 진행된다. 9주차에는 수정하기의 기능을 계획하기와의 비교를 통해서 설명하고, 수정하기에서 요구되는 '과제표상'에 대해서도 설명한다. 수정하기에서도 유학생들이 갖고 있는 과제표상에 대해서 살펴보고, 이에 대한 피드백을 제공한다. 10주차에는 수정하기에서 요구되는 수정 전략을 가르친다.[9] 실

다. 이를 근거로 본 연구도 강의 전반부를 계획하며 작성하기, 강의 후반부를 수정하며 작성하기로 설계했다.

9) Faigley & Witte(1981:403)은 '수정(revision)'을 '거시구조(microstructure)' 차원의 '텍스트 기저'와 '의미(meaning)'와 '형식(formal)' 차원의 '표층'으로 나누고, 세부 전략으로 '첨가(additions)', '삭제(deletions)', '대체(substitutions)', '재배열(permutations)', '배분

제 '중간과제'를 가지고 동료평가를 진행하면서 수정하기 전략에 대한
실습과 '자기중심성'을 극복할 수 있는 방법을 인지하도록 유도한다. 11
주차에는 학술적 글쓰기에서 요구되는 논증적 성격을 고려해서 신수사
학 입장에서의 논증 모형을 가르치고,10) 한 단락 글쓰기를 통해서 논증
모형을 실습하도록 한다. 이때 논증 모형에 사용되어야 하는 자료들은
교수자가 모두 제공한다.11) 12주차에는 학습한 논증 모형을 수사적 상
황에 맞게 활용할 수 있도록 하기 위해서 논증적 글쓰기에 포함되어야
하는 담화를 단락별로 가르치고, 이를 확대해서 다섯 단락 글쓰기로 표
현하게 한다. 13주차에는 번역기 사용의 효과와 문제점을 설명하고, 유
학생들이 어떤 목적으로 번역기를 사용하는지를 확인하게 한다. 그리
고 학술적 글쓰기를 하면서 번역기를 효과적으로 사용할 수 있는 방법
을 가르친다. 즉 번역기를 읽기 자료를 이해하는 목적이나 완성된 문장
의 의미를 확인하는 목적으로 사용하도록 가르친다. 이렇게 표현 외적
으로 번역기를 사용하면 텍스트에 나타나는 오류의 양상이 줄어들 것
이다. 14주차에는 필자 지칭과 같은 수사적 오류를 12주차에 완성한 텍
스트에서 확인하고, 수정하는 활동을 한다. 이때 담화관습에 맞는 수사
적 표현을 활용해서 수정하도록 한다.

　9주차부터 15주차까지는 학술적 글쓰기의 '수정하기'에 초점을 두고
강의가 진행된다. 특히 '구현'과 관련된 글쓰기 '전략과 담화관습을 중

　(distributions)', '합체(consolidations)' 등을 수정하기 전략으로 제시했다. 이 수업에서도
　거시구조 차원에서 접근해야 할 때와 의미와 형식 차원에서 접근해야 할 때를 나눠서
　수정하기 전략을 사용할 수 있도록 가르쳐야 할 것이다.
10) '신수사학(New rhetoric)' 논증모형인 Williams & Colomb(2007)이 대안이 될 수 있을
　것이다. 명시적으로 패턴화된 '전제-주장(입장)-이유-근거-반론수용-재반박'의 논증 원
　리를 학습하면 '논증'을 수사적 전략으로 활용할 수 있을 것이기 때문이다.
11) 이 자료들은 논증 모형을 활용해서 한 단락 글쓰기를 할 때 사용해야 하는 읽기 자료
　들을 말한다. 11주차에는 논증 모형에서 이유나 근거에 사용할 수 있는 자료들을 교수
　자가 제공해 주지만, 12주차에는 이 자료들까지 대학원 유학생들이 직접 찾아 논증적
　글쓰기를 하도록 지도한다.

심으로 교육 내용을 구성하고 수정도 직접 경험하게 한다.

3.3. '학술적 글쓰기의 이론과 실제'의 특징

본 연구에서 설계한 저자성 강화를 위한 학술적 글쓰기 선수과목은 대학원 유학생의 지식, 기능, 태도가 향상되도록 고려되었다.

지식	전반	• 학술적 과제, 학술적 글쓰기, 담화관습의 특징 • 계획하기의 역할과 전략, 텍스트 구조에 대한 특징 • 화제쓰기 전략, 개요쓰기 방법, 제목쓰기 전략, 서론의 특징
	후반	• 수정하기의 역할과 특징, 수정하기의 전략과 방법 • 논증모형의 개념과 특징, 논증적 글쓰기의 특징과 담화의 배열 • 학술적 글쓰기에서 담화관습의 특징과 수사적 특징 고려
기능	전반	• 텍스트 기저에서의 발견과 직접인용, 상황모형 만들고 간접인용 • 화제를 정하고, 화제에 맞게 개요쓰기로 발견한 내용 종합하기 • 담화관습을 고려한 제목 쓰기, 서론의 핵심 담화 선정·배열하기
	후반	• 특정 화제에 대해서 논증모형에 맞춰서 1단락으로 표현하기 • 특정 화제를 5단락의 논증적 글쓰기로 표현하기 • 담화관습에 맞춰서 텍스트를 직접 수정하고 고쳐쓰기
태도	전반	• 학술적 글쓰기에 대한 배경지식 검토하기 • 계획하기에서 학술적 글쓰기에 대한 과제표상 검토하기 • 학술적 글쓰기에서 독자 고려 양상 검토하기
	후반	• 수정하기에서 학술적 글쓰기에 대한 과제표상을 검토하기 • 글쓰기를 하면서 '수정하기'를 얼마나 인식하는가를 검토하기 • 글쓰기를 하면서 번역기 사용 목적과 양상을 검토하기

〈그림 3〉 선수과목에서의 지식, 기능, 태도

〈그림 3〉을 보면 우선 학술적 글쓰기, 그리고 학술적 과제에 관한 '지식'을 명시적으로 전달한다. Devitt(2009)는 장르에 대한 명시적 교육

이 '장르 인식(genre awareness)'을 높여서 낯선 수사적 맥락이나 장르를 만나더라도 비판적으로 해석하고 적확한 글쓰기를 할 수 있다고 설명했다. 대학원에 입학한 신입 유학생을 대상으로 학술적 글쓰기에 대한 '지식'을 명시적으로 알려주는 이유는 앞으로 만나게 될 다양한 학술적 과제에서 장르 인식력을 토대로 글쓰기를 해 나가도록 도움을 주기 위함이다. '기능'은 계획하기와 수정하기에서 실질적으로 필요한 전략과 방법, 기술 등을 익히는 것에 중점을 둔다. 특히 Coe(2002:197)는 장르 지식이 수사적 상황과 텍스트의 유형 사이에서 '기능'적으로 작동한다고 밝혔다. 즉 어떻게 글쓰기로 표현하느냐에 장르 지식이 포함된다는 것이다. 그러므로 대학원 유학생이 지식으로 학습한 글쓰기 전략과 방법을 실제 수사적 상황에서 기능적으로 실습해 보는 것은 저자성 강화 차원에서 중요한 학습 경험이 될 것이다. 이는 대학원 유학생이 학위논문을 완성할 때에도 기능적으로 유용한 학습 경험이 될 것이다.

마지막으로 본 연구는 '검토하기'라는 항목을 통해서 학술적 글쓰기에 대한 '태도' 형성을 지향했다. Coe & Freedman(1998:137)은 '장르'를 반복되는 형태의 수사적 상황에 대응하기 위해서 전형적 담론의 형태로 진화·구현된 사회적 표준 전략으로 정의했다. 이는 Devitt(2009)의 장르 인식과도 연결되는 것으로, 필자는 반복되는 수사적 상황에서 자신이 갖고 있는 배경지식을 비판적으로 '검토할 수 있는 태도'가 요구된다. 즉 기존의 수사적 상황과 비슷하지만 조금은 다를 수 있는 수사적 맥락을 만났을 때 필자의 배경지식과 현재 수사적 상황을 비교·대조해 보는 '글쓰기 태도'가 중요한 것이다. 이를 위해서 글을 쓸 때 배경지식, 과제표상, 독자, 수정하기 등을 반성적으로 검토해 보도록 했다. 특히 학습자가 신입생임을 고려해서 모국의 리터러시 관행이나 담화관습과 비교·대조하게 했다.

4. 맺음말

학술 담화공동체에서 대학원 유학생은 학술적 리터러시를 알고, 높은 저자성을 바탕으로 학술적 글쓰기를 해결해야 한다. 하지만 대학원에서 대학원 유학생을 위한 글쓰기 강의는 주로 학기 후반부에 듣는 '학위논문' 중심의 강의들이다. 이러한 강의 구성 양상은 대학원 유학생이 학위논문을 본격적으로 쓰기 전, 즉 대학원 초반부에 접하는 다양한 학술적 과제에서 어려움을 경험하게 만든다.

이와 같은 문제를 효과적으로 해결하기 위해서 '저자성'을 향상시키는 학술적 글쓰기 강의를 설계해 보았다. 이 때 저자성의 개념을 학술적 리터러시를 중심으로 정리하고 '발견-표상-전략-구현'을 중심으로 내용을 구성했다. 그리고 세부적인 교수요목을 설계했는데, 이때 교육 내용들이 지식과 기능, 그리고 태도가 종합적으로 고려될 수 있도록 했다. 이 강의는 학습자의 부족한 능력을 향상시킬 목적으로 개설되는 '선수강의'로 설계되었다. 이 선수강의는 유학생이 많이 재학 중인 '인문계열'의 대학원에서 계열별 담화관습과 리터러시 생태를 고려한 교육 내용을 반영해서 만들어졌다.

다만 본 연구는 이 선수강의에서 제안한 '명시적 교육'의 구체적 방법, 기능 학습을 위한 세부 '활동', 그리고 자연, 공학, 예술 등 다양한 계열별 학술적 글쓰기 등의 리터러시에 대해서는 자세하게 다루지 못했다. 이와 관련된 연구는 후속 연구 과제로 남겨놓는다. 대학원 유학생의 저자성을 강화하는 연구들이 지속적으로 진행되어서 대학원 유학생이 학술적 리터러시에서 높은 저자성을 확보하기를 바란다. 특히 '텍스트'와 '의식'에서의 저자성이 모두 향상되어서 학술 담화공동체에서 접하는 다양한 학술 보고서와 의무적으로 써야 하는 학위논문 모두를 성공적으로 완성할 수 있기를 기대해 본다.

• 참고문헌

강현화(2003), 통합 교육을 위한 한국어 교수요목 설계 방안 연구, 한국어교육 14, 국제한국어교육학회, 119-143.

김미란(2019), 대학 글쓰기 학습자의 저자성 확보를 위한 교수·학습 방법론의 모색, 반교어문연구 53, 반교어문학회, 149-80.

김성숙(2014), 학부생의 디지털 저자성 측정 문항 개발, 작문연구 23, 한국작문학회, 1-33.

김성숙(2015), 정보 기반 학술 담화공동체의 전문 저자성 습득 양상에 대한 고찰, 현대문학의 연구 55, 한국문학연구학회, 629-656.

김성숙(2016), 디지털 저자성 함양을 위한 블렌디드러닝 언어 수업 모형 개발, 외국어로서의 한국어교육 45, 연세대학교 언어연구교육원, 59-82.

서승희(2017), 학술적 글쓰기 주제 선정을 위한 단계별 지도 사례 연구, 학습자중심교과교육연구 17(12), 학습자중심교과교육학회, 101-117.

장지혜(2019), 작문 교육의 관점에서 저자성 논의를 위한 시론, 국어교육 165, 한국어교육학회, 141-171.

민정호(2018), 학문 목적 한국어 쓰기에서의 담화종합 수준별 저자성 분석-대학원 유학생의 계획하기와 수정하기를 중심으로, 동국대학교 박사학위논문.

민정호(2019), 학술적 글쓰기에서 대학원 유학생의 저자성 개념과 교육원리의 방향 탐색, 리터러시연구 10(1), 한국리터러시학회, 313-341.

민정호(2020), 대학원 유학생 석사학위논문의 '이론적 배경' 구성에 관한 일고찰: 한국어교육 전공 수업에서 발표된 '예비 논문'을 중심으로, 학습자중심교과교육연구, 20(6), 학습자중심교과교육학회, 683-701.

박미숙·방현희(2014), 외국인 대학원생의 학술적 글쓰기 해결과정, 문화교류연구 (3)1, 한국국제문화교류학회, 67-84.

민진영(2014), 외국인 유학생의 한국어 능력 부족에 따른 대학원 생활 경험 연구, 다문화교육연구 7(2), 한국다문화교육학회, 159-181.

이기영(2019), 외국인 대학원생들의 학업 수행 기술에 대한 고찰: 학습자, 교수자 요구 분석을 중심으로, 한국언어문화학 16(3), 국제한국언어문화학회, 203-235.

정다운(2014), 외국인 대학원생을 위한 논문 쓰기 수업 사례 연구, 어문론집 58, 중앙어문학회, 487-516.

정희모(2014), 대학 글쓰기 교육에서 학습 전이의 문제와 교수 전략, 국어교육 146,

한국어교육학회, 199-124.

황혜영·한혜령(2020), 한 단락 글쓰기에서의 자기평가, 동료평가, 교수자평가 비교연구, 교양교육연구 14(1), 한국교양교육학회, 107-130.

홍윤혜·신영지(2019), 예술분야 외국인 대학원생을 위한 학술적 글쓰기 교수요목설계: 미술계열 학습자 수업을 중심으로, 리터러시연구 10(1), 한국리터러시학회, 343-373.

Barton, D.(1994), *Literacy an introduction to the ecology of written language*, Blackwell: Oxford.

Coe, R.(2002), The New Rhetoric of Genre: Writing Political Briefs, In A. Johns Ed., *Genre in the Classroom: Multiple Perspectives*(197-210), New Jersey: Law rence Erlbaum.

Coe, R. M. & Freedman, A.(1998), Genre theory: Australian and North American approaches, In M. Kennedy Ed., *Theorizing composition*(136-147), Westport, Connecticut: Greenwood Publishing Company.

Devitt, A. J.(2009), Teaching Critical Genre Awareness, In C. Bazerman, A. Bonini & D. Figueiredo Eds., *Genre in a Changing World*(342-355), Colorado: The WAC Clearinghouse and Parlor Press.

Faigley, L., & Witte, S.(1981), Analyzing Revision, *College Composition and Communication*, 32(4), 400-414.

Flower, L.(1987), *The role of task representation in reading to write*, Technical Report 6, Berkely, National Center for the Study of Writing and Literacy, CA: University of California.

Flower, L., Stein, V., Ackerman, J., Kantz, M. J., McCormick, K., & Peck, W. C.(1990), *Reading to write: Exploring a Cognitive and Social Process*, New York: Oxford University Press.

Hayes, J. R.(2012), Modeling and Remodeling Writing, *Written Communication*, 29(3), 369-388.

Heath, S. B.(1983), *Ways with Words*, Cambridge: Cambridge University Press.

House, J. D.(2000), Academic background and self-beliefs as predictors of student grade performance in science, engineering and mathematics, *International Journal of Instructional Media*, 27(2), 207-220.

Hyland, K.(2007), Genre pedagogy: Language, literacy and L2 writing instruction,

Journal of Second Language Writing, 16(3), 148-164.

Ivanic, R.(1998), *Writing and identity: The discoursal construction of identity in academic writing*, Amsterdam: John Benjamins.

Kintsch, W.(1994), Text comprehension, Memory, and Learning, *American Psychologist*, 49(4), 294-303.

Neeley, S. D.(2005), *Academic literacy*, New York: Pearson Education.

Sadler, P. M. & Tai, R. H.(2001), Success in introductory college physics: The role of high school preparation, *Science Education*, 85(2), 111-136.

Sherry, M., Thomas, P. & Chui, W. H.(2010), International students: a vulnerable student population, *Higher Education*, 60, 33-46.

Swales, J. M.(1990), *Genre Analysis: English in Academic and Research Settings*, Cambridge: Cambridge University Press.

Williams J. M. & Colomb G. G.(2007), *The craft of Argument*, New York: Pearson/Longman.

Widdowson, H. G.(1984), *Educational and pedagogic factors in syllabus design*, In C. J. Brumfit Ed., *General English Syllabus Design. Curriculum and Syllabus Design for the General English Classroom*(23-27), New York: Published in association with the British Council by Pergamon Press.

한국어 교육 전공 대학원 유학생을 위한 듣기·쓰기 중심의 수업 모형 연구

– 학업 리터러시 향상을 위한 딕토콤프를 중심으로 –

1. 서론

2018년 유학생 분포를 살펴보면 전체 외국인 유학생의 수는 약 14만 명으로 2017년 12만 명보다 약 2만 명 증가했다. 하지만 석사과정 유학생의 수는 21,429명으로 2017년 18,753명보다 소폭 상승했지만 전체 유학생 수에서의 비중은 15.2%에서 15.1%로 감소했다.[1] 그런데 '중도탈락 현황'을 살펴보면 2018년을 기준으로 석사과정은 4.34%인데, 이는 2017년과 비교할 때, 0.16%가 준 수치이다.[2] 중도탈락률이 소폭으로 줄었지만 5% 정도를 유지하는 중도탈락률의 비중은 적지 않다. 본 연구는 석사과정 유학생의 수가 정체되고 중도탈락률이 5% 가까이 되는 상황의 원인을 '대학원 유학생'[3]의 학습적 필요가 채워지지 못했기 때문으로 판단했다. 대학원 유학생의 '학습적 필요'와 '부적응' 등을 연구한 민진영(2013)을 보면, 그 원인의 양상은 한국어의 부족과 논문 쓰기의 어려움, 공동체에서의 부적응 등이 대표적이다. 대학원 유학생은 높은

---

[1] 해당 내용은 교육부에서 공개한 2017년, 2018년 '국내 외국인 유학생 현황 정보'를 참고한 내용이다.

[2] 해당 내용은 대학알리미에서 공개한 2017년, 2018년까지의 '외국인 유학생 중도 탈락 현황'중에서 [대학원]과 [대학원대학]의 수치를 참고한 것이다.

[3] 본 연구에서 '대학원 유학생'은 주로 석사과정 유학생을 가리킨다.

토픽 등급을 보유하고 있지만 실제 대학원 수업과 과제와 같은 '학업'에서는 여전히 어려움을 겪고 있다. 이런 한국어로 촉발된 어려움은 학술적 글쓰기에서의 어려움뿐만 아니라 대학원이라는 학술 담화공동체에서의 적응에도 어려움을 발생시켰다. 학술 담화공동체가 결국 텍스트로 의사소통하는 곳이라고 전제한다면 대학원 유학생의 학습적 필요는 학술적 글쓰기에서의 '읽기·쓰기'와 '학업 적응'에서의 듣기·쓰기로 정리할 수 있을 것이다.

이와 같은 어려움 때문에 '대학원 유학생'들의 글쓰기와 관련된 연구들을 살펴보면, 보통 '학위 논문'이나(최주희, 2017; 정다운, 2016), '학술 보고서(민정호, 2019; 이수정, 2017)'처럼 학술적 글쓰기 관련 연구가 주를 이룬다. 그런데 '읽고 쓰는 것'으로 대변되는 '학술적 글쓰기'만큼이나 '듣고 쓰는 것'으로 대변되는 '학업 리터러시' 역시 대학원 유학생들의 학업 적응에서 매우 중요하다. 왜냐하면 강의 중 필기, 토론 중 메모, 면담 중 필기 등의 '학업 리터러시'를 통해서 대학원 유학생들은 학술 담화공동체의 구성원들과 의사소통 하게 되고, '학술적 글쓰기'에 대한 아이디어나 핵심 지식 등을 얻을 수 있기 때문이다. 그리고 이는 곧 학술 담화공동체의 적응에 긍정적 효과를 줄 수 있다. 그렇지만 학업 중에 일상적으로 발생하는 듣고 쓰는 상황에서 적절하게 반응하지 못하는 대학원 유학생들이 많은데, 민정호(2018)을 보면 그 이유를 알 수 있다. 대학원 유학생 40명을 대상으로 국내·국외 대학교 졸업 여부를 조사했는데, 전체 40명 중에서 6명만이 국내 대학교를 졸업했고, 나머지 34명은 외국에서 대학교를 졸업한 유학생이었다. 이는 두 가지를 암시하는데, 첫째는 국내로 어학연수를 온 유학생들은 의사소통 중심의 '일반 목적 한국어'만을 학습하고 모국으로 돌아간다는 것이고, 둘째는 이와 같은 이유로 대학은 유학생 입학정원의 빈자리를 국외에서 대학교를 졸업한 유학생들을 데려다가 채운다는 것이다. 문제는 국외에서 대학교를 졸업한 유학생들의 경우 한국의 학술 담화공동체에서 학업 적응을 위해 요구되는 '학업 리터러시'의 경험이 부족하다는 것이다.

본 연구는 학술적 글쓰기가 여전히 대학원 유학생에게 중요하다는 점을 인정하면서도 학술 담화공동체의 적응에 중요하게 작용하는 '학업 리터러시'4)도 중요하다고 전제한다. 학술 담화공동체에서 '학업 리터러시'를 확보한 대학원 유학생이 학업 적응을 수월하게 할 것이기 때문이다. 그래서 본 연구는 이 학술 담화공동체에서의 '학업 리터러시'의 개념과 특징을 정리하고 이와 같은 글쓰기 상황에서의 '듣고 쓰는 능력'을 향상시킬 수 있는 수업 모형을 제안하려고 한다. 또한 대학원 교육과정에 이 수업모형이 어떻게 적용이 가능할지도 함께 논의해 보도록 하겠다.

2. 학업 리터러시와 대학원 유학생의 학습자 특수성

2.1. 학업 리터러시의 개념

본래 리터러시는 '문맹(illiterate)'과 반대되는 개념으로 사회에서 읽고 쓰는 능력을 의미했고, 주로 그 대상은 성인이었다(정혜승, 2008:150). 그렇지만 최근 리터러시는 상황에 따른 맥락별, 혹은 세부적인 '기능적 리터러시'로 확장되었다. 본 연구도 듣고 쓰는 능력을 기능적 리터러시로 전제하고 이 리터러시의 향상이 곧 학술 담화공동체의 적응을 도울 것이라고 판단한다. 다만 본 연구는 기능적 리터러시가 지양되어야 한

---

4) 학업 리터러시란 대학원 유학생이 학술 담화공동체에서 자주 접하게 되는 다양한 상황에서의 글쓰기 맥락의 총칭임을 밝힌다. 이는 'Academic'이 주는 '학위논문', '학술보고서' 등과 같은 전문 저자성을 가리키는 것이 아니라, 'Study'가 주는 '강의', '조별활동' 등에 주목한 것임을 밝힌다. 학업 리터러시의 특징은 2장에서 자세하게 다루도록 한다.

다는 반론에도 불구하고 기능적 리터러시로 '학업 리터러시'를 개념화
한다. 왜냐하면 '지양'의 의미가 '배제'의 차원이 아니라 우선순위에서
'후순위'라는 의미로 판단했기 때문이다. 또한 기능적 리터러시가 지양
되어야 한다고 지적한 연구를 살펴보면(윤여탁, 2015), 한국어가 모국어
인 한국 학생들이 연구 대상이었지만, 본 연구는 한국어가 외국어라서
학업 적응을 위한 '기능 학습'이 요구되는 유학생이 대상이기 때문이다.

　우선적으로 본 연구가 주목하는 기능적 리터러시에 대한 정의가 필
요할 것이다. Enkvist(1987:26)은 텍스트가 '상호작용 맥락과 상황 맥락
(interactional and situational contexts)'과 분리해서 존재할 수 없다고 지적했
다. Ivanic(1998:7)은 '유학생'의 경우 '학술적 기관(academic institutions)'에
처음 들어갈 때 '낯선 세계의 규칙을 발견(discover the rules of an unfamiliar
world)'하게 된다고 지적한다. 여기서 '낯선 세계'는 '상황 맥락'이 될 것
이고, '발견한 규칙'은 '상호작용 맥락'에서 요구되는 것을 말한다. 결과
적으로 기능적 리터러시에서 '기능'이란 학습자가 특정 공동체에서 마
주하게 되는 '낯선 세계', 즉 의사소통 상황에서 '텍스트'[5]로 상호작용
하기 위해서 요구되는 '규칙'들을 의미할 것이다. 그렇다면 학술 담화공
동체에서의 '기능적 리터러시'는 대학원 유학생이 '어떤 상황'에서 '누구'
와 '텍스트'로 '어떻게' 의사소통 하는지를 고려해야 한다. 그런데 현재
대학원 유학생의 리터러시와 관련된 연구들은 '학위논문'을 완성해야
하는 '읽고 쓰는 상황'에만 집중하고, 대학원의 구성원들 간의 강의, 조
별활동, 상담 등에서 요구되는 '듣고 쓰는 상황'에는 집중하지 않는 모
습이다. 이와 같은 이유로 본 연구는 우선, 학업 리터러시를 기능적 리

---

5) Stubbs(1983)은 담화(discourse)와 텍스트(text)를 음성언어와 문자언어로 나눠서 텍스
　트를 문자언어로 제한했지만 뉴스처럼 음성언어와 문자언어가 혼합된 텍스트도 흔히
　볼 수 있다. 이렇게 놓고 보면 리터러시는 텍스트를 읽고 쓰는 것뿐만 아니라 텍스트
　를 듣고 쓰는 것으로도 정리가 가능할 것이다. 본 연구가 읽기가 아니라 듣기를 강조
　하면서도 리터러시라는 용어를 사용하는 데는 이와 같은 이유가 있음을 밝힌다.

터러시로 전제하고 대학원 유학생이 학술 담화 공동체에서 학술적 활
동을 하면서 마주하게 되는 '듣고 쓰는 상황'과 각 상황에서 상호작용할
때 요구되는 '글쓰기'의 특징을 중심으로 학업 리터러시를 분류하려고
한다.

대학원 유학생의 듣고 쓰는 상황을 정리할 때 제일 대표적인 상황으
로는 '강의 중 필기' 상황이 있다. Freedman(1987:98)은 학술적 글쓰기의
장르성 획득을 알아보기 위해서 실험을 실시했는데, 이때 강의 중 학습
자가 작성한 '노트(Note)'를 보고서(Essay)와 같이 분석 대상으로 포함시
켰다. 이는 강의 중에 필기하는 내용 역시 학술 담화공동체의 의사소통
에서 매우 중요함을 방증하는 것이다. 이 필기는 강의 중에 교수자가
강의에서 주안점을 두는 내용 등을 학습자가 적는 것을 말하기 때문에,
어느 정도 필기를 할 수 있느냐는 곧 어느 정도 학업적응을 할 수 있느
냐를 결정한다. 강의 상황에서의 필기 이외에도 강의 중 조별활동이나,
담당 교수와의 면담 등도 중요한 의사소통 상황이다. 조별 활동 상황은
강의 중에 토론·토의를 할 때 혹은 다른 구성원들과 과제의 역할을 분
담하는 상황을 말하는데, 정확하게 필기해서 기억하지 못할 경우 학술
담화공동체 구성원들과 관계가 악화될 수도 있고, 과제 수행에 어려움
이 따를 수도 있다. 담당 교수와의 면담은 '학위논문'에 대한 아이디어
나 마주한 문제의 해결책을 필기해야 하는데 이 역시 적절하게 진행되
지 않을 경우 학위논문의 낮은 수준으로 연결되고, 나아가 학위를 받지
못하게 될 수도 있다. 이는 또 다른 학업 부적응의 원인이 되기도 한다.
최주희(2017:170-171)은 지도 교수, 심사위원, 동일 전공의 한국인 등을
학위논문 완성에 결정적 도움을 주는 조력자로 설정했다. '조력(助力)'의
의미를 대학원 유학생의 학업 상황에 적용한다면 '학위논문'이 완성되
는 과정뿐만 아니라 전반적인 학술 담화공동체 내에서의 활동, 그리고
학업 이수를 위한 상황 전부와 관련될 것이다. 대학원 유학생이 이와

같은 한국인 조력자들로부터 확실한 도움을 받으려면, 우선 잘 들어야 하고, 이를 잘 적어야 할 것이다. 즉 대학원 유학생에게 듣고 쓰는 능력은 학업 적응에서 필수적인 것이다.

〈표 1〉 대학원 유학생의 학업 리터러시의 개념

어떻게	상황	누구	상호작용
듣고 쓰기	강의-필기	강의 교수	강의 요약, 재구성, 학위논문 연결
	모둠-메모	모둠 동료	조별 업무, 조별 발표 준비
	상담-메모	지도 교수	학위논문 평가, 개선점, 일정

다만 여기서 제기될 수 있는 문제는 바로 '필기(메모)'와 관련된 것이다. 실제로 유학생이 '한국어'로 필기를 하는 것이 성취될 수 없는 '이상향' 정도로 치부될 수 있기 때문이다. 그렇지만 대학원 유학생은 한국의 학술 담화공동체에서 '한국인 동료'와 함께 의사소통하면서 학업적응을 해야 한다. 학부 과정과 같은 일반 목적 한국어에서 필기는 다분히 유학생 혼자 볼 목적으로 필기를 하기 때문에 해당 유학생의 모국어가 용인될 수 있을 것이다. 그렇지만 대학원에서 유학생은 해당 필기를 통해서 한국인 동료, 지도교수 등과 의사소통을 해야 한다. 만약 이 필기를 유학생의 모국어로 적었다면 의사소통에서 문제가 발생할 것이다. 그렇기 때문에 일반 목적 한국어 과정에서의 유학생과 달리 대학원은 '한국어 필기'를 지향해야 한다. 이 부분은 대학원 유학생의 학습자 특수성으로 정리할 수 있을 것이다.[6]

---

6) 대학원 유학생이 모국어로 필기를 하더라도 학술 담화공동체의 구성원들과 '의사소통'하는데 전혀 문제가 없을 것이라는 지적이 있을 수 있다. 그렇지만 텍스트에 사용된 언어가 구성원들과 다를 경우 소통은 되겠지만 '활발한 의사소통'은 어려울 것이다. 특히나 학술 담화공동체의 담화관습을 고려한다는 차원에서도 한국어 필기는 대학원 유학생이 지향해야 하는 리터러시로 판단된다.

2.2. 대학원 유학생의 학습자 특수성

2.2.1. 대학원 유학생의 기초정보

본 연구는 대학원 유학생의 '듣고 쓰는 능력'에 대한 현 상태를 확인하기 위해서 D대학교 국어국문학과 일반대학원에 개설된 '외국어로서의 한국어교육2'[7]를 수강하는 대학원 유학생들을 대상으로 간단한 실험을 진행했다. 이 실험은 설문지로 진행되었고, 크게 세 가지 주제로 구성되었다.[8] 첫째는 대학원 유학생이 한국어로 듣고 쓰는 수업을 들었던 경험을 파악하기 위한 기초 정보 조사이다. 이를 통해서 대학교를 국외/국내에서 졸업했는지 여부, 한국어로만 진행되는 강의를 들었는지 여부, 한국어 필기를 한 경험이 있는지 여부 등을 확인하게 된다. 둘째는 실제 수업에서 필기하는 양상을 확인하기 위한 필기 양상 조사이다. 여기서는 교수자가 3가지 주제에 대해서 설명을 하고 유학생들이 어느 정도 정보량을 한국어 필기로 나타낼 수 있느냐를 확인하기 위함이다. 다만 유학생이 모국어로 필기를 하는지 여부도 확인하기 위해서 한국어로 필기를 해야 한다고 명시하지 않았다. 세 번째는 유학생 스스로가 듣고 쓰는 학업 리터러시에 대해서 어떻게 인식하고 있는지를 확인하는 것이다. 이를 통해서 학술 담화공동체에서 '듣고 쓰는 것'에 대한 중요성을 얼마만큼 인식하고 있는지, 그리고 유학생 본인은 해당 리터러시에 대한 수준을 스스로 어떻게 인식하고 있는지 등을 확인한다.

---

7) '외국어로서의 한국어교육'은 국어국문학과 석사과정 2학기에 재학 중인 유학생이 듣는 수업이다. 해당 과목은 2019년 2학기에 개설된 과목이고, 본 실험에 참여한 유학생은 30명이다. 한국 학생이 1명 있는데, 이 학생은 본 연구대상에서 제외했다.

8) 다만 본 연구에 시사점을 주는 결과에 대해서는 추가적으로 인터뷰를 진행했다. 이 인터뷰는 해당 결과의 원인을 찾기 위한 내용으로 진행되었다.

〈표 2〉 대학원 유학생 기초정보

기초정보		N	%
대학교 학사	본국	24	80.0
	한국	5	16.6
	기타	1	03.4
	합계	30	100
한국어 수업 수강 경험	있다	14	46.7
	없다	16	53.3
	합계	30	100
한국어 필기 경험	있다	5	16.6
	없다	25	83.4
	합계	30	100

유학생은 중국 학생이 26명, 베트남 2명, 키르기스스탄 1명, 몽골 1명이었는데, 〈표 2〉를 보면 대학교를 한국에서 졸업한 대학원 유학생은 5명에 불과했다. 이는 앞서 한국 대학교를 졸업하지 않은 유학생이 대학원에 입학한다는 민정호(2018)과 같은 결과이다. 24명은 대학원 유학생의 고향에서 대학교를 졸업했고, 중국 유학생 1명만 태국에서 '응용 태국어'를 전공한 학생이 있었다. 다만 대학교를 국외에서 졸업했을지라도 한국어로 수업을 들었다는 학생이 19명이었는데 이는 한국어과를 전공한 학생들이 많았기 때문이다. 다만 한국어 '필기'를 경험한 학생은 5명에 불과했는데 이 5명은 국내에서 대학교를 졸업한 학생들이었다. 정리하면 한국어를 전공했을지라도 한국에서 한국어를 전공하지 않는다면 '한국어'로 필기한 경험이 없다는 것을 알 수 있다. 이처럼 '한국어'로 필기나 메모 등을 한 적이 없는 유학생이 한국 대학원에서 수업을 듣는다면 학업부적응을 경험할 가능성이 높아진다. 이 결과는 특정 의사소통 상황에서의 기능적 리터러시를 중심으로 진행되는 이 연구에 정당성을 부여한다.

2.2.2. 대학원 유학생의 필기 양상

대학원 유학생의 필기 양상은 '외국어로서의 한국어교육'이라는 수업을 진행하기에 앞서 1주차에 대학원 유학생의 관련 배경지식을 확인할 수 있는 내용으로 진행되었다. 1주차 강의 주제는 '재외동포 한국어 교육기관', '국외 한국어 교육기관', '한국어 교수법' 등 세 가지 주제로 진행되었는데, 정리하면 다음과 같다.

〈표 3〉 대학원 유학생의 필기 양상 확인을 위한 3가지 주제

1. 재외동포 한국어 교육의 중심 기관
2. 국제 한국어 교육을 담당하는 중요 기관
3. 한국어 교육에서 광범위하게 적용되는 교수법

실험에 앞서 다른 노트에 필기를 하지 말 것을 알리고 평소 필기하던 습관으로 자연스럽게 필기를 하라고 공지했다. 1번은 '한글학교'에 관한 것으로, '한국학교'와 '한국문화원'처럼 유사한 한국어 교육 기관들의 차이점을 중심으로 설명했다. 2번은 '세종학당'을 소개하기 위해서 선정한 주제인데, 세종학당 한국어 수업의 특징과 혜택 등을 중심으로 설명했다. 3번은 '과정 중심 교수법'과 '의사소통 중심 교수법'을 설명하기 위해서 선정한 주제인데, 추가적으로 '과제 중심 교수법'과 '전신 반응 교수법'도 설명했다. 본 연구에서는 의도적으로 대학원 유학생의 필기 양상을 살펴보기 위해서 주제에 대한 자세한 설명뿐만 아니라 해당 주제와 매개해서 함께 생각해 볼 필요가 있는 담화들을 같이 제시했다.

수업 진행 후에 필기 양상을 확인한 결과 크게 네 가지 경향이 나타났는데, 첫째는 전혀 필기를 하지 않은 '무필기형'이었다. 무필기 유학생은 3명이었는데, 1명만 노트에 수업 내용과 상관없는 명사를 썼고, 나머지는 듣기만 하고 쓰지 않았다. '모국어'로라도 쓰지 않은 이유를 물었는데, 기본적으로 교수자가 말하는 핵심 내용을 이해하지 못했고, 그래서 '무엇'을 써야 하는지 알 수가 없었다고 대답했다. 둘째는 부분적으로 빈칸이 보이지만 몇몇 주제에는 단답식으로 적은 '부분적 단답형'이다. 4명이 '부분적 단답형'이었는데, 1개는 빈칸으로 남겼으나 다른 주제에는 최소한 단어와 구로 짧은 메모를 했다. 다만 이 메모는 정답과 부분적인 상관성은 있지만 정답은 아닌 경우가 일반적이었고 교수자의 설명과도 관련성이 떨어졌다. 이 유학생들의 경우에도 한국어로 필기를 할 때 '핵심 정보'를 놓치고, 정답과 관련된 단어만을 나열하는 수준이다. 셋째는 주제만을 적은 '단답형'이다. 14명이 '단답형'에 속하는데, 정답에 대해서만 한국어 문장이나 구와 절로 필기를 했고, 나머지 매개 담화는 적지 않았다. 이는 필기를 '정답 찾기' 정도로 인식하고 있기 때문에 발생하는 특징으로 보인다. 마지막 넷째는 1개 이상의 주제에서 교수자의 추가적인 설명까지 적은 '매개담화 필기형'이다.[9] 7명이 이와 같은 양상으로 필기를 했는데, 흥미로운 점은 3개 모두를 이처럼 필기한 학생은 없었다는 점이다. 보통 1개만 교수자의 매개담화까지 적었고, 이 경우도 전부 1번 뿐이었다. 즉 유학생은 매개담화까지 고려한 필기를 유지할 수 있는 리터러시 습관이 형성되지 않은 것이다.

이 네 가지 유형에서 도출할 수 있는 양상과 특징은 첫째, 그 어떤 학생도 모국어로 필기를 하지 않았다는 것이다. 이는 암묵적으로 학술 담화공동체에서 교수자, 선후배, 다른 나라 출신의 동료, 한국인 동료 등과 의사소통을 할 때 '한국어'로 필기를 하는 것이 유리하다는 것을 유학생 스스로도 인식하고 있기 때문이다. 둘째, 30명의 유학생 중에서

---

9) '매개담화 필기형'은 교수자가 핵심적으로 제시하는 담화와 이 담화를 이해하기 위해서 추가적으로 제시한 담화까지 모두 필기한 유형을 말한다. 학위논문을 써야 하는 대학원 유학생들은 다양한 매개담화들을 종합하고 정리해야 이를 토대로 학위논문을 성공적으로 마무리할 수 있다. 이와 같은 이유로 매개담화 필기형은 학업 리터러시의 상위 유형에 해당한다.

매개담화 필기형은 7명에 불과했다는 것이다. 이는 기본적으로 강의실이라는 낯선 환경, 그리고 이 낯선 공간에서 강의를 듣는 상황, 그리고 내재화되지 못한 필기 습관 등이 대학원 유학생에게 불리하게 작용했기 때문이다. 학술 담화공동체는 지식을 텍스트로 의사소통하는데, 교수자가 강의 중에 전달하는 메시지에는 정해진 정답 이외에도 주제와 관련된 많은 정보들이 포함된다. 이와 같은 내용을 적절하게 쓰지 못하는 것은 학술 담화공동체에서 적응을 어렵게 만들 뿐만 아니라 학술적 글쓰기, 학위논문 등에서도 불이익을 받게 할 수 있다. 이는 핵심 정보를 대학원 유학생이 적극적으로 찾아 듣고, 이를 이해해서 한국어로 쓰도록 하는 연습이 필요하다는 것을 의미한다. 셋째는 무필기형과 부분적 단답형에서 나타나는 양상인데, 듣기 능력이 기본적으로 부족하다는 것이다. 그렇다면 이 결과는 대학원 교육과정에서 재학 중인 유학생을 위한 '듣기'와 관련된 교과목 운영이 실제적 의사소통 상황을 고려해서 반드시 필요함을 나타낸다.

2.2.3. 대학원 유학생의 인식 양상

앞서 확인한 필기 양상 이외에 대학원 유학생 스스로가 듣고 쓰는 것을 어떻게 인식하고 있는지를 확인하기 위한 인식 조사도 실시했다. 실험 결과는 다음과 같다.

〈표 4〉 대학원 유학생의 듣고 쓰기 인식 양상

① 한국어로 강의를 들을 때 교수의 말을 어느 정도 이해합니까?
② 한국어로 강의를 들을 때 교수의 말을 듣고 '필기'하는 것이 어떻습니까?
③ 한국 친구들과 토론(토의)할 때 '메모'를 잘하는 편입니까?
④ 교수님과 상담을 할 때 들은 내용을 잘 이해합니까?
⑤ 교수님과 상담을 하고 중요한 내용을 잘 메모합니까?

⑥ 대학원 생활에서 한국어를 듣고 쓰는 것이 어떻습니까?
⑦ 대학원 생활에서 한국어를 듣고 쓰는 것이 중요하다고 생각합니까?

①과 ②는 '강의'와 관련된 것이다. ③은 '조별 활동', ④와 ⑤는 지도 교수님과의 상담을 전제하고 제시한 질문이고, ⑥과 ⑦은 '듣고 쓰는 것'에 대한 대학원 유학생의 인식을 알아보기 위한 질문이다. ①번부터 ⑦번은 대학원 유학생이 1점부터 5점까지 리커트 척도로 표시했다. 아래 〈표 5〉는 '학부 과정'을 한국과 국외에서 졸업한 유학생별로 나눠서 결과를 종합한 것이다.

〈표 5〉 대학원 유학생의 듣고 쓰기 인식 양상 결과

학부	①	②	③	④	⑤	⑥	⑦
국내	4.00	3.75	3.75	4.75	4.25	3.50	5.00
국외	3.42	3.00	3.00	3.63	3.37	3.32	4.63
평균	3.52	3.13	3.13	3.83	3.52	3.35	4.70

우선 ①과 ②를 놓고 보면 대학원 유학생은 교수자의 말은 비교적 잘 듣지만 이를 '필기'로 연결시키지 못하는 모습이다. 이는 ③의 조별 활동에서 다른 한국 친구들의 말을 잘 적지 못하는 것과도 연결된다. 다만 ④와 ⑤를 보면 면담에서 교수자의 말은 잘 듣지만 적는 것은 어려워하는 모습이었는데, 그 어려움이 강의 중에 교수자의 말(②)이나, 강의 중에서 한국 친구의 말(③)보다는 낮았다. 이는 면담 상황에서 지도 교수가 대학원 유학생과 이야기를 나눌 때, 우선 1대1로 이야기를 하며, 유학생이 이해가 가지 않을 때 즉각적인 질문이 가능하고, 무엇보다 지도 교수가 쉬운 표현으로 대화를 하기 때문으로 보인다. ⑥과 ⑦을 보면 대학원 유학생은 학술 담화공동체에서 '듣고 쓰는 것'이 중요

하다는 사실을 인지하고 있지만 실제 '듣고 쓰는 능력'에 대해서는 낮은 인식을 보였다. 특히 이런 경향은 국내에서 대학교를 졸업하고 대학원에 입학한 유학생과 국외에서 대학교를 졸업하고 대학원에 입학한 유학생 사이에서 분명하게 차이가 났다. 이는 국내에서 대학교를 졸업한 유학생의 경우 강의, 면담, 모둠 활동 등 한국어로 듣고 쓰는 의사소통 상황을 더 많이 경험했기 때문으로 보인다.

본 연구는 강의, 면담, 모둠활동 등에서 요구되는 필기, 메모 등을 기능적 리터러시가 강조되는 학업 리터러시로 정의하고, 대학원 유학생을 대상으로 듣고 쓰는 능력을 판단하기 위한 실험을 진행했다. 실험 결과 많은 대학원 유학생들이 국외에서 대학교를 졸업하고 국내 대학원으로 입학을 해서 한국어로 듣고 쓰는 것을 어려워 했고, 한국어로 진행되는 수업에서 한국어로 필기하는 능력 역시 부족함을 확인했다. 또한 실제 필기 양상을 확인한 결과 소수 학생을 제외하면 '단답식 정보'만 필기하는 양상이 나타났고, 교수자가 전달하는 다양한 매개담화들은 필기에서 누락되는 모습이었다. 이는 핵심 정보와, 관련된 다양한 매개 정보를 연결해서 구성하는 능력이 부족하다는 것을 의미하고, 다시 이것은 학위논문에서 활용할 수 있는 다양한 학술 담화의 목록을 놓치게 되는 결과를 낳게 된다. 마지막으로 대학원 유학생을 대상으로 '듣고 쓰는 것'에 대한 인식을 살펴본 결과 강의 중 필기와 강의 중 모둠활동에서의 메모와 필기에서 어려워하는 모습을 보였지만 전반적으로 대학원에서 '듣고 쓰는 것'에 대한 중요성은 인식하고 있었다. 다만 국내에서 대학교를 졸업한 유학생과 그렇지 않은 유학생 간에는 차이가 나타났는데, 이는 최소 대학원에 입학한 1, 2학기 유학생에게는 듣고 쓰는 것과 관련된 훈련이나 경험 쌓기가 '교육적 조치'를 통해서 제공되어야 함을 의미한다.

3. 딕토콤프와 듣기·쓰기 중심의 수업모형

3.1. 학업 리터러시 향상을 위한 딕토콤프[10]

3장에서는 2장에서의 분석 결과를 토대로 대학원 유학생들의 '학업 리터러시'에서 요구되는 학업 리터러시의 향상을 위한 '듣기·쓰기' 수업 모형을 제안하려고 한다. 그리고 실제 이 수업을 대학원 교육과정 내에서 활용·적용할 수 있을지에 대해서도 논의해 보려고 한다.

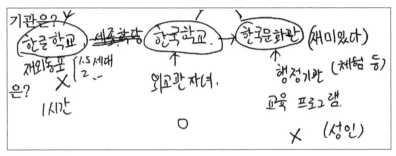

〈그림 1〉 관련 담화까지 필기한 유형 예시

〈그림 1〉은 교수자가 설명한 주제와 관련된 내용까지 모두 필기한 대학원 유학생의 주제 1번에 대한 필기 예시이다. 해당 유학생은 '한글학교', '한국학교', '한국문화원'등의 차이점을 필기하면서 각 기관의 '차이점'을 중심으로 필기를 했다. 그래서 '한글학교'는 '재외동포', '한국학교'는 '외교관 자녀', '한국문화원'은 '성인'이라고 필기를 했다. 또한 'O/X'의 표시는 정식학교인지, 아닌지를 표시한 것이라고 했다. 여기서 확인할 수 있는 것은 결국 강의 중 필기란, 중요한 이야기를 찾아서 잘 듣고 이를 요약해서 표현하는 것을 말한다. 여기서 '중요한 이야기'는

---

10) 딕토콤프가 문법의 '형태'를 중심으로 개발된 기법이지만, 김인규(2009)는 형태뿐만 아니라 텍스트의 내용, 즉 의미까지 고려한 교수법이라고 밝혔다. 이를 근거로 본 연구는 문법의 형태가 아니라 텍스트의 의미를 중심에 놓고 딕토콤프를 적용함을 밝힌다.

상대적인데, 주제 1번으로만 한정해서 생각하면 중요한 이야기는 여러 한국어 교육 기관의 차이를 만드는 '기준'이 될 것이다. 이 '기준'은 보통 수업에서 교수자가 비언어적 전략이나 반언어적 전략을 통해서 '강조' 하기 때문에 이를 찾아서 듣는 연습을 할 수만 있다면 개선될 여지가 있을 것이다. 다만 이를 추가적으로 자신의 학위논문으로 연결해서 활용할 계획이 있는 유학생이라면 이에 대한 '기준'을 스스로 만들어서 자신의 '학위논문'과 '강의에서의 중요한 이야기'를 연결하는 방향으로 필기를 해야 할 것이다. 이와 같은 경우에는 '듣기'까지는 동일하지만 '쓰기'에서 '재창조'의 방향으로 텍스트가 구성되어야 한다. 본 연구는 이처럼 교수자의 이야기를 듣고, 이를 토대로 재창조적인 필기를 하는데 도움을 줄 수 있는 기법(technique)11)으로 '딕토콤프(Dicto-Comp)'를 제안한다.

Nation(1990)은 '딕토콤프'를 '경험적 기법(experience technique)'이라고 지적했다. 이는 '딕토콤프'가 '듣고 쓰는 것'과 관련된 '과제(task)'를 하기 앞서 학습자의 '인지적 부담'을 감소시켜주고, 이와 같은 기능이 활발하게 필요한 '과제(task)'를 하기 전에 학습자를 '준비하게 만드는(preparing)' 역할을 한다는 것이다(Nation, 1991:14). 본래 '딕토콤프(Dicto-Comp)'는 Ilson(1962:299)가 최초 고안한 것으로 전통적인 '받아쓰기(dictation)'와 '작문'만으로는 목표어 학습자가 교실과 같은 '통제된 상황'을 벗어나 '자유로운 의사소통(free conversation)' 상황에서 유창하게 의사소통을 하지 못하게 한다는 문제의식에서 출발한 것이다. Ilson(1962:299)는 실제적 의사소통 상황에 부합하는 방향으로 받아쓰기의 엄격함과 글쓰기의 자유

---

11) Anthony(1963)은 접근법(approach)을 이론적 틀로, 방법(method)을 접근법을 체계적으로 방법화한 것으로, 기법(technique)을 교실 상황에서의 구체적 교수·학습 방법으로 정리했다. 본 연구에서 딕토콤프와 수업 모형은 기법(technique)을 전제로 구현됨을 밝힌다.

로움을 결합한 새로운 교육적 기법이 필요한데, 이 기법으로 딕토콤프를 제안한 것이다.[12] 그러니까 딕토콤프는 통제적 성격과 자유로운 성격을 모두 가진 것으로 실제 의사소통 상황에서 누군가의 말을 듣고 이를 자신만의 언어로 재구성할 수 있는 능력을 키우는데 효과가 있는 교육적 장치가 된다.

국내 연구에서는 Riley(1972)와 Kleinmann & Selekman(1980)의 딕토콤프 절차가 제일 많이 소개되었고, 관련 연구는 박선민(2018), 김민경(2012)가 있는데, 이 연구들은 딕토콤프가 듣기와 쓰기 모두에서 효과가 있음을 입증했다. 다만 이 연구들은 딕토콤프의 효과성은 입증했지만 학습자의 의사소통 상황(Situation)에 따라서 학습자 특수성을 정리하고 이를 근거로 딕토콤프의 절차를 변형한 수업 모형 개발을 지향하지는 않았다. 본 연구는 대학원 유학생의 대표적 의사소통 상황을 정리하고 각 의사소통 상황에서 텍스트로 의사소통할 때 요구되는 듣고 쓰기를 학업 리터러시로 정리했다. 딕토콤프의 절차는 이 중에서 제일 노출 빈도가 높을 것으로 판단되는 '강의 상황'을 중심으로 살펴보도록 하겠다.

3.2. 듣기·쓰기 중심의 수업 모형

Kleinmann & Selekman(1980)의 딕토콤프는 최초 '글의 개요'를 교사가 설명하고 1차 듣기, 2, 3차 듣기까지 진행된 후에 재구성하기와 확인하기로 진행된다. 1차와 2, 3차 듣기가 구분된 이유는 1차는 온전히 '듣기'만을 진행하고 '2, 3차'는 학생들이 메모를 하면서 들을 수 있도록 하기 때문이다. '재구성하기'에서는 메모한 것을 가지고 들은 원문을 새롭게 재구성하는 과정을 거치는데 이때 똑같이 만드는 과정을 지양하고

---

12) 보통 딕토콤프를 처음으로 제안한 연구로 Riley(1972)가 제시되지만 실제로 딕토콤프를 외국인 학습자를 위한 교육방법으로 제안한 연구는 Ilson(1962)가 먼저이다.

의미는 동일하지만 학습자에게 친숙한 어휘나 표현 등으로 자유롭게 완성하는 것을 지향한다. 그런데 문제는 이 모형의 절차를 그대로 대학원 유학생에게 적용할 수는 없다는 점이다. 예를 들어서 '글의 개요'를 보면 Kleinmann & Selekman(1980:382)은 교사가 학습자에게 사용해야 하는 어휘와 통사적 혹은 수사적 단서부터 해당 듣기 대본의 내용과 개요까지 모두 제공하도록 되어 있다. 그렇지만 '대학원'의 강의 상황을 떠올려보면, 일반 목적 한국어교육과 달리 교수자가 주로 사용할 어휘나 문법을 미리 유학생에게 알려주고 진행되는 '강의 상황'을 가정하기 어렵다. 그래서 전체적으로 듣고 쓰는 딕토콤프의 절차를 따르지만 새로운 수업 모형에서 몇몇 과정은 변화를 줄 필요가 있을 것이다.

Kleinmann & Selekman 모형	듣기·쓰기 중심의 수업 모형
글의 개요	수업 주제와 관련된 텍스트
1차 듣기	1차 듣기: 단답형 필기
2, 3차 듣기	2차 듣기: 관련 내용 필기
재구성하기	재구성·확인하기
확인하기	아이디어 필기

〈그림 2〉 Kleinmann & Selekman 모형과 듣기·쓰기 중심의 수업 모형 비교

〈그림 2〉의 왼쪽은 Kleinmann & Selekman의 딕토콤프 모형이고, 오른쪽은 본 연구에서 재구성한 듣기·쓰기 중심의 수업 모형이다. '글의 개요'는 듣기 내용을 일목요연하게 정리한 개요표와 자주 나오는 문법, 그리고 핵심 단어 등을 학생들에게 알려주기 위한 것이지만 본 연구에

서는 이것을 '수업 주제와 관련된 텍스트'로 바꿨다. 본 연구는 듣기와 쓰기를 중심으로 모형을 제안하지만 강의 상황에서 누락되면 안 되는 것이 바로 '교재(Textbook)'이다. 그러니까 대학원 유학생의 강의 상황을 고려하면 교수자의 말을 듣고 무언가를 이해할 때 강의 교재가 포함되어야 한다.13) 실제 강의 상황을 생각해 보면 대학원 유학생은 교수자가 사용하는 '교재(자료)'와 그 교재에 대한 내용을 말로 설명하는 교수자의 '담화' 그리고 이를 '듣고 쓰는' 대학원 유학생의 '필기'를 떠올릴 수 있다. 그래서 문법이나 어휘를 직접적으로 노출하는 것보다는 강의 상황에서 '교재(자료)'의 역할을 하는 텍스트를 제공하는 것이 대학원 유학생의 학습자 특수성에 부합하고 상황 맥락의 실제성에도 부합한다고 판단했다.

'듣기'는 1차와 2, 3차로 듣던 것을 1차와 2차로만 나눴다. 강의 상황에서 교수자가 했던 담화를 반복할 수 있기 때문에 이를 고려한 수정이다. 다만 딕토콤프에서는 1차 듣기를 할 때는 별도의 필기를 하지 못하도록 했는데, 본 연구에서는 필기가 가능하도록 했다. 특히 1차 듣기에서의 필기는 딕토콤프 절차에서 2, 3차 듣기에서 하던 필기와 유사한 성격의 '단답형 필기'를 하도록 구성했다. '주제어'나 '중요한 내용' 등을 간단하게 메모하도록 구성한 것이다. 반면 2차 듣기에서는 '관련 내용 필기'를 하도록 했는데, 이를 설명하기 위해서는 1차 듣기 내용과 2차 듣기 내용을 먼저 설명할 필요가 있겠다. 딕토콤프 모형에서는 1차 듣기와 2, 3차 '듣기 내용'이 똑같은 내용이었다. 그렇지만 본 연구에서의 모형은 1차 듣기는 중요 내용이 포함된 '앞부분'만을 먼저 들려주고, 2차 듣기에서는 앞부분을 포함해서 전체 내용을 모두 들려주는데, 여기에는 앞부분에서 제시된 주제어와 관련된 내용이 포함되어 있다. 2차

---

13) 이와 같은 의사소통 상황의 '실제성(Authenticity)'을 고려해서 본 연구는 '듣기·쓰기 수업 모형'이 아니라 '듣기·쓰기 중심의 수업 모형'이라 명명했음을 밝힌다.

듣기에서는 1차 듣기의 내용과 2차 듣기 내용을 연결하기 위한 '기준'을 학습자가 찾고 이를 기준으로 관련 담화에 대한 '요약'을 중심으로 필기하게 된다.

'재구성·확인하기'는 딕토콤프 모형의 '재구성하기'와 '확인하기'를 결합한 것인데, 이 과정의 목표는 '정보차 활동'이다.[14] 그래서 '주제어', '연결을 위한 기준', '요약의 내용' 등을 다른 학습자들이 필기한 내용과 비교하면서 채워나가는 과정이다. 여기서 딕토콤프 모형과 결정적으로 차이가 나는 내용은 '아이디어 필기'이다. '아이디어 필기'는 대학원 유학생이 학위논문과 관련해서 자신이 관심을 갖고 있는 분야와 관련된 것을 찾고, 이를 유학생이 학위논문에 사용할 수 있도록 수사적 전략, 표현적 전략 등을 함께 필기하는 과정이다. 이와 같은 글쓰기 과정을 추가한 이유는 본 연구에서 설정한 학습자가 대학원 유학생이기 때문이다. Wardle(2009:776)는 실제 글쓰기 맥락을 강조하면서 '경계학습 (boundary)'에 대해서 언급했다. 민정호(2019:330)는 성공적인 학위논문의 완성을 위해서 학기마다 부과되는 '학술 보고서'가 매개 도구, 즉 학위논문의 경계학습이 될 수 있다고 지적했다. 그런데 대학원 유학생들은 수업 중 교수자가 설명하는 다양한 전공 관련 담화를 통해서 학술 보고서나 학위논문에 넣을 아이디어를 '발견'하게 된다. 이와 같은 차원에서 보자면, '아이디어 필기'와 같은 짧은 활동도 학술 보고서, 학위논문을 위한 경계학습으로의 역할을 할 수 있을 것이다. 이와 같은 이유로 본래 딕토콤프에는 없지만 대학원 유학생이 발견한 아이디어를 자유롭게 쓰는 '아이디어 필기'를 추가했다.

종합하면 '듣기·쓰기 중심의 수업 모형'은 대학원 유학생이 학술 담

---

14) 정보차 활동은 정보차 과정이라고도 하는데, 문제 해결에 요구되는 지식이 학습자 간에 상이함을 전제로 이야기를 통해서 정보의 간극을 서로 채워나가는 활동을 말한다(이승은, 2010).

화공동체에서 경험하는 의사소통 상황을 근거로 '듣고 쓰는 것'이 학업 적응에 도움이 된다는 것을 전제로 만들어졌다. 특히 목표어 학습자의 듣고 쓰는 능력 향상을 위해 개발된 딕토콤프를 토대로 대학원 유학생의 학습자 특수성에 맞춰서 변형하여 최종 완성하였다. 이 모형은 대학원 유학생의 듣고 쓰는 능력과 경험을 충족시켜줄 수 있는 교육적 방법이고, 나아가서는 학업 적응을 돕고, 학위논문의 경계학습으로서의 역할을 하게 된다.

3.3. 듣기·쓰기 중심 수업 모형의 실제

본 연구에서 구성한 수업 모형은 보통 대학원에 입학한 1학기 학생들이 주로 듣는 선수 과목에서 적용될 수 있을 것이다. 교육과정에서 선수 과목은 1학기나 2학기에 배정되지만, 개설 시기를 떠나서 보통 대학원에 새로 입학한 대학원 학생들이 주로 듣기 때문에 이 강의에 본 연구에서 구성한 수업모형을 적용하는 것이 타당할 것이다.

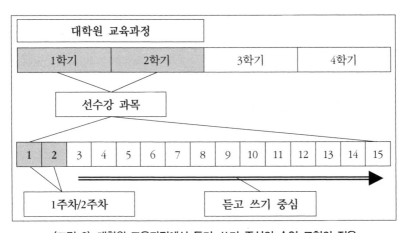

〈그림 3〉 대학원 교육과정에서 듣기·쓰기 중심의 수업 모형의 적용

  선수 과목의 15주 과정에서 이 수업 모형은 1주차나 2주차에 적용될 수 있을 것이다. 1주차에 오리엔테이션을 한다고 하면 2주차에 적용이 가능하고 그렇지 않다면 1주차부터 적용 가능하다. 그리고 3주차부터 15주차까지의 강의는 '듣고 쓰는 것'을 중심으로 진행된다. 최소한 선수 과목에서 만큼은 과도한 조별활동이나 발표수업은 지양하고 대학원 유학생들의 학업 적응을 위해서 듣고 쓰는 리터러시가 형성·안착될 수 있도록 안내하기 위함이다.

  '선수 과목'에서 이 수업 모형을 적용하도록 제안한 이유에는 학습자 특수성도 큰 영향을 주었다 대학교를 국내에서 졸업한 유학생이 많지 않기 때문에 대학원에 입학해서 처음 듣는 '선수' 과목에서는 지식의 비중보다는 학술 담화공동체에서의 학업 적응을 위한 태도 형성과 기술 습득에 주안점을 두는 것이 타당하다고 판단했다. 그래서 최소한 선수 과목에서는 학업 리터러시가 부족한 대학원 유학생에게 개인 발표나 조별 활동 등은 지양될 필요가 있다고 판단했다. 그렇다면 대학원 교육과정의 선수 과목에서 활용될 수 있는 듣기·쓰기 중심의 수업 모형이 실제로 어떻게 운영될 수 있는지를 살펴보려고 한다. 먼저 본 연구에서 개발한 대학원 유학생을 위한 듣기·쓰기 중심의 수업 모형을 정리하면 아래 〈그림 4〉과 같다.

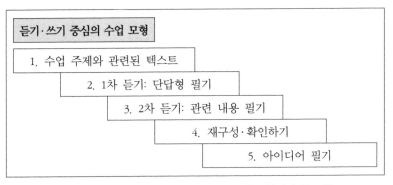

〈그림 4〉 대학원 유학생을 위한 듣기·쓰기 중심의 수업 모형

　가장 먼저 '수업 주제와 관련된 텍스트'는 대학원 유학생에게 '교재 (자료)'와 같은 역할을 할 수 있는 텍스트를 제공해 주고 먼저 읽도록 하는 것이다. 본 연구 2장에서 사용한 연구 주제 중에서 1번 '재외동포 한국어 교육의 중심 기관'을 활용해서 예시를 나타내면 다음과 같다.

　　2016년 7월 12일 국무회의에서 다뤄진 「해외 한국어교육 지원체계 개선 세 부 실행방안」에서는 '세종학당'을 중심으로 한국어교육의 브랜드를 통합한다 고 되어있다. 민간자생단체를 중심으로 운영되는 '한글학교'의 특성을 고려 해서 세종학당으로 전환을 원하는 경우에만 심사를 거쳐 전환할 수 있도록 돕는다는 것이 핵심내용이다. 그런데 이렇게 한글학교가 세종학당으로 브랜 드가 통합될 경우 '언어교육'은 큰 문제없이 '세종학당'으로 옮겨갈 수 있겠지 만, '한글학교'가 담당하는 '민족정체성교육'은 비교적 약화될 가능성이 높다. 한글학교는 세종학당의 '한국어 세계화'와는 별개로 전 세계 거의 모든 지역 에 분포하고 열악한 교육 환경 속에서도 재외동포들에게 민족정체성교육을 제공해 왔었다. 따라서 세종학당으로 브랜드 통합을 원하지 않는 한글학교는 학습자를 '재외동포'로 한정하고, '민족정체성교육'이 '언어교육'과 함께 지속 적으로 운영될 수 있도록 해야 할 것이다.

〈그림 5〉 수업 주제와 관련된 텍스트 예시[15]

　〈그림 5〉의 텍스트는 '한글학교'와 '세종학당'에 대한 내용을 담고 있 다. 위 텍스트는 대학원 교재로 사용될 텍스트 수준을 고려하여 학술 논문을 편집·재구성한 것이다. 대학원 유학생들은 이 텍스트를 읽으면 서 한글학교, 세종학당 등의 주제어와 해당 기관의 차이에 대해서 인지 하게 된다. 이는 명시적으로 단어와 문법, 그리고 내용을 개요로 제시 하는 딕토콤프와는 다른 부분인데, 실제 강의 상황에서 이런 정보들이 '명시적으로' 제시하는 경우는 없기 때문이다. 〈그림 4〉처럼 대학원 유 학생들이 텍스트를 읽으면서 듣기 내용을 인식·예측하는 것이 강의 상

---

15) 민정호·전한성(2016:281)의 내용을 요약·정리하여 텍스트로 구성하였다.

황에서 듣고 쓰는 리터러시 형성에 더 도움이 된다.

---

1. 재외동포와 재외국민을 위한 한국어교육 기관에는 우선 한글학교가 있다. 한글학교는 110개국에 2,111개 기관이 있는데, 재외국민이나 재외동포들에게 한국어와 한국문화를 가르친다. 보통 주말학교 형태로 토요일과 일요일에 2시간에서 6시간으로 운영되는데, 학교라고 하지만 비정규학교로 학력을 인정받지 못한다. 별도의 교재와 교육과정을 제공하는데, 외교부 재외동포재단에서 담당한다.

2. 한글학교 이외에 재외동포와 재외국민을 위한 한국어교육 기관에는 한국학교와 한국교육원이 있다. 한국학교는 15개국 30개교, 한국교육원은 14개국 34개원 정도가 있다. 한국학교는 초·중·고등학교 대상의 재외국민이나 동포에게 초·중등교육법에 의거해서 교육과정을 운영한다. 반면 한국교육원은 재외국민이나 현지인에게 한국어·한국사·한국문화 등을 가르친다. 한국학교는 정규학교이지만 한국교육원은 교육행정기관이라서 학력을 인정받지 못한다. 한국학교와 한국교육원은 한글학교와 달리 교육부 소속이고, 교재 등을 지원받는다.

〈그림 6〉 듣기 내용 예시[16]

〈그림 6〉은 1차와 2차 듣기에서 사용할 듣기 내용 예시이다. 앞서 제공된 읽기 텍스트가 현재 한글학교와 세종학당에 대한 이슈 중심의 내용을 담고 있었다면 듣기 내용은 보다 한글학교를 중심으로 설명을 하고, 한글학교와 유사하지만 차별점을 갖는 한국어교육 기관을 설명하는 내용을 담고 있다. 실제 이 듣기 내용은 한국어 예비 교사를 위해 개발된 교재에서 가져온 것인데, 대학원 유학생의 강의 상황을 고려해서 텍스트를 선정한 것이다. 듣기 내용이 두 개의 단락으로 나뉜 이유는 1번 단락은 1차 듣기에서 듣는 내용이고, 2번 단락은 2차 듣기에서 듣는 내용이다. 대학원 유학생은 1차 듣기를 듣고 '한글학교'에 대한 필

---

16) 한국어문학연구소·국어교육연구소·언어교육원(2014:22)의 내용을 요약·정리하여 텍스트로 구성하였다.

기를 하고, 1번 단락을 한 번 더 들을 수 있는 2차 듣기를 한 후에는 '한글학교'와의 공통점, 차이점 등을 기준으로 '재외동포와 재외국민을 위한 한국어교육기관'과 관련된 내용을 적게 된다. 이때 딕토콤프는 별도의 필기 자료를 제공하지만 이 수업 모형에서는 대학원 유학생의 강의 상황을 고려해서 개인 노트에 필기하는 것으로 한다. 이때 강조가 되는 것이 바로 '요약하기'이다. 서혁(1994:121)는 '요약하기'를 텍스트의 중심 내용을 간략히 옮기는 것으로 정의한다. 다만 '요약하기'는 보통 읽고 쓰는 전략으로 사용되지만(나은미, 2009), 강의 중에 교수자의 말을 전부 복사할 수 없다는 전제에서 강의 필기 역시 '요약하기'가 필요하다. 1차와 2차 듣기 내용을 듣고 쓰는 필기들은 내용을 요약해서 쓰는 것을 말한다.

이 활동을 진행한 후에 교사는 조별 활동을 구성하고 대학원 유학생끼리 텍스트를 확인하고 재구성하도록 한다. 텍스트를 확인할 때는 조 구성원이 요약한 내용이 다르거나 틀린 경우를 중심으로 서로 확인한다. 그리고 유학생끼리 확인이 끝나면 교사가 한 번 더 듣기 대본을 읽어주는데 이때는 새롭게 필기를 하는 것이 아니라 요약된 텍스트의 내용을 확인하는 것에만 집중한다. 그리고 최종적으로 필요한 내용을 보충하고 내용을 정리하는데, 이때 마지막으로 '아이디어 필기'를 하게 된다. 아이디어 필기는 별도의 활동지에 진행되는 글쓰기가 아니라, 대학원 유학생이 최종적으로 완성한 필기 옆에 다른 색깔 펜으로 추가 필기를 진행하는 것이다. 이 추가된 필기는 학위논문, 혹은 다른 수업에서 제출해야 하는 학술 보고서 등에 활용하기 위해 발견한 내용이나 인용 방법 등을 전략적으로 필기하는 것을 말한다. 앞에서 '매개담화 필기형'의 예로 제시했던 필기에 '아이디어 필기'를 추가한다면 다음과 같은 양상이 될 것이다.

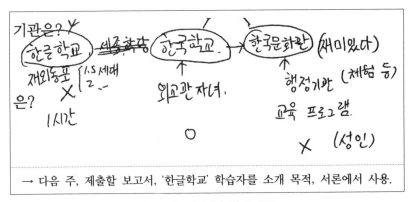

→ 다음 주, 제출할 보고서, '한글학교' 학습자를 소개 목적, 서론에서 사용.

〈그림 7〉 아이디어 필기 예시

한국어로 필기를 해 본 적이 없는 대학원 유학생에게 이러한 필기 연습은 강의에서 중요한 정보를 담화 목록으로 확보하고 이 누적된 담화 목록들을 향후 학술 보고서나, 학위논문에서 사용할 수 있도록 도울 것이다. 그리고 이렇게 강의 중 필기까지도 학위논문으로 연결시킬 수 있어야 본 연구에서 만든 수업 모형이 매개학습의 차원에서 유의미한 교수·학습 기법으로 실제 교육 현장에서 적용·활용될 수 있을 것이다.

4. 결론

본 연구는 석사과정으로 유입되는 유학생의 수가 정체되고, 석사과정의 중도탈락률이 높은 것의 원인을 유학생의 학습 요구가 충족되지 않았기 때문으로 진단했다. 본 연구는 듣고 쓰는 학업 리터러시가 학술 담화공동체에 편입되어 적응하는 데 중요한 역할을 한다고 전제하고 이를 향상시키기 위한 수업 모형을 제안했다. 리터러시는 학습자가 놓인 상황을 전제로 요구되는 언어능력을 말하는데, 대학원 유학생은 강의 상황, 조별 활동 상황, 면담 상황 등 다양한 상황에서 듣고 써야 하는 상황에 놓여 있다. 그래서 대학원 유학생들은 학술 담화공동체의 구성원들과 의사소통하면서 자연스럽게 편입될 수 있으려면 강의 상황에서 교수자, 조별 활동에서 한국인 동료, 면담 상황에서 지도 교수 등 여러 조력자들의 담화를 정확하게 듣고 쓰는 것이 요구된다. 실제 대학원 유학생의 학업 리터러시 상태를 확인하기 위해서 기초정보, 필기 양상, 인식 양상 등을 조사했는데, 한국어 필기 경험은 적었고, 교수자의 다양한 담화를 필기하지 못했으며, 스스로도 듣고 쓰는 것이 중요하다고 밝혔지만 실제로 잘하지는 못한다고 인식하고 있었다.

본 연구는 이와 같은 문제를 해결하기 위해서 딕토콤프를 중심으로 학업 리터러시 향상을 위한 수업 모형을 제안했다. 다만 딕토콤프는 목표어를 학습하는 일반 목적 학습자를 위해 개발된 기법이기 때문에 이를 동일하게 대학원 유학생에게 적용시킬 수 없다고 판단했다. 그래서 대학원 유학생의 '강의 상황'을 중심으로 딕토콤프를 재해석해서 '수업 주제와 관련된 텍스트 읽기', '1차 듣기: 단답형 필기', '2차 듣기: 관련 내용 필기', '재구성·확인하기', '아이디어 필기'등을 중심으로 모형을 새롭게 구성·개발했다. 그리고 실제 대학원 교육과정에서 이 수업 모형을 어떻게 적용할 수 있을지를 밝히고, 실제 예시를 추가하여 설명하였다.

본 연구는 읽고 쓰는 리터러시 이외에 듣고 쓰는 리터러시에 주목해서 대학원 유학생의 학업 리터러시 능력을 향상시키는데 도움을 줄 수 있는 수업 모형을 개발·제안했다는 점에서 의의가 있다. 다만 대학원 유학생의 의사소통 상황 중에서 강의 상황에만 집중했다는 점과 수업 모형에서 '아이디어 필기'를 유발할 수 있는 구체적 쓰기 전략들이 제시되지 않았다는 점에서 한계를 갖는다. 그렇지만 학술 담화공동체에서 다양하게 노출되는 듣고 쓰는 상황에 대한 적응이 대학원 유학생의 학업 적응뿐만 아니라 읽고 쓰는 학술적 글쓰기의 적응에도 긍정적 영향을 줄 수 있다는 점에서 본 연구는 의미가 있을 것이다. 향후 대학원 유학생의 학업 적응을 돕는 다양한 연구들과 수업모형이 개발되어서 대학원 유학생의 저자성 향상과 학술 담화공동체에서의 기능적 리터러시 향상에 도움을 줄 수 있기를 바란다.

• 참고문헌

김민경(2013), '딕토콤프(Dicto-comp)'가 한국어 학습자의 쓰기 능력과 듣기 능력에
    미치는 효과 연구, 고려대학교 석사학위논문.

김인규(2009), 학문 목적을 위한 한국어교육에서 '듣고 받아 적어 재구성하기
    (dictogloss)' 적용 방안 연구, 새국어교육 82, 한국국어교육학회, 51-72.

나은미(2009), 대학에서 학문 활동을 위한 글쓰기 교육의 한 방안: 요약문 쓰기를
    중심으로, 한국어학 44, 한국어학회, 147-175.

민정호(2018), 학문 목적 한국어 쓰기에서의 담화종합 수준별 저자성 분석: 대학원
    유학생의 계획하기와 수정하기를 중심으로, 동국대학교 박사학위논문.

민정호(2019), 학술적 글쓰기에서 대학원 유학생의 저자성 개념과 교육원리의 방향
    탐색, 리터러시연구 27, 한국리터러시학회, 313-341.

민정호·전한성(2016), 지역 맞춤형 융합 한국어 수업 설계 방안 연구, 우리말교육
    현장연구 19, 우리말교육현장학회, 279-308.

민진영(2013), 외국인 유학생의 대학원 학업 적응에 관한 내러티브 탐구, 연세대학
    교 대학원 박사학위논문.

박선민(2018), 한국어 중급 학습자의 딕토컴프 활동 양상 및 효과 연구: 듣기와
    쓰기 능력을 중심으로, 숙명여자대학교 석사학위논문.

서혁(1994), 요약 능력과 요약 규칙, 국어교육학연구 4, 국어교육학회, 113-142.

윤여탁(2015), 한국에서의 문식성 교육의 반성과 전망, 국어교육연구 36, 서울대학
    교 국어교육연구소, 535-561.

이수정(2017), 내용 지식의 강화와 통합을 위한 한국어 쓰기 교육 연구: 외국인
    유학생의 학술 보고서 쓰기를 중심으로, 한국외국어대학교 박사학위논문.

이승은(2010), 의사소통중심 영어교육환경에서 영어문법 학습을 위한 정보차 활동
    의 효과적인 활용에 관한 연구, 인문학연구 39, 조선대학교 인문학연구원,
    307-335.

정다운(2016), 외국인 대학원생을 위한 한국어 학위논문 서론 담화표지 교육 연구,
    어문론집 68, 중앙어문학회, 391-422.

정혜승(2008), 문식성(literacy) 교육의 쟁점 탐구, 교육과정평가연구 11(1), 한국교
    육과정평가원, 161-185.

최주희(2017), 외국인 유학생의 한국어 학위 논문 작성 과정 연구: 참조 모델 활용
    과 조력자와의 상호작용을 중심으로, 서울대학교 박사학위논문.

한국어문학연구소·국어교육연구소·언어교육원(2014), 한국어교육의 이론과 실제 2, 서울: 아카넷.

Anthony, E. M.(1963), Approach, method and technique, *ELT Journal*, 17, 63-67.

Enkvist, N. E.(1987), Text Linguistics for the Applier: An Orientation, In U. Connor & R. B. Kaplan Eds., Writing across languages: analysis of L2 text(23-43), MA: Addison-wesley publishing company.

Freedman, A.(1987), Learning to Write Again: Discipline-Specific Writing at University, *Carleton papers in applied language studies*, 4, 95-116.

Ivanic, R.(1998), *Writing and identity: The discoursal construction of identity in academic writing*, Amsterdam: John Benjamins.

Ilson, R.(1962), The dicto-comp: A specialized technique for controlling speech and writing in language learning, *Language Learning*, 12(4), 299-301.

kleinmann, H. H. & Selekman, H. R.(1980), The Dicto-comp Revisited", *Foreign Language Annals*, 13(5), 379-383.

Nation, P.(1990), A System of Tasks for Language Learning, In S. Arivan Ed., *Language Teaching Methodology for the Nineties*(22-43), Singapore: SEAMEO Regional Language Center.

Nation, P.(1991), Dictation, Dicto-comp, and Related Techniques, *English Teaching Forum*, 29(4), 12-14.

Riley, P, M.(1972), The Dicto-comp, *English Teaching Forum*, 10(1), 21-23.

Stubbs, M.(1983), *Discourse Analysis: the Sociolinguistic Analysis of Natural Language*, Chicago: University of Chicago Press.

Wardle, E.(2009), "'Mutt Genres' and Goal of FYC: Can We Help Students Write the Genres of the University?", *College Composiotion and Communition*, 60(4), 765-789.

대학 글쓰기에서 논증적 글쓰기 교육 방안 모색

― 직감 형성을 위한 교육 원리를 중심으로 ―

1. 머리말

대학 글쓰기는 신입생의 글쓰기 능력을 높이기 위해서 대학교마다 필수적으로 운영되는 교과에서의 글쓰기를 말한다. 일반적으로 대학교에 입학한 신입생은 '교양 필수'로 글쓰기 교과를 들어야 하고, 여기서 배운 글쓰기 지식과 기술을 가지고 전공으로 진입하게 된다(정희모, 2005). 그런데 이와 같은 필수 글쓰기 교과목은 교양에서 학습한 글쓰기 능력이 전공 교과나, 전공 심화 교과로 '전이'될 수 있다는 전제에서 운영되는 것이다(이윤빈, 2015:136). 여기서 기억해야 할 한 가지는 글쓰기 수업을 통해서 성취된 다양한 글쓰기 능력이 '학습 전이'를 통해서 전공으로 전이된다는 명확한 연구 결과가 없다는 것이다(정희모, 2014:200). 이에 대해서 Russell(2002)는 '학습 전이'의 가능성을 '신화(the Myth)'라고 비판하면서 회의적인 반응을 보였다. 즉 교양 글쓰기에서의 보편적 글쓰기 담론이 실제 전공 글쓰기에서의 세부적 글쓰기 담론으로 전이될 수 없다는 지적이다. 그래서 Wardle(2009)는 학습 전이 가능성이 떨어지는 '잡종 장르(Mutt Genres)'와 같은 비실제적 글쓰기 맥락이 아니라, 실제 글쓰기 맥락과 강한 '연결점(transfer point)'으로 존재하는 장르적 특징들을 반복해서 훈련할 것으로 제안했다.

그렇지만 고등학교에서 요구되는 리터러시와 대학교에서 요구되는 리터러시가 분명히 다르듯이 '대학생'에게만 요구되는 '학술적 리터러시'가 존재한다. Ivanic(1998:67)은 '담론(discours)'과 '관습(practice)'을 등가어로 사용하면서 특정 리터러시 '관행(literacy practices)'을 습득했다는 것은 '특정 타입의 사람(a certain type of person)'이 되었다는 의미라고 지적한다. 이는 새로운 공동체에서 요구하는 특정 타입의 사람이 되고 싶다면 그 공동체에서 요구하는 담론과 관습을 습득해야 한다는 의미이다. Ivanic(1998)은 '담론/관습'에 대해서 설명하면서 과제물의 보고서 표지처럼 '개별 사건 특화적(event-specific)'인 리터러시 관행이 있는가 하면, 텍스트의 요점을 파악하기 위해서 '훑어 읽는 것(skimming)'처럼 보다 더 보편적인 리터러시 관행이 존재한다고 밝혔다. 다만 두 개 모두 학술적 리터러시의 담론과 관습으로 존재한다. 이렇게 정리하면 '개별 사건 특화적인 것'처럼 글쓰기의 특징적 맥락을 강조하는 연구가 Wardle(2009), Russell(2002)이고, 보다 보편적 리터러시 관행을 강조하는 게 'FYC(First Year Composition)'라고 정리할 수 있을 것이다. 두 리터러시 모두 일상적 리터러시와는 구별되는 '학술적 리터러시'를 전제하지만 'FYC'가 보다 보편적이고, Wardle(2009)이나, Russell(2002)이 보다 특정 맥락을 강조하는 특화적 성격을 갖는다.

　본 연구는 'FYC'처럼 교양, 전공 기초, 전공 심화까지 '전이'가 가능하고, '개별 사건'까지는 고려될 수 없을 지라도, Wardle(2009), Russell(2002)처럼 대학교에서의 학술적 리터러시에 부합하는 '특징적 글쓰기 교육 내용'을 선정해서 이에 대한 교육 방안을 논의해 보려고 한다. 이처럼 학술적 리터러시에서 특징적이면서, 대학 글쓰기에서 전이될 가능성, 즉 활용가치가 높은 교육 내용은 바로 '논증'이다. 배식한(2019:259-260)는 형식주의 글쓰기의 가능성을 전제로, 대학에서 학술적 글쓰기의 지향을 '논증'으로 설명한다. 즉 각 계열이나 전공마다 논증의 양상이 다를 수는 있지만 근거를 가지고, 주장의 올바름을 입증한다는 차원에서는 공통점을 갖는다는 지적이다. 그러면서 논증을 설명, 묘사, 서사를 통해 '지향'되는 글쓰기 작업으로 소개하는데, 이는 '보편적'이면서 '특징적'인 '글쓰기 작업'으로써의 '논증'의 특징을 알 수 있게 한다. 결국 학술적 리터러시로써 보편적 글쓰기 맥락과 강하게 연결되면서 특정 글쓰기 맥락으로까지 전이 가능성이 높은 '연결점'은 곧 '논증'이다.

최근 교양 과정에서 논증적 글쓰기 교육 방안의 경향은 논증적 글쓰기에서 논증의 변화 양상(백은철, 2016), 논증 모형의 세부 전공 분야의 적용(김은정, 2015), 논증적 글쓰기 교육의 방안(정재림, 2018) 등이 있다. 백은철(2016)은 대학 글쓰기 교재 분석을 통해서 형식적 논증에서 비형식적 논증으로 변화되는 분기를 포착하고, 이에 대한 교육적 함의를 분석한 연구이고, 김은정(2015)는 '역사저널 그날'의 게시판 글을 보고 논증 모형으로 '수업'을 설계한 연구이며, 정재림(2018)은 논증 모형과 논증적 글쓰기를 쓰는 것은 별개의 문제라고 전제하고 논증 모형을 기초로 논증적 글쓰기를 쓰는 방안을 논한 연구이다. 문제는 백은철(2016)의 지적처럼 최근 글쓰기 교재의 '논증적 글쓰기'는 '비형식적 논리학'을 지향하지만, 여전히 형식적 논리학에 근거한 대학 글쓰기 교재가 대부분이라는 점이다. 이럴 경우 논증을 가르쳐야 하는 수업 설계, 교육 방안은 교수자의 교수학습 능력에 절대적으로 기대게 된다.[1] 만약 논증과 논증적 글쓰기에 대한 장르 교육이 학습자에게 적절하게 제공되지 못할 경우 전공에서 마주하게 되는 다른 양태의 논증적 글쓰기에서 어려움을 경험할 가능성이 높아진다. 이와 같은 이유로 본 연구는 형식적 논리학의 기본적 논증 개념만으로 단순하게 구성된 전형적 교재를 분석하고, 여기서 논증 관련 단원을 중심으로 문제점을 도출한다. 그리고

---

1) 이때 김은정(2015), 백은철(2016)을 참고할 수 있으나, '일회적' 수업의 성격을 갖기 때문에, 실제 교양과정에서 '주차별 일정'을 고려한 '단계적' 교육 방안이나 수업 설계를 위해 참고하기에는 한계가 있다.

이 문제를 해결하기 위해서 교수자가 수업을 설계할 때 고려해야 하는 교육 원리를 학습자의 '직감(felt sense)' 강화를 전제로 제안하고 구체적인 교육 방안을 설계해 보려고 한다.[2]

2. 논증적 글쓰기의 교육 방안 제안을 위한 전제

본 연구는 형식적 논리학의 기본적 논증 개념만으로 구성된 교재로 『대학인의 글쓰기』를 선택했다.[3] 이 교재를 선택하고 분석하는 이유는 최근 개편되는 몇몇 대학 글쓰기 교재들이 비형식적 논리학을 기반으로 교재를 구성하고, 이를 중심으로 논증적 글쓰기 수업을 진행하는데 (백은철, 2016), 이 교재는 그렇지 않기 때문이다. 즉 이 교재는 여전히 형식적 논리학에 근거한다. 교재 개발과 개편에 많은 시간이 필요하다는 점을 고려하면, 대부분의 교재들 역시 『대학인의 글쓰기』와 같은 양상을 보일 것이다. 그래서 간단하게 『대학인의 글쓰기』가 일반적인 대학 글쓰기 교재의 보편성을 갖추고 있는지를 검증한 후에, 이 교재에서 논증을 다루는 방식을 분석하고, 이를 해결하는 방향으로 논의를 전개하려고 한다.

---

2) 학술적 담화에서 '직감'은 특정 장르에 대한 다양한 경험과 그로 인한 배경지식으로 '일반화된 감각(generalized sense)'을 말한다(Freedman, 1987). 그래서 특정 장르에 대한 명시적 교육보다 간접적인 글쓰기 경험 등을 중요시 하지만 Freedman(1993)은 명시적 교육의 필요성도 부분 인정했다. 본 연구는 명시적, 그리고 암시적 교육을 모두 고려해서 논증, 그리고 논증적 글쓰기에 대한 직감이 강화되도록 하는데 주안점을 둔다.

3) 이 교재는 인천대학교의 교양과정에서 교양 필수로 운영되는 '글쓰기 이론과 실제'에서 사용되는 교재이다. 이 교재는 계열별로 '이공'과 '인문·사회·예체능'으로 나뉜다.

〈표 1〉 교재의 단원 구성 전략

	인문·사회·예체능 계열	이공 계열	구성 전략
1	글읽기가 글쓰기이다	글읽기가 글쓰기이다	학술적 글쓰기/윤리
2	글쓰기 기초 훈련	글쓰기 기초 훈련	텍스트의 응집성/결속성
3	어떻게 살 것인가?	과학이 보여주는 세상	글쓰기 과정 구상-집필-퇴고
4	삐딱하게 바라보기	우리가 사는 세상	
5	인간의 삶과 과학 기술	어떻게 살 것인가?	
6	**논리적 사고와 글쓰기**	**인간의 삶과 과학 기술**	**논리적 글쓰기**
7	비밀과 거짓말의 진실	디지털 시대의 글쓰기	인문) 비평문, 스토리텔링
8	문화 콘텐츠와 스토리텔링	프레젠테이션의 전략과 기법	이공) 디지털 리터러시

　이 교재는 계열을 구분했지만 7, 8장을 제외하면 동일한 구성을 갖는다. 1장에서 학술적 글쓰기의 특징과 텍스트 인용 방법 등 글쓰기 윤리를 다룬다. 그리고 2장에서는 텍스트의 '단어-문장-단락' 순으로 연결과 종합에 대해서 연습한다. 여기에서는 텍스트의 '결속성(cohesion)'과 '응집성(coherence)'이 중심이 된다. 이어지는 3장부터 5장까지는 글쓰기 과정을 '구상-집필-퇴고'의 순으로 다루고 각 단계에서 효율적인 전략들을 예시와 함께 설명한다. 이와 같은 글쓰기 과정은 Hayes & Flower(1980)의 인지주의 글쓰기 과정을 반영한 것이다. 정리해 보면, 이 교재에서 1, 2장은 '형식주의', 3, 4, 5장은 '인지주의'를 중심으로 교재가 구성된 것을 알 수 있다.4) 6장부터 8장까지는 계열별로 요구되는 대표 장르를 중심으로 구성되는데, 7, 8장은 전공별로 다르지만 '6장'만 '공통 장르'로 '논리적 글쓰기'가 포함되어 있다. 이는 이 교재도 계열과 상관없이 '학술적 리터러시'에서 '논증'을 중요하게 보고 있고, '전이 가능성'

---

4) 배식한(2019:242)는 "국내 대학의 글쓰기 교재들이 형식주의 교육론과 인지주의 교육론이 적당히 공존하는 형태"를 보인다고 지적했다. 본 연구에서 선택해서 분석한 인천대학교 교재 역시 이와 동일한 구성이다.

도 높게 보고 있는 것이다.

그렇다면 이 교재 6장의 '논증'을 자세하게 살펴볼 필요가 있겠다. 이 분석이 중요한 이유는 6장의 분석을 통해서 현행 글쓰기 교재에서 '논증'이나 '논증적 글쓰기'를 다루는 방식의 특징을 찾고 이를 개선할 수 있는 교육 방안을 도출할 수 있기 때문이다. 우선 교재는 '논증'을 '문제제기-주장-근거' 순으로 비교적 간단하게 정리한다. 활동은 대중적 으로나 학술적으로 유명한 필자들의 '논증 텍스트'를 읽으면서 학생들 이 문제를 찾아 수정하는 것으로 구성된다. 그리고 6장 끝에 '논증하는 글을 쓸 때 유의할 사항'을 제시하는데, 내용은 "논증의 대상이 되는 사 안이나 주제를 모든 측면에서 조사한다.", "주장이나 제안을 분명하게 한다.", "논증의 방법과 절차를 고려한다.", "반론에 대응한다.", "논증한 것 이상을 주장하지 않는다.", "분명하고 정확한 용어를 사용한다."가 그것이다(인천대학교, 2016:117). 여기서 발견되는 특징은 이런 내용이 '논 증적 글쓰기 tip'처럼 간단하게 제시만 된다는 것이다. 예를 들면 '논증 의 방법과 절차를 고려'하라고 했지만 교재에서 나오는 논증의 구체적 인 방법이나 절차는 교재 서두에 나온 '문제제기-주장-근거'밖에 없다.

'논증'을 다루는 이 교재의 문제는 첫째, 논증에 대한 설명이 지나치 게 단순하다는 것이다. '명제'와 '추론'과 같은 기초적인 형식 논리학의 논증 요소도 누락되어 있지만, 이것보다 더 심각하게 고려되어야 할 문 제는 '주장-근거'라는 논증의 구조가 학생들이 '고등학교'에서 배웠던 논 증의 구조와 동일하다는 것이다. 본 연구는 앞서 고등학교와 대학교에 서의 리터러시는 다르고, 이 다른 것을 배우는 게 FYC라고 정의했다. 그리고 다른 학술적 리터러시에서 가장 보편적이면서 전이 가능성이 높은 것을 '논증'이라고 했다. 그런데 대학교에서도 논증을 '주장-근거' 라고 정의하는 순간 그 '차이'가 사라지게 된다. 그러므로 어떤 사안에 대해서 학생이 '문제제기'를 한 후에 세부적으로 적용할 수 있는 '학술 담화공동체'에서의 '논증 과정'을 명확하게 제시하고, 이를 중심으로 교재가 구성될 필요가 있을 것이다.

둘째, 논증에 대한 내용 구성이 '쓰기'보다는 '읽기'가 중심이 된다는 것이다. Flower et al(1990)은 '학술적 과제'를 자료를 찾아 필자의 지식과 종합하고, 이 자료들을 수사적 목적에 따라서 해석해서 구성하는 것으로 설명했다. 그런데 이는 '학술적 과제'의 장르적 특성이지, 이와 같은 이유로 논증적 글쓰기'를 논증적 성격의 텍스트를 '읽는 것'으로 대체해서는 안 된다. 즉 논증적 성격의 텍스트를 읽으면서 문제를 찾고, 이를 보완하는 활동들은 논증에 대한 '의식 고양'은 가능하겠지만, 결국 학생들이 실제로 '논증'을 중심에 놓고 텍스트로 표현하지 못한다는 문제가 있다. 물론 이 교재의 활동에서도 '한 단락'을 써 보는 활동이 있었다. 그런데 이 활동은 논증 구조를 따라서 논증을 연습하는 활동이 아니라 '제목-주제문-개요'의 형식으로 쓰는 것이다. 즉 읽기 중심의 활동만 한 후에 '제목'까지 포함해서 높은 완성도를 요구하는 '논증적 글쓰기'를 해야만 하는 것이다. 이는 논증의 구조를 명시적으로 학생들에게 가르치고, 이를 반복적으로 써 보면서 논증적 글쓰기까지 완성해 보는 수업 설계가 필요함을 나타낸다.

셋째, 논증을 학생들이 글쓰기에서 사용할 수 있도록 고려된 교육적 단계 설정이 미비하다는 것이다. 현재 교재는 '논증의 기초적인 개념'을 먼저 설명하고, '논증적 텍스트'를 읽고 학생들이 평가하고 수정하는 '부분적 글쓰기 활동'이 들어간다. 논증적 글쓰기의 전략에 대한 간략한 정리가 있지만 글쓰기 활동은 없다. 이런 파편적인 활동들을 통해서도 논증과 논증적 글쓰기에 대한 장르 교육이 가능할 것이다. 그렇지만 '글쓰기' 수업이 보다 쓰기에서 도움이 되는 방향으로 구성되고, '직감' 강화를 통한 학습 전이까지 고려해야 한다고 전제했을 때, 이와 같은 교재 구성은 실제성이 떨어진다. 그래서 본 연구는 '지식', '기술', '태도'

와 같은 보다 근본적인 차원에서 교육 목표가 필요하다고 판단했다. 이를 중심으로 단계적이고 직접적인 실습 중심의 '논증' 교육이 구성되어야 할 것이다.

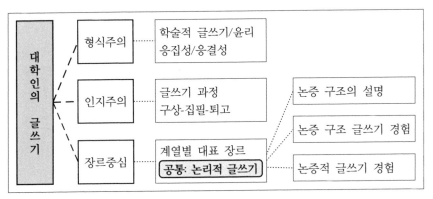

〈그림 1〉 교재의 특징과 논리적 글쓰기의 문제점

FYC 대학 글쓰기 교재의 보편적 특징을 갖고 있는 교재를 분석한 결과 '논증'은 6장 논리적 글쓰기에서 다루는데, 논증에 대한 설명이 간단했고, 논증 모형과 같은 구체적인 전략 제시가 없었다. 또한 논증을 가지고 글쓰기를 하는 활동이 없었으며, 무엇보다 체계적으로 논증을 글쓰기로 연결시킬 수 있는 내용 설정이 미비했다.

3. 직감 강화를 위한 논증적 글쓰기 교육 방안

어떤 새로운 것에 '직감'이 있다는 것은 최소한의 노력으로 그 특징을 파악하고, 문제 해결을 위한 전략을 빠르게 생각해서 수행할 수 있다는 것을 의미한다.[5] 이는 '과제표상(task representation)'을 예를 들어 설

---

5) '장르 인식(genre awareness)'은 암묵적으로 장르가 학습된다는 Freedman(1987)의 '직

명할 수 있겠다. Flower(1987)은 '과제표상'을 글쓰기 행위를 하는 필자가 마주한 '수사적 상황(the rhetorical situation)'을 적절하게 해석하기 위한 '해석의 과정(interpretive process)'이라고 정리했다. 그러니까 과제표상은 어떤 글쓰기 과제를 해결해야 할 때 필자가 내용이나 구성 등을 어떻게 배열할지를 계획하기 위한 해석과 선택을 말한다. 그런데 Baker & Brown(1984)는 '새로운 과제'라고 할지라도 필자의 인지적 부담이 크게 작용하지 않는 수준에서 과제표상이 작용할 수 있다고 지적했다. 이 지적은 특정 장르에 대한 '직감'이 있는 경우 새로운 과제를 만나더라도, 과제를 빠르게 해석하고, 과제표상을 적절하게 구성할 수 있다는 말이다. 이는 본 연구가 '직감' 형성에 주목해서 교육 원리를 제안하려고 하는 결정적인 이유이다.

3.1. 논증 양식에 대한 명시적 교육

Freedman(1987:101)은 '직감'을 새로운 장르가 주어졌을 때 필자가 '과거'에 경험했던 장르 지식과 새로운 장르에 대한 '현재' 지식들이 누적·종합되면서 발생하는 새로운 장르에 대한 감각이라고 정의했다. 그런데 이 '직감'이 Freedman(1993)에서는 '명시적 교육'이 아니라 '암묵적 교육'을 통해서 얻어지는 것이라고 결론을 내렸다. Freedman은 7,500명이 작성한 텍스트의 '서사 구조(the narrative structure)'를 검토했는데, 별도의 글쓰기 절차나 '구조적 조직(structural organization)'에 대해서 배우지 않은 학생들의 텍스트에서도 비교적 갖추어진 서사 구조가 나타났기 때문이다. 이와 유사한 결론은 Freedman(1987)에서부터도 나타났는데, 6명의

감(felt sense)'과 대응되는 용어로 Devitt(2004)가 명시적 장르 교육을 제안하면서 등장한 용어이다. '직감'이 필자가 경험과 배경지식 사이에서 창의적으로 강화시켜가는 개념이라면, '장르 인식'은 장르에 대한 명시적 교육을 통해서, 필자가 장르의 수사적 목적뿐만 아니라 지배 이데올로기까지 비판적으로 인식하는 것을 가리킨다.

법학 전공 학부생의 학술 보고서를 검토한 결과, 명시적으로 배운 적이 없는 '논증 양식(a very distinct mode of argumentation)'이 분명하게 나타났기 때문이다. 그렇지만 Freedman(1993:241)에서는 '명시적 교수법(explicit teaching)'이 특정 조건에서는 장르 학습을 강화할 수도 있다고 밝혔다. 이 특정 조건은 두 가지인데, 첫째는 해당 장르 양식이 들어간 텍스트를 '읽어 보는 것'과 실제 해당 장르가 담화공동체에서 요구하는 방향으로 드러나는 '실제 과제를 직접 해 보는 것'이다. 이렇게 정리하고 보면 일반적인 대학 글쓰기 교재는 '실제 과제를 직접 해 보는 것'보다는 해당 장르 양식이 들어간 텍스트를 '읽어 보는 것'에 더 큰 비중을 두고 있음을 알 수 있다. 그렇다면 논증적 글쓰기에서 학생들이 직감을 형성하도록 하기 위해서는 최소한의 글쓰기 조건, 즉 '실제 글쓰기 과제'를 전제하고, '명시적 교육'을 고려해야 할 것이다.

그렇다면 '실제 글쓰기 과제'에 앞서 교수자가 명시적으로 가르칠 수 있는 쓰기 내용이 무엇인지 살펴볼 필요가 있을 것이다. Freedman(1987:104)은 새로운 장르에 대한 인식을 높이기 위해서는 '형식(shape)'과 '구조(structure)'를 활용해서 배경지식을 새롭게 '수정(modified)'할 수 있도록 해야 한다고 지적했다. 이는 바꿔 말하면 고등학교 학술 담론에서 학습한 '주장-근거'라는 논증 구조를 '확장'해서 새로운 논증 구조를 확립할 수 있도록 해야 한다는 것이다. 명시적으로 가르칠 '논증 구조'부터 살펴보면 Toulmin(1959)의 논증 모형을 수정한 Williams & Colomb(2007)이 있다. 본 연구에서 이 논증 모형을 제안하는 이유는 Williams & Colomb(1993:262)도 장르 지식의 '명시적 교육'에 긍정적이기 때문이다. Williams & Colomb(2007)의 논증 모형도 논증의 구조를 이해하고 논증적 글쓰기에 적용할 목적으로 명시적으로 가르치기에 타당할 것이다.

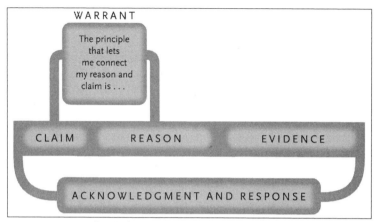

〈그림 2〉 Williams & Colomb의 논증 모형
(Booth, Williams & Colomb(2003:121))

이 모형은 '주장(claim)'과 이를 뒷받침하는 '이유(reason)', 그리고 '주장과 이유를 연결(connect my reason and claim)'하는 '전제(warrant)', 이유에 대한 객관적 증거인 '근거(evidence)', 마지막으로 '반론수용과 반응(acknowledgment and response)'으로 이루어진다. 이 논증 모형은 사실 '주장-근거'라는 대학 글쓰기에서 범용적으로 사용되는 논증 구조와 비교하면 학생들에게 보다 더 '세부적'이고 '풍부한 내용'을 제공한다. 보통 Toulmin(1959)의 논증 모형은 '신수사학(New rhetoric)'으로 분류되는데, 그 이유는 전통적인 형식 논리학이 가지고 있는 '경직성'을 벗어나서 실제 인간 행위 인식에 바탕을 둔 '패턴화'에 의존하기 때문이다(최종윤, 2017:99). Williams & Colomb(2007)도 신수사학을 계승하면서 이와 같은 Toulmin의 모형을 단순화하는데, 이는 보다 더 '일상적 문제'에 논증을 적용하기 위함이다. 전공과 상관없이 모든 필자에게 '일상'과 '전공', 그리고 이에 따른 '글쓰기 맥락'이 존재한다고 전제한다면 신수사학 입장에서의 논증 모형을 통한 '논증 활동'은 학습 전이를 높일 것이다.

백은철(2016)은 전북대와 서울대의 교재를 근거로 최근 대학 글쓰기

교재들이 논리적 글쓰기를 다룰 때 전통적인 형식적 논리학에서 신수
사학에 근거한 비형식적 논리학으로 '전향됨'을 밝혔다. 그런데 이는 최
근 새로 출판된 교재 중 일부에서만 그렇고, 여전히 많은 글쓰기 교재
에서는 '주장-근거'와 같은 단순한 구조로 논증을 다룬다. Williams &
Colomb(2007)의 논증 모형을 중심으로 논증 교육을 위한 내용을 체계화
하고, 이에 대한 '화제', 그리고 이 '화제'에 대한 '입장'과 '주장', 그리고
이를 정당화하기 위한 '전제', '이유', '근거', '반론수용', '재반박'의 예시
문도 함께 교재에서 '명시적으로' 다룰 수 있다면 학생들의 논증에 대한
'직감'을 강하게 형성할 수 있도록 도울 것이다.

3.2. 수사적 상황에서의 논증 모형의 사용

명시적 교육에서 한 가지 고려해야할 점은 '논증'이 '장르'가 아니라
는 것이다. Bazerman(1997:24)은 장르를 학생들이 새로운 장르로 진입할
때 '도전의 틀(framing challenges)'을 만들어주는 '도구(tool)'로 비유한다.
앞서 언급한 논증 모형은 장르가 아니라, 특정 장르로 자연스럽게 진입
하게 해주는 도구 중에 하나이다. 이는 논증 모형을 통해서 학생들이
지향해야 하는 장르 글쓰기는 별도의 연습이 필요하다는 것을 의미한
다. 실제로 Freedman(1987)은 장르 글쓰기를 반복적으로 수행하면서 장
르에 대한 희미한 '직감'이 보다 분명하게 강화된다고 지적했다. 그렇다
면 '논증'이 주로 포함되는 장르 글쓰기가 무엇인지에 대해서 살펴볼 필
요가 있을 것이다. 본 연구가 학술적 리터러시에 대해서 언급했던 것을
고려한다면 논증이 제일 많이 들어가 있는 장르 글쓰기는 '학술적 글쓰
기(academic writing)'가 될 것이다. 실제 Freedman(1987, 1993), Williams &
Colomb(1993), Bazerman(1997) 등이 모두 대학의 '과제물'을 가지고 진행
한 연구라는 것은 함의하는 바가 크다. 그런데 대학 글쓰기의 문제는
논증 모형 자체를 쓰도록 연습하는 과정도 부족하지만 이 논증 모형을

사용해서 '학술적 글쓰기'를 쓰도록 하는 과정도 부족하다는 것이다. 학술적 글쓰기가 '논증적 성격'이 강하다는 것을 전제하면 학술적 글쓰기를 지향하는 수업 설계가 학생들의 논증에 대한 직감을 높이고, 논증 모형을 활용해서 학술적 글쓰기까지도 성공적으로 해결하도록 만들 것이다. 본 연구에서는 학술적 글쓰기의 논증적 성격을 고려해서 '논증적 글쓰기'를 다루는 것까지 수업에 반영해 보도록 하겠다.

　　Devitt(2009:347)는 '신입생'들의 장르 인식이 '이전의 학교 교육(previous schooling)'으로부터 영향을 많이 받는다고 지적한다. 그래서 별도의 '명시적 교육'이나 '글쓰기 연습'이 제공되지 않으면 이미 알고 있는 장르와 연결해서 글쓰기를 진행하기 때문에 문제가 발생할 여지가 많다고 지적했다. 이는 글쓰기의 특징을 잘 배웠더라도 이전의 교육으로 형성된 배경지식 때문에 글쓰기가 어려워질 수 있다는 지적이다. 이를 해결하기 위해서는 지식으로 알고 있는 논증 모형을 활용해서 글쓰기 실습을 반드시 시켜야 하는 이유이다. 대학 글쓰기 교재에서는 쓰기보다는 읽기 중심의 활동이 많았다. 하지만 Freedman(1987)은 '특정 과제(particular assignments)'를 수행하면서 글쓰기에 대한 '배경지식'이 수정된다고 지적했다. 이렇게 정리하고 보면 논증 모형을 배운 학생들이 실제 논증 모형을 가지고 일상생활에서 발견한 문제에 대해서 찬반입장을 정리하고 이를 논증의 형식으로 표현할 수 있어야 한다. 그래서 처음에는 한 단락으로 논증 모형에서 요구하는 '전제-주장-이유-근거-반론수용-재반박'을 연습할 수 있도록 해야 한다. 이때 활동지는 정확하게 논증 모형별로 구획된 것을 제공하고, 논증의 내용은 교재를 활용해도 되며, 교사가 최근의 이슈를 중심으로 제공할 수도 있다. 또한 학생들이 자료를 찾으면서 겪는 어려움을 줄이기 위해서 근거로 활용할 수 있는 자료도 제공해 줄 수 있을 것이다. 그리고 나서는 교수자가 직접 화제, 찬반을 정해주는 것이 아니라 대략적인 '주제'만을 제공하고 학생들이 논증 모형을 활용해서 한 단락 글을 완성하도록 한다. 찬반입장을 교수자가 정해주지 않는 이유는 학술적 과제가 찬반입장을 학생 스스로 정하는 경우가 일반적이기 때문에 이런 맥락까지 고려한 것이다. 논증 모형을 적용해서 한 단락을 완성하는 단계까지는 '논증 모형'에 대한 '직감'을 높이는 것이 목표가 된다.

논증 모형에 대한 반복 연습이 끝난 후에는 한 단락 글쓰기에서 다섯 단락 글쓰기로 글쓰기를 확장하게 된다. Freedman(1987:104)은 '수사적 맥락(rhetorical stance)'에 따라서 배경지식을 활용할 수 있어야 직감이 형성된 것으로 보았다. 실제로 논증 모형만 들어가는 글쓰기 과제란, 학생이 논증 모형을 배우는 그 순간에만 존재할 것이다. 그러므로 학생이 연습한 논증 모형을 '수사적 맥락'에 부합하는 방향으로 한 편의 텍스트를 구성, 완성할 수 있어야 할 것이다. 곽수범(2019:9)는 다섯 문단 글쓰기가 "영미권 글쓰기의 핵심"이자, "대학 신입생 작문 교육의 큰 줄기"라고 지적했다. 결국 한 단락으로 논증 모형을 집중적으로 연습했다면 다섯 단락 글쓰기를 통해서 '논증적 글쓰기'라는 글쓰기 맥락, 수사적 맥락에 따라서 '논증 모형'을 적용할 수 있도록 해야 할 것이다. 이와 같은 단계를 정리하면 다음과 같다.

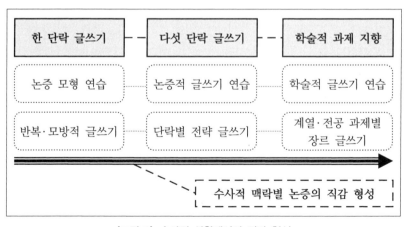

〈그림 3〉 수사적 상황에서의 직감 형성

처음 한 단락 글쓰기에서는 논증 모형만을 연습한다. 이때 직감 형성의 목표는 Williams & Colomb(2007)의 논증 모형 요소들을 이해하고 실제 써 보는 것이다. 반복적으로 이 논증 모형을 연습하면서 때에 따라서는 교수자가 제공하는 예시문을 보고 '모방적'으로 논증 모형을 연습한다. 물론 이 모방적 글쓰기가 '훈련'적 성격을 갖고 있다는 것을 인정하지만, 논증 모형의 각 요소에 대한 이해가 선행되려면 '모방'을 통한 연습이 최적의 방법이라고 판단했고, 무엇보다 이럴 경우에만 '논증 모형'을 활용하는 학술적 글쓰기에서 학생들의 흥미를 강화시킬 수 있을 것이다.[6] 논증 모형에 대한 직감이 형성되면 논증 모형을 활용해서 다섯 문단 글쓰기를 한다. 배식한(2019)는 학술적 글쓰기를 설명하면서 설명, 묘사, 서사가 '논증'을 지향한다고 말했다. 그렇다면 필자들은 논증 모형을 활용해서 텍스트를 완성하는데, 이때 다섯 단락에서 각각 수사적 목적을 고려해서 설명, 묘사, 서사, 그리고 논증을 종합해서 구성해야 할 것이다. 특히 이때 교재에서 앞서 배운 형식주의, 인지주의 관련 글쓰기 지식과 전략을 활용할 수 있을 것이다. 그리고 이 논증적 글쓰기의 경험은 학술적 글쓰기의 경계 학습이 되어서, 전공별로 학술 보고서를 쓸 때, 논증 모형이 필요한 맥락을 정확하게 인지하고 활용할 수 있도록 유도할 것이다.

3.3. 피드백을 활용한 단계적 교육

Mitchell & Andrews(1994:95)는 '논증 장르(argument genres)'에 대한 '전형성(typified)'을 아는 것이 곧 '장르 수행(genre performance)'으로 연결되지는 않는다고 말했다. 본 연구도 이 점을 고려해서 논증에 대한 명시적

---

6) 즉 논증 모형에 대한 직감이 형성되어야 논증 모형을 활용해서 논증적 글쓰기를 쓸 때 글쓰기에 대한 자신감과 흥미가 높아질 것으로 판단했다.

지식을 토대로 논증 모형의 연습, 논증적 글쓰기의 연습, 학술적 글쓰기의 지향으로 '장르 수행', 즉 직감 형성을 높이기 위한 교육적 방안들을 모색해 보았다. 그렇다면 대학 글쓰기 수업을 진행하는 교수자는 명시적 교육을 통해 '지식'을 전달하고, 훈련과 실습을 통해서 '기능'을 가르치기 위해서 어떤 식으로 수업을 설계해야 할지에 대해서 논의해 보도록 하겠다.

우선 수업은 단계적으로 설계되어야 한다. 그런데 단계적으로 수업을 설계할 때 가장 중요한 것은 '피드백'이다. Bawarshi & Reiff(2010:121)은 교수자가 장르에 대해서 명확하게 설명할지라도 학생들이 가지고 있는 장르 지식과는 충돌할 수밖에 없다고 지적했다. 그러니까 실제 완성된 텍스트를 확인해 보면, 명시적으로 논증 모형, 논증적 글쓰기에서의 서론, 본론, 결론의 구조 등을 설명했을 지라도 학생들의 텍스트에는 다른 양상이 나타날 수 있다는 것이다. 그러므로 교수자는 이와 같은 양상을 피드백을 통해서 확인하고, 수정해 주는 것이 중요할 것이다.

Wardle(2004)는 '장르 지식(genre knowledge)'과 '저자성(authority)'에 대한 연구인데, 교수자의 설명이 부족했을 지라도, 학생들은 자신의 텍스트를 읽고 평가하는 동료들과 '씨름(wrestled with)'하면서, 새로운 장르에 대해서 배운다고 설명했다. 실제로 '동료 평가(peer critiques)'에 참여하는 동료들은 같은 신입생이기 때문에 해당 장르에 대한 지식이 동일하게 부족하지만, 그렇기 때문에 같은 고민과 문제를 갖고 있는 동료와 함께 고민하면, 장르 텍스트에 대한 직감이 강화될 수 있을 것이다. 이와 같은 점을 고려하면 다음과 같은 단계가 가능할 것이다.

우선 교사가 정한 화제를 가지고 '논증 모형'을 훈련할 때는 동료가 피드백을 진행한다. 교수자가 제안한 동일한 화제와 동일한 자료를 가지고 논증 모형을 적용했기 때문에 동료들이 논증 모형의 합리성과 적절성을 판단하기가 수월할 것이다. 그렇지만 이어서 학생이 '직접 정한 화제'를 가지고 '논증 모형'을 완성한 경우에는 교수자가 직접 피드백을 진행한다. 한 단락 텍스트를 완성하고 제출 후, 교수자가 논증 모형의 각 요소별로 '관계'를 고려해서 논증 모형의 적합성에 대한 피드백을 제공하는 것이다. 그 후에 다섯 단락 글쓰기를 진행할 때는 교사가 '서론-본론-결론'으로 묶인 텍스트에 논증 모형이 적절하게 포함되어 있는지, 그리고 논증 모형의 각 요소들이 필자의 화제에 부합하는 방향으로 결속되어 있는지를 피드백 한다. 그리고 피드백 후에 고친 텍스트를 동료들끼리 바꿔서 읽는데, 논증적 글쓰기를 할 때 반드시 고려되어야 하는 내용이나 전략, 그리고 이를 다룬 교재의 내용을 참고해서 피드백을 하게 한다. 그러면 학생들은 논증적 텍스트에 대해서 필자, 독자, 평가자라는 다층적 위치에 서게 되는데, 이로써 어떤 수사적 맥락에서 논증을 활용해야 하는지에 대한 '직감'이 형성되어 적극적으로 논증을 사용할 수 있는 '태도' 형성에 긍정적인 효과가 있을 것이다.[7]

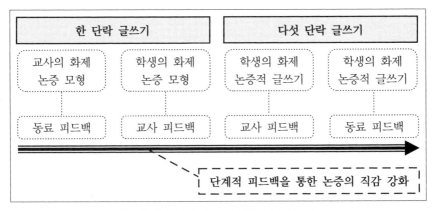

〈그림 4〉 단계적 피드백을 통한 직감 형성

---

7) 이처럼 '교사 피드백'과 '동료 피드백'을 종합적으로 고려해야 하는 이유는 동료 피드백이 일방적, 권위적으로 수행될 수 있는 교사 피드백의 단점을 보완하면서 필자가 스스로의 글을 재인식하도록 도울 수 있기 때문이다(Mendoca & Johnson, 1994:746).

대학 글쓰기 수업은 15주 동안 진행되고, 시험을 제외하면 보통 13주로 수업이 설계된다. 인천대학교『대학인의 글쓰기』처럼 8개의 장으로 구성되어 있는 경우, 특정 부분을 2, 3주차로 구성해서 교수자가 강의를 탄력적으로 설계·운영해야 한다. 이때 보편적 학술적 리터러시에서도 중요한 위치를 차지하며, 전공별 학술적 리터러시에서도 중요한 '논증'을 3주차로 확장해서 수업을 설계할 수 있다.

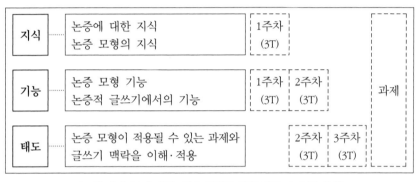

〈그림 5〉 논증에 대한 직감 형성을 위한 글쓰기 수업 운영

1주차에는 논증의 개념과 논증 모형에 대한 지식 등을 명시적으로 전달한다. 그리고 교수자가 정한 화제로 한 단락 글쓰기를 진행하고 동료 피드백을 진행한다. 이어서 학생이 직접 정한 화제로 한 단락 글쓰기를 진행하는데, 이 텍스트에 대한 피드백은 교수자가 한다. 2주차에는 교사가 평가하며 발견한 오류를 예문을 통해 학생들에게 알려주는데, 일반적으로 '전제의 오류', '이유와 근거의 혼동', '반론 수용의 누락' 등을 알려준다. 이어서 논증적 글쓰기에서 사용할 수 있는 서론·본론·결론 전략에 대해서 소개한다. 그리고 논리적 글쓰기를 쓰게 하고, 교수자는 텍스트를 받아서 논증 모형의 적절한 반영과, 단락 간의 결속성을 중심으로 평가를 한다. 3주차에는 교수자가 논증적 텍스트에서 발

견된 공통적 특징이나 문제 등을 공유하고, 텍스트를 수정하도록 한다. 그리고 수정한 텍스트를 동료와 교환해서 읽도록 하는데, 이때 동료 평가에서 참고할 수 있는 평가 기준을 제공한다. '과제'는 동료 피드백의 내용을 정리하고, 이를 반영해서 수정한 텍스트를 함께 제출하도록 한다. 논증에 대한 수업을 통해서 학생들은 논증 모형, 논증적 글쓰기, 학술적 과제의 적용이라는 단계적 수업을 경험하고, 이를 통해 논증과 논증적 글쓰기에 대한 직감을 강화시킬 수 있을 것이다.

4. 맺음말

학술적 리터러시로써 논증의 교육적 가치는 크다. 논증은 보편적인 학술적 리터러시에서도 중요하고, 학습 전이성을 고려한 전공, 계열별 활용 차원에서도 중요하기 때문이다. 본 연구는 이와 같은 '논증'을 대학 글쓰기에서 어떻게 가르치고 있는지를 분석하기 위해서 실제 FYC 교재를 분석하고, '논증' 관련 문제들을 도출했다.

이를 '직감' 강화를 중심으로 해결하기 위해서 본 연구는 논증과, 논증 모형, 그리고 논증적 글쓰기에서 요구되는 지식을 명시적으로 다룰 것을 제안했다. 그리고 이 지식을 근거로 한 단락 글쓰기에서의 논증 모형 연습, 다섯 단락 글쓰기에서의 논증적 글쓰기 연습으로 글쓰기를 확장할 것을 제안했다. 마지막으로 교사와 동료 피드백을 종합해서 단계적으로 수업이 진행되도록 했고, 수업은 일회적 구성이 아니라 3주차로 구성하고 그 절차적 예시를 보였다.

이 연구는 논증을 가르치는 교수자들에게 수업 설계의 도움을 주고자, 장르 중심 접근법의 직감을 중심으로 세부 교육 원리와 교육 방안을 제안했다. 다만 본 연구는 이 수업의 효과를 직감 강화와 연결해서 실증적 자료로 제시하지 못했다는 한계를 갖는다. 이에 대한 후속 연구를 통해서 논증을 포함한 전반적인 학술적 글쓰기에 대한 직감이 형성·강화되고, 학습 전이도 활발히 발생해서, 향후 세부전공의 학술적 과제에서도 대학생들의 글쓰기 어려움이 줄어들 수 있기를 바란다.

• 참고문헌

곽수범(2019), 다섯 문단 글쓰기 교육의 실제: 선행연구 검토와 향후 연구방향 제안, 작문연구 42, 한국작문학회, 7-29.

김은정(2015), 대학생의 역사의식을 바탕으로 한 논증적 글쓰기 연구, 리터러시연 구 11, 한국리터러시학회, 99-122.

민정호(2019), 학술적 글쓰기에서 대학원 유학생의 저자성 개념과 교육원리의 방향 탐색, 리터러시연구 10(1), 한국리터러시학회, 313-341.

배식한(2019), 담론의 네 양식을 이용한 대학 글쓰기 교육 - 묘사, 서사, 설명, 논증 의 필요성과 활용 방안, 리터러시연구 10(1), 한국리터러시학회, 239-268.

백은철(2016), 논증적 글쓰기 교육의 분기와 그 의미, 국어문학 62, 국어문학회 317-341.

이윤빈(2015), 대학 글쓰기 교육에 대한 비판적 논의 및 대안적 교육 방안 검토, 작문연구 24, 한국작문학회, 177-219.

인천대학교 글쓰기 교재 편찬위원회(2016), 대학인의 글쓰기 이공계열, 파주: 태학사.

인천대학교 글쓰기 교재 편찬위원회(2016), 대학인의 글쓰기 인문 사회 예체능계 열, 파주: 태학사.

정재림(2018), '논증 전개 짜임'을 활용한 논증적 글쓰기 교육 방안, 교육문화연구 24(2), 인하대학교 교육연구소, 181-200.

정희모(2005), 대학 글쓰기 교육의 현황과 방향, 작문연구 1, 한국작문학회, 111-136.

정희모(2014), 대학 글쓰기 교육에서 학습 전이의 문제와 교수 전략, 국어교육 146, 한국어교육학회, 199-124.

최종윤(2017), 신수사학의 작문 교육적 함의, 청람어문교육 62, 청람어문교육학회, 95-121.

Baker, L., & Brown, A. L.(1984), Metacognitive skills in reading, In R. Barr, M. L. Kamill, & P. Mosenthal Eds., *Handbook of reading research*, New York: Longman.

Bawarshi, A. & Reiff, M. J.(2010), *Genre: An Introduction to History, Theory, Research, and Pedagogy*, Lafayette, IN: Parlor Press.

Bazerman, C.(1997), The Life of Genre, the Life in the Classroom, In W. Bishop & H. A. Ostrom Eds., *Genre and Writing: Issues, Arguments, Alternatives*(19-26), Portsmouth: Boynton/ Cook.

Booth, W. C., Williams, J. M. & Colomb, G. G.(2003), *The craft of Research*, Chicago : University of Chicago press.

Devitt, A. J.(2004), *Writing Genres*, Carbondale: Southern Illinois University Press

Devitt, A. J.(2009), Teaching Critical Genre Awareness, In C. Bazerman, A. Bonini & D. Figueiredo Eds., *Genre in a Changing World, Fort Collins*(342-355), Colorado: The WAC Clearinghouse and Parlor Press.

Flower, L.(1987), *The role of task representation in reading to write*, Technical Report 6, Berkely, CA: University of California, National Center for the Study of Writing and Literacy.

Flower, L., Stein, V., Ackerman, J., Kantz, M. J., McCormick, K., & Peck, W. C.(1990), *Reading to write: Exploring a Cognitive and Social Process*, New York: Oxford University Press.

Freedman, A.(1987), Learning to Write Again: Discipline-Specific Writing at University, *Carleton Papers in Applied Language Studies*, 4, 95-116.

Freedman, A.(1993), Show and Tell? The Role of Explicit Teaching in the Learning of New Genres, *Research in the Teaching of English*, 27(3), 222-251.

Hayes, J. & Flower, L.(1980), Identifying the organization of writing processes, In L. Gregg & E. R. Steinberg Eds., *Cognitive processes in writing*(31-50), Hillsdale, NJ : Lawrence Erlbaum.

Ivanic, R.(1998), *Writing and identity: The discoursal construction of identity in academic writing*, Amsterdam: John Benjamins.

Mendoca, C. O., & Johnson, K. E.(1994), Peer review negotiations: Revision activities in ESL writing instruction, *TESOL Quarterly*, 28(4), 745-769.

Mitchell, R. & Andrews, S.(1994), Learning to Operate Successfully in Advanced Level History, In A. Freedman & P. Medway Eds., *Learning and Teaching Genre*(81-104), Portsmouth, NH: Boynton/Cook.

Russell, D. R.(2002), *Writing in the academic disciplines: A curricular history*, Carbondale, IL: Southern Illinois University Press.

Toulmin, S. E.(1959), *The uses of argument*, Cambridge: Cambridge University Press.

Wardle, E.(2004), Is This What Yours Sounds Like?': The Relationship of Peer Response to Genre Knowledge and Authority, In B. Huot, B. Stroble & C. Bazerman Eds., *Multiple Literacies for the 21st Century*(93-114), Cresskill, NJ:

Hampton.

Wardle, E.(2009), 'Mutt Genres' and Goal of FYC: Can We Help Students Write the Genres of the University?, *College Composiotion and Communition*, 60(4), 765-789.

Williams J. M. & Colomb G. G.(1993), The Case for Explicit Teaching: Why What You Don't Know Won't Help You, *Research in the Teaching of English*, 27(3), 252-264.

Williams J. M. & Colomb G. G.(2007), *The craft of Argument*, New York: Pearson/Longman.

학부 유학생의 비판적 리터러시 향상을 위한 강의 설계 방안 연구

1. 서론

대학교 교양과정에는 학부 유학생을 위한 글쓰기 수업이 필수로 개설된다. 이 수업을 들은 후에 유학생들은 계열별 전공과정으로 들어가게 되는데, 문제는 유학생에게 '글쓰기'가 여전히 어려운 영역이라는 것이다. Russell(2002)는 한 번의 강의를 통해서 학술적 리터러시가 전공과정으로 전이된다는 주장을 맹목적인 '신화(the Myth)'라고 비판했다. 특정 글쓰기 강의가 전공과정을 포함한 학업 전체에서 요구하는 글쓰기 능력을 책임질 수 없기 때문이다. Russell(2002)의 지적은 쓰기 교육의 '반복'이 중요함을 지적한 것으로 교양 이후 계열이나 전공과정에서도 지속적인 글쓰기 경험이 필요함을 나타낸다. 이와 같은 이유로 본 연구도 유학생을 대상으로 교양과정 이후의 글쓰기 교육에 대해서 논의해 보려고 한다.

'학부 유학생'을 위한 교육과정 개발과 학업 부적응의 원인 등을 살펴본 김해경(2016), 김종일(2017) 등을 보면, 학업 적응에서 '한국어 능력'은 결정적이었고, '낮은 한국어 능력'은 학업 부적응의 주요 원인이었다. 특히 유학생 468명을 대상으로 진행된 김종일(2017)에서 유학생은 71%가 대학의 '교육과정'에 불만족하다고 응답했다. 세부적으로는 89%가 '보고서 쓰기'에 대해서 부정적으로 대답했고, 66%가 대학교에 추가로 개설되었으면 하는 교과로 '한국어와 의사소통'을 선택했다. 이 66% 중에서 44%는 의사소통 중에서 '읽기와 쓰기'를 원한다고 응답했다. 여기서 알 수 있는 것은 학부 유학생은 전공에서의 '학술 보고서'를 어려워한다는 것이고, 대학교에 '읽기와 쓰기' 관련 강의가 개설되기를 희망한다는 것이다.

이 학습자 요구에서 중요한 것은 유학생이 '학술 보고서'와 '읽기와 쓰기'에 대한 교육을 원한다는 점이다. 그런데 대학에서의 '보고서'와 '읽기와 쓰기'는 같은 의미로 해석될 수 있다. 학술적 글쓰기는 학습자가 전공과정에서 학술적 과제를 해결하기 위한 글쓰기를 말하는데, 이 과정에서 학습자는 무언가를 반드시 읽고 해석해서 써야만 하기 때문이다. 이와 같은 이유로 Flower et al(1990)은 학술적 글쓰기의 장르적 특징을 '쓰기를 위한 읽기(reading to write)'로 설명했다. 학술적 글쓰기를 읽기와 쓰기의 결합으로 정의한 연구는 Flower et al(1990)뿐만 아니라 Segev-Miller (2004), Bracewell, Frederiksen & Frederiksen(1982) 등도 있다. 그렇다면 이와 같은 유학생의 학습자 요구는 계열별 전공과정에서 마주하게 되는 학술적 글쓰기에서의 어려움을 해소할 수 있는 '읽기와 쓰기' 교육 방안을 모색해 달라는 것과 같은 말이 된다. 본 연구는 학습자 요구에 기초해서 세부 장르 유형은 '보고서'로 하고, 학습 목표는 '읽기와 쓰기' 능력, 곧 리터러시의 향상으로 해서, 전공과정에서 운영될 수 있는 강의를 설계하려고 한다.

Hyland(2002:1094)는 학술적 글쓰기를 필자가 '발견(finding)'한 내용을 '특별한 장르적 특징(a particular genre)'을 고려해서 표현하는 것으로 정의했다. 여기서 발견은 쓰기 내용과 연결되는데, 이는 Irvin(2015:9)가 학술적 글쓰기를 설명하면서 찾은 자료와 정보들을 '비판적으로 분석(Analyzing Critically)'하고, '종합(Synthesizing)'하는 것이라고 설명한 것과 일치한다. 문제는 교양과정에서 운영하는 학부 유학생을 위한 글쓰기 수업이 주로 '주요 담화규약(Key Disciplinary)'이라고 할 수 있는 '특별한 장르적 특징'에 치중되어 있다는 것이다. 예를 들어서 학술적 글쓰기에서 서론/본론/결론 단락의 역할이나, 각주를 다는 방법 등이 이에 해당한다. 이와 같은 교육내용은 학술 보고서의 '형식' 차원에서 도움이 될 것이다. 그렇지만 담화규약을 기초로 전공과정에서 학술 '보고서'를 써야 한다면 추가적으로 확보하고 있어야 하는 능력이 있는데, 그것은 비판적으로 분석하는 '비판적 리터러시'이다.[1]

Flower et al(1990)은 '비판적 리터러시(critical literacy)'를 다양한 텍스트의 내용을 맹목적으로 수용만 하는 것이 아니라, 필자의 입장에서 질문하고 평가해서 새로운 담화를 만들어내는 것이라 말했고, 이것이 학술적 글쓰기의 핵심이라고 했다. 비판적 리터러시가 부재할 경우, 자료를 그대로 사용하기 때문에 표절의 문제가 발생할 수도 있다(이유경, 2016). 다른 텍스트를 읽고 '해석'할 수 있는 능력이 있을 때에만 필자가 정한 화제에 맞게 내용 생성이 가능할 것이다. 다만 이 해석을 텍스트의 내용과 주장으로 한정할 경우에는 '비판적 읽기'와 동일해진다는 문제가 있다. Ivanic(1998)은 Harris(1989)를 근거로 Swales(1990)의 '학술 담화공동체(academic discourse community)'를 비판하는데, 그 핵심은 학술 담화공동체에서 '담화'가 결국 높은 지위의 담화적 실천을 무비판적으로 수용했다는 것이다. Foucault(1972:49)는 언어의 행위가 결국 '담론적 실천(discursive practice)'임을 명시하고 '지식'이란 담론적 구성물임을 분명하게 밝혔다. 유학생이 계열이나 전공에서 비판적으로 읽기 자료를 분석하고, 이를 보고서로 표현할 때 중요한 것은 텍스트의 심층 구조가 어떤 담론들로 구성되어있느냐는 것이다. 본 연구는 학술 담화공동체에

---

1) 민정호(2019a:320)는 학술적 글쓰기에서의 '저자성'의 국면에서 비판적 리터러시를 다루면서 읽기 자료에서 무언가를 발견하고, 이를 학술 담화규약에 따라 구현할 수 있는 능력으로 설명했다.

서의 '비판적 리터러시'를 '비판적 읽기'를 통한 '쓰기'가 아니라 '비판적 담화 분석'을 통한 '학술 담화규약으로의 표현으로 정의한다.[2] 이는 유학생들이 전공과정에서 학술 보고서를 작성할 때, 읽기 자료에 나타난 저자의 주장만을 비판하는 것이 아니라, 그 주장을 지지해 온 전제와 그 주장을 지지하는 지배 담론까지 비판할 수 있는 비판적 리터러시를 확보하도록 도울 수 있을 것이다.

본 연구는 교양과정에서 기본적인 학술 담화규약을 배운 학부 유학생이 전공과정에서 학술적 글쓰기를 적절하게 해결하기 위해서 비판적 리터러시를 향상시킬 수 있는 교육이 필요하다고 판단했다. 그래서 '교양과정'과 '전공과정' 사이에서 '연결점(transfer point)' 역할을 할 수 있는 '강의 설계와 개발'을 중심으로 논의를 해보려고 한다.[3] 특히 유학생의 수가 많은 인문사회계열을 중심으로 '비판적 리터러시'를 향상시킬 수 있는 강의 설계 방안을 제안해 보려고 한다.

2. 강의 설계를 위한 원리

'학부 유학생' 대상의 CDA나 비판적 읽기와 관련된 연구는 없지만, 교양 글쓰기 관련 유현정(2019), 공하림·나청수(2019), 박현진(2017), 최유숙(2017) 등을 살펴보면 '학술적 글쓰기'에 대한 학부 유학생의 학습자 요구를 확인할 수 있다. 세부적으로 유현정(2019)는 교양 글쓰기 교재에서의 '과제'에 주목하고, 공하림·나청수(2019), 박현진(2017)은 인용과 같

---

2) 본 연구는 학부 유학생이 '유학생'이지만 '성인'이고 '대학생'이라는 점을 고려했다. '비판적 읽기'는 모국의 교육적 제공을 통해서 학습했을 것이라고 판단하고 '비판적 담론 분석'을 통해서 '비판적 리터러시'가 향상되도록 강의를 구성했다.

3) 이는 Russell et al(2009)에서 설명한 범교과적 글쓰기(WAC) 차원에서도 중요한 의미를 가질 것이다. 즉 본 연구에서 설계하는 강의가 교양과정과 전공과정을 연결하는 계열 중심의 범교과적 글쓰기 강의라는 의미를 갖기 때문이다.

은 '담화관습'에 주목하며, 최유숙(2017)은 튜터링과 글쓰기 전문 인력의 조력 등에 주목한다. 그렇지만 비판적 리터러시를 비판적 담화 분석을 중심으로 정의하고, 전공과정의 글쓰기에서 비판적 리터러시의 향상을 목적으로 접근한 연구는 없었다. 무엇보다 선행 연구들은 논의의 전제가 교양과정이기 때문에 글쓰기의 내용이 학부 유학생의 계열이나 전공과 연결되지 않는다는 문제가 있다. 그래서 본 연구는 비판적 리터러시를 중심으로 교양과정과 전공과정 사이에서 연결점이 되는 글쓰기 강의를 개설하며, 글쓰기의 내용이 수업에서 다루는 내용과 연결되도록 할 것이다.

그런데 이와 같은 강의는 '학부 유학생'뿐만 아니라 '한국인 신입생'에게도 필요하다는 비판이 있을 수 있다. 즉 한국인도 처음 접하는 장르 글쓰기에서 어려움을 보일 수 있기 때문이다. 이 반론에 대한 대답은 학술적 글쓰기에서 장르 유형을 도식화하고 이를 글쓰기 교육에서 활용했던 Swales(1990)이 명시적 교육을 주장한 이유에서 나타난다. Swales(1990)이 장르 글쓰기의 명시적 교육을 주장한 이유는 쓰기 교육의 대상자에 '유학생'이 포함되어 있기 때문이다. 즉 학술적 글쓰기는 영어가 모국어인 신입생에게도 어렵지만, 영어가 외국어인 유학생에게는 더 어렵다. 이는 한국어를 배우는 학부 유학생에게도 동일하다. 한국인 신입생들도 비판적 리터러시가 부족하고, 학술적 글쓰기도 어려울 것이다. 그렇지만 한국인 신입생은 외국인 신입생들보다 '한국어' 글쓰기 경험이 많고, 무엇보다 대학교에서의 다양한 리터러시 경험을 기초로, 학술적 글쓰기에서 요구하는 비판적 리터러시를 빠르게 확보할 수 있을 것이다. 반대로 유학생은 다른 언어로 구성된 '리터러시 생태'에서 새롭게 넘어왔기 때문에 관찰을 통한 자연스러운 비판적 리터러시의 향상을 기대하기 어렵다. 이것이 본 연구가 '읽고 쓰는 강의'라는 교육적 접근을 통해서 학부 유학생의 비판적 리터러시를 향상시키려고 하는 이유이다.

2.1. 강의에서 사용되는 읽기 자료

비판적 리터러시를 향상시키기 위한 강의를 설계할 때, 가정 먼저 논의해야 할 것은 읽기 자료에 대한 것이다. 민정호(2019b:518)는 한류에 대한 관심이 한국 유학을 결심하게 만들고, 한국어 학습의 강력한 동기가 된다고 지적했다. 한새해(2019:212)도 한류, 더 세부적으로는 K-pop, K-drama처럼 한국의 대중문화에 대한 관심으로부터 한국어의 학습 동기가 생긴다고 지적하며, 더 나아가 K-beauty, K-food, K-fashion 등에 대한 관심과 이와 관련된 직업을 갖고자 하는 분명한 목적으로 유학을 오는 유학생이 많다고 지적했다. 이는 유학생의 경우 '한류'에 대해서는 어느 정도의 '배경지식'과 '학습 요구'가 있다는 것이다. Bazerman(1997: 24)은 장르 지식이나 기능이 신입생들에게 '도구(tool)'로써 작용한다고 지적했다. 본 연구에서 비판적 담화 분석을 학생들에게 가르치는 이유는 학술적 글쓰기에서 새로운 장르를 적절하게 수행할 수 있는 '도구'를 제공해 주기 위함이다. 그렇다면 도구가 적용되는 내용은 인문사회계열 유학생들이 보편적으로 흥미로운 내용이어야 할 것이다. 이는 읽기 자료를 비판적으로 읽고 텍스트 이면의 지배 담론을 찾아 필자의 주장에 맞게 종합하는 비판적 리터러시 교육에 '한류'와 관련된 내용이 가장 적합함을 보여준다. 읽는 자료의 내용이 '한류'와 관련된 것이라면 유학생들의 학습 요구가 강할 것이고, 무엇보다 어렵게 수용할 수 있는 '비판적 리터러시' 교육을 비교적 흥미롭게 학습할 수 있기 때문이다.

다만 본 연구는 '한류'를 다루는 다양한 매체 중에서 '신문 기사'를 '읽기 자료', 즉 분석을 위한 '텍스트'로 선정했다. 본 연구는 읽기 자료를 분석할 때 '비판적 담화 분석(critical discourse analysis, 이하 CDA)'을 사용한다. 이때 'CDA'의 대상이 되는 텍스트는 언론 매체, 광고와 같은 이데올로기가 분명한 자료들이다(서경희·김규현, 2019:105). Fairclough(1989)는 텍스트를 '사회적 힘(social forces)'으로부터 해석되고 생산되는 '사회적 관행(social practice)'으로 정리했는데, Ivanic(1998:41)은 이 생산과 해석의 과정이 다양한 지리적, 제도적, 사회역사적 상황과 불가분의 관계에 있다고 지적했다. 그러니까 텍스트의 언어들은 특정 사회적 힘에 의해서 선택된 것들이라는 것이다. 그렇다면 특정 텍스트가 어떤 사회적 힘에 영향을 받아 해석되어 생산되었는지를 비판적으로 검토하는 것이 'CDA'가 될 것이고, CDA를 통해 텍스트를 읽으면 비판적 리터러시가 향상될 것이다. 다만 1장에서 교양 글쓰기 강의에서 배우는 내용과 쓰기의 내용이 불일치하기 때문에 실제성이 떨어진다고 비판했었다.[4] 이처럼 실제 글쓰기 맥락이 결여된 학습만을 위한 글쓰기를 Wardle(2009:776)는 "잡종 장르(Mutt Genres)"라고 비판했다. 이 강의는 학습을 위한 글쓰기가 아니라 강의 목표가 '한류'를 비판적으로 검토하는 것으로 설계되었기 때문에, 강의의 주된 내용을 쓰기 내용으로 삼을 수 있다는 장점이 있다. 즉 학습만을 위한 쓰기가 아니라 비판적 리터러시를 발현해서 강의에서 요구하는 글쓰기를 실제적으로 써 볼 수 있는 것이다.

본 연구는 학부 유학생이 읽기 자료를 비판적으로 읽고, 해석하면서 지배 담론을 발견하도록, 비판적 리터러시 중심의 강의를 설계한다. 이때 비판적 리터러시는 CDA를 중심으로 진행되는데, 이는 대학교의 계열·전공 강의에서 보고서를 쓸 때, 읽는 자료들이 특정 지배 담론을 중심으로 해석·종합된 것들이기 때문이다. 이 담론을 찾아서 비판할 수

---

4) 즉 교양 글쓰기는 학술 담화공동체의 담화규약 등을 배우기 위해서 설계된 강의로써 글쓰기 내용은 교재의 인문, 사회, 자연 등 다양한 분야의 읽기 자료들을 읽고 쓰는 것이다. 그렇지만 이런 읽기 자료들은 실제 전공에서 유학생이 읽어야 하는 자료들과는 다르기 때문에 리터러시를 학습할 때의 읽기 자료와 실제 이 리터러시를 활용해서 글쓰기를 할 때의 읽기 자료 사이에는 차이가 발생한다.

있어야 계열·전공별 글쓰기에서도 텍스트의 질적 제고가 가능할 것이다. 읽기 자료의 내용은 '인문사회계열 유학생'들 누구나 흥미를 갖는 '한류'이고, 자료 유형은 훈련된 저자들에 의해 생성된 '신문 기사'이다. '신문 기사'는 이데올로기를 가진 텍스트로써 CDA 적용에 유용하기 때문에 학부 유학생의 비판적 리터러시 향상에 도움이 될 것이다.

2.2. 읽기 자료 분석 방법

정희모(2017:163)은 'CDA'와 '비판적 리터러시'를 혼용하는 학계의 경향을 비판적으로 고찰했다. 'CDA'는 이데올로기의 '발견'에 중점을 두지만, '비판적 리터러시'는 텍스트를 비판적으로 읽고, 새로운 담론을 '생산'하는 것에 중점을 두기 때문에 그 지향점이 다르다는 것이다. 이런 이유로 대학 글쓰기를 벗어나서, 중등교육에까지 'CDA'를 사용하는 것을 비판하는데, 이런 이유라면 한국어 능력이 부족하다고 판단되는 '유학생'에게 'CDA'를 적용하는 것에도 비판이 있을 수 있겠다. 그래서 먼저 비판적 리터러시 향상을 위해서 'CDA'를 선택한 이유부터 설명하겠다.

안부영(2009:101)는 '비판적 읽기'를 텍스트의 내용이 타당한지 여부를 판단하고, 타당하지 않은 경우, 그 이유를 증명하는 것으로 정의했다. 이는 흔히 초등학교 때부터 배우고, 일상적으로 사용해 왔던 비판적 읽기를 말한다. 그렇지만 김유미(2014:423)는 이런 읽기가 지나치게 기능적 읽기라고 비판한다. 그러면서 텍스트의 생산과 수용, 사회와 문화적 맥락을 고려한 비판적 읽기 교육이 필요하다고 주장하면서 CDA를 주장했다. 또한 발달 단계에 따라서 기능 중심에서 내용 중심으로 교육의 관점이 전향될 필요가 있다고 주장했다. 유학생이 성인인 점, 그리고 고등 교육기관인 대학교에 재학 중인 상황을 고려하면 단순한 비판적 읽기에서 벗어나, '배경지식'을 활용해서 읽기 자료를 비판하고, 의미를 생성할 수 있는 교육이 필요할 것이다. 중요한 점은 'CDA'를 통해서 감춰진 '담론', 그러니까 지배적인 이데올로기와 사회적으로 강력한 지배 담화를 찾는 것은, 바로 이 '배경지식'을 활용해서 하나의 '상황모형(situation model)'을 만들고, 해석할 때에만 가능하다.

Kintsch(1994)는 '상황모형(situation model)'을 '학습 용이성(leamability)'이라고 불렀다. 상황모형이 학습과 연결되는 이유는 읽기 자료를 읽고 이해하려면, 관련된 배경지식을 떠올려서 상황모형을 만들 수 있어야 비판적 해석, 내용 생성과 같은 학습이 가능하기 때문이다. 결국 CDA는 학부 유학생이 읽기 자료를 읽을 때, 이해하기 위해서 필요한 배경지식을 떠오르게 하고, 이 지식을 통해서 읽기 자료에 명시적으로 드러나지 않은 담화를 발견하는 능력을 향상시킬 것이다. 즉 '비판적 리터러시'가 비판적으로 읽기 자료를 읽고 이를 해석해서 종합적으로 쓰는 것이라고 했을 때, 'CDA'는 '해석'에서 요구되는 '발견 능력'을 향상시키는 데 중요한 역할을 할 것이다. 그렇기 때문에 본 연구는 '비판적 리터러시'를 '비판적 읽기'와 연결시키지 않고, 'CDA'와 연결시켜서 읽기 자료에 감춰진 지배 담론까지 찾아 비판하도록 강의를 설계한 것이다.

유학생에게 'CDA'를 가르치는 것이 불필요하다는 지적에는 유학생이 해석과 비판을 할 만한 '배경지식'이 없고, 한류 기사에서 나타나는 이데올로기를 발견해 내는 것이 교육적으로 불필요하다는 지적과 맞닿아 있다. 그렇지만 유학생이 'CDA'를 할 때, 요구되는 배경지식을 교수자가 먼저 알려 줄 수 있다면, 오히려 유학생에게 '해석'과 '비판'을 위한 상황모형, 즉 담화적 세계를 만드는 '태도'를 형성하는 데 효과적일 것이다. 또한 기사에서 발견한 이데올로기 그 자체는 유학생에게 불필요하지만, CDA를 통해 이데올로기를 발견해 내는 '기술(Skill)'은 도구화된 비판적 리터러시로써 전공과정에서 읽기 자료를 읽고 비판적으로 해석할 때 유용할 것이다. 김해연(2013)은 'CDA'가 이데올로기를 발견하는 것뿐만 아니라 텍스트에서 사용되는 특정 '단어', '구와 절', 혹은 특정 단어가 암시하는 의미와 직설적 의미, 완곡함 등을 고려해서 필자의 '숨은 의도'를 찾아내는 것도 포함된다고 지적했다. 그러니까 CDA는 유학생에게 이데올로기를 찾는 것뿐만 아니라 텍스트를 비판적으로 해석할 수 있는 비판적 읽기 능력 향상에도 유용한 도구가 될 것이다.

정리하면 'CDA'와 '비판적 리터러시'는 다르다. 'CDA'는 텍스트의 감춰진 담화를 발견하는 '읽기'에 특화된 방법이고, '비판적 리터러시'는 '읽기'를 통해 '발견'한 것을 '표현하는 것', 즉 쓰는 것까지 포함한다는 점에서 그렇다. 다만 본 연구는 '비판적 리터러시'의 '읽기'를 '비판적 읽기'가 아니라 'CDA'를 지향하도록 해서 텍스트의 저자가 의도하는 지배 담화와 감춰진 이데올로기까지 유학생이 발견할 수 있도록 했다. Hyland(2002:1093)는 학술 담화공동체의 구성원은 전공 글쓰기에서 '담화적 선택(discoursal choices)'을 할 때, 필자가 속한 공동체의 '관점(perspectives)'과 '해석(interpretations)'에 따라서 해야 한다고 지적했다. 즉 이와 같은 리터러시는 전공과정에서 읽게 되는 수준 높은 텍스트의 이면에 존재하는 지배 담화와 이데올로기를 발견할 수 있을 때에만 가능한 것이다.

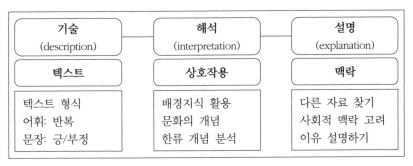

〈그림 1〉 CDA의 읽기 단계와 내용

〈그림 1〉을 보면 Fairclough(1989:25)가 텍스트를 읽은 후에 '텍스트' 수준에서 발견하는 방법, 배경지식과 '상호작용'하며 발견하는 방법, 마

지막으로 '맥락'을 고려해서 발견하는 방법 등을 '기술', '해석', '설명'으로 설정했음을 확인할 수 있다. Fairclough(1989)는 텍스트가 언어의 의도적 사용으로 구성된 것이기 때문에, 이 '의도성'을 독자의 배경지식과 상호작용해서 찾아내며, 의도적으로 쓰인 담화가 핵심인 이유를 사회적, 문화적 맥락을 고려해서 설명하려고 했기 때문이다. 〈그림 1〉은 Fairclough(1989)를 근거로 이에 따른 CDA 분석 내용을 설명한 것이다. 제일 먼저 '텍스트' 단계에서는 축어적으로 텍스트를 읽으면서 '어휘'나 '구'에서 발견되는 '텍스트'의 특이점을 찾는다. 그리고 이 특이점과 배경지식을 연결해서 텍스트에서 강조되는 이데올로기, 즉 지배 담론을 찾고, 이로 인해서 가려지는 담론은 없는지를 해석해 본다. 마지막으로 이와 유사한 주제의 다른 기사를 찾아 읽으면서 공통적으로 발견되는 '동일 담론'을 찾고, 이와 같은 담론이 지배적이게 된 사회적 맥락과 문화적 상황 등을 고려해서 텍스트를 비판적으로 이해한다. 이를 통해서 유학생은 배경지식을 활용해서 텍스트를 '해석'하고 여기서 지배적 담론을 발견하며, 새로운 담화를 만드는데, 이 과정이 곧 '비판적 리터러시' 교육이 된다. 그리고 다른 텍스트를 찾아, '해석'하고 '종합'하면서 이와 같은 담론의 형성 이유를 찾아보는데, 일반적으로 보고서를 쓸 때 하나의 텍스트만을 참조해서 쓰지 않듯이, 유사한 내용의 텍스트를 찾아 동일한 문제의식을 가지고 찾는 행위 역시 '비판적 리터러시'를 활용한 교육의 효과가 될 것이다.

2.3. 읽기와 쓰기의 통합 방법

다만 CDA만을 중심으로 수업이 진행되면 '읽기'에만 편향된 강의가 된다. Bracewell, Frederiksen & Frederiksen(1982:155)는 학술적 글쓰기를 '읽기'와 '쓰기'의 '융합적 과제(Hybrid task)'라고 했고, 실제 보고서에서 어려움을 느끼는 학부 유학생들은 '읽기와 쓰기' 중심의 교육을 받고 싶어 했다(김종일, 2017). 그래서 이 절에서는 '읽기와 쓰기'를 통합적으로 고려해서 강의를 설계할 때, 그 통합의 방법과 과정이 어떻게 되는지에 대해서 논의해 보도록 하겠다.

비판적 리터러시 향상을 위한 강의는 교양과정과 전공과정의 경계에서 '연결점' 역할을 한다. 배식한(2013:346)은 WAC 글쓰기 수업의 개념을 설명하면서, WAC 글쓰기 수업의 내용이 글쓰기와 통합되는 것이 중요하다고 주장했다. 그리고 실제 글쓰기가 전공 수업에서 글쓰기가 구성되는 것과 유사한 수사적 맥락, 즉 적시적소에 배치되어 있어야 한다고 설명했다. 이는 크게 세 가지 의미를 함의하는데, 첫째는 강의가 실제 전공 강의와 유사한 형태를 나타내야 한다는 것이다. 교양과정에서는 글쓰기를 학습시키는 것을 목표로 하기 때문에 강의의 거의 모든 맥락에서 글쓰기가 적극적으로 배치되는데, 이와 같은 양상은 실제 계열·전공과정과 유사한 형태가 아니다. 이는 둘째 글쓰기가 실제 강의에서 활용되는 지점과 동일한 지점에 구성되어야 한다는 것과도 연결된다. 그러니까 강의의 형태도 전공·계열과정과 유사해야 하지만, 강의에서 제시하는 글쓰기 과제도 전공·계열과정과 유사하게 구성되어야 한다. 즉 글쓰기 훈련을 위한 쓰기 과제가 아니라, 계열·전공과정의 글쓰기에서 마주할 수 있는 실제적 글쓰기 과제를 제시해야 한다. 마지막으로 셋째는 글쓰기가 글쓰기만을 위한 글쓰기가 아니라 수업의 내용과 통합되어야 한다는 것이다. 즉 글쓰기를 학습하기 위한 글쓰기가 아니라 강의의 목표, 강의의 핵심 내용과 연결된 글쓰기 내용으로 수업이 설계되어야 한다.[5]

본 연구도 이와 같은 세 가지 특징을 고려해서 전공 수업에서 학부 유학생이 일반적으로 접하게 되는 '발표와 토론'의 유형으로 강의를 구

---

5) 모든 전공·계열 글쓰기가 수업에서 배운 내용으로 쓰기 내용이 선정되기 때문에 이와 같은 지적은 당연한 것으로 보인다. 그렇지만 교양과정의 글쓰기는 글쓰기를 배우지만, 다양한 계열에서 선별된 주제로 글쓰기를 한다는 점에서 차이가 있다.

성했다. 그리고 '발표와 토론'의 유형으로 강의가 진행될 때 글쓰기가 요구되는 맥락을 고려해서 '발표문'과 '질의문'으로 글쓰기 과제를 배치했고, 글쓰기의 내용은 수업에서 다루는 '한류'의 내용과 일치시켰다. 다만 학부 유학생이라는 학습자 특수성을 고려해서 각 글쓰기 맥락에서 참고해야 하는 글쓰기 방법을 구체적으로 명시하고 공지했다.

발표	질의
1. 제목과 목차 포함	1. 기술에서 문제제기
2. 서론, 본론, 결론의 구조, 소제목	2. 해석에서 문제제기
3. 본론 CDA분석의 3차원 내용 설명	3. 설명에서 문제제기
4. 비판적으로 봐야 할 '담론'을 설명	4. 선택한 신문 기사 문제제기
5. 신문 기사 〈부록〉으로 포함	5. 목록화된 신문 기사 문제제기
6. 찾은 다른 기사는 〈부록〉에 목록화	6. 발표자의 근거 담론에 문제제기

〈그림 2〉 발표와 질의 작성 방법

이 강의에서는 유학생이 발표문과 질의문 작성을 한 번씩 경험하도록 설계됐는데, 그 이유는 동료의 발표문을 읽고, 이에 대해서 비판적으로 분석하며, 이를 중심으로 글을 쓰는 것이 곧 비판적 리터러시 행위이기 때문이다. 〈그림 2〉를 보면 발표문은 CDA에 대한 내용이 주가 되고, 질의문은 발표문의 핵심 담론을 찾아 비판하거나, CDA 과정에서의 오류를 찾아 비판하는 것이 주가 된다. 이러한 활동은 학부 유학생의 비판적 리터러시 향상에 큰 도움이 될 것이다. 발표문과 질의문은 모두, 학술 담화규약에 따라서 작성해야 한다. 이는 발표문이나 질의문을 쓸 때 발견한 텍스트의 문제점을 학술 담화규약에 맞게 표현하도록 연습하기 위함이다.

종합하면 비판적 리터러시 강화를 위한 강의를 설계할 때 고려한 강의 구성 원리는 모두 세 가지이다. 첫째는 유학생에게 전반적으로 학습

흥미가 있는 '한류'를 내용 삼아 '신문 기사'를 분석하도록 하는 것이다. 둘째는 선택된 '신문 기사'를 CDA를 통해서 분석하는데, 이때 신문 기사와 관련된 배경지식을 먼저 알려주고, 이를 통해 유학생이 '상황모형'을 만든 후에 텍스트를 읽고 '해석'하며 '종합'해서 표현하도록 한 것이다. 마지막으로 셋째는 실제 강의 상황과 유사한 맥락에 글쓰기 과제를 배치하고 반복적으로 글쓰기를 하도록 수업을 설계·운영하는 것이다.

3. 강의 설계의 실제와 교육적 함의

3.1. 강의 설계와 특징

이 강의는 교양과정에서 글쓰기 수업을 들은 학부 유학생들이 '비판적 리터러시'를 향상시키는 데 도움을 주기 위해서 설계되는 강의이다. 앞서 말했듯이 한류에 관심이 있는 인문사회계열 학부 '유학생'이 학습 대상자이고 이 강의의 목표는 텍스트의 숨어 있는 지배 담화를 찾아, 자신의 배경지식을 활용해서 분석한 후에, 종합해서 필자가 정한 화제를 '학술 담화규약'에 맞게 표현하는 것이다.

강의목표
한류 현상을 다룬 신문 기사를 찾아 읽고 비판적으로 분석한다. 이때 한류 현상과 관련된 담론을 이해하고 CDA를 활용해서 분석할 수 있다. 읽고 발견한 문제들을 학술 담화규약에 맞게 학술적 텍스트로 표현한다. 이를 통해서 텍스트의 생산과 수용을 이해하고 비판적 리터러시를 향상시킨다.

〈그림 3〉 강의 목표

　　강의 목표는 '한류 현상'을 다룬 신문 기사를 찾아 읽고, CDA를 통해서 비판적으로 해석하는 것이다. 또한 이를 학술적 글쓰기로 표현하는 것과 이런 과정의 반복을 통해서 '비판적 리터러시'를 향상시키는 것이다. CDA로 텍스트를 읽을 때 텍스트의 단어와 문맥을 분석하고, 이를 배경지식과 상호작용하면서 지배적인 담론을 발견한다. 그리고 발견한 담론을 다른 신문 기사에서도 발견하도록 하고, 같은 담론을 전제로 유사한 텍스트가 쓰이는 이유와 배경을 설명하도록 한다. 이와 같은 해석의 과정이 익숙해지면, 유학생이 전공 과정에서 관련 자료를 찾아서 비판적으로 읽고, 학술 보고서를 써야 할 때 도움을 줄 수 있을 것이다. 특히 보고서의 비판의 수준을 향상시킬 때 매우 유용할 것이다.

<표 1> 주차별 주제와 강의 내용

주차	강의 내용	발표와 질의 내용
1	오리엔테이션	
2	문화의 개념과 한류의 특징	
3	CDA와 텍스트 분석 방법	
4	한류의 현황과 한국 가요	
5	한국 영화	한국 가요
6	한국 드라마	한국 영화
7	한국 뷰티	한국 드라마
8		한국 뷰티
9	중간고사	
10	한국 여행	
11	한국 음식	한국 여행
12	한국 패션	한국 음식
13	한국 건축	한국 패션
14		한국 건축
15	기말고사	

〈표 1〉은 주차별 강의 내용을 목록화한 것이다. 강의 주제는 한류인데, 세부 주제는 '한국 가요', '한국 영화', '한국 드라마', '한국 뷰티', '한국 여행', '한국 음식', '한국 패션', '한국 건축'으로 구성했다. 이는 한류와 관련된 신문 기사를 검토해서 한류의 주요 주제를 9개로 목록화한 최윤곤·전초롱(2016)을 참고한 것이다. '한국 스포츠'는 제외했는데, 그 이유는 다른 한류의 범주와 그 층위가 동일하지 않고, 특정 인물 몇 명만이 부각되어 '한류'라고 하기에 문제가 있었으며, 무엇보다 '인문사회' 계열과도 이질감이 있었다. 5주차부터 학생들의 발표와 질의가 진행되고, 그 전까지는 교수자가 강의로 수업을 진행한다. 특히 2주차와 3주차가 이 강의에서 중요한 역할을 하는데, 그 이유는 실제 CDA 방법을 연습하고, 이때 사용할 수 있는 배경지식을 유학생에게 알려주기 때문이다. 2주차에는 통시적으로 '문화'의 개념이 무엇이고, 대중문화는 무엇인지, 그리고 '한류'가 담론적 구성물임을 전제로 어떤 지배적인 담론이 있는지를 설명한다.[6] 3주차에는 Fairclough(1989)의 CDA를 소개하고 분석 방법을 설명한다. 그리고 교수자가 한류 관련 신문 기사를 가져와서 2주차에 배운 담론들을 중심으로 CDA 실습을 한다. 이 실습은 여러 번 반복되는데, 이는 CDA가 유학생들에게 익숙해져야 이어지는 발표문과 질의문의 질적 제고가 가능하기 때문이다.

　강의의 전반적인 설계는 교수자의 강의와 학생들의 발표, 그리고 질의로 구성된다. 강의는 교수자가 다음 주에 발표할 주제에 대한 한류 현황과 '이슈(issue)'를 먼저 설명한다. 이렇게 해당 주제에 대해서 먼저 설명하는 이유는 유학생이 CDA와 발표문 작성을 목적으로 신문 기사

---

6) '문명과 문화', '중립화된 문화', '사회통합으로써의 문화', '기술의 발전으로 구성된 문화' 등 문화 담론과 관련된 주요 개념을 설명한다(김현경, 2010 참고). 그리고 한류를 이해할 때 '탈식민주의', '문화 민족주의', '신자유주의', '연성국가주의', '셀프오리엔탈리즘' 등과 같은 주요 담론들을 예를 들어 설명한다(진종헌·박순찬, 2013 참고).

를 선택할 때, 신문 기사에 대한 선택 기준을 제시하기 위함이고, 발표
문에서 CDA로 분석을 하거나, 질의문에서 발표자의 텍스트를 분석을
할 때 필요한 최소한의 한류 지식을 제공해 주기 위함이다. 예를 들어
서 교수자가 '한국 영화'에 대해서 한류의 흐름과 경향, 그리고 특징과
최근 이슈들을 전달하면 유학생들은 그 주제에 맞는 신문 기사를 선택
해서 CDA를 하고, 강의 중에 들었던 필기나, 강의 내용을 바탕으로 발
표문을 작성하게 된다. 그리고 그 발표문을 먼저 읽는 질의자는 질의문
을 작성하면서 교수자가 강의로 전달한 내용들을 반론의 근거로 사용
하거나 효과적인 질의문 작성을 위한 배경지식으로 활용한다.

3.2. 실제 수업 사례 예시

이 절에서는 '한국 가요'를 중심으로 강의 예시를 제시하려고 한다.
'한국 가요'는 보통 'K-pop'을 말하고, 이는 국제 시장에서 대중적으로
지지를 받는 한국의 댄스 음악으로 정의된다(김은경, 2015:26). 김성혜
(2016)의 지적처럼 기본적으로 '한류'는 '담론적 구성물(dialogics)'이지만
그중 'K-pop'은 담론적으로 구성된 가장 대표적인 '한류' 문화 현상이다.
실제로 'K-pop' 때문에 한국어를 배우고 싶은 학습자가 증가하고 있고
(정윤나, 2019), 그래서 단순히 가사를 통한 '어휘' 학습 수준이 아니라
'K-pop'이 함의하고 있는 여러 담론적 지배 관계를 파악하면서 비판적
리터러시를 향상시키는 것을 예시로 보여주는 것이 타당하다고 판단했
다. 해당 차시 수업의 자세한 내용은 다음 〈표 2〉에 있다.

〈표 2〉 5주차 강의 예시

차시	세부 강의 내용
1	〈발표자의 발표〉 - 선택한 기사의 선정 이유와 출처 등을 간단하게 발표한다. - 발표자는 작성해 온 발표문을 읽는다. - 발표문의 내용은 ppt를 만들지 않고, 원문을 그대로 읽도록 한다.
2	〈발표자와 질의자의 토의/교수자의 강평〉 - 질의자는 발표자의 발표를 듣고, 준비해 온 질의문을 읽는다. - 발표자는 대답하고, 추가적으로 다른 학생의 질문에 대해서도 대답한다. - 교수자는 발표문의 핵심 내용을 정리하고, 토의 내용을 보충한다.
3	〈교수자의 강의〉 - 6주차 주제 한국영화에 대해서 최근 현황 분석을 중심으로 설명한다. - 한국영화의 영화제, 경제적, 관객수 등의 성과를 중심으로 설명한다. - 한국영화에 대한 최근 이슈를 포털 사이트 검색어를 중심으로 설명한다.

5주차 수업은 2주차부터 4주차까지 '문화의 개념', '한류의 개념', 'CDA 방법', 'CDA 연습', '한류의 현황', '한국 가요의 현황과 특징' 등을 배운 후 처음으로 유학생이 발표하는 수업이다. 1교시에는 발표자가 CDA로 비판적으로 읽은 신문 기사의 선정 이유를 밝히고, 작성해 온 발표문을 읽는다. 발표문은 학술 담화규약에 따라서 학술적 텍스트로 작성하도록 안내되었고, 강의의 목표도 읽기와 쓰기가 결합된 학술적 과제를 해결하기 위한 강의로 설계되었다. 그래서 학술적 발표, 즉 말하기가 개입되는 ppt 제작이나 발표를 위한 별도의 발표문 쓰기는 제외하고, 발표를 목적으로 완성한 학술적 텍스트를 그대로 수업에서 읽도록 한다. 2교시에는 지정 질의자가 CDA 방법 적용과 발표자가 찾은 지배 담론 등에 대해서 문제 제기를 한다. 그리고 발표자가 이에 대해서 대답한 후에, 추가적으로 다른 학생과 교수자가 질의를 한다. 그리고 교수자는 발표문의 핵심 내용을 요약하고, 발표자와 지정 질의자가 진행한 토론 내용을 중심으로 K-pop과 관련된 CDA 발표와 토론 내용을

요약·정리한다. 특히 CDA 방법과 관련해서 질의자가 제기한 문제를 중심으로 자세하게 설명하고, 추가적으로 발견될 수 있는 담론이나, 발표자가 발견하지 못한 배제된 담론 등을 설명한다. 특히 이때 2주차부터 4주차 사이에 배웠던 문화의 개념과 한류의 개념을 유학생에게 다시 한 번 정리해 주고, 신문 기사를 쓴 필자의 입장을 정리한다. 3교시에는 교수자의 강의가 진행되는데 6주차 발표 주제인 '한국 영화(K-movie)'의 현황과 특징을 정리해서 설명한다. 이때 한국영화의 영화제 성과, 관객 수 성과, 경제적 성과 등을 소개하고, 최근 한국 영화의 경향과 장르적 특징 등을 설명한다. 마지막으로 포털 사이트 검색을 통해서 최근 1년에서 2년 사이에 제기된 영화 관련 이슈를 정리하고, 다음 발표자들이 이를 참고할 수 있도록 한다.7)

아래 〈표 3〉은 발표자가 발표문을 작성할 때, 그리고 질의자가 질의문을 작성할 때, 마지막으로 교수자가 발표문과 질의문을 읽고, 발표문과 질의문을 종합·요약을 할 때 참고해야 하는 내용들을 정리한 것이다. 이 내용들은 2주차에 배웠던 '문화의 개념'과 '한류의 개념'을 발표자와 질의자가 고려하는지, 그리고 3주차와 4주차에 배웠던 'CDA 방법'을 기억하고 'CDA 연습 상황'을 상기해서 CDA를 하는지, 그리고 '한류의 현황'과 '한국 가요의 현황과 특징' 등을 고려해서 발표와 토론을 하는지를 확인하고 점검하기 위한 것이다. 이와 같이 명시적인 내용을 강의에 포함시킨 이유는 학부 유학생의 학습자 특수성을 고려해서 보다 자연스러운 강의 상황을 만들기 위함이다. 그래서 이 내용은 5주차 강의가 진행되기 전에 학부 유학생들에게 제공하고, 발표문이나 질의문을 완성하면서 참고할 수 있도록 한다. 이는 학부 유학생들이 비판

---

7) 이때 교수자는 최근 한국영화 관련 포털 사이트 검색어 순위를 참고해서 핵심 내용을 설명한다. 그리고 제일 많은 '공감'을 받은 신문 기사나, 제일 많은 '비추천'을 받은 신문 기사의 주제어 등에 대해서 간단하게 그 이유와 배경을 설명한다.

적 읽기와 CDA를 혼동해서 Kintsch(1994)가 말한 '텍스트 기저(textbase)' 수준에서만 비판적 읽기를 하는 것을 사전에 방지하기 위함이다.

〈표 3〉 교수자, 발표자, 질의자의 수업 참고 사항

발표자	질의자
1. 기사에서 반복되는 주제어는 무엇인가? 2. 기사는 어떤 주제어에 긍정하는가? 3. 기사는 어떤 주제어에 부정하는가? 4. 기사에서 사용된 특별한 단어/표현이 있나? 5. 특별한 단어/표현의 암시적 의미가 있는가?	- 그 밖에 반복되는 다른 단어는 없는가? - 주제어에 긍정/부정하는 게 무엇이 문제인가? - 다른 암시적 의미는 없나?
1. 기사의 필자는 문화를 어떻게 보는가? 2. 기사의 필자는 한류를 어떻게 보는가? 3. 긍정/부정, 특별한 단어/표현 등으로 이득을 보는 집단은 누구인가? 4. 추가적으로 발견되는 주요 담론은 무엇인가?	- 문화/한류를 보는 필자의 입장이 확실한가? - 텍스트를 통해 이득을 보는 다른 집단은 없는가? - 다른 주요 담론은 없는가?
1. 똑같은 주제어가 중심인 기사들이 많은가? 2. 기사의 문화/한류에 대한 인식은 어떠한가? 3. 그 기사들에서도 발표자가 찾은 '추가 주요 담론'이 발견되는가? 4. 발견한 담론이 지배적인 이유는 무엇인가?	- 같은 주제어지만 다른 입장의 기사는 없었나? - 주요 담론 이외에 새롭게 발견되는 담론은 없는가? - 그 이유가 합당한가?

'텍스트'에서 발표자가 신문 기사를 쓴 필자의 단어 선택과 특별한 표현, 그리고 이에 대한 해석의 여지를 놓고 문제제기를 하고, 질의자는 발표자의 이와 같은 문제제기와 해석의 정당성에 대해서 문제제기를 한다. 또한 '해석'에서 2주차부터 4주차까지 쌓은 배경지식을 가지고 발표자가 신문 기사를 쓴 저자의 문화와 한류에 대한 담론적 인식을 비판하며 이를 통해 이익을 보는 집단을 비판적으로 드러낸다. 이때 질의자는 이에 대한 다른 해석의 여지는 없었는지를 중심으로 질의한다. 또한 '설명'에서 발표자가 발견한 담론이 현재 보편적으로 이해 가능한 지배 담론이며 이와 같은 담론이 지배적이게 된 이유를 사회·문화적 맥

락을 고려해서 설명하는데, 이때 질의자는 다른 설명이 가능한 사회·문화적 맥락은 없는지, 그리고 그 이유가 합당한지를 비판적으로 질의한다. 교수자는 이 참고사항을 고려해서 토론 과정에 개입하고, 발표자와 질의자의 발표문과 질의문을 평가한다. 즉 이 참고사항은 발표자의 발표문과 질의자의 질의문을 평가하는 기준으로써 교수자에게도 유용할 것이다.

3.3. 강의 설계의 교육적 함의

대학교에서 전공 심화과정으로 갈수록 학술적 글쓰기가 중요해진다. 강의를 담당하는 전공 교수자들도 학술 담화규약에 맞는 텍스트 완성은 기본이고, 적절하게 찾은 읽기 자료를 얼마나 잘 '분석'했는지를 평가하기 때문이다. 읽기 자료를 잘 분석하기 위해서는 읽기 자료를 적절하게 찾고 배경지식을 활용해서 비판적으로 '해석'하며, 이 해석한 내용을 바탕으로 읽기 자료의 내용을 새로운 담화로 구성·종합해야 한다. 다만 본 연구는 학부 유학생의 교육과정이 교양에서 전공으로 연결될 때 '학술 담화규약' 학습을 위한 교양강의와 '전공어' 학습을 위한 전공 기초강의가 있지만 학술적 텍스트의 질적 향상과 연결되는 '비판적 리터러시'와 관련된 강의가 부족하다고 전제했다. 이를 위해서 비판적 리터러시를 향상시키기 위한 글쓰기 강의를 교양과정과 전공과정의 연결점으로 설계하고 구체적인 강의 설계와 예시를 제시했다.

우선 학습자의 특수성을 고려했다는 것이다. 대학교의 전공과정으로 들어오는 유학생이더라도 '유'학생이라는 정체성은 동일하다. 그래서 구체적인 지침을 제시하고 그 지침을 해결하는 과정으로 전체적인 수업을 설계했다. 그래서 CDA에서 '설명'할 때 요구되는 배경지식을 교수자가 선별해서 발표에 앞서 알려주도록 했다. 또한 텍스트 완성의 주요한 수사적 목적과 주요한 내용, 그리고 분석 방법 등을 상세하게 제공했다. 또한 발표를 하고, 질의를 할 때, 그리고 토의와 평가를 할 때 참고할 수 있는 '세부 지침'을 만들었고, 이 내용을 유학생에게 제공하는 것으로 강의를 설계했다. 정희모(2017:177)은 CDA를 통해서 텍스트를 분석할 때는 여러 단계의 추상화 과정, 개념화 과정이 필요하기 때문에, 이 과정에 대한 '구체적 지시'가 없다면 CDA 분석 결과는 '평이한 내용'일 것이라고 지적했다. 이와 같은 이유로 본 연구는 유학생의 한국어 능력, 한류와 관련된 배경지식의 수준을 고려해서 CDA와 관련된 방법과 내용을 명시적으로 제공하는 데 주력했다. 만약 구체적인 개념화를 통해서, 각 단계에서 무엇을 해야 하고, 무엇을 찾아야 하며, 무엇을 지향해야 하는지를 유학생이 정확하게 알지 못 한다면, CDA 중심의 수업을 통해서 학부 유학생의 비판적 리터러시를 향상시킨다는 목표는 부정적인 결과를 낳게 될 것이기 때문이다.

　이 강의 설계는 학습자의 흥미와 학습 요구를 존중했다는 점에서도 중요하다. '한류'는 다양한 문화권의 유학생들이 공통적으로 관심을 갖는 내용이고, 한류를 다루는 '신문 기사'는 비교적 쉽게 비판적 리터러시를 향상시키기 위한 분석 도구가 될 수 있다. 그래서 강의를 설계할 때 학부 유학생이 관심이 있는 한류 주제를 제시하고, 이 중에서 관심 있는 주제를 유학생이 직접 선택하도록 했다. 또한 해당 주제와 관련된 신문 기사도 직접 유학생이 선택하도록 했다. 이는 강의를 통해서 학습자에게 한류에 대한 '지식'이 아니라 CDA라는 '기술'이나 '태도' 등을 가르치는 것이 목표이기 때문이다. 즉 이 수업에서 '지식'에 해당하는 내용은 강의에 참여하는 학습자가 최대한 흥미를 갖는 것을 선택하도록 해야 한다고 판단했다. 또한 읽기와 쓰기 중심의 한국어 수업을 원했던 학부 유학생의 학습 요구도 반영했다. 학부 유학생은 학술 보고서와 읽고 쓰기 중심의 한국어 수업을 원하고 있었는데, 학술적 글쓰기가 읽고 쓰는 융합적 글쓰기임을 고려해서 강의를 설계했다. 이와 같은 강의 설계 양상은 본 연구가 학습자 중심을 지향하고 있음을 방증한다.

물론 강의 설계에서 최우선으로 고려된 '비판적 리터러시'도 학습자의 학습 요구를 고려한 것이기도 하지만, 학습자의 시급한 문제점을 해결하기 위한 것이기도 하다. 학부 유학생은 학년이 올라갈수록 전공 심화 내용을 중심으로 '학술적 과제'를 해결해야 하는 수사적 상황에 놓인다. 이런 과제를 해결하기 위해서는 텍스트를 '비판적'으로 해석할 수 있어야 하는데, 이 해석에서 중요한 것이 배경지식을 활용해서 상황모형을 만들고, 내가 속한 공동체의 담화와 관점에 기초해서 텍스트를 비판적으로 해석하며, 대안적 관점을 선택하는 것이다. 그런데 이와 같은 수사적 상황에서 비판적 리터러시가 부족한 학부 유학생의 경우에는 전공과정의 어려운 텍스트를 읽으면서 학술적 글쓰기에서 어려움을 경험하게 된다. 이 어려움을 해결하기 위해서 비판적 리터러시를 '비판적 읽기'와 연결하지 않고, '비판적 담화 분석'과 연결하고, CDA를 통해서 텍스트를 읽고, 상황모형을 만들어, 문제점을 발견하고, 이를 중심으로 학술 담화규약에 맞게 학술적 글쓰기를 하도록 했다. 이는 전공과정에서 학업부적응으로 고생하는 학부 유학생들의 학업 적응을 돕고, 글쓰기 어려움을 해소하는 데 긍정적인 기여를 할 것이다. 상당수의 학부 유학생이 졸업한 후에 대학원 진학까지 계획하는 상황을 고려하면 비판적 리터러시를 향상시키기 위한 강의는 학습자의 가장 시급한 문제를 해결해 주는 것이면서, 동시에 학습자 중심의 교육을 지향하는 것일 것이다.

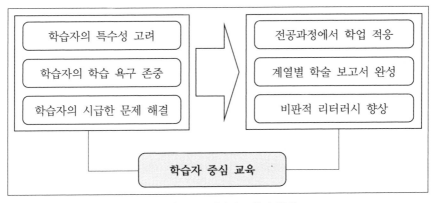

〈그림 4〉 강의 설계의 교육적 함의

비판적 리터러시는 곧 학술적 리터러시이다. 학술적 리터러시가 학술적 과제와 학술적 글쓰기를 해결하기 위해서 요구되는 읽기, 쓰기라는 점을 고려하면 결국 비판적 리터러시와 등가어가 되기 때문이다. 그러므로 전공 심화 과정의 다양한 읽기 자료를 CDA로 분석하고, 유학생의 배경지식을 고려해서 새로운 담화를 생성할 수 있는 능력의 확보는 결국 학부 유학생의 성적, 그리고 학업 적응과 직결되는 '학습자 중심 교육'이 될 것이다.

4. 결론

신입생을 위한 교양 글쓰기 연구들은 대학교의 학술적 글쓰기가 장르적으로 매우 다르기 때문에 이를 확인하고 해결하기 위한 목적으로 진행된다. 그렇지만 장르적 차이는 형식에서만 발견되는 것이 아니라 내용에서도 발견된다. 내용에서 내용물은 전공별로 차이가 있겠지만 좋은 내용을 찾아 쓰기 위해 요구되는 '비판적 리터러시'는 각 계열과 전공에서 동일하게 중요할 것이다. 강의를 담당하는 전공 교수자들이 텍스트의 형식뿐만 아니라 적절하게 찾은 읽기 자료를 얼마나 잘 비판했는지를 중요하게 판단하는 이유도 이 때문일 것이다.

본 연구는 이와 같은 전공 과정 글쓰기에서 학부 유학생의 '비판적 리터러시'를 향상시키기 위한 강의 설계 원리와 실제 예시를 제시했다. 학부 유학생의 교양과정이 전공과정으로 연결될 때 '학술 담화규약'을 위한 교양강의와 '전공어' 학습을 위한 전공기초 강의가 있지만, 텍스트 내용의 질적 향상과 연결되는 '비판적 리터러시'와 관련된 강의는 없었기 때문이다. 이를 위해서 학습자의 특수성과 학습자의 요구 분석을 고려해서 학습자의 시급한 문제 해결을 목표로 '한류 신문 기사'를 'CDA'로 읽고 '학술적 글쓰기'로 쓰는 강의를 설계했다. 이 강의는 인문사회 계열의 학부 유학생을 대상으로 설계되었고, 교양과정과 전공과정을 연결하는 글쓰기 강의로 설계되었다.

다만 사전 설명을 최대한 자세하게 제공하고, CDA와 글쓰기를 위한 세부 지침을 학부 유학생에게 제시했지만, CDA 수행에서 실제 이 지침이 유학생에 유용한 도움을 주었는지, 보완해야 하는 부분은 없는지, 그리고 토론을 할 때 추가적으로 고려해야 되는 강의 설계 방안이나 전략은 없는지에 대해서는 상세하게 다루지 못 했음을 밝힌다. 이에 대한 논의는 후속 논의로 남겨놓는다. 다만 앞으로 이와 관련된 후속 연구들이 활발히 진행되어 학부 유학생의 비판적 리터러시를 향상시키고, 전공과정에서의 학술 보고서의 질적 제고에도 도움을 줄 수 있기를 바란다.

• 참고문헌

공하림·나청수(2019), 논증 텍스트 쓰기 교육에서 소거 전략이 학부 유학생의 글쓰기 능력 및 인지부하에 미치는 영향, 학습자중심교과교육연구 19(12), 학습자중심교과교육학회, 323-344.

김성혜(2016), 한류의 양가성: 담론적 구성물로서의 한류, 음악이론연구 26, 서울대학교 서양음악연구소, 116-141.

김유미(2014), 비판적 담화분석을 활용한 읽기 교육 연구, 독서연구 33, 한국독서학회, 421-457.

김은경(2015), K-pop의 음악적 가치와 지속성장 가능성 분석, 한국글로벌문화학회지 6(1), 한국글로벌문화학회, 25-49.

김종일(2017), 대학 특성화 교육과정 모형 연구: 외국인 유학생의 학업적응을 중심으로, 동국대학교 박사학위논문.

김지학·차봉준·김은정·한래희(2018), 유학생 대상 학문목적한국어 교육에 대한 학습자 요구 분석, 사고와 표현 11(1), 한국사고와표현학회, 125- 156.

김해경(2016), 중국인 유학생 학업중단의도에 영향을 미치는 학생 및 대학수준 변인의 탐색, 경희대학교 박사학위논문.

김현경(2010), "문화" 개념과 "성차" 관련 개념들에 관한 몇 가지 고찰: 1990년대 이후 한국 사회 "페미니즘 문화연구"를 중심으로, 민족문화연구 53, 고려대학교 민족문화연구원, 189-220.

민정호(2019a), 학술적 글쓰기에서 대학원 유학생의 저자성 개념과 교육원리의 방향 탐색, 리터러시연구 10(1), 한국리터러시학회, 313-341.

민정호(2019b), 외국인 유학생의 불교 문화체험 프로그램 개발을 위한 제언, 학습자중심교과교육연구 19(9), 학습자중심교과교육학회, 517-535.

박현진(2017), 외국인 학부생의 학문적 글쓰기를 위한 '바꿔 쓰기' 교육에 대한 연구, 학습자중심교과교육연구 17(10), 학습자중심교과교육학회, 381- 404.

서경희·김규현(2019), 미디어 담화의 비판적 담화분석: 동남아 이주민 기사를 중심으로, 담화와 인지 26(3), 담화인지언어학회, 101-128.

안부영(2009), '비판적 읽기' 개념 재정립에 대한 논의, 한국초등국어교육 40, 한국초등국어교육학회, 97-117.

유현정(2019), 학부 유학생을 위한 글쓰기 교육의 목표와 내용에 관한 고찰, 한성어문학 40, 한성대학교 한성어문학회, 179-205.

이유경(2016), 외국인 유학생의 학술적 글쓰기에서 인용 교육 방안에 대한 연구, 한국어교육 27(3), 국제한국어교육학회, 203-232.

정윤나(2019), 쿠바 한국어교육의 현황과 과제, 한국어교육 30(4), 국제한국어교육 학회, 193-211.

정희모(2017), 비판적 담화 분석의 문제점과 국어교육에의 적용: 페어클러프와 푸 코의 방법 비교를 중심으로, 작문연구 35, 한국작문학회, 161-195.

진종헌·박순찬(2013), 한류의 문화지리학: 한류의 지리적 재편과·문화담론의 재구 성에 대한 시론, 문화역사지리 25(3), 한국문화역사지리학회, 132 -153.

최유숙(2017), 학부 유학생 글쓰기 강의 개선 방안, 교양학연구 5, 다빈치미래교양 연구소, 123-142.

최윤곤·전초롱(2016), K-culture 10, 서울: 한국문화사.

한새해(2019), 외국인 대학생의 글쓰기 향상을 위한 설화의 비교문학적 활용 방안: 서강대학교 〈한국어글쓰기〉 수업 사례를 중심으로, 국제어문 93, 국제어문학 회, 207-232.

Bazerman, C.(1997), The Life of Genre, the Life in the Classroom, In W. Bishop & H. A. Ostrom Eds., Genre and Writing: Issues, Arguments, Alternatives(19-26), Portsmouth: Boynton/ Cook.

Bracewell, R. J., Frederiksen, C. H. & Frederiksen, J. D.(1982), Cognitive processes in composing and comprehending discourse, Educational Psychologist, 17, 146-164.

Casanave, C. P. (2002), Writing games: Multicultural case studies of academic literacy practices in higher education, Mahwah, NJ: Erlbaum.

Enkvist, N. E.(1987), Text Linguistics for the Applier: An Orientation, In U. Connor & R. B. Kaplan Eds., Writing across languages: analysis of L2 text(23-43), MA: Addison-wesley publishing company.

Fairclough, N.(1989), Language and Power, London: Longman.

Flower, L., Stein, V., Ackerman, J., Kantz, M. J., McCormick, K., & Peck, W. C.(1990), Reading to write: Exploring a Cognitive and Social Process, New York: Oxford University Press.

Foucault, M.(1972), The Archaeology of knowledge, Trans by Smith, A. M. S. New York: Harper Colophon.

Hyland, K.(2002), Authority and invisibility: Authorial Identity in academic writing,

Journal of Pragmatics, 34, 1091-1112.

Irvin, L. L.(2010), What Is "Academic" Writing?, In C. Lowe & P. Zemliansky Eds., *Writing Spaces: Readings on Writing Volume 1*(3-17). Parlor Press: The WAC Clearinghouse.

Ivanic, R.(1998), *Writing and identity: The discoursal construction of identity in academic writing*, Amsterdam: John Benjamins.

Kintsch, W.(1994), Text comprehension, Memory, and Learning, *American Psychologist*, 49(4), 294-303.

Russell, D. R.(2002), *Writing in the academic disciplines: A curricular history*, Carbondale, IL: Southern Illinois University Press.

Segev-Miller, R.(2004), Writing from Sources: The Effect of Explicit Instruction on College Students' Processes and Products, *L1-Educational Studies in Language & Literature*, 4(1), 5-33.

Russell, D. R., Lea, M., Parker, J., Street, B., & Donahue, T.(2009), Exploring notions of genre in 'Academic Literacies' and 'Writing Across the Curriculum': approaches across countries and contexts, In C. Bazerman, A. Bonini & D. Figueiredo Eds., *Genre in a Changing World*(459-491), Colorado: WAC Clearinghouse/Parlor Press.

Wardle, E.(2009), 'Mutt Genres' and Goal of FYC: Can We Help Students Write the Genres of the University?, *College Composiotion and Communition*, 60(4), 765-789.

초출 일람

Ⅰ. 저자성과 글쓰기 교육

- **학술적 글쓰기에서 대학원 유학생의 저자성 개념과 교육원리의 방향 탐색**

  민정호(2019), 학술적 글쓰기에서 대학원 유학생의 저자성 개념과 교육원리의 방향 탐색, 리터러시연구 10(1), 한국리터러시학회, 313-341.

- **학술적 글쓰기에서 대학원 유학생의 발견 능력 향상을 위한 교육 내용 제안**

  민정호(2019), 학술적 글쓰기에서 대학원 유학생의 발견 능력 향상을 위한 교육 내용 제안, 리터러시연구 10(6), 한국리터러시학회, 227-252.

- **학술적 글쓰기에서 대학원 유학생의 수준별 과제표상 양상 분석**

  민정호(2020), 학술적 글쓰기에서 대학원 유학생의 수준별 과제표상 양상 분석 : 과제표상과 텍스트 유형 비교를 중심으로, 학습자중심교과교육연구 20(9), 학습자중심교과교육학회, 785-804.

- **학술적 글쓰기에서 대학원 유학생의 과제표상 교육 방안 탐색**

  민정호(2020), 학술적 글쓰기에서 대학원 유학생의 과제표상 교육 방안 탐색, 학습자중심교과교육연구 20(9), 학습자중심교과교육학회, 1199- 1218.

- **학술적 글쓰기에서 대학원 유학생의 독자 고려 양상 분석**

  민정호(2019), 학술적 글쓰기에서 대학원 유학생의 독자 고려 양상 분석: 사회인지주의 관점에서 독자 인식과 제목을 중심으로, 리터러시연구 10(4), 한국리터러시학회, 63-88.

- **대학원 유학생의 학술적 글쓰기에서 나타난 교육적 함의**

  민정호(2020), 대학원 유학생의 학술적 글쓰기에서 나타난 교육적 함의: 서론의 담화와 수사적 목적에 따른 검색어 분석을 중심으로, 학습자중심교과교육연구 20(11), 학습자중심교과교육학회, 1127-1148.

Ⅱ. 학술적 리터러시와 글쓰기 교육

- **학술적 리터러시 강화를 위한 대학원 교육과정의 방향 탐색**

  민정호(2020), 학술적 리터러시 강화를 위한 대학원 교육과정의 방향 탐색: 대학원 유학생의 요구를 반영한 강의와 활동의 재구성을 중심으로, 학습자중심교과교육연구 20(10), 학습자중심교과교육학회, 855-875.

- **대학원 유학생을 위한 학술적 글쓰기 교수요목 설계**

  민정호(2020), 대학원 유학생을 위한 학술적 글쓰기 교수요목 설계: 학술적 리터러시에서의 저자성 강화를 중심으로, 리터러시연구 11(3), 한국리터러시학회, 221-246.

- 한국어 교육 전공 대학원 유학생을 위한 듣기·쓰기 중심의 수업 모형 연구

  민정호(2019), 한국어 교육 전공 대학원 유학생을 위한 듣기·쓰기 중심의 수업 모형 연구: 학업 리터러시 향상을 위한 딕토콤프를 중심으로, 사고와표현 12(3), 한국사고와표현학회, 219-250.

- 대학 글쓰기에서 논증적 글쓰기 교육 방안 모색

  민정호(2020), 대학 글쓰기에서 논증적 글쓰기 교육 방안 모색: 직감 형성을 위한 교육 원리를 중심으로, 리터러시연구 11(2), 한국리터러시학회, 11-34.

- 학부 유학생의 비판적 리터러시 향상을 위한 강의 설계 방안 연구

  민정호(2020), 학부 유학생의 비판적 리터러시 향상을 위한 강의 설계 방안 연구, 동악어문학 81, 동악어문학회, 105-134.

민정호

현재 동국대학교 국어국문학과 초빙교수이고, 쓰기 교육으로 학위를 받았다. 중앙대학교에서 유학생에게 한국어를 가르쳤고, 인천대학교에서 교수로 재직하며 한국 학생에게 글쓰기를 가르쳤다. 글쓰기와 리터러시, 그리고 텍스트와 교육법에 관심을 갖고 열심히 연구 중이다. 주요 저서로는 『학술적 글쓰기와 저자성』, 『글쓰기 교육과 교수 방법』(공저) 등이 있고, 주요 논저로는 「한국어 교육 전공 대학원 유학생을 위한 듣기·쓰기 중심의 수업 모형 연구: 학업 리터러시 향상을 위한 딕토콤프를 중심으로」, 「대학 글쓰기에서 논증적 글쓰기 교육 방안 모색: 직감 형성을 위한 교육 원리를 중심으로」, 「박사 과정에서 WAW를 활용한 쓰기 교육 방안 탐색: 박사 유학생의 '학술 논문' 완성을 위한 수업 설계를 중심으로」 등 다수의 논문이 있다.

학술적 리터러시와 글쓰기 교육

2021년 3월 30일 초판 1쇄 펴냄

저 자 민정호
발행인 김흥국
발행처 보고사

책임편집 이경민
표지디자인 손정자

등록 1990년 12월 13일 제6-0429호
주소 경기도 파주시 회동길 337-15 보고사
전화 031-955-9797(대표)
    02-922-5120~1(편집), 02-922-2246(영업)
팩스 02-922-6990
메일 kanapub3@naver.com / bogosabooks@naver.com
http://www.bogosabooks.co.kr

ISBN 979-11-6587-159-8 93800
ⓒ 민정호, 2021

정가 23,000원